작은 아씨들이여,
영원히 안녕

HASTA SIEMPRE MUJERCITAS
by Marcela Serrano

Copyright ⓒ 2004 by Guillermo Schavelzon & Asociados, Agencia Literaria
All rights reserved.

Korean Translation Copyright ⓒ MUNHAKDONGNE Publishing Corp., 2008
This Korean edition is published by arrangement with Guillermo Schavelzon & Asociados,
Agencia Literaria through Imprima Korea Agency.

이 책의 한국어판 저작권은 Imprima Korea Agency를 통해
Guillermo Schavelzon & Asociados, Agencia Literaria와 독점 계약한 (주)문학동네에 있습니다.
저작권법에 의해 한국 내에서 보호를 받는 저작물이므로
무단 전재와 무단 복제를 금합니다.

이 도서의 국립중앙도서관 출판시도서목록(CIP)은
e-CIP 홈페이지(http://www.nl.go.kr/cip.php)에서 이용하실 수 있습니다.
(CIP제어번호: CIP2008002403)

Hasta Siempre, Mujercitas

작은 아씨들이여, 영원히 안녕

마르셀라 세라노 장편소설

권미선 옮김

문학동네

아나 마리아 고메스와 로티 로젠펠드에게, 우정을 위하여

나의 자매 마르가리타에게, 추억을 위하여

"선물을 받지 못한다면 이번 크리스마스는 진정한 크리스마스가 아닐 거야."

조가 양탄자 위로 드러누우며 투덜거렸다.

"정말 가난은 끔찍해!"

메그가 낡은 옷을 바라보며 한숨을 내쉬며 말했다.

"누구는 선물을 잔뜩 받고, 누구는 하나도 못 받고, 이건 불공평해."

작은 에이미가 기분 나쁜 투로 덧붙였다.

"하지만 우리에게는 아빠와 엄마가 있잖아. 그리고 서로 의지할 수 있는 우리가 있고."

한쪽 구석에서 베스가 행복해하며 말했다.

루이자 메이 올컷, 『작은 아씨들』 1장

차례

0장

푸르른 하늘을 향해

1723년, 페루 아레키파

마리아 트리니다드 수녀는 집안 좋고 너그러운 규수답게, 친척 중 사정이 좋지 않은 사촌 여동생을 잠시 돌봐줘야 했다. 그래서 산타 카탈리나 수녀원*에 들어가 넓은 공간을 차지하게 되었을 때, 베로니카 데 라스 메르세데스를 데리고 있었다. 그녀는 바로 옆방의 하녀들까지 모두 세속 수녀로 거느렸다. 그러고는 아기가 태어나던 날, 갓난아기를 품에 안았다. 아기는 마치 출산과는 거리가 멀어 보이는 메말라 방치된 그 몸, 추억도 없고 쾌락이나 임신의 흔적도 없이 굳게 닫힌 그 몸에서 나온 것 같았다. 마리아 트리니

* 페루 제2의 도시인 아레키파에 있는 수녀원. 도미니크 파의 도냐 마리아에 의해 1579년에 세워진 이 수녀원은 세계에서 유일한 수녀 마을로, 수녀들은 수녀원 안에서 각기 자신의 집에 살며 견습 수녀와 시종들을 거느리고 살 수 있었다. 세 개의 회랑과 여섯 개의 골목길이 미로처럼 이뤄져 하나의 마을을 이룬다.

다드 수녀는 위엄 있고 자신감에 찬 확실한 어조로 상부 수녀들에게 보고했다. 그녀는 사촌동생의 기구한 사연을 들려줌으로써 놀라 흥분한 상부 수녀들의 반응을 잠재웠다. 외국 상인—이 경우 칠레 사람이었다. 어쩌면 바로 이웃 나라라, 맨 먼저 생각나는 대로 말했을 수도 있다—을 사랑해 성스럽게 결합한 후 자식을 잉태했다가 곧, 아주 곧 버림을 받았다는 내용이었다. 물론 남편이 도망친 후 숨어 지내야 할 필요가 절실했고, 그래서 늘 이해심이 많고 보호본능이 강한 마리아 트리니다드 수녀가 데리고 있으면서 따뜻한 공간을 제공해주었고, 수녀원이 값지고 자비로운 그녀의 소명감을 잘 뒷받침해 진정한 보금자리를 제공해주었다는 내용이었다.

마르티네스, 호세 호아킨 마르티네스가 아기 아버지의 이름이었다. 상부 수녀들이 물었을 때 마리아 트리니다드 수녀의 머릿속에 맨 먼저 떠오른 이름이었다. 그 순간 그녀는 자신이 대대손손 이어질 한 가문에 생명을 불어넣었다는 사실을 상상조차 하지 못했다. 어린 호세 호아킨—아버지는 사라지고 없었지만 그래도 아버지의 이름을 붙여주었다—은 감미로운 순백색을 띤 도시 아레키파의 산타 카탈리나 수녀원에서 무럭무럭 자랐다. 아기는 악취 풍기는 무겁고 긴 수녀복 사이를 기어다니며, 스페인어보다 라틴어 읽는 법을 먼저 익혔고, 아무도 제어하는 사람이 없었기에 아무 때나 도넛과 세비체*를 먹으며 자랐다.

---

* 페루 특유의 음식으로, 살짝 익힌 생선살을 레몬과 양파, 고수 등으로 양념한 것이다.

마리아 트리니다드 수녀가 일찍 세상을 하직하면서, 호세 호아킨은 겨우 열여섯이라는 어린 나이에 수녀원과 무늬만 어머니였던 베로니카 데 라스 메르세데스를 떠났다. 아버지를 찾아가기 위해서였고, 그 이야기는 말고삐를 꽉 붙잡고 남쪽으로, 남쪽의 남쪽으로, 늘 한 방향으로만 향한다는 의미이기도 했다. 그의 짐 꾸러미에는 미심쩍은 이모가 남겨준 엄청난 유산이 꼭꼭 숨겨져 있었다.

　칠레는 실수였다. 긴박한 순간에 지어낸 말이었지만 호세 호아킨은 그곳을 정착지로 택했다. 아버지를 찾지는 못했지만, 적어도 산티아고의 남쪽에 아름다운 땅 조각을 찾아내 번쩍거리는 금화로 지불한 후 자기 것으로 만들었다.

1 장

메그

존 던의 「그림자에 대한 강의」

2002년 9월, 칠레 산티아고

마음이란 게 없으면 좋겠어. 너무나 아파.
　　　　　　　　　　　　　　－메그(『작은 아씨들』18장)

　20년도 넘게 보지 못한 늙은 판차의 마지막 가는 길에 동행하기
위해 아다가 바다를 건너오겠다고 했을 때, 푸에블로 사람들이 그
녀의 의도를 미심쩍어했던 것처럼 니에베스 마르티네스 역시 그
이야기를 믿지 못했다. 그날 아침, 9월 아침의 첫 맥박이 꿈틀거리
며 분홍 새벽빛이 미쳐 날뛰는 배의 뱃머리처럼 니에베스의 눈 위
로 어두침침한 빛과 부딪혔다. 니에베스는 잠이 덜 깬 상태로 부드
러운 담요 끝자락을 꽉 붙잡았다. 아직 일러, 한 시간만 더, 아, 너
무 피곤해, 조금만 더…… 그러다가 문득 뭔가가 머릿속을 스치고
지나갔다. 아다! 맞아, 맞아, 공항, 정확하게 한 시간만 있으면 초
인종이 울릴 거야. 롤라가 모든 준비를 마치고 커다란 지프를 몰고
올 거야. 사촌동생, 까칠한 깍쟁이, 아다, 네가 오면 우리는 시골로
갈 거야, 시골로, 성스러움과 울음이 있는 그곳으로.

니에베스는 식구들을 깨우지 않기 위해 조용히, 조심스럽게 집 안을 돌아다녔다. 고릿적부터 몸에 밴 행동이다. 그녀는 샤워기를 틀어놓은 후, 아직 어둠에 잠긴 작은 부엌으로 들어가 물을 데우고 어제 먹다 남은 빵을 한 조각 잘라냈다. 여느 때와 똑같은, 지난 몇 년간 수천 번도 넘게 손수 차려 먹은 아침식사 중 하나일 뿐이다. 하지만 오늘 아침에는 찬장에서 컵 한 개만을 꺼내고 불 위에 토스트 두 쪽만을 올려놓았다. 그게 전부다. 오늘은 식구들의 아침식사를 차리지 않는다. 오늘 그녀는 여행을 떠난다. 오늘 아다가 칠레에 도착한다. 오늘 롤라와 그녀가 푸다우엘 공항에서 아다를 픽업해서 셋이 함께 산티아고를 뒤로하고 남쪽으로 향할 것이다. 산티아고가 보이지 않고, 순수한 들판이 첫 모습을 드러내면 롤라는 CD를 틀 때가 되었다고 생각하겠지. 그리고 파이네쯤 가면 산페르난도에서 커피 한 잔과 삶은 계란을 주문할 것이다. 마치 어린 시절 그랬던 것처럼. 그 여행이 아직도 기나긴 여행이라도 되는 것처럼.

니에베스는 환한 곳에서 옷을 갈아입기 위해 욕실 안으로 옷을 가져갔다. 아침에 침실 불을 켜지 않으려고 전날 밤 미리 옷을 챙겨두었다. 9월에는 날이 일찍 밝지 않으며, 라울은 푹 자야 한다. 라울의 단잠을 방해하고 싶지는 않았다. 그녀는 빨간 스웨터를 골랐다. 금발에는 빨간색이 잘 어울린다. 아다는 프랑스 여자처럼 늘 검정색 옷을 입었다. 니에베스는 빨간색이 자신의 애매한 부분을 감춰주고, 어쩌면 수줍어하는 마음도 약간 가려줄 것이라고 생각했다. 마음대로 드러내놓고 표현하지 못하게 하는 그 매듭—어디에 걸린 매듭이지? 위胃? 목구멍?—을 감춰줄 수 있을 것 같았다.

어쩌면 다른 사람들의 여행은 모두 자신의 여행보다 훨씬 가치 있고 용감하다는 생각, 자신을 제외한 모든 여자들이 각자의 삶에서 중요한 무언가를 이뤄냈다는 생각을 막아줄 수 있을 것 같았다. 그러면 아마 질투가 못된 모습을 드러내며 인정사정없이 찾아오는 일은 없을 것 같았다. 하지만 그녀는 질투가 많지 않았다. 카실다 고모할머니는 항상 내가 가장 매력적이라고 말씀하셨잖아? 가정적이고 멋진 니에베스, 언제부터 망가지기 시작한 거야? 언제부터 이렇게 의욕이 없어진 거야? 무슨 일이 있었냐고, 언제 그렇게 변했냐고 사촌동생들이 묻지 못하게 하려면 엄청 노력해야 할 것이다.

니에베스는 샤워부스에서 나와 몸이 건조해지는 걸 방지하려고 기계적으로 손가락을 움직여 온몸에 바디로션을 발랐나. 젊음은 거저 오는 것이며 영원하다고 큰소리쳤던 스물다섯 살 때의 자신을 떠올린다. 미쳤지, 대체 무슨 근거로 그런 생각을 했을까? 아무리 하찮은 것이라도 다 가치가 있는 법인데. 니에베스는 빗질을 하다보면 늘 기분이 좋아진다. 니에베스와 롤라, 집안의 금발머리들, 예쁜 아이들. 롤라는 벌써 집을 나섰을까? 꽤 멀리 산등성이에 사는데, 그 지역의 여느 주민들처럼 그녀 역시 시내까지, 케네디까지 20분이면 온다고 우긴다. 술술 잘 빠진다고 말한다. 거짓말. 롤라의 동네는 우아하고 시원하지만 무지하게 멀다. 롤라는 엄청난 부자다. 그녀는 이미 열 살 때 절대 가난하게 살지 않겠노라고 다짐했다. 겨우 열 살 때. 니에베스에게는 돈이 멀고도 추상적인 개념이었을 때. 니에베스는 돈에 대해 단 한순간도 깊이 생각해보지 않았다. 푸에블로에서는 모든 게 공짜고, 집도 널찍하고, 굴뚝과 난로의 열기도 따뜻하고, 과일과 꿀과 오븐에 갓 구운 빵도 있고, 그곳에서 살면서 일하는 사람들을 일사불란하게 지휘하는 카실다 고모할머니도 있는데, 뭣 때문에 돈을 생각했겠는가? 삶 자체가 선물이자 놀이였고, 더불어 살며 지켜주는 것이었다. 그녀가 사촌들 중 맏이라서 가장 오랫동안 그 혜택을 누리고 살았다. 삶이 영원히 보호받을 거라 생각했다. 할아버지의 죽음조차 그 삶을 깨지는 못했다. 카실다 고모할머니와 작은할아버지들이 있었으니까. 자기 나름대로 가난이 두려웠을까? 가난을 예측한 롤라가 제정신이 아니었던 것일까?

니에베스는 지갑을 챙기러 발꿈치를 들고 조심스럽게 침실 안으로 들어갔다가 라울을 바라보았다. 만지지 않고도 그가 깊이 잠들어 있다는 걸 알 수 있었다. 나는 라울하고 잘 때면 꼭 오빠랑 자는 것 같아, 한번은 롤라에게 이렇게 말한 적이 있었다. 하여간 언니도 참. 사촌오빠랑은 잘 수 있어도 어떻게 친오빠랑 잔단 말야? 롤라는 이렇게 말했지만, 어쨌든 니에베스는 그만큼 친근하다는 걸 말하고 싶었던 것이다. 밤에 발을 따뜻하게 데워주는 오빠 같은 느낌. 물론 어느 여름날 올리베리오가 라울을 푸에블로에 데려와 소개해주었을 때는 그런 느낌이 아니었다. 카실다 고모할머니가 식구만으로도 충분하다고, 이제 더이상 사람들이 싫다며 손님을 데려오지 말라고 당부했어도, 올리베리오는 아랑곳없이 친구를 데려왔다. 올리베리오는 늘 자기 하고 싶은 대로 했고, 그래서 푸에블로에서 존중받았다. 그해 여름, 올리베리오가 라울을 데리고 나타났을 때 롤라는 올리베리오가 뻔뻔하다고 했고, 아다는 롤라에게 입 다물라고 했다. 그날 밤 니에베스가 식당에서 옆 자리에 앉은 라울을 처음으로 보았을 때, 그녀는 가장 유혹적인 미소를 지어 보였다. 어찌 됐든 그는 올리베리오의 친구였고, 그것으로 모든 불신의 벽은 허물어졌다. 라울은 사촌오빠 올리베리오처럼 법대생이었다. 니에베스는 권위 있는 변호사의 아내가 되는 꿈을 꾸었다. 늘 자기가 아는 남자들의 아내가 되는 꿈을 꿔왔던 것처럼. 라울을 정복하기란 그다지 힘들지 않았다. 그해 여름이 끝나면서 카드 패는 모두 드러났다. 라울이 변호사가 되지 않아도, 권위 있는 사람이 되지 않아도 이제 니에베스는 아무 상관이 없었다. 카실다 고모할머니가 첫 남자한테 곧바로 넘어가 결혼하지 말고 침착하게 생각해보라고 아무리 주의를 줘도 소용없다. 니에베스는 침착한 것에는 관심도 없었다. 뭣 때문에? 나의 진정한 소명심이 결혼인데 왜 상대방을 애먹여? 올리베리오의 친구는 너무나도 잘생겼고, 이마를 덮은 밤색 곱슬머리는 너무나도 귀여웠고, 두 눈은 그녀의 눈처럼 짙은 초록빛이었다. 상상해봐, 롤라가 말했다. 언니 아이들 눈이 초록빛일 거라고 상상해봐, 사랑스러운 초록빛, 초록색 눈을 가진 여러 아이들. 물론 니에베스의 뜻대로 그해 여름이 가장 평화로운 여름은 아니었다. 매년 여름마다 왁자지껄하게 즐기며 기분 좋게 보내왔지만, 그해 여름에는 아다 때문에 심란했다. 아다가 집시 부락으로 도망쳤고, 올리베리오가 그녀를 찾아 집으로 데리고 들어왔다. 니에베스, 너무 그렇게 건너 뛰어서 말하지 마. 집시 이야기는 아무것도 아니야. 상관없다. 그런 부끄러운 일이 벌어진 와중에도 라울은 도시로 돌아가지 않고 내 곁에 남아 있을 수 있었다. 라울은 니에베스의 아름다운 손, 왕비와 같은 우윳빛 손, 왕비의 손처럼 새벽빛에 물든 손에 감탄하기 시작했다. 하얀 피부를 유지하기 위해 당나귀 젖으로 목욕했다는 왕비가 마리 앙투아네트였던가? 도자기 그릇을 닦을 때 언제부터 고무장갑을 끼지 않았더라? 미국 텔레비전 연속극에 등장하는, 자기 집에서는 당당하고 영광스러운 50년대의 가정주부들처럼 그녀 역시 온몸을 무장하고 부엌에 입성했다. 병기 창고를 지키는 군인처럼. 빳빳한 속치마 위에 폭이 넓은 치마를 입고, 유행을 좇아 봉긋 솟아오른 풍만한 가슴을 드러내는 꽉 끼는 스웨터를 입은 다음, 작고 앙증 맞은 앞치마를 두르고 식탁을 세팅해놓은 채 오븐에 요리를 집어넣고 남편을 기다리는 여자들의 모습이었다. 50년대에 니에베스는 아직 어린아이였다. 그렇지만 그녀의 환상은 그 시기에 고정되어 있었다. 그 시기는 그 어느 때보다 도시 근교에서 살림하는 어린 아내들이 칭송받고 높이 평가받던 시기였다. 물론 프로비덴시아에 위치한 그녀의 작은 아파트에는 꺾어 놓을 꽃도 가꿀 정원도 없었고, 그렇게 뒤숭숭한 70년대가 흘러갔다. 그녀는 텔레비전에 등장하는 주부들과 같은 자신의 모습을 상상했다. 그래서 라울이 오전 일과를 마치고 점심식사하러 집에 들른 첫날, 그녀는 『가정 요리』 책을 한 글자도 틀리지 않고 그대로 따라 스튜 요리를 해놓고 남편을 기다리고 싶었다. 그 요리책은 꼬마 루스가 선물한 것으로, 예쁘고 소박한 결혼 선물이었다. 그 책은 오븐을 켜는 법부터 퐁파두르 케이크를 만드는 법까지 모두 가르쳐주었다. 그 책에는 모두 들어 있었다. 그래서 그녀는 시간을 두고 책을 처음부터 끝까지 읽어보았다.

하지만 첫날 요리는 제대로 나오지 않았는데, 불 위에 올려놓은 시간이 너무 길었던 탓이었다. 니에베스는 관례에 따라 식탁보를 깔고 촛대로 장식한 식탁에 라울을 앉혀놓고 기다리게 했다. 그러고는 부엌에서 탄 고기가 담긴 접시를 바라보며 울었다. 고기는 탔고, 우유는 흘러 넘쳤다. 자신 때문에 운 것은 아니었다. 한참 후 라울이 배도 고프고 당황스럽기도 해서 무슨 일이 일어났는지 보려고 부엌으로 들어왔다. 니에베스, 왜 이렇게 한참 걸리는 거야? 그는 눈앞에 펼쳐진 슬픈 장면에 깊은 감동을 받아, 새색시의 허리를 껴안고 레스토랑 '키카'로 향했다. 그곳에서 그들은 니에베스의 좌절감을 애써 묻으며 아보카도를 곁들인 등심과 맥주 한 잔을 들었다. 차츰 라울은 니에베스보다 훨씬 훌륭한 요리사가 되었다. 그는 요즘도 가끔 올리베리오를 만나 진귀하고 맛있는 음식을 즐긴다. 니에베스는 남자들이 나이가 들면서 성본능이 바뀌어, 사랑보다는 음식을 더 밝힌다고 확신한다. 50대 남자치고 예전에 침대에서 정성을 들였던 것처럼 음식에 정성을 들이지 않는 남자가 어디 있는가? 남자들은 밤이 되면 어김없이 찾아오는 허기에 하늘에 감사한다. 다시 확실하게 모습을 드러낸 배고픔에 위로를 받으며 속이 더부룩하게 먹을 때마다 좋아한다. 삶이 주는 아주 간단한 약속이다. 나중에 쌍둥이가 태어났을 때, 니에베스는 신혼 시절의 그 장면을 떠올리며 그리워했다. 쌍둥이가 태어났을 때는 '키카'에 갈 돈도 없었고, 동전 한 개마다 이미 쓸 곳이 정해져 있었다. 설사 돈이 있다고 해도 아이들은 어떻게 하고 외식을 한단 말인가? 누구한테 아이들을 맡기며, 또 뭘 먹인단 말인가? 사촌동생 루스, 제일 다정하고 사랑스러운 루스가 외국으로 떠나기 전에는 급할 때면 그녀가 달려올 수도 있었다. 루스는 훌륭한 베이비시터였다. 쌍둥이가 루스를 많이 좋아하고 따랐다. 그래서 그녀가 떠난다고 했을 때 니에베스는 당연히 들고일어났다. 자선을 베풀고 싶으면 먼저 집안에 베풀라고 했다. 그건 아니지, 롤라가 니에베스에게 말했다. 우리한테는 루스가 필요 없어. 필요 없다니? 나는 루스가 필요해, 정말 필요해, 니에베스는 이렇게 생각했지만 그 말을 감히 입 밖으로 꺼내지는 못했다. 루스는 모두를 위해 전적으로 헌신할 수 있는 방법을 찾았고, 그녀에게 가난한 사촌언니의 궁핍은 심각해 보이지 않았다.(도와줘야 할 가난한 사촌은 많은걸요. 그렇죠, 마리아 트리니다드 수녀님?) 니에베스는 카실다 고모할머니에게서 불평은 죄악이라고 배웠다. 그래서 자신을 힘들게 하는 경제적인 문제 앞에서 애써 초연하려 했다. 아다가 그 문제를 알았다면 일자리를 찾으라고 충고했을 것이다. 아다는 집과 아이들이 우선이라는 것을, 그것을 포기한다는 생각은 절대 할 수 없다는 것을 전혀 이해하지 못할 것이다.(게다가 니에베스가 뭘 할 수 있겠는가? 고용주를 혹하게 할 만한 어떤 재주라도 있긴 한가?) 제재소가 부도나고 푸에블로의 집이 주저앉자, 하루아침에 모두 알거지가 되었다. 롤라와 루스는 학교를 다니며 일도 해야 했다. 만일 그런 일이 근래에 일어났다면 나는 공부할 수도 없었을 거야, 그때는 대학이 공짜였으니 덕분에 전문직을 가질 수 있었지, 롤라가 가끔 말한다.

니에베스는 지갑과 재킷을 손에 들고, 롤라가 도착해 초인종을 누를 때까지 기다리기 위해 응접실로 향했다. 희미한 전율이 전신을 타고 흘러내렸다. 날씨가 너무 추웠다. 산티아고의 아침은 달력의 날짜가 한참 지날 때까지, 적어도 10월까지는 얼음장같이 추웠다. 니에베스는 잠깐 동안이라도 가스난로를 켤까 망설였다. 여느 여자들처럼 니에베스도 추위를 끔찍이 싫어했다. 그녀의 가장 큰 소망은 죽기 전에 중앙난방이 되는 집에서 살아보는 것이다. 산티아고 사람들은 대체 무슨 근거로 겨울이 그렇게 춥지 않다고 말하는 거지? 건물을 지을 때 왜 그 점을 고려하지 않는 걸까? 아다는 유럽에는 집집마다 난방장치가 있어 추위는 문제가 되지 않는다고 했다. 그런데 이곳에는 새 건물과 부자들이 사는 곳에만 난방장치를 설치한다. 니에베스는 주변을 둘러보다가, 갑자기 집이 자기에게 말을 걸고 있다는 생각이 들었다. 집 안의 벽과 그녀가 합쳐져 하나가 되는 듯한 이런 일이 처음은 아니다. 그녀는 본능적으로, 아무것도 듣지 않으려고 양손으로 귀를 틀어막았다.

집안의 맏이라는 점은 분명히 그녀에게 득이었다. 이론상으로는 아무도 절대 뺏어갈 수 없는 혜택과 힘을 차지하는 것이었다. 호세 호아킨 할아버지는 그 누구보다 그녀를, 첫 손녀를, 맏아들의 딸을 예뻐했다. 니에베스는 생후 6개월 때 등에 날개를 달고 푸에블로의 집에 당당하게 입성했다. 그녀는 제재소의 천사였다. 할아버지는 그녀가 사내아이가 아니어서 속상할 수도 있었겠지만 겉으로는 절대 드러내지 않았다. 마치 집안에 남자들이 넘쳐나 넌덜머리가 나는 것처럼 행동했다. 니에베스의 출생과 더불어 대가 끊기는 것도 그렇게 심각하게 생각하지 않았다. 아들들이 각기 외동딸 한 명씩만 둔 것을 보면 할아버지 대에서 무슨 이상한 일이, 유전적인 혼선이 있었던 게 분명했다. 니에베스, 아다, 루스, 롤라는 고독하게 존재하기 위해 각기 잉태되었다. 니에베스는 자신들이 비록 사촌지간이지만 운명적으로 거의 친자매가 되었다는 점을 전혀 의심하지 않았다. 네 자매 중 누구도 백 퍼센트 핏줄로 이뤄진 형제애를 경험하지 못했는데, 그나마 루스가 형제애가 뭔지 대충 안다. 마르티네스 네 형제 중 막내인 루스의 아빠가 꽤 오래전에 아들 딸린 과부와 결혼식을 올렸고, 그와 동시에 그 아들을 입양한 것이다. 이름은 올리베리오. 비록 마르티네스 성을 갖고 태어나지는 않았지만 살다보니 결국에는 마르티네스 성을 갖게 되었다. 이러한 이유로 할아버지의 유일한 손자는 '호세 호아킨'이라는 이름으로 세례 받지 않았다. 그를 입양할 때, 성을 바꿨으니 이 기회에 아예 이름까지 바꿔 할아버지의 이름을 붙이자고 누군가 제안하기는 했다. 하지만 아이의 엄마가 반대했고, 그 즈음에는 아이도 이미 글을 읽을 줄 아는 어엿한 인간 주체였다. 그렇기 때문에 자신의 가장 기본적인 정체성을 그렇게 단숨에 빼앗는 것도 한계가 있었다.

기억도 할 수 없는 아주 먼 옛날부터 그녀의 조상들은 모두 '호세 호아킨'이라는 이름을 가졌다(카실다 고모할머니가 가족사를 전해주었다. 모두 한 수녀에게서 유래되었단다. 너희들 그거 알고 있었니? 죄 많은 페루 수녀! 카실다 고모할머니는 그 이야기를 무척이나 재미있어했고, 늘 들려주었다). 니에베스는 머릿속으로 족보를 정리해보았다. 증조부인 호세 호아킨 마르티네스 1세, 할아버지인 호세 호아킨 마르티네스 2세, 아버지인 호세 호아킨 마르티네스 3세. 한 명, 두 명, 세 명, 그게 전부다. 그 이상은 알지도 못했고, 현재의 가족사와도 너무 동떨어져 있다. 증조부인 호세 호아킨 1세에게는 열 명의 아들과 고명딸 카실다가 있었다. 할아버지인 호세 호아킨 2세가 맏아들이라 제재소를 물려받았고, 자식은 네 명만 낳았다. 모두 사내아이로, 네 사촌자매의 아버지들이다. 호세 호아킨 2세 할아버지는 돌아가시면서 제재소를 맏아들인 니에베스의 아버지가 아닌 여동생 카실다에게 물려주었다. 카실다의 조카들은 제재소의 합법적인 주인은 결코 아니었지만, 그곳의 숲과 목재로 오랫동안 편히 먹고 살았다.

맏이라는 것은 니에베스에게 특권만을 안겨주었다. 모든 맏이가 그렇듯, 그만한 특권을 얻기 위해 별다른 노력을 기울이지 않아도 되었다. 다른 세 사촌자매들은 그녀에게 복종했고, 모든 면에서 그녀를 따르며 감탄했다. 소꿉놀이를 할 때도 니에베스는 사촌들에게 하인 역할을 시키고 자기를 떠받들도록 했다. 한 명은 손톱을 칠해주고, 한 명은 머리를 빗질해주고, 또 다른 한 명은 그녀의 옷에 단추를 달며 그녀에게 차를 갖다주었다.

(롤라: 니에베스 언니는 정말 예쁘고 우아해. 나도 언니처럼 되고 싶어.

루스: 언니는 우리의 버팀목이야.

아다: 내가 선물 받은 이 옷감은 언니가 써야 하지 않을까? 드레스를 입기에는 언니가 제일 잘 어울려.

롤라: 사랑하는 남자가 내 앞에 왔을 때 어떤 말을 해야 좋을지

알려줘. 내가 뭘 어떻게 해야 할지 가르쳐줘! 전부 설명해줘!

아다: 어른이 되면 우리 집에 가구를 들여놓을 때 언니를 부를 거야. 그리고 내가 알아야 할 어려운 일들, 그러니까 상 차리는 법, 현모양처가 되는 법을 전부 언니에게 배울 거야.

루스, 루스 그리고 루스: 언니는 우리의 버팀목이야.)

아주 오랜 세월이 흐른 9월의 그날 새벽, 니에베스는 '버팀목이 되다'라는 단어의 의미를 되물었다. 그녀는 발꿈치를 들고 딸들 방으로 들어가서 집 안에 있는 유일한 사전을 책장에서 조용히 꺼내 갖고 나왔다. 그녀는 한 번도 사전의 주인인 적이 없었다. 사전이 필요하지 않았으니까. 그녀는 비슷한 단어들을 하나하나 읽어본 후, 그 페이지가 가리키는 행동을 이제 와서 자신이 실행에 옮길 수 있을지 되물었다. 눈앞에 펼쳐진 인쇄된 활자가 의미하는 것은 너무나도 엄격해서 어찌해볼 도리가 없는 행위였다. 그러니까 '버팀목이 되다'라는 말은 '확신을 갖게 하다, 지지하다, 확고히 하다, 지주가 되다'라는 의미였다.

사촌자매들은 성장과 더불어 각기 다른 성격이 드러나면서 서로 비슷한 성향끼리 한편이 되었다. 니에베스와 롤라가 한편이 되고, 아다와 루스가 한편이 되었다. 니에베스와 롤라가 훨씬 아름답고, 훨씬 매력적이고, 훨씬 경솔했다. 물론 니에베스에게는 롤라의 총명함과 야심이 없었지만 니에베스는 롤라를 자기편으로, 합법적인 경쟁자로 보았다. 카실다 고모할머니는 경솔함이 이 철부지 한 쌍을 구원해줄 거라고 말하곤 했다. 때로는 나이순으로 큰 아이들과 작은 아이들로 패가 갈릴 때도 있었다. 그런 이유로 아다가 가장 가까운 친구이기도 했다. 자신이 결혼을 결심했을 때 아다가 안타까워하던 모습을 떠올리면 니에베스는 지금까지도 가슴이 메어진다. 아다는 소꿉친구가 어른의 길을 택해, 아주 어렸을 때부터 단단히 묶여 있던 끈을 끊고 자기를 배신했다는 생각을 뿌리치지 못했다. 니에베스, 너무 일러, 언니는 아직도 앞길이 창창하잖아, 아다가 불평했다. 아다, 이르긴 뭐가 이르니? 결혼하기에 이른 때란 없어. 더이상 아무도 나한테 프러포즈하지 않아 노처녀가 된다고 생각해봐. 하지만 우리는 아직 할 일이 너무나도 많은데, 니에베스, 할 일이 너무나도 많은데…… 벌써 결혼하면 안 돼! 결국 유일하게 아다에게 영향력을 발휘하는 올리베리오가 개입했다. 사촌언니의 결혼이 그들의 관계를 비껴놓을 수는 있어도 훼손하지는 않을 거라며 이제 그만 하라고, 괜히 불안하게 해서(우리는 함께 해야 할 일이 너무나도 많다! 라는 말로) 니에베스를 괴롭히지 말고 가만히 놔두라고 설득했다.

세상은 무한대야, 니에베스, 아다가 그녀에게 애원했다.

(얼마 전, 니에베스는 딸들과 자신들이 얼마나 많이 다른지에 대해 롤라와 입씨름을 벌인 적이 있다. 롤라가 꼼꼼하게 분석해 결론지을 때마다 주로 쓰는 말투가 나왔던 기억이 난다. 아주 간단해. 우리 딸들 혹은 앞으로 다가올 세대와 우리의 차이점은 세계화에도 불구하고 그들은 결코 세상의 주인이 되지 못한다는 데 있어. 우리는 세상의 주인이었지. 60년대와 70년대에 말이야. 그때 우리는 세상이 무한하다고 믿었잖아.)

니에베스는 롤라와 자신이 칠레에 남은 게 어쩌면 우연이 아닐 거라고 가끔 생각한다. 두 사촌이 외국으로 떠난 것은—각기 다른 순간에, 다른 이유로—한 단계가 끝났음을 의미했다. 이제 남은 두 사촌은 달리 방법이 없는 사람들처럼 영원히, 그리고 오직 서로에게 의지할 줄 알아야 한다는 것을 의미했다. 그래도 니에베스는 약간 외롭다는 느낌이다. 친한 친구들을 사귄 적이 한 번도 없었다. 친구란 학교에서 사귀는 것인데, 학교 다닐 때는 사촌자매들이 있었기 때문에 친구가 따로 필요 없었다. 오히려 약간 남는다는 느낌이었다. 하지만 사촌들은 떠났고, 국내에서 그녀 곁에 남은 롤라는 상당히 바쁜 사람이다. 니에베스 언니, 가끔은 전화도 할 수 없을 정도로 바빠. 그래도 내가 반드시 해야 하고 할 수 있는 건 매일 아침 이메일을 체크하는 거야. 언니도 이메일 쓰는 법 좀 배우지그래? 내가? 이메일을? 너 미쳤니? 나는 컴퓨터 켤 줄도 몰라. 니에베스는 롤라와 아다가 손으로 쓴 편지를 영원히 폐기처분하고, 이메일을 통해 규칙적으로 소식을 주고받는다는 사실을 알았을 때 마치 어느 궁전에서 쫓겨난 기분이었다. 이메일. 새로운 연락체계. 그녀가 불평하자 사랑스러운 롤라가 수고스럽게도 이메일을 프린트해서 2주에 한 번씩 사무실 심부름꾼을 통해 집으로 보내주었다. 그리고 어느 정도 시간이 흐른 후, 니에베스는 누구나 예상할 수 있는 생각을 하게 되었다. 그녀도 참여하고 싶었던 것이다. 그녀는 너무나도 빠르고, 순간적이고, 막힘없고, 손쉬운 통신수단에 매료되었고, 왕따당하고 싶지 않았다. 그래서 그녀는 그제야 인터넷을 배우겠다고 나섰다. 아들 방에 있는 컴퓨터는 온 가족이 함께 사용하는 것이었다. 니에베스는 가장 싹싹한 쌍둥이 아들인 페드로에게 컴퓨터를 가르쳐달라고 부탁했다. 사실대로 말하자면 시간이 한참 걸렸다. 늘 뭔가 실수를 저질렀으며, 혼자 있을 때는 인터넷을 감히 사용하지도 못했다. 딸들이 한창 숙제할 시간에 그녀가 이메일에 쓸 내용을 머릿속에 생각하고 들어오면, 안 돼, 엄마, 우리 지금 공부하고 있단 말이야, 그러게 집에 컴퓨터가 한 대 더 있으면 얼마나 좋아? 딸들은 그 기회를 틈타 원하던 바를 줄줄이 이야기했다. 그녀는 퍼붓는 비를 바라보듯 딸들의 이야기를 들었다. 컴퓨터를 한 대 더 산다는 것은 엄두도 낼 수 없는 일이었다. 게다가 공간도 너무 좁았다. 이제는 바늘 하나도 더 들어갈 틈 없는 딸들 방에는 컴퓨터를 놓을 자리가 없었다. 아이들은 넷인데 방은 두 개였다. 아들들이 한 방을 쓰고, 딸들이 한 방을 썼다. 그 어떤 불평도 통하지 않았고, 간단히, 쉽게 그렇게 방을 썼다. 2년 전 라울 주니어가 결혼했을 때(애인이 임신하는 바람에) 가장 좋아했던 사람은 페드로였다. 그는 그 나이가 되어서야 겨우, 마침내 방을 혼자 쓰게 되었다며 보는 사람마다 붙잡고 이야기했다.

니에베스는 이메일에 취미를 붙여 즐겁게 메일을 읽고 썼다. 그녀는 아다를 되찾았다고, 이제는 자신도 사촌동생의 일상에 참여하게 되었다고 생각했다. 손으로 쓰는 편지나 어쩌다 한 번씩 하는 전화통화로는 불가능한 일이었다. 그리고 롤라도 어느 정도 되찾았다. 비록 롤라가 같은 도시에, 바로 골목만 돌면 닿는 곳에 살고 있었지만, 이메일로 더욱 가까워진 것 같았다. 비서들이 먼저 전화를 받아 바꿔주는 데다가 롤라의 목소리에는 늘 바쁘다는 느낌이 깔려 있었기 때문에 그녀와 통화를 할 때마다 마치 중요 인물과 통화하는 듯한 느낌이 들었는데, 그런 느낌이 사라졌다. 이런 소통 방법이 롤라를 인간적으로 만들어주었다.

니에베스는 어찌 됐든 자기가 맏이로서 그렇게 나쁘지만은 않았다며 만족했다. 어쩌면 그녀가 자비 가득한 빛을 내뿜었을 수도 있고, 그녀의 안정감이 사촌동생들을 차분히 가라앉혀주었을 수도 있다. 그렇지 않았을까? 그녀의 유머가 힘들었던 순간을 가득 채워주었고, 별다른 사건이 없었던 그녀의 삶이 주변에 어느 정도 평화를 안겨주었다(아다에게는 항상 힘든 일들이 일어났다. 아다는 정말 이상했다). 더구나 중재자의 역할은 그 누구도 나한테서 뺏을 수 없어, 니에베스는 자신에게 말했다. 어렸을 때부터 내가 끼어들지 않았더라면 아다와 롤라는 어떻게 되었을까? 그 둘을 애초에 화해시키지 않고 그대로 내버려뒀으면 어떻게 되었을까? 둘은 어렸을 때부터 수도 없이 싸웠다(언니는 폭군이야! 롤라가 아다에게 소리 질렀다. 그러면, 빌어먹을 예스맨이 되느니 차라리 폭군이 나아! 아다 역시 소리 질러 답했다). 자라면서 수없이 겪어온 많은 갈등 속에서 루스와 나는 늘 중립을 지켰어. 다른 방법은 없었지. 루스의 마음이 늘 아다 편이라는 건 확실했지만 그녀는 롤라가 눈치채지 못하도록 조심스럽게 처신했지. 루스와 달리 내 중립은 순수했어, 니에베스는 생각했다. 내게는 늘 양쪽을 중재할 수 있는 능력이 있었어. 그러기 위해서는 맏이라는 게 중요해. 아마도 그래서 본의 아니게 내가 가족의 심판관이 되었는지도 몰라. 그리고…… 최소한 그 일만큼은 잘해냈어.

하지만, 그렇다면 이 열등감은 뭐지? 니에베스는 그 감정이 부당한 건 아닌지 허심탄회하게 자신에게 물었다. 그렇다면 너무나 오만하고 건방지고 지적 능력이 부족한 사람을 보면 왜 그렇게 친근하게 느껴지는 거지? 니에베스는 다른 사촌들이 자기보다 두뇌를 더 많이 사용하기 때문에 그렇다는 자책감이 들었다(아다는 글을 썼고, 롤라는 그림을 그렸다). 그렇지만 라울이 있다. 딱 한 번 영원을 약속하며 결혼한 유일한 남편이다. 그리고 네 아이들이 있다. 초록빛 눈을 지닌 쌍둥이 형제와 두 딸아이가 있다. 큰딸은 벌써 스무 살이지만 여전히 '애기'라 부른다. 그녀가 아이들에게 얼마나 헌신적이었는지, 그녀가 어떻게 아이들을 자기 인생의 중심으로, 중심축으로 바꿔놓았는지 아무도 부인할 수 없을 것이다. 가끔 니에베스는 아이들보다 모성애에 대한 자신의 사랑이 더 큰 건 아닐까 두려웠다. 자기가 배 아파 낳은 뼈와 살을 가진 존재들보다, 엄마로서의 자기 자신을 처음부터 더 많이 사랑한 건 아닐까 두려웠던 것이다.

니에베스는 자신이 결혼과 동시에 집 밖으로 튕겨져 나왔다는 생각이 들었다. 아니, 어쩌면 결혼과 거의 동시에 제재소가 부도나는 바람에 쫓겨난 것일 수도 있다. 어찌 됐든 그녀가 푸에블로를 떠난 이후 그녀의 주변은 모두 바뀌었고, 그녀는 이제 더이상 날개 달린 천사도, 손이 하얀 소녀도, 어린 동생들이 따르던 맏이도 아니었다. 무슨 일이 있었던 걸까? 과거가 왜 오늘날에는 색 바랜 무게와 부피를 지니는 걸까? 내가 지나칠 정도로 삶에 아무것도 요구하지 않아 과거가 배신해버린 걸까?(아다는 글을 썼고, 롤라는 그림을 그렸다) 어쩌면 아무 일도 일어나지 않았는데, 그녀가 그렇게 생각하는 것일 수도 있다. 하지만 그렇게 떠난 이후에도 여전히 팡틴 역을 맡을 수 있을까?

매년 여름—그 놀이는 겨울에는 하지 않았다. 겨울에는 추위 때문에 다른 놀이를 했다—그들은 소설책을 한 권 골라, 여름방학 3개월 내내 그 소설 내용을 자기들 것으로 만들었다. 소설책은 항상 아다가 골랐고, 그들은 남의 삶을 훔쳐내 자기 삶에 대입시키며 문학적인 일상을 살아갔다. 그렇게 그들은 자신들에게는 허용되지 않는 액션과 흥분을 안겨준 다른 사람의 미로 속으로 몰입해갔다. 『카라마조프의 형제들』을 가지고 연극을 했던 여름에는 참 많이도 싸웠다. 늘 각본에 나온 것보다 더 많이 연기하려고 기를 쓰던 롤라가 알료샤를 하겠다고 나선 것이다.

"니에베스 언니가 이반을 하고, 아다 언니가 드미트리를 해." 그녀가 결론내렸다.

"그럼 루스는?" 니에베스가 물었다.

"루스한테는 역할을 주지 말고 그냥 내버려두자. 올리베리오 오빠는 아버지를 시키고."

"아버지 역할이 꽤 혐오스럽지? 아니던가?" 아다는 절대 입을 다무는 법이 없었다.(아버지 이름이 뭐더라? 니에베스 언니는 어떻게 그것까지 잊어버렸어?)

"드미트리는 큰아들이잖아." 아다가 항의했다. "난 둘째인데 왜 내가 그 역할을 해야 하는 거야?"

"왜냐면 언니는 우리 집안의 배우니까."

"그렇다면, 내가 우리 집안의 배우라면 알료샤를 하고 싶어."

"안 돼, 아다 언니. 언니가 하기엔 너무 부드러운 인물이야."

그렇게 평소와 다름없이 롤라가 이겼다.

니에베스는 순순히 남자 역할을 맡았다. 그녀는 이반이든 드미트리든 상관없었다. 어떤 역할이 주어져도 괜찮았다. 하지만 『레미제라블』을 연기할 때는 필사적으로 싸웠다. 롤라가 팡틴 역을 맡겠다며 얼른 나섰던 것이다. 팡틴이 상당히 드라마틱하고 섹시한, 자기와는 대조적인 인물로 보였던 것이다. 순진하고 다정다감한 성격을 지닌 루스가 코제트 역을 맡고, 올리베리오가 장발장 역을 맡는 건 아무도 반대하지 않았다. 롤라가 자신의 선택을 정당화하고 자기한테 유리한 상황을 만들려고 나름 날카롭게 관찰하여 조목조목 얘기하는데, 니에베스가 난호하고노 가자 없이 끼어들었나.

"팡틴은 내가 할 거야."

롤라의 아름답고 맑은 눈이 어두워졌다. 하지만 니에베스는 그녀에게 답변할 기회조차 주지 않았다.

"자베르 형사를 하든지 마리우스를 하든지 둘 중 하나를 선택해."

"싫어. 마리우스는 밋밋한 인물이야. 나는 팡틴을 하고 싶어." 롤라가 고집을 피웠다.

"안 돼, 꿈도 꾸지 마." 아다가 잘라 말했다. "니에베스 언니가 팡틴을 하고, 내가 자베르 형사를 할 테니 너는 마리우스를 해. 싫으면 관두고."

"올리베리오가 너를 어깨에 태우고 파리의 하수구란 하수구는 몽땅 데리고 다닐 거야. 어때, 신나지 않아?" 니에베스가 사촌의 약점을 겨냥하며 부추겼다.

"나는 거리에서 구원을 받아 죽을 때 침대에서 내 딸을 지켜주고 싶어." 롤라가 아주 심각하게 대답했다. "그게 하수구를 돌아다니는 것보다 훨씬 나아."

나중에, 큰 아이들만 단둘이 남게 되었을 때 아다가 못마땅한 듯 천천히 물었다.

"언니가 맡은 팡틴 역하고 내가 맡은 자베르 형사 역을 바꾸지 않을래?"

"싫어. 나는 남자 하기 싫어." 니에베스는 자기가 힘들게 얻어낸 것을 빼앗길까봐 두려워하며 딱 잘라 대답했다.

아다는 받아들여야 했다. 나중에 올리베리오가 그녀에게 자베르 형사 역을 가장 훌륭하게 해낼 거라고 말해주었기 때문이다. 나는 여름 내내 네 추격을 받게 될 거야, 네 두 눈이 나를 감시하지 않으면 나는 숨도 못 쉴걸, 하며 농담했다. 그래도 모두 팡틴 역을 맡고 싶어했으며, 마침내 니에베스가 이겼다.

그들이 싸우지 않은 여름은 딱 한 번뿐이었다. 『작은 아씨들』을 연기한 여름이었다.

니에베스는 생각했다. 오늘날 우리가 다시 소설 놀이를 한다면 내가 또 팡틴을 맡을 수 있을까?

어제는 재수가 없는 날이었다. 니에베스는 거리를 배회하다가 음식 대신 빈 깡통을 만난 개처럼 자존심을 발로 걸어차며 거리로 나섰다. 기분이 그럴 때면(니에베스, 인정해, 그런 일은 점점 더 자주 일어나잖아) 그녀는 조간신문도 보지 않고, 낮 시간에 골목의 신문 가판대 앞에 잠시 서 있지도 않는다. 세상에 복수하겠다는 심정으로. 세상이 그녀에게 그렇게 무관심하다면, 전혀 신경도 쓰지 않는다면, 그녀 역시 똑같이 갚아주지 못할 것도 없지 않은가? 폭탄이 터졌거나 기차가 탈선했다 해도 그녀의 걱정이나 관심, 연대감은 얻어내지 못할 것이다.

그녀는 마트로 향했다. 주차를 하는데 그 동네에 새로 개업한 카페가 눈에 띄었다. 그 순간, 자신도 깜짝 놀랄 만한 행동을 하면 어떨까 하는 생각이 들었다. 한 번도 그래본 적이 없기 때문에, 카페 안으로 들어가 혼자 조용히 테이블에 앉아 낮 시간에 카푸치노 한 잔을 슬기며 잠시 다른 생각에 삼겨, 줄기차게 사기를 따라다니겠다고 빡빡 우기는 작은 악마들을 쫓아내면 어떨까 하는 생각이 들었다. 그녀는 잠시 망설였다. 이미 카페 문 앞에서 망설이는 모습이 역력했다. 손으로 문고리를 잡았다 놓았다 잡았다 놓았다 하며 잠시 망설였다. 두려운 마음이 들기도 했다. 따뜻하고 맛있는 커피 향이 그녀를 자극하며 들어오라고 자꾸 불렀지만 그녀에게는 그곳이 너무 넓게만 느껴졌다. 그녀는 뒤로 물러났다. 사실 그녀는 신세 한탄을 하고 싶지 않았다. 그녀는 신세 한탄 하는 사람들을 증오했다. 게다가 그것도 모자라 왜 공유하려 드는지도 의아했다. 그렇게 지겹고 이기적인 사람들인데 왜 혼자서만 고이 간직하지 않는 걸까? 그녀는 자기가 알아낸 내용이 있다면, 그걸 떠벌리며 자기 시간이나 다른 사람의 시간을 절대 낭비하지 않을 것이다. 사람들 앞에서 속마음을 드러내는 것은 몸뚱이를 드러내는 것 못지않게 음탕한 짓이라 생각했다.

그녀는 자신의 의무만, 그러니까 시장 보기만 하겠다고 마음을 다잡고 단호하게 마트를 향해 발걸음을 옮겼다. 그 순간 거리를 거닐 때 자주 그랬던 것처럼 갑자기 투명인간 놀이가 하고 싶어졌다. 단순한 놀이였다. 자기가 다른 사람들의 눈앞에서 사라진 것처럼 행동하는 놀이였다.(어느 날 거울을 들여다봤는데 내 모습이 거울에 비치지 않으면 어떡하지?) 그러고는 예전에도 물었던 것처럼, 대체 어떤 살인자가 이 땅에서 나를 없앤 거지? 아니면 내가 자살한 건가? 하고 자신에게 되물었다. 나는 아무한테도 보이지 않아, 니에베스가 줄지어 늘어선 카트 앞에서 말했다. 이쪽으로 걸어갈 수도 있고, 아니면 여기 옆으로, 파리 백화점으로 들어갈 수도 있어. 향수 코너로 가서 슬쩍할 수도 있겠지. 좋아하는데 살 수 없었던 값비싼 향수들을 모두, 저기 있는 저 우아한 가죽 핸드백 안에 집어넣고…… 그러고는 그냥 나가는 거야. 아마도 경보음이 울리면서 도둑을 찾겠지. 그러면 나는 겐조와 크리스천 디오르, 샤넬을 잔뜩 든 채 문 쪽으로 행복하게 빠져나가고, 아무도 나를 붙잡지 못할 거야. 제일 잘생긴 남자 옆으로 슬쩍 다가가 키스할 수도 있어. 자, 어떤 미남이 이 근처에 있을까? 여기, 마트에. 그래, 유제품 코너로 가는 저 남자. 저 남자라면 괜찮겠다. 남자가 이상한 느낌에 주변을 두리번거리겠지만 아무도 보지 못할 거야. 단순히 자기 생각이라고 믿겠지. 그러면 나는 그의 입술 맛을 내 입술에 담은 채 지나가야지.

니에베스는 유제품 진열대 앞으로 가서 자신에게 가상의 키스를 받은 잘생긴 남자 옆에 서서 바닐라 맛이 나는 요구르트를 몇 개 집어들었다.(엄마, '다이어트 용'이어야 해!) 카트에 요구르트를 집어넣는데, 요 며칠 사이 자신이 스트레스를 많이 받았다는 생각이 들었다. 지난주 라울은 무지하게 바빴다. 그가 다니는 회사에서 원청업체 한 곳에 최종 결산 자료를 제출해야 했고, 막판에 라울에게 그 일이 떠맡겨졌다. 그래서 그는 제때 일을 마치기 위해 시간 외근무까지 해야 했고, 월요일에서 금요일까지 밤늦게 퇴근했다. 매일 밤 니에베스는 전자레인지에 음식을 넣어두고 혼자 잠자리에 들었다. 늘 잠이 모자랐기 때문에 라울을 기다리는 일은 엄청난 고문이나 다름없었다. 라울 주니어는 결혼한 이후 단 한 번도 집에 들르지 않았고 전화도 없었다. 정신없이 바쁜 모양이다. 페드로는 발디비아에서 최근 몇 달 동안 농업 전문가 연수를 받고 있다. 그는 전화를 걸어 엄마가 없으면 가끔씩 집안일을 도우러 오는 파출부 마루하에게 메시지만 달랑 남겨놓는다. 사립대학에서 건축을 전공하는 큰딸 아나 루이사는 제출해야 할 리포트가 두 개나 있었다. 하나는 세미나 제출용, 다른 하나는 작업실 제출용이었다. 그것 때문에 겨우 한 시간인 점심식사는 물론, 아침 한 끼도 같이하기가 힘들었다. 열다섯 살인 막내딸 밀레나는 책을 잔뜩 쌓아놓고 매일 오후 자기 방에만 처박혀 지냈다. 스페인어 과목을 통과하기 위해 읽어야 할 책들이었다. 선생님이 지난 학기에 책을 읽지 않은 사람들에게 한 번 더 기회를 주었는데, 밀레나는 당연히 그 그룹에 들어갔다. 그리고 다음 주 캠프에 가려면 좋은 점수를 받아야 했다(엄마, 제발 나한테 말 좀 걸지 말고, 뭐 시키지도 마세요. 이 빌어먹을 책들을 몽땅 읽어야 하거든).

시간은 더디게만 흘렀다. 근래 이렇게 조용한 적이 없어 이상하기까지 했다. 그러다가 니에베스는 거의 일주일 동안 아무도 자기한테 말도 걸지 않았다는 사실을 깨달았다. 자기가 입은 옷에 대해 딸아이 그 누구도 뭐라 구박하지 않았다. 전화도 거의 울리지 않았다. 아나 루이사는 집 밖에 있고, 밀레나는 책을 읽느라 정신이 없기 때문에 전화가 울릴 일이 거의 없었다. 니에베스가 『싯다르타』를 읽고 있는 밀레나를 두어 번 방해했다. 딸아이가 살아 있는지, 그곳에 있긴 한지 확인하겠다는 희망으로 딸아이의 방문을 열었지만, 그리 멀리 가지는 못했다.(아이, 엄마, 방해하지 말라고 했잖아요. 생각이 달아나는 거 안 보여?)

그러고는 토요일 아침 잠자리에서 일어나는 순간, 니에베스는 자기 자신과 맞닥뜨렸다. 얼굴을 무장해야겠다는 생각이 들었다. 눈이 지워지기 전에 눈을 고정시키고, 입이 없어지기 전에 입을 붙잡아두고, 부어 오른 광대뼈 아래로 아직 뼈가 있다는 사실을 기억하기 위해 광대뼈를 움직여봐야겠다는 생각이 들었다. 오래전, 마지막으로 거울을 들여다봤을 때는 감추려고 했었다. 손을 가꾸고, 작은 얼룩 하나, 옛날 흉터, 여드름 자국을 신경 써 들여다보며 살짝 덮어 화장했다. 그런데 지금은 그것을 모두 드러내 강조하고 싶었다. 니에베스는 자기 마음이 변덕스럽고 모순적이라는 생각이 들었다. 숨기면서 동시에 드러낸다는 것은 피곤한 일이다.

그녀는 거울을 포기했다.

다시 마트로 돌아가자. 니에베스는 여느 목요일 오전과 다름없이 그곳에 있었다. 유제품 코너에서 쇼핑을 마친 후 육류 코너로 향했다. 평소와 다름없이 늘 졸렸기 때문에 안개 속을 허우적거리듯 멍한 상태로 걸어갔다. 몸이 제 컨디션을 되찾으려면 두어 달은 푹 자야 할 것 같다는 생각이 다시 한번 들었다. 그런데 그때 딸아이들이 적어준 쇼핑 리스트가 떠올랐다(이거 전부 캠프에 가져가야 해. 생사가 걸린 일이야, 엄마). 그녀는 가방을 열어 안까지 뒤집으며 종이를 찾아보았다. 종이가 나오지 않자 안색이 변한 니에베스는 가방 안의 내용물을 모두 꺼내보았다. 분명히 그 안에 넣어두었다고 생각했지만 부질없는 생각이었다. 리스트는 나오지 않았다. 주문 받은 물건을 사지 못한 채 집에 들어갔을 때 자신을 째려볼 딸들의 모습이 눈에 선했다. 엄마는 정말 아무짝에도 쓸모없어. 그 순간 그녀는 두려움에 질려 냉동육류 코너 한가운데 멈춰 섰다. 느닷없이 새로운 의심이 뒤통수를 내리쳤다. 처음으로 아이들을 세상으로 데려온 의미를 생각해보게 되었다. 아이들을 위해 내 삶을 희생했는데. 뭐 때문에? 무슨 영광을 얻자고? 무슨 대가로? 아이들을 위한 희생을 가장 신성한 것으로 여기고 평생을 살아왔기 때문에 이러한 단순한 질문도 큰 위협으로 느껴졌고, 자신의 존재이유까지 위험해지는 것 같았다. 그럼에도 불구하고 어느 한쪽 구석에선가 꼭꼭 숨어 있는 '희생'이라는 단어, 매일 아침 눈을 뜨게한 그 단어가 모든 의미가 사라진 공허한 단어처럼 한 음절 한 음절 들리기 시작했다. 누군가 '희생하다'라는 동사를 '공유하다' 또는 '결속하다'라는, 상호적인 의미가 들어 있는 동사와 합치려한다면 그건 엄청난 착각이라는 생각이 들었다. 희생에는 편도만이 있을 뿐이다. 바닷가에서 바다를 밀어내는 육지처럼 외로운 길이다.

　니에베스는 집으로 돌아와 사온 물건들을 모두 꼼꼼히 제자리에 집어넣고, 비닐봉지들은 나중에 쓰레기봉투로 사용하려고 잘 접어놓았다. 그러고는 남쪽 여행에 대한 세부사항을 의논하기 위해 롤라에게 전화해야 한다는 사실을 떠올렸다. 제발 바쁘거나 회의중이 아니길! 니에베스는 수화기가 자기 손에서 도망치기라도 할까봐 수화기를 꽉 움켜쥐고 비서가 받기를 기다리며 가만히 빌었다. 기적이었다! 롤라가 수화기를 건네받고, 좋은 타이밍에 전화했다는 뉘앙스가 풍기는 목소리로 인사를 건넸다. 니에베스는 그때를 틈타 전화선 건너편에 있는 사촌동생에게 모든 것에 대해 조금씩 불평을 늘어놓았다. 독백을 늘어놓은 지 5분 만에 결론을 맺었다.
　"내일 아다가 오는데 내 꼴이 이게 뭐니!"
　"언니, 그냥 확실하게 말해. 아다는 빙빙 돌려 말하는 거 못 참잖아."
　"무슨 말이야?"
　"중요한 건 아니야. 하지만 언니 얘기를 듣고 있다보면 아다가 지난번 칠레에 왔을 때 한 말이 생각나서……"
　"뭔데……?"
　"언니가 너무 뻔한 이야기를 좋아하는 게 아니냐고 말했거든."
　"그게 무슨 의미야, 롤라?"

"나도 몰라. 언니가 맨날 하는 얘기랑 관련이 있는 것 같아."

"너한테 무슨 말을 더 했는데? 제발 확실하게 좀 얘기해봐."

"뭐 대충 이런 거야. 니에베스 언니는 가장 독창적이고 엉뚱할 수 있는 자질을 가졌는데, 어느 순간엔가 약간 바보가 돼버리지 않았냐고."

"자질? 나한테 그런 게 있기나 했니?"

"아이, 언니, 잘 생각해봐. 아다에게 중요한 건 딱 하나, 언니가 언제 마지막으로 책을 읽었느냐 하는 거야."

"하지만 롤라, 그 말 참 가슴 아프다⋯⋯"

"니에베스 언니, 내가 지금 얼마나 조심스럽게 말하고 있는데⋯⋯ 언니가 눈을 좀 떴으면 하는 바람에서 말야. 인생에서는 착한 게 전부가 아니야."

(마지막으로 모두 모여 식사했을 때, 우리는 맛난 굴 요리를 들며 『카라마조프의 형제들』을 연기했던 여름을 떠올렸다. 그때 올리베리오가 어떤 의견을 내놓았는데, 내 생각에 그것은 즉흥적인 의견 같았다. 내가 보기에는 알료샤가 세 형제 중 제일 매력이 없는데 그 역이 가장 인기 있다는 게 정말 놀라웠어. 너무 지겨워서 짜증까지 나는데 말이야. 이반은 늘 내가 좋아하는 인물이야. 알료샤 역을 두고 싸우는 건 마치 사촌자매들 중 누가 제일 착한지를 두고 경쟁하는 것 같다는 생각이 들어. 착한 게 가장 숭고한 덕목이라도 되는 양 말이야. 라울, 좀 한물간 생각 같지 않아? 요즘 애들이 누가 제일 착한지를 놓고 싸우는 모습이라니. 재미있는 건 얘네들이 진짜로 거기에 목매달았다는 거야. 소설이 아니라, 마치 자

신들이 진짜 19세기 인물인 것처럼.

그리고 롤라가 큼지막한 굴을 아름다운 입 안에 넣으며 웃었다.)

"롤라, 나는 다시 팡틴이 되고 싶어!"

니에베스는 어렸을 때도, 아가씨였을 때도 지겹다는 걸 몰랐다.

푸에블로는 포근한 장소였고 그곳에는 항상 개 한 마리가 짖어대곤 했다. 멋지고 위풍당당하고 드라마틱하고 자연이 폭발한 것 같은 진정한 칠레 남쪽에 닿기 전, 그곳으로 향하는 길목에 물에 술 탄 듯 술에 물 탄 듯한 어정쩡한 남쪽이 있다. 훨씬 덜 멀고, 덜 초록빛을 띠고, 덜 푸르고, 덜 습기 찬 곳, 하늘과 부딪혀도 절대 산산조각이 나지 않을 곳이다. 어쩌면 그러한 소박함 때문에, 절대적인 의지의 부족 때문에 첫번째 마르티네스가 그 지역에 매료되었는지도 모른다. 볼품없으면서도 약간 거친 풍경이 그에게는 자아상처럼 느껴졌는지도 모른다. 수양버들과 포플러나무, 순박한 가시나무들이 자라는 너무도 친절한 땅, 화려하지 않기에 오랜 기간 사랑할 수 있을 것 같은 땅이다. 어쩌면 이타타 강의 풍부한 수량이 결정적으로 그의 마음을 사로잡았는지도 모른다.

(이타타 강에는 비록 다뉴브 강의 위엄과 아르노 강의 예술사, 허드슨 강의 전기는 없지만 그건 '내' 강이야. 내가 유일하게 소유한 강이야, 아다가 말했다.)

니에베스 언니, 그냥 '마을'이라는 의미로 그곳을 '푸에블로'라고 부르다니, 정말 상상력이 부족해도 너무 부족하지 않아? 그렇지. 하지만 그 이름은 태어나면서 내 귀로 직접 들은 이름이야. 아마 지도에도 공식적으로 나와 있을걸. 하지만 나는 관심 없어. 우리에게는 그곳이 세상 전부고, 따로 이름 붙일 필요도 없어.

푸에블로는 이타타 강에 인접한 거리 두어 개가 전부인 곳이었다. 그곳이 지도에 나와 있는 것은 그곳에 기차역을 세우기로 결정했기 때문이었다. 마르티네스 가문의 누군가, 그러니까 호세 호아킨 중 한 사람이 개발을 할 수 있도록 토지의 일부를 내놓았고, 그 뒤로 그곳이 발전했다. 역장 사택에 이어 성당, 그러고 나서 학교, 그리고 치료사의 집―응급조치를 위한 조그마한 객줏집 같은 곳이다―이 세워졌다. 그리고 훨씬 나중에 파출소가 세워지면서 마을의 모습이 갖춰졌다.

아주 오랫동안 전화는 두 곳에만 있었다. 하나는 당연히 할아버지 집에 있었고, 다른 하나는 돈 텔로의 잡화상에 있었다(탄산음료, 인형 옷을 만드는 투박한 천, 볼펜, 딱딱하고 퍽퍽한 동물 모양의 과자 등 모두 그곳에서 살 수 있었다). 두 거리가 끝나는 지점에, 작은 언덕 위로 식민지 풍의 대저택이 우뚝 솟아 있었다. 지붕은 붉은 기와로 뒤덮였고, 복도와 벽은 새하얗게 칠이 되어 있었다. 그리고 큰 정원이 저택을 에워싸고 있었다. 초록빛 야생 식물로 뒤덮인 3헥타르의 땅으로, 그 누구도 그곳을 다른 목적―나무를 심겠다는―으로 사용하겠다는 생각은 하지 못했다. 어쩌면 세상 끝 조각인 그곳의 비참한 자연 때문에 의욕을 잃었는지도 모른다. 포플러나무들이 한 줄로 길게 늘어서 정원을 완전히 둘러쌌다. 수직으로 빽빽이 늘어선 파수꾼처럼. 그 안에서 자라는 것들은 모두 초록빛 혼란 그 자체였다. 아카시아, 소나무, 밤나무, 살구나무, 배나무 등이 각기 제멋대로 무질서하게 자랐다. 집 주변의 목초지는 풍족했으며, 풀이 빽빽하게 자랐다. 니에베스는 목초지가 늘 자기를 반기는 것 같다고 느꼈다. 그리고 치자나무와 제라늄, 수양버들도 그녀를 반기는 것 같았다. 니에베스는 수양버들이 우는 것을 한 번도 보지 못했다. 하지만 포플러나무가 칠레 시골의 가장 전형적인 모습이기 때문에 특징적인 모습을 보여준다고 생각했다.

새벽이면 정원 뒤쪽에서 숲이 늘어지게 하품했으며, 날씬하고 단단한 소나무들, 무수히 많은 어린 소나무들이 흙냄새를 풍겼고, 어린 자식들을 땅 위로 내려보냈다. 사촌자매들은 그것을 솔방울이라 불렀다. 니에베스는 단단한 나무껍질에 누런 알카초파처럼 뾰족한 잎이 겹겹이 쌓인 그것의 이름이 정식 이름인지, 아니면 자기들이 지어 붙인 이름인지 궁금했다.

짙은 청동색 흙으로 덮인 정원 옆으로 제재소가 있었다. 그곳에서 할아버지가 일했고, 그 뒤를 이어 카실다 고모할머니가 일했다. 그곳에는 톱밥 같은 미세한 먼지들이 둥둥 떠다녔다. 그곳에서 푸에블로 주민들이 일자리를 얻었고, 니에베스와 사촌자매들은 그곳의 기술을 존중하고 규율을 받들었다. 그들에게 매일 일용할 양식을 주는 복잡한 톱니바퀴가 맞물려 돌아가는 곳도 그곳이었다. 그곳은 그들에게만 양식을 준 게 아니었다. 카실다 고모할머니의 오빠들에게도 양식을 주었다. 그들은 푸에블로에서 태어나 존경 받을 만한 진로를 찾아 떠날 때까지 그곳에서 살았다. 그때가 되자 그들은 공부하고, 결혼하고, 직장을 갖기 위해 산티아고로 떠나야 했다. 호세 호아킨은 큰아들로서 카실다에게도 다른 오빠들처럼 떠나라고 권했다. 떠나지 않는다면 그녀는 그 지역 농사꾼과 암울한 결혼식을 올려야 하는 운명이었다. 카실다는 들은 척도 하지 않았고, 떠나지도 않았고, 결혼도 하지 않았다. 그녀는 큰오빠 곁에 머물다가 얼마 지나지 않아 올케언니가 세상을 떠나면서 주연을 맡았다.

니에베스에게 할머니에 대한 기억은 거의 없다. 니에베스가 아주 어렸을 때, 할머니는 고통 속에서 체념하고 사는 여자의 어렴풋한 기억만 남겨둔 채 그들의 인생에서 사라졌다. 당시에는 체념이 꽤 높이 평가받던 덕목이었다(니에베스 언니, 칠레에서는 여자들이 체념을 자랑스럽게 생각한다는 게 특이하지 않아? 여기 올 때마다 깜짝 놀란다니까). 할머니는 암의 공격을 받았지만 무시했다. 그래서 자기 죄와 남의 죄까지 구원받기 위해 하느님에게만 전적으로 의지하는 남편에게도 자신의 고통을 털어놓지 않았다. 그녀의 침묵은 병과 함께 깊어갔으며, 의사도 찾지 않았다. 할머니는 끔찍한 고통 속에서 돌아가셨지만 결코 불평 한 마디 하지 않았다. 할머니의 장례식을 치른 후, 카실다 고모할머니가 올케의 뒤를 이어 큰 집안일을 도맡아 혼자가 된 할아버지의 걱정을 덜어주었다. 할아버지가 돌아가시자 카실다 고모할머니는 제재소까지 떠맡았다.

그때 즈음, 몇 년 전 산티아고로 떠났던 오빠들이 하나 둘 다시 모습을 드러냈다. 맨 먼저 안토니오 할아버지가 도착했다. 앞길이 창창한 토목기사였지만, 술을 좋아하는 바람에 폐인이 되어 아내와 자식들은 산티아고에 남겨둔 채 돌아왔다. 휴식을 갖기 위해 얼마 동안만 있을 생각이었다. 병이 들었는데 아내가 잘 돌봐주지 않아, 카실다, 제발 나 좀 돌봐줘, 하며 찾아왔다. 그러고는 다시는 돌아가지 않았다. 마흔도 안 된 나이에 침대에 드러누워 제재소가 부도날 때까지 일어나지 않았다.

1년 후 집안의 변호사인 펠리페 할아버지가 돌아왔다. 한때 하원의원까지 지냈던 그는 자신의 진짜 소명은 정치가 아니라 그림이며, 자기 예술을 펼칠 수 있는 유일한 곳은 푸에블로의 집이라는 것을 깨달았다. 그때 펠리페의 나이가 대충 서른아홉이었다. 카실다는 아무 얘기도, 아무 질문도 하지 않고, 침실을 새로이 꾸몄을 뿐이었다. 그러고 나서 한참 뒤에 옥타비오 할아버지가 돌아왔다. 코가 불그스레하고 큼지막한 의사였다. 그는 산티아고에 가족을 남겨두고 잠깐 들러 며칠 동안만 있을 생각으로 왔다. 산티아고가 지겹고, 맑은 공기를 마시고 싶어 형제들을 찾아온 것이었다. 하지만 그도 그곳에 영원히 머물렀다(그래도 그는 쓸모가 있었다. 사람들이 말에서 떨어지거나 열이 오를 때마다 치료해주었으니까). 푸에블로로 돌아와 계속 머물 생각을 한 사람은 아무도 없었다. 아내와 자식들이 찾아왔고, 어쩌면 그들 역시 돌아갈 생각이었는지도 모른다. 그런데 중요한 것은 절대 돌아가지 않았다는 것이다.

카실다 고모할머니가 돌아가신 후 빚쟁이들이 돌멩이 밑바닥에서까지 기어나왔고, 제재소가 몽땅 저당 잡혔다는 사실이 밝혀졌다. 그때 올리베리오가 사촌누이들에게 말했다. 당연하지. 달리 설명할 방법이 없어. 그렇게 많은 사람들이 일하지 않고도 잘 살았다는 게 어떻게 설명될 수 있겠어? 카실다 고모할머니가 할아버지들이 돌보지 않는 식구들에게 매달 보내던 수표는 젖혀두고라도 말이야. 카실다 고모할머니는 돈이 부족할 때마다 땅이나 기계를 담보로 빚을 끌어다 썼다. 세상에서 가장 자연스러운 일처럼 아무렇지도 않게 조용히, 얘기도 상의도 하지 않고 처리했다. 그녀가 제재소를 물려받았으니 달리 설명할 필요도 없었다. 가끔은 조카손녀들의 미래를 걱정했지만, 카실다는 여자는 누군가 먹여주고 재워줄 사람이 있다고 생각하는 쪽이었다. 그리고 유일한 남자인 올리베리오에게는 제재소가 필요 없었다. 그의 핏줄에 흐르는 피는 마르티네스 가문의 피가 아니니, 완벽하게 자기 스스로 벌어먹고 살 수 있었다.

카실다 고모할미니는 오빠들의 옷장 안에 돈을 보관했다. 그들은 옷을 갈아입지 않았다. 파자마가 그들 한 명 한 명의 유니폼이었다. 식민지 시대에 지어진 옛 건축물의 왼쪽 날개 부분은 꽤 긴 편이었다. 상당히 길었고, 붉은 벽돌이 깔린 복도 쪽에 많은 방들이 있었다(이미 고인이 된 사람들이 썼던 방문은 굳게 닫혀 절대 열리는 법이 없었다). 니에베스는 정오에 방문이 열려 할아버지들이 모습을 드러내길 기다리며 돌아다녔다. 할아버지들은 일어나면 늘 가운을 양쪽 어깨에 걸치고 나왔다. 가운은 절대 바뀌지 않았다. 안토니오 할아버지의 가운은 커피색 체크무늬였고, 옥타비오 할아버지의 가운은 초록색과 푸른색이었다. 빨간색 체크무늬인 펠리페 할아버지의 가운이 제일 귀여웠다. 그들은 복도 쪽 지붕 아래에 나란히 내놓은 나무 걸상에 앉아 일광욕을 하며 신선한 공기를 들이마셨다. 자기들끼리 대화를 나누다가 갑자기 큰 웃음이 터져

나오기도 했고, 느닷없이 언성이 높아지거나 소리를 지르기도 했다. 카실다, 오늘 점심은 뭐니? 대개는 늙은 판차―그때도 이미 꽤 늙어 보였다―의 딸인 크리스탈이 쟁반에 점심을 챙겨 침실까지 갖다주었다. 사실 니에베스는 크리스탈이 손을 놀리지 않는 모습을 본 적이 거의 없었다. 그 집에서 크리스탈이 하는 일은 쟁반을 들고 왔다갔다하는 게 전부였다. 그렇지만 절대 하찮은 일이 아니었다! 푸에블로의 집에서는 음식이 모자란 적이 한 번도 없었다. 거대한 부엌에 들어가는 게 니에베스가 좋아하던 일들 중 하나였다. 사람들이 들끓었으며 모두 바쁘게 돌아다녔다. 늘 뭔가를 요리하고 있었으며, 늘 부뚜막에는 장작불이 지펴져 있었고, 늘 환영한다는 냄새를 풍겼다. 니에베스는 지금도 넓은 부엌과 병들이 가득 들어찬 찬장을 보면 기분이 좋다. 정원의 과일로 만든 잼, 플란, 박하와 허브차를 만들기 위해 말린 허브들, 앵두로 담근 술, 와인 종류인 미스텔라, 토마토소스, 식초에 절인 양파, 말린 복숭아와 자두, 말린 무화과 등이 진열된 부엌을 보면 너무 좋았다. 그런데도 안토니오 할아버지는 마치 궁핍한 생활을 하는 것처럼 행동했다. 안토니오 할아버지는 해가 거듭될수록 조카손녀들도 깜짝 놀랄 정도로 탐욕스럽게 굴었다. 할아버지는 식당에 모습을 드러내지 않았기 때문에 크리스탈이 식사 때 쟁반에 음식을 담아 갖다주었다. 그런데도 안토니오 할아버지는 몰래 부엌을 드나들기 시작했다. 그는 아무한테도 들키지 않도록 조심스럽게 음식을 훔쳐 복도 끝에 있는 자기 방으로 가져가, 누군가 자기 음식을 빼앗아갈까봐 걱정하며 협탁 위에 올려놓았다. 처음에는 별 뜻 없이 소박하게 작은 와인 잔 한 개만 슬쩍했다. 그러더니 비스킷과 치즈를 가져갔고, 결국에는 한밤중에 잔치라도 벌일 듯 요리를 그릇째로 갖다놓았다. 안토니오 할아버지가 복도 끝 쪽의 방을 향해 복도를 따라 몰래 걸어갈 때의 모습을 보면 갈수록 은밀함과 공포가 두드러졌다. 할아버지는 기둥마다 몸을 숨겼고, 굶주린 개떼가 냄새 맡고 쫓아오기라도 하듯 사방을 두리번거렸다. 할아버지가 떠난 후 그 방 옷장을 열어보니 그 안에는 음식물과 개미, 쥐의 흔적으로 가득했다고 한다.

아주 가끔 누군가 나서서 그들을 식당으로 데리고 오면 대화는 늘 비슷비슷했다. 네가 호세 호아킨의 딸이지, 그렇지? 네, 할아버지. 쇠나 세집애들인 네나가 모두 비슷비슷하게 생겨서 헷갈린단 말이야. 그러면 아다와 니에베스는 간신히 웃음을 참으면서 서로 바라보았다. 한 사람은 마르고 작고 금발이고, 다른 한 사람은 키가 크고 앙상하고 갈색 머리인데 어떻게 헷갈릴 수 있지? 그들이 절대 헷갈리지 않았던 사람은 유일한 손자인 올리베리오뿐이었다. 장래희망은 뭐니? 애야, 너는 어떤 일을 하고 싶니? 세월이 흐르면서 대답도 바뀌었다. '변호사'라고 답할 때까지는 소방관에서 파일럿까지 다양했다. 변호사는 모두 좋아했다. 펠리페뿐만 아니라 산티아고에 사는 다른 친척들도 법대를 나왔기 때문에 그들 눈에는 전통을 이어가는 게 좋게 보였다.

니에베스는 펠리페 할아버지가 그림을 보여주었던 어느 날 오후를 생생하게 기억하고 있다. 할아버지의 시간표는 꽤 이상했다. 새벽 세시에 일어나면 그의 방에서 흘러나오는 불빛을 볼 수 있었다.

저녁에 잠을 자는 걸까? 저 안에서 무슨 일이 벌어지고 있는 걸까? 할아버지는 가끔 이렇게 쳐들어오는 조카손녀들을 제외하고는 아무에게도 문을 열어주지 않았다. 시간이 흐를수록 호기심도 더욱 커져갔기 때문에 니에베스는 할아버지의 초대를 받게 되자 매우 신이 났다. 펠리페 할아버지는 대체 뭘 그리는 걸까? 니에베스는 자기가 받은 특혜에 감격해 당당하게 안으로 들어갔다. 그녀의 눈 앞에는 각기 다른 크기의 수많은 수채화들이 있었다. 벽에 기댄 그림도 있었고, 바닥에 눕혀진 그림도 있었고, 유리병과 붓이 수북이 쌓인 긴 테이블 위에서 말리고 있는 그림도 있었다. 테이블은 방 한가운데 놓여 있었다. 모두 집과 정원을 그린 그림이었다. 한 개의 예외도 없이 모두. 펠리페 할아버지가 니에베스의 눈에서 놀라움을 읽고 전도서의 한 문장을 들려주었다. 니에베스는 그 문장이 너무도 슬펐다. "집으로 돌아가는 인간의 길이 멀기 때문에 편도나무에는 꽃이 피고, 귀뚜라미는 짐이 되고, 욕망은 좌절된다."

  니에베스에게 가장 끔찍한 느낌, 최악의 느낌은 푸에블로에서 3개월의 방학을 보낸 후 산티아고로 돌아갈 때의 느낌이었다. 한 장소에서 다른 장소로 곧장 이동하지 않는다는 조건하에서만 '변화'가 정당성을 얻었다. 남쪽에서 북쪽으로 이동하기 위해서는 일정한 시간―중재할 수 있는 시간―이 필요했다. 일상으로 돌아가기 위한, 시간을 초월한 순간이 필요했다. 그들은 대도시와는 어울리지 않는 어정쩡한 시골 처녀의 이미지를 양 어깨에 잔뜩 짊어지고 돌아왔다. 무자비한 햇볕에 시커멓게 그을렸으며, 피부는 개들이 혀로 핥고 바람을 맞아 얼룩졌다. 그리고 무릎은 늘 가시나무와 고양이한테 긁힌 자국투성이였고, 양쪽 팔다리는 강 바위에 부딪히거나 말에서 떨어지면서 어쩔 수 없이 생긴 시퍼런 멍투성이였다. 모두 전형적인 여성의 이미지에 큰 타격을 입었다. 시간이 좀 흐르고 나서야 그들은 산티아고에 적합한 이미지를 되찾아갔다. 그들은 하루아침에 몸과 마음이 전혀 다른 사람이 되어야 했다. 기차가 산티아고에 가까워져 초록빛은 찾아볼 수 없는 메마른 도시가 모습을 드러낼 때면 니에베스는 목구멍이 탁 막히는 듯한 진한 고통을 떠올렸다. 너무나도 가난하고 서글픈 도시의 모습이었다. 그녀는 하늘나라―푸에블로에서의 생활은 그도록 풍요로웠다―에서 추방당한 기분이었다. 자신이 그곳과는 전혀 상관없는 타지 사람 같다는 느낌이 들었고, 도시가 혐오스러웠다. 안토니오 할아버지라면 이렇게 말했을 것이다. 그건 중요하지 않단다, 얘야. 너도 어차피 죽을 테니 아무것도 중요하지 않아. 안토니오 할아버지 옆에서는 미래에 대한 어떤 집착도 불가능했다. 할아버지에게는 존재의 허망함이 너무나도 날카롭고 집요하고 지속적이라 그 어느 것도 의미가 없었다. 니에베스는 인간은 어떤 이유 때문에 의식 속에 죽음이란 개념을 붙잡아두지 않는다고 믿었다. 죽음이 지속적이라면 어떻게 살 수 있단 말인가? 그 법칙의 예외가 안토니오 할아버지였다. 그는 전문적인 비관주의자였다. 자유를 얻지 못한 우울한 사람이었을까? 니에베스는 훨씬 나중에 자신에게 물었다. 안토니오 할아버지는 조카손녀들이 망설이는 모습을 볼 때면, 아직 우리가 무엇 때문에 사는지도 모르는데 어떻게 삶에 대해 망설이지 않을 수 있겠니? 라고 말했다. 그가 가장 열심히 생각하는 주요 주제는 허망함과 모든 것을 게걸스럽게 먹어치우는 시간이었다. 인간의 그 어떤 위업도 의미가 없었다. 모든 것은 죽게 되어 있어. 그게 안토니오 할아버지의 언명言明이었다. 할아버지는 편지 한 장 쓰지 않았다. 뭐 하려고? 죽으면 모두 부질없는 것인데, 라고 말했다.

산티아고에서 니에베스는 외로웠다. 아다와 롤라, 루스는 뿔뿔이 자기 집으로, 혼자 쓰는 방으로, 욕실에 잘 말린 타월이 있는 곳으로, 그들이 할아버지 집에 연연하는 이유를 절대 이해하지 못하는 부모님 곁으로 돌아갔다. 그렇지만 니에베스는 아다가 가장 많이 슬퍼한다는 것을 알았다. 롤라가 가장 쉽게 적응했다. 롤라는 상당히 사교적이라 친구들과도 잘 어울렸고, 쫓아다니는 남자도 많았다. 사춘기 때부터 그녀 주변에는 남자들이 끊이지 않았다(올리베리오는 그들을 '콘도르'라 불렀다. '롤라와 콘도르 떼'라고 했다). 그녀의 적응력은 놀라울 정도로 뛰어났다. 그래서 산티아고가 양팔을 활짝 벌려 반기면, 애교상 잠시 머뭇거리기는 했지만 결국 흡족해하며 그 품안으로 뛰어들었다.

하지만 사촌자매들 중 둘째는 그렇지 못했다. 니에베스는 한참 지나서야 알았다. 모든 기차는 돌아간 후 사라져버리는 이별을 의미하기 때문에 아다가 기차를 싫어한다는 것을.

치료사의 집은 역에서 몇 미터 떨어진 곳, 철로 바로 앞에 있었다. 옛날 치료사를 알았던 사람들은 그 집에 사는 사람들은 바뀌어도 집은 예전 그대로라고 했다. 집 전체가 목재로 지어졌으며, 니스 칠을 해 밤색 톤의 밝은 커피색을 그대로 유지했다. 니에베스는 그 집을 신기해했는데, 자기가 본 집 중 유일하게 나무로 지어진 집이기 때문이었다. 그 집에서는 늘 같은 냄새가 났다. 날씨가 뒤섞인 냄새였다. 더위도 냄새가 나나? 오븐에서 구워지는 달콤한 음식, 초, 깨끗한 빨래가 뒤섞인 냄새였다. 하지만 니에베스가 진짜로 매료되었던 것은 목재도 아니고, 냄새도 아니었다. 바로 치료사의 딸인 실비아였다. 니에베스와 동갑이었으며, 그녀와 같은 기간에 푸에블로에 머물렀다. 실비아는 근처 노시에서 공부했으며, 학기중에는 친척 집에서 살다가 방학 때 부모님의 집으로 돌아왔다. 푸에블로에는 작은 초등학교 한 개만이 있었다. 단 한 명뿐인 선생님도 없을 때가 많은 시원찮은 학교였다. 모두 농사꾼인 주민들에게는 그걸로 충분했다. 하지만 치료사의 가족에게는 그렇지 않았다(고모할머니, '중하층'이라는 말이 무슨 뜻이에요? 카실다 고모할머니는 한참 동안 골똘히 생각하다가 간단하게 대답했다. 치료사란다). 실비아는 바느질을 할 줄 알았다. 그녀의 집에 재봉틀이 있어 니에베스에게 인형 옷을 만드는 법을 가르쳐주었다. 니에베스에게는 돈 텔로의 잡화상에서 구입한 투박한 싸구려 천 조각이 실비아의 손을 거쳐 옷으로 탈바꿈된다는 게 신기하기만 했다(카실다 고모할머니는 절대 바늘을 잡지 않았다).

실비아는 점심식사에 초대받으면 무척이나 좋아했다. 그녀에게는 낯설기만 한 양념들과 양파, 마늘을 넣어 요리한 음식들이 모두 맛있게만 보였다. 게다가 양도 훨씬 푸짐했다(실비아의 사촌인 에우세비오가 왔을 때 니에베스는 그가 먹는 모습을 지켜보았다. 마치 악마에 홀린 사람 같았다. 감옥에서 방금 풀려난 죄수 못지않게 굶주린 것 같았다. 더 많이, 더 빨리 허겁지겁 집어먹기 위해 거의 씹지도 않았다. 아무도 그를 야단치지 못했다. 그냥 멍하니 바라만 보았을 뿐이었다. 니에베스는 그 어떤 상황에서도 사람들 앞에서 그렇게 굶주린 모습을 보이지 말아야겠다고 다짐했다. 그래도 혹 모르니까, 남의 집에 초대받아 가기 전에 집에서 뭔가를 조금이라도 먹고 가야겠다고 결심했다. 사소한 것은 모두 잊히듯, 물론 그 결심도 세월과 함께 잊혔다. 그녀는 치료사 친척의 굶주린 모습과 같은 그런 게걸스러운 모습을 보여줄 일이 절대 없었다. 그때 그녀는 격렬한 욕구라는 개념을 알게 되었고, 항상 그 개념을 에우세비오와 연관시켰다).

실비아는 사촌자매들을 자주 찾아오지는 않았다. 마치 그들의 관계가 자매들에게 달려 있다는 점을 암시하는 듯했고, 아니면 그곳을 별로 좋아하지 않는 것 같기도 했다. 어느 날 니에베스는 그 해답을 얻어냈다. 실비아가 식사 시간에 나타나면 카실다 고모할머니가 혼란스러워하며 그녀를 테이블에 앉혀야 할지, 아니면 부엌으로 보내야 할지 망설였던 것이다. 실비아는 피부가 까무잡잡하고 상당히 마른 편이었다. 두 눈은 새까맣고 작았으며 거의 표정이 없었고, 얼굴이 촌스럽다는 건 부인할 수 없었다. 거의 남의 눈에 띄지 않고 다닐 수 있는, 단 한순간도 남의 눈길을 끌지 못하는 그런 얼굴이었다. 머리 한가운데로 가르마를 타서 양쪽으로 가른 다음 뒤로 길게 하나로 묶었다. 행동은 귀여운 편이었다. 가끔은 발끝으로 걸었으며, 또 가끔은 영양처럼 걸었다. 사춘기가 되어 다이어트와 몸무게에 대한 집착이 생기면서 사촌자매들은 실비아의 가녀린 뼈를 부러워했다. 딱히 볼만한 몸매는 아니지만, 결코 그녀를 괴롭히지는 않을 자그마한 골격과 체구가 부러웠던 것이다.

실비아는 푸에블로를 증오했다. 훗날 니에베스가 푸에블로를 증오하게 되었듯이. 방 창문 너머로 그녀의 시선을 가로질러가던 기차 레일 하나하나가 먼 장래로, 역동적인 가능성의 정확한 잣대로 바뀌었다. 가까이 있는 바깥 세계는 그녀의 미래에서 벗어났다. 기차는 수도 없이 멈춰 시지만 결국 그 기차의 종착역은 산티아고였고, 실비아가 바라보는 곳도 산티아고였다. 푸에블로는 레일 위에만 머문 채, 침목 위에만 머문 채 그녀의 숨통을 콱콱 조였다. 교수형 당한 사람의 목에 걸린 밧줄처럼 가난이 그녀의 목을 졸라댔다. 삶이 그녀에게 뭔가를 선물해주겠다고 마음먹었을 때, 그녀의 유일한 소원은 그곳을 떠나는 것이었다. 하지만 무슨, 그녀는 안간힘을 써야 했다. 아무도 선물을 해주지 않을 테니. 미래가 제시하는 좋은 것들은 모두 그녀에게 달려 있었다. 미리 주어지는 것도 없고, 공짜로 얻어지는 것도 아무것도 없다. 당시 실비아가 니에베스를 부러워했더라도, 니에베스의 가능성 있는 운명을 부러워했더라도, 그녀는 한참 후 몇 년이 지나 그들 모두를 '빌어먹을 인간들'이라 부를 때까지도 그 마음을 겉으로 드러내지 않았다(실비아의 말이 모두 옳아, 그 사실을 알게 되었을 때 아다가 말했다. 우리보다 더 빌어먹을 인간은 없을 거야. 우리는 지금은 존재하지도 않는 기반 위에서 성장했고, 재산을 몽땅 탕진한 옛 가문의 집에서 살았어. 그리고 우리 손에는 절대 오지도 않을 재산을 물려받았고. 우리가 이 땅의 주인이었는데, 지금은 완전히 빈털터리잖아. 우리만이 유일한 건 아닐 거야. 그래서 실비아같이 급상승한 사람들이 엄청난 복수를 벼르는 거지. 그녀가 나한테 피곤한 피를 가졌다고 했던 거 기억나? 그녀는 에너지가 흘러넘치는 지칠 줄 모르는 샘물과 같은 피를 가졌어. 푸에블로가 실비아에게 질식을 의미했다면, 우리에게는 보호를 의미했어. 그런데 우리가 어떻게 되었는지 보란 말이야! 우리의 크나큰 환상이 그곳으로 돌아가는 것이라면, 실비아의 결심은 그 땅을 절대 밟지 않는 걸 거야).

매번 그런 것은 아니었지만 방학 기간 중 가끔 실비아가 겨울에 같이 사는 친척들이 치료사의 집에 놀러왔다. 실비아는 그들이 진짜 사촌인지, 아니면 그냥 아빠의 친구인지 확신하지 못했다. 그곳에서는 친척이라는 말을 폭넓게 사용했다. 니에베스는 에우세비오가 처음으로 왔던 여름을 확실하게 기억한다. 별로 기억하고 싶지는 않지만 이미지들이 의지대로 지워지는 건 아니다. 그럴 수 있다면 추억은 늘 핑크빛일 것이다. 니에베스는 그 남자아이한테서 느껴지던 비호감이 잊히지 않았다. 그 아이에게서는 주변 시골 아이들의 얼굴에서 흔히 볼 수 있는 겸손한 면이 조금도 없었다. 그리고 치료사와 그의 가족들에게서 느껴지는, 거리를 두고 묵묵히 존중한다는 느낌도 전혀 없었다. 에우세비오를 보고 있으면 뭔가가 불안했다. 엉덩이가 아주 펑퍼짐한걸, 롤라가 그를 처음 보았을 때 말했다. 니에베스는 자기와 다른 것은 모두 두려워했다─그녀는 아직도 그것을 두려워하고 있다─. 다르다는 게 공포를 불러일으켰던 것이다. 그녀는 가난한 사람들을 모르기 때문에 그들─푸에블로와 상관없는 가난한 사람들─역시 두려웠다. 그녀는 잠시 멈춰 서서 이런 불안감을 분석하는 일은 하지 않았다. 그냥 에우세비오가 싫다고 결론내렸을 뿐이었다. 나중에 실비아에게 에우세비오가 싫다는 얘기를 했을 때, 실비아는 그 이유를 몰랐기 때문에 상당히 놀라고 당혹스러워했다. 니에베스는 금발에다 몸매의 곡선도 유연했지만 에우세비오는 그녀를 눈여겨보지 않았다. 처음부터 아다를 눈여겨보았다. 니에베스는 에우세비오가 자기 사촌동생을 바라보는 눈길이 예사롭지 않다는 것을 알고 화가 많이 났다. 그리고 아다가 은근히 그 장난을 즐긴다는 느낌이 들자 더 화가 났다. 못생긴 건 아니잖아, 아다가 나중에 이렇게 말했을 때 니에베스는 말했다. 그게 문제가 아니야. 어딘지 혐오스러운 데가 있어…… 어디가? 니에베스는 설명할 수 없었고, 그녀의 관점은 설득력을 잃었다. 2년 후 여름에─집시들이 왔던 여름에─에우세비오가 다시 놀러올 것이라는 사실을 알게 되자 니에베스는 아다를 방 한쪽 구석으로 끌고 갔다. 그러고는 롤라와 루스가 듣지 못하도록 신경 쓰면서 그를 상대하지도 말고 쳐다보지도 말라고 당부했다. 아다는 그녀의 말을 듣지도 않고 그냥 웃으면서 멀어졌다. 무슨 상관이야, 니에베스 언니? 그 불쌍한 애한테 왜 그렇게 집착하는 건데? 물론 니에베스는 그 순간의 의미를 알았다. 니에베스는 수년간 수도 없이 그 순간으로 돌아갔다. 큰 저택의 방으로, 한쪽 구석에서 놀고 있는 롤라와 루스에게로, 얘기하려고 한쪽으로 끌고 갔던 아다에게로 돌아갔다. 그녀의 영향력이 미칠 수도 있었던 마지막 순간이었다. 아다가 그녀의 말을 들었더라면…… 니에베스는 그때 왜 올리베리오를 찾아가지 않았는지 수도 없이 자기 자신에게 되물었다. 고집스러울 정도로 예민하고 반항적이었던 아다는 식구들 중 유일하게 올리베리오의 말만 들었다. 아다는 니에베스를 좋아했지만, 말할 수 없을 정도로 좋아했지만, 거기에는 의심의 여지가 없지만, 인정할 건 인정해야 한다. 그녀의 말은 절대 듣지 않았다. 올리베리오가 집시 부락에서 아다를 구해 데려왔을 때, 해질녘 마지막 순간에 올리베리오가 보따리 같은 것을 어깨에 짊어지고 식당 안으로 들어섰을 때—마치 장발장이 마리우스를 데리고 하수구를 돌아다닐 때 같았어, 훗날 롤라가 말했다—니에베스는 그에게 달려가 마구 퍼부은 후 아다를 조심스럽게 방으로 데려가고 싶은 마음을 꾹 참았다. 하늘이 둘로 갈라지는 느낌이었다. 니에베스는 어둠이라는 거대한 천에서 떨어져나간 리본을 떠올렸다. 나는 올리베리오를 사랑해. 조용히 해, 아다. 내가 시키는 대로 해. 그 리본은 불과 같았다. 그 리본은 격렬한 보라색으로 얼룩진 붉은 주황빛으로, 점차 아주 천천히 옅어져 분홍빛으로 바뀌었고 잠시 후에는 연초록 물빛으로 바뀌었다. 나를 올리베리오 방으로 데려다 줘. 조용히 해, 아다. 네 말은 안 들은 거야. 나한테 고마워하게 될 거야. 가장 섬세한 수채화는 위아래 푸른색을 홀로 신비로운 검정색으로 바꾸는 붉은 불빛 톤을 유지한다. 올리베리오를 불러줘. 안돼. 나랑 있으면 괜찮아, 아다. 내가 너를 돌봐줄게. 해질녘의 푸에블로였다. 깜깜해지기 바로 직전, 섬뜩해지기 바로 직전에 하늘 위로 새로이 다가오는 밤의 검정색 사이로 가느다란 붉은 선이 그어진다. 니에베스는 아다를 위해 욕조에 따뜻한 물을 준비해두었다. 아다가 옷을 벗도록 도와주었다. 옷은 너무나도 더러웠고, 아다의 몸 냄새가 낯설었다. 몸을 씻지 않는 사람들에게서 나는 냄새였다. 사람들의 몸에 오랜 시간, 오랜 세월 들러붙은 케케묵은 기름 냄새였다. 그러고 나서 니에베스는 아다의 이마에 손을 얹어 머리카락을 어루만지며 재워주었다. 아주 가녀린 붉은 선이 하늘에 남아 있었다.

라울은 푸에블로 저택의 드넓은 식당에서 그녀의 옆자리에 앉아 식사했고, 카실다 고모할머니는 거대한 청동 램프 아래, 테이블의 상석에 앉아 마치 아무 일도 없었다는 듯, 테이블의 두 자리가 한 번도 빈 적이 없다는 듯 평소와 다름없이 대화를 이끌었다. 라울은 모른 척했고, 친구 올리베리오가 손님을 놔두고 혼자 산책 나간 것뿐이라는 인상을 주었다. 그리고 루스, 꼬마 루스는 그를 재미있게 해주기 위해 이야기를 하나 들려주었다. 치료 시설이 없는 아프리카의 빈민들을 돕기 위해 유럽 어딘가에 모인 의사들의 이야기였다. 확실히 기억나지는 않지만, 케냐 혹은 콩고 어딘가에서 돌아온 프랑스 청년의 증언을 곁들이며 자세히 들려주었다. 루스는 라울의 관심을 끄는 데 성공했다. 루스는 항상 공손했다. 루스는 항상 아다의 뒤를 덮어주었다. 루스는 항상 자기 오빠 올리베리오와 한편이 되어주었다. 그때 복도와 연결된 큰 문이 열렸다. 느닷없이 열렸다. 마치 누군가 밖에서 문을 발로 뻥 걷어찬 것처럼 쿵 하는 큰 소리가 들렸다. 그들은 올리베리오를, 올리베리오의 두 눈을 보았다. 누구의 눈이 더 열에 들떠 있었지? 아다의 눈? 올리베리오의 눈? 아다는 축 늘어져 그의 목을 꽉 붙잡은 채 등 뒤에 매달려 있었다. 올리베리오가 말에서 아다를 내리면서 그렇게 업은 게 분명했다. 올리베리오는 기마용 부츠를 신고 있었고, 허리에는 가죽 채찍이 매달려 있었다. 니에베스는 아다의 머리카락을 잊을 수 없었다. 그 기름기와 더러움. 머리가 떡이 지고 쫙쫙 갈라져 언젠가 흰색이었을 블라우스 위로 늘어져 있었다. 앞 단추가 달린 흰색 블라우스였다. 단추는 모두 제자리에 있었다. 니에베스는 그 점을 자세히 눈여겨보았다. 그렇게 하느님에게 버림 받은 육신인데 어떻게 단추는 모두 꼭꼭 채워져 있을까? 라울은 못 본 척하며 입도 뻥긋하지 않았다. 카실다 고모할머니 역시 그럴 시간을 주지 않았다. 그녀는 얼른 아다를 데리고 나갔고, 니에베스가 그 뒤를 따라갔다. 그리고 롤라가 식탁에서 일어나려 하자 올리베리오가 그녀를 잡아끌었다. 너는 가만히 있어. 그 명령은 그녀를 꼼짝 못 하게 할 정도로 절대적이었다. 그들이 들어온 것을 보며 카실다 고모할머니는 어디 있었니? 라고만 물었다. 집시 부락에요. 그랬다. 라울은 그 말을 들었고, 사촌자매들도 마찬가지였다. 그 이야기는 사방으로 퍼졌고, 늙은 판차가 자기 집—바로 옆 관리인의 집에서 살았다—에서 다양한 종류의 약초들을 가지고 왔다. 할아버지들도 각자 방에서 나왔다. 집시들이랑 있었다고? 어떻게?…… 이 아이 미친 거 아니야? 대체 집시들이랑 뭘 한 거야? 카실다 고모할머니는 할아버지들에게 모두 조용하라고 하고, 의사인 옥타비오 할아버지를 데리고 다시 아다의 방으로 향했다. 사흘 전에 그랬던 것처럼 다시 진찰을 부탁했다. 한참 후 옥타비오 할아버지가 나와서 그저 더러울 뿐이라며 목욕을 시키라고 했다. 그러고는 더이상 그 얘기는 입에 올리지 않았다. 아다는 다음날 아침식사 때는 나오지 않았지만 점심 때는 모습을 드러냈다. 어색한 행동 하나 없이 조용하게 소량의 식사를 했다. 그러고는 디저트를 들면서 산티아고로 가겠다는 말만 했다. 올리베리오가 자기도 함께 가겠다고 했다. 그럼 방학도 끝이네, 롤라가 화난 목소리로 말했다. 안 된다, 카실다 고모할머니가 대답했다. 여기서 한 사람도 움직이지 못한다. 오늘 아침에 미리 조치를 취해놨다. 여기서는 아무 일도 일어나지 않았어. 아무 일도 일어나지 않은 거야. 마치 개가 죽있을 때 같았다. 개가 죽으면 즉시 같은 종의 다른 개로 대체된 후 죽은 개와 똑같은 이름이 붙여졌다. 그렇게 죽음을 비켜나갔다. 푸에블로의 집에서는 죽음이 존재하지 않았다.

그해 여름 에우세비오가 마술처럼 자취를 감추었다. 실비아는 니에베스에게 다시는 말을 걸지 않았다.

방학은 중단되지 않았고, 니에베스에게는 라울을 정복할 시간이 있었지만, 그날 밤 이후로는 그 어느 것도 예전과 같지 않았다. 그건 미래에도 마찬가지였다. 물론 그해가 푸에블로에서 보내는 마지막 여름이라는 걸 그들은 전혀 알지 못했다. 카실다 고모할머니의 마지막 여름이기도 했다. 그 떡갈나무가 순식간에 무너질 거라고 누가 의심이라도 했겠는가? 칠레도 무너져내렸다. 1973년이었다.* 니에베스는 그때 이후로 유일하게 긍정적인 사건은 자신의 결혼이라고 생각했다. 나머지는 모두 씁쓸한 검정색으로 물들어갔다. 아다는 외국에서 공부했고, 루스는 학교를 마친 후 아프리카로 떠났고, 올리베리오는 군대 감방에서 군인들의 손아귀에 잡혀 있었고, 롤라는 공부하기 위해 밤낮으로 일했다. 그녀와 그녀의 결혼만이 유일하게 빛을 발한 광채였다.

아직 초인종이 울리지 않았다. 롤라가 좀 늦어지고 있다. 5분 정도일 테니 상관없다. 비행기 몇 대가 한꺼번에 도착하면 짐을 찾아서 나오는 것도 늦어질 것이다. 어찌 됐든 시간을 제대로 지키지 않는 롤라의 이런 모습은 유능한 경제 전문가의 모습과는 어울리지 않았다. 미대생이었던 옛날의 롤라라면 아무도 그녀를 나무라지 않을 것이다. 아니면 내가 또 뻔한 생각을 하는 건가? 니에베스는 자신에게 물었다.

그녀는 시간을 아끼기 위해—그녀가 부릴 수 있는 사치에는 한가로움이 포함되어 있지 않다—아나 루이사가 먹을 아침식사를 차려놓기로 했다. 불쌍한 것, 오늘 아침에는 8시까지 학교에 가야 했다. 니에베스는 부엌으로 들어갔다. 아침을 1인분만 준비하는 건 내 팔자가 아니야. 그녀는 냉장고를 열어 핫케이크 상자를 꺼냈다. 칠레에 수입된 지 얼마 되지 않아 여기서는 아무도 이것을 먹

---

* 1973년 9월 11일, 아우구스토 피노체트 장군의 쿠데타로, 합법 사회주의 정권의 수반인 살바도르 아옌데의 사망과 함께 칠레 민주주의가 허물어져내렸다. 칠레 민중들에게 이 날은 자유롭게 살아갈 권리를 빼앗긴 암흑의 날이기도 했다.

지 않았다. 하지만 아나 루이사는 그게 꽤 맛있다는 걸 어떻게 알고는 해달라고 했다. 어느 일요일 아침에, 엄마, 엄마가 시간이 되고 마음도 내킬 때 해줘. 상자를 열어보니 둥그렇고 얇은 반죽이 든 셀로판 봉투들이 몇 개 들어 있었다. 니에베스가 한 개를 꺼내 뜯으려 했지만 아무리 애써봐도 뜯어지지 않았다. 봉투의 옆구리 쪽을 잡아당겨봤지만 자꾸 미끄러지기만 했다. 손가락 두 개로 다른 옆구리쪽을 뜯어보았지만 마찬가지였다. 다시 투명하고 작은 봉투를 양쪽으로 당겨보았지만 봉투는 뜯어지지 않았다. 니에베스는 봉투에 무슨 문제가 있을 거라 거창하게 생각했다. 각기 다른 각도에서 도사리고 있는 적군들이 자신의 일상을 방해한다는 생각이 들었다. 자기의 손가락은 정상이라고, 손가락을 살피며 생각했다. 그녀의 신경과 반사작용도 마찬가지다. 그렇지만 날이 갈수록 포장 제품들이 자기를 거부한다는 느낌이 들었다. 그녀는 CD의 비닐을 뜯어낼 수가 없다. '누군가' 한테는 CD의 투명한 비닐을 뜯어내는 게 쉬울까? 패스트푸드점의 케첩 용기나 샐러드 소스, 겨자병 뚜껑, 사과주 시드르의 병마개, 플라스틱 약병 등 리스트가 길다. 그녀는 자신이 쑥스러웠다. 인간이 열어서 사용하기 위해 똑같은 인간이 디자인한 물건과 맞서 싸우는 게 아니라, 마치 자연에 맞서 죽음을 걸고 싸우는 것 같았다. 곧 열리겠지. 그 전에 상자 뒤쪽의 지시사항을 읽어보기로 했다. 그녀는 한 번도 칠레를 떠나 살아보지 않았고, 아침식사로 '핫케이크'를 먹어보지도 않았다. 글자들이 완전히 뿌옇고 흐릿해서 제대로 보이지 않았다. 빌어먹을, 돋보기를 어디다 뒀더라? 언니도 카실다 고모할머니처럼 해, 롤라가 수천 번도 더 넘게 충고했다. 끈에 매달아서 목에다 걸어. 싫어, 제발, 나는 재봉사가 아니야…… 그렇게 노화를 인정하느니 차라리 일주일에 한 개씩 사는 게 나아.

니베에스는 귀에서부터 늘어진 끈이나 줄을 생각하면 우울해진다. 물론 그 방법이 안경을 가까이 둘 수 있는 유일한 방법이라는 것은 인정하지만. 카실다 고모할머니는 외모, 특히 자신의 외모에 대해서는 전혀 신경 쓰지 않았다. 파자마가 할아버지들의 유니폼이었듯 커피색 복장도 그녀의 유니폼이었다. 정확히 말하자면 복장이라고 할 수도 없었다. 정장도 아니고, 가운도 아니도, 프록코트도 아닌 밤색 옷이었는데, 겨울에는 모직물로, 여름에는 면직물로 만든 옷이었다. 종아리 가운데까지 내려오는 긴 옷으로 앞이 열려 있고 허리를 끈으로 묶었다. 대체 그 옷은 어디서 나온 걸까? 그렇게 멋없는 옷을 누가 디자인한 걸까? 추울 때는 같은 색깔의 실로 손뜨개질한 긴 조끼를 덧입었다. 거대한 체구의 카실다 고모할머니는 늘 야외에서 일했으며 새벽부터 밤늦게까지 깨어 있었다. 평퍼짐하고 크고 건장한 체구로 오른손에 지팡이를 든 채 쉬지 않고 일만 했다.(힘은 쓰지 않으면 없어지는 법이란다. 얘들아, 얼른 일어나!) 괴짜 의상, 롤라의 의견이었다. 완벽한 괴짜 의상이었다. 카실다 고모할머니는 머리를 항상 짧게 하고 다녔다. 목 뒷덜미까지 내려오는 네모반듯한 머리로, 별다른 치장도 없어 꼭 남자 머리 같았다(나처럼, 아다가 잘라 말했다). 고모할머니는 신발도 남자 것을 신고 다녔다. 늘 낮은 굽에 끈으로 묶었으며, 바닥은 질기고 투박한 고무바닥이었다. 무지하게 편했을 것이다. 모양이 예쁘지 않은 만큼 편했을 것이다. 고모할머니한테서는 애교스러운 모습이 아예 감지되지도 않았다. 카실다 고모할머니의 입에서 애교 있게 말하는 단어는 한 번도 들어보지 못했다. 칠레 여자들의 전형적인 말투인데도. 그래서 고모할머니의 모든 정신구조가 남들과 다를 거라 추측했다(상당히 마초 같았지, 아다가 몇 년 후 말했다. 레즈비언은 아니었을까? 아다, 내 추억을 망가뜨리지 마, 니에베스가 즉각적으로 반응했다. 너도 그랬어, 그 누구보다 욱했잖아. 너를 잘 봐).

고모할머니는 일주일에 한 번 머리를 감았으며—언제부터 여자들이 매일 머리를 감기 시작한 걸까?—조카손녀들에게도 따라 하게 했고, 그것은 완전히 의식처럼 굳어졌다. 성원의 나뭇가지를 꺾어 커다란 점토 솥에 집어넣고 비누나무를 삶은 다음 옛날 도자기 세숫대야—롤라의 욕실에도 하나 있다. 그녀가 간신히 하나를 구출해냈다—에 따랐다. 세숫대야는 모두 흰색으로, 가장자리에는 손으로 그린 예쁘고 작은 핑크색 꽃 장식이 있었다. 그것을 밖에 내다놓으면 그 집 하인들 중에서 제일 충직한 크리스탈이 의식을 시작했고, 사촌자매들은 꼭두각시 인형처럼 각자 세면대 위로 고개를 푹 숙였다. 카실다 고모할머니한테서는 깨끗한 냄새가 났다.

이 여인이 한 번이라도 인류를 사랑했다면, 그것은 우리 주변을 에워싼 피할 수 없는 일상이나 현실이 아니라, 넓은 의미의 인류를 의미하는 것일 게다. 그녀가 뼈와 살을 가진 인간들을, 푸에블로 사람들을 제외한 모든 인간을 증오했다는 데는 의심의 여지가 없다. 그녀에게 바깥세상은 존재하지 않았다. 자극을 받거나 성찰하는 데도 필요 없었다. 그 안에서 자신의 모습을 보기 위해서도 필요 없었다. 물론 사교적인 사람은 아니었다. 한 번도 외로움을 느끼지 않았을까? 경비병처럼 죽 늘어서 있는 포플러나무 너머로 나가서 자기 자신을 시험해보고 싶은 유혹을 단 한 번도 느끼지 않았을까? 자기 자신을 지키고, 스스로 만족하고, 세상에 적극적으로 참여하라 부추기는 수천 가지 조바심을 잠재우는 그런 고집은 대체 어디서 나왔을까? 카실다 고모할머니는 자신이 뒤처진 사람으로 보이는 게 결코 두렵지 않은 것 같았다. 사촌자매들은 고모할머니가 자기 주변에 보호막을 치고 자신의 감정을 절대 가까이 들여다보지 않는다고 생각했다. 마치 그 막을 거둬내면 눈이 멀기라도 하는 것처럼. 그녀의 선택이었다. 고모할머니의 문제들 중 하나는 다른 사람들에게 정면으로 맞서는 자신을 참지 못한다는 데 있었다. 그녀의 마음속에 있는 뭔가가 그녀를 괴롭혔을 것이다. 고모할머니에게 사회성을 시험하는 극을 재현해보라고 했다면 꽤 묘했을 것이다(그래, 니에베스, 인정해, 사회생활은 그런 거야. 수없이 많은 희극이지. 길고, 거짓투성이고, 사람을 지치게 하는 극이지). 어쩌면 제재소라는 울타리 안에서 확신에 차 잡아당겼던 고삐를 놓는다는 게 두려웠을지도 모른다. 어쩌면 고모할머니가 자신의 행동을 인정하지 않았을 수도 있다. 그녀 스스로 통제를 그만두었을 수도 있다. 그녀가 아직 결정을 내릴 수 있었을 때, 그녀의 사리 판단이 아직 유연했을 때, 그녀의 지성이 그렇게 지시를 내렸을 것이다. 그러고는 세월이 흐르면서 너무 늦었다는 걸 깨달은 게 분명하다. 그러고는 시들어갔다. 그냥 시들어갔다.

카실다 고모할머니에 대한 추억을 떨쳐내려는 순간, 니에베스는 '유혹'이라는 단어가 고모할머니에게 의미가 있었을까 하는 생각이 들었다. 대답이 애매모호할 거라 추측했다. 그러면서 증조부 호세 호아킨이 외동딸 카실다에게 그 부분과 관련해 어떤 유산을 남겨놓았는지 알고 싶어졌다. 니에베스는 여자들이 처음으로 유혹을 배우는 학교가 자기 아버지라고 확신했다. 마르티네스 가문의 맏이인 우리 아버지는 걱정도 없고 무신경했어, 니에베스는 생각했다. 가깝게 지내는 사람도 없었고, 어디에 몰입하는 법도 없었지. 그래서 어렸을 때 나는 아버지의 관심을 끄는 데 모든 에너지를 쏟아부었어. 나는 일찍이 매력을 발산하는 법을 배웠고, 나중에 그 매력은 기다란 지네처럼 다른 곳을 향해 광범위하게 뻗어나갔어. 롤라의 아버지도 우리 아버지와 비슷한 성격이라, 우리 사촌자매들 중에서는 롤라만이 이런 경험을 제대로 이해할 수 있을 거야. 상대방이 어떤 사람이든 그 사람을 기분 좋게 해주려는 본능적이고도 심오한 지혜가 거기서 나왔지. 한편 아다의 아버지는 달랐어. 그는 다른 형제들보다 훨씬 집중력이 강했기에 아다는 자신의 뛰어난 상상력을 그 방향으로 사용하지 않았을 게 분명해. 오늘, 나는 모든 게 의심스럽다. 그녀의 학교가 더 나았는지, 내 학교가 더 나았는지 자신에게 묻는다.

니에베스는 핫케이크 봉투를 뜯지 못한 채 냉장고 문을 닫았다. 차라리 그게 나았다. 그녀는 시계를 흘끗 쳐다보았다. 아직 시간이 있을까? 롤라가 늦는 덕분에 재봉틀 밑에 숨겨둔 신문 스크랩을 들춰볼 시간이 있을 것 같기도 하다. 창고 선반 안에 비닐 봉투와 여러 다른 물건들과 함께 숨겨두었다. 그녀는 발꿈치를 들고 걸어 갔다―긴장하지 마, 니에베스, 너를 보는 사람은 아무도 없어, 마음껏 네 취미에 몰입할 수 있어―. 그러고는 들키지 않으려고 몸을 웅크리고 가는 도둑처럼 어둠 속을 걸어가 부엌 안에 있는 작은 창고 문에 이르렀다. 아무도 다른 사람의 사생활을 존중해주지 않는 이 좁아터진 집에서 내 재능을 어디다 숨겨놓는담? 니에베스는 많이 생각했다. 그 창고가 유일한 공간 같았다. 더러운 빨래 바구니와 다리미 판, 쓰레기봉투, 빨래비누, 아직도 가끔씩 사용하는 녹슨 재봉틀밖에 없는 이곳의 작은 문은 아무도 열지 않을 거야. 아침나절에 두 시간 정도 집안일을 해주는 마루하에게는 절대 자기 물건을 건드리지 못하도록 했다. 하지만 그녀가 소중히 생각하는 것은 재봉틀이 아니라 그 밑에 보관해둔 것이었다. 날짜별로 정리한 스크랩이 들어 있는 파일들이었다.

그녀는 집 안에 감도는 새벽의 침묵 속에서 부엌 안의 유일한 빈 공간에 자리를 잡고 앉았다. 그녀는 몇 개의 파일 중 하나를 손에 들고, 자기가 목표한 부분에 이를 때까지 페이지를 넘겼다. 아직 흑백의 진지함이 묻어 있는 인쇄체를 보자 기분이 좋아졌다.

살인사건
라파 누이를 뒤흔든 범죄

니에베스는 기사를 읽어 내려가기 전에 잠시 다른 생각에 잠겼다. 대체 무슨 변덕으로 이스터 섬이 칠레 땅이 되었을까?

원주민 부부의 치정 사건으로 이스터 섬 전체가 슬픔에 잠겼다. 어제, 수공예업자이자 농부인 알베르톰 테피이 아오투스(43세)가 감정적인 문제로 시청에 근무하는 아내 마리아 이카 파카라티(34세)를 칼로 여러 번 찔러 중상을 입혔다.

네 아이의 어머니인 그녀는 사건 발생 몇 분 후 앙가로아 병원의 응급실로 이송되었지만 10시 30분에 숨을 거두었다.

경찰에 의하면 80년대 중반 이후 그 섬에서는 피를 부른 사건이 단 한 건도 발생하지 않았다고 한다.

니에베스는 살해 동기에 집중하면서 그 다음 문장에 자세히 설명된 내용을 열심히 분석했다. 그녀는 기사에 언급된 세 가지 동기 중에서 가장 마음이 끌리는 쪽을 선택했다. 아내가 남편의 조카와 불륜관계일 수도 있다는 가정이었다. 선정적인 잡지들은 벌써 행동을 개시했다. 요즘은 라파 누이 원주민에 대한 뉴스가 신문마다 빼곡히 들어찼으며, 게이 조직을 알아낸 여판사, 한 변호사의 범행, 남쪽에서 사랑에 빠진 청년이 젊은 패거리에게 살해당한 사건(《라 쿠아르타》지는 "귀찮게 한다는 이유로 살해당한 청년"이라는 타이틀을 붙였다)에 대해 칠레 공군의 옛 장교가 한 말을 인용한 경찰관도 독자들의 호기심을 끌었다.

니에베스는 라파 누이 사건이 가장 흥미롭다고 생각했다. 이스터 섬에서 120년 동안 세번째로 일어난 살인사건이었다. 이건 특종이야. 그것만으로도 다른 사건들보다 훨씬 돋보일 수 있어. 지리적인 이유로도 그렇고. 니에베스는 스스로 추정한 자상 부위와 상처들을 꼼꼼하게 분석하다가 문득 이런 생각이 들었다. 자식들이 결혼한 후 자기가 가장 하고 싶었던 일을 언제쯤 남편에게 털어놓을 수 있을까? 그녀는 수사관 학교에 등록해 진짜 형사가 되고 싶었다. 어쩌면 타고난 본능 덕분에 두각까지 드러내며 흉악한 살인자를 찾거나 마약 조직을—손이 아닌 기지를 발휘해—검거할 수도 있을 것이다. 그때면 이미 늙어 꼬부라지지 않았을까? 상관없다. 얼마든지 '명예를 위해' 헌신할 수 있다…… 그러면 사는 게 얼마나 재미있을까? 어쩌면 아다도 어렸을 때 말한 적이 있는 그녀의 '엉뚱한 자질'을 인정할 것이다.

이제 초인종이 울렸다. 니에베스는 서둘러 파일들을 재봉틀 주머니 아래 잘 집어넣고 거실로 향했다. 니에베스는 전날 밤에 미리 싸놓은 작은 트렁크와 지갑, 핸드백과 함께 피크닉 가방도 챙겨들었다(반드시 언니가 피크닉 가방을 싸와야 해, 빠져나갈 생각은 절대 하지 마. 언니가 만든 피크닉 음식이 최고야. 말도 안 돼, 롤라, 이제는 산티아고에서 푸에블로까지 다섯 시간밖에 걸리지 않아. 그래, 다섯 시간 반, 그럴 필요도 없어. 게다가 국도에 휴게소도 있잖아…… 싫어, 에소 휴게소나 셸 휴게소에는 절대 들르지 않을 거야. 우리 어렸을 때는 항상 피크닉 가방을 싸가지고 다녔잖아.

전통은 충실하게 지켜야 해). 물론 어렸을 때는 여행이 하루 종일 걸렸지, 니에베스는 속에 넣을 닭고기를 잘게 썰어 후추와 섞으면서 중얼거렸다. 어찌 됐든 아다가 이 샌드위치를 좋아하지. 칠레에서만 맛볼 수 있는 거라고 했다.

아다의 이메일

그리운 것들의 목록. 안타깝게도 거의 먹는 것뿐이야.
1. 성게
2. 남쪽 지방
3. 도미노 가게의 핫도그
4. 우리말로 말하는 것
5. 치즈 엠파나다 튀김
6. 봄날 오후의 산티아고
7. 아보카도를 넣은 새 요리와 피망을 넣은 새 요리
8. 칠레 택시기사들
그리고, 언니와 동생들. 언제나……
추신. 위에 적은 순서가 물건의 본질을 바꾸는 것은 아님.

파자마를 트렁크에 넣었던가? 니에베스는 인터폰을 통해 롤라에게 금방 내려갈 거라고 소리 질렀다. 하지만 그전에 문부터 열어주었다. 맞아, 깜빡했네, 그게 유일하게 챙길 거였는데. 대체 머리를 어디에 달고 다니는 거야? 니에베스는 발꿈치를 들고 조용히 방으로 들어가 옷장 문을 열었다. 어두워서 아무것도 보이지 않네, 파자마가 손에 잡힐 때까지 열심히 더듬거리며 찾아보았다. 브라보, 여기 있네. 그녀가 마흔이 되었을 때 아다와 롤라가 선물한 파자마였다. 안 돼, 검정 레이스에 훤히 비치는 얇은 실크나 빨간 벨벳에 하트 모양은 꿈도 꾸지 마. 절대 섹시하지 않은 거. 파란색과 하늘색 줄무늬가 쳐진 얇고 전형적인 파자마였다. 할아버지들이 입던 파자마와 같은 것이었다. 언니가 우리 중에서 제일 먼저 그 나이가 된 거네! 언니한테는 필요할 수도 있어!(작은할아버지들처럼 되지는 않았다. 그리고 마흔 살이 되어 침대에 드러눕지도 않았다) 니에베스는 사촌들이 그 파자마를 보고 얼마나 웃을지 생각하며 미리 재미있어했다. 그녀는 그 파자마를 고이 간직했다. 니에베스는 지난번 자기 생일 때 아다가 보낸 이메일이 문득 떠올랐다. 롤라는 그 이메일을 무척이나 재미있어했다.

멀리서부터, 언니 인생에서 절대 일어나지 않았던 일들을 적어 보내니, 괜히 찾으면서 허둥지둥하지 말기를.

1. 언니는 한 번도 라스베이거스에서 블랙잭을 하지 않았다.
2. 언니는 한 번도 반짝이 옷을 입지 않았다.
3. 언니는 한 번도 레즈비언 친구를 사귄 적이 없다.
4. 언니는 한 번도 범죄 사건을 해결하지 못했다.
5. 언니는 한 번도 삼각관계가 없었다.
6. 언니는 한 번도 무대에 오르지 않았다.
7. 언니는 한 번도 성지 순례를 가지 않았다.

니에베스는 거실 불을 끄고 현관문을 닫았다. 롤라가 기다리고 있다. 그 순간 갑자기 현기증이 일면서 분명하게, 섬광처럼, 문득 이런 질문이 떠올랐다. 목가적인 세계란 어떤 것일까? 그녀가 캡슐 안으로 들어가 시간을 멈춰 세울 수 있다면, 싸구려 영화에서처럼 시간을 얼어붙게 할 수 있다면 이런 질문을 던졌을 것이다. 모든 것이 가능하고, 확신과 무한대의 지평선이 펼쳐진 세계는 어떤 것일까? 그녀는 자신의 침묵 앞에 질문을 바쳤다. 그 지평선은 언제 피신해버린 걸까? 모든 경계에 도착했는데도 비밀을 발견하지 못한다면 그건 세계가 안전하게 피신해버렸기 때문이다.

2^장

조
금지된 사과

1996년 9월, 탕헤르

우리가 허공에 세운 모든 성들이 현실이 되어
그곳에서 살 수 있다면 정말 환상적이지 않을까?
—조(『작은 아씨들』13장)

"아다, 저 땅이 보이니?"

"네, 할아버지."

"네 눈이 저 경계까지 닿니?"

"아니요, 할아버지."

"경계가 없어서 그렇다. 네 눈에는 보이지 않을 게다. 잘 봐둬라.
언젠가 이 땅이 모두 네 것이 될 테니."

"네, 할아버지."

정말 기적적으로 살아 있었다. 그녀는 죽음을 가지고 교태를 부
린 적이 단 한 번도 없었다. 심지어 그 언저리조차 가본 적이 없었
다. 브뤼셀의 아파트 현관문을 닫는 순간, 예견되었던 위험이 그녀

의 심란한 마음속으로 파고들어왔다. 가끔 지성이 지배할 수 없는 감정과 하나가 되기로 결심하면, 마음이 복잡해지면서 예견되었던 위험이 파고들어온다. 하지만 몸이 위험해질 거라는 생각은 결코 하지 못했다. 그 집과 그 도시, 그 남자를 떠나겠다는 결심은 번복할 수 없었다. 그녀가 처음으로 자신의 강인함을 보여주는 것이었다. 삶은 해결책을 받아들이기만 하며 사는 게 아니라 즐기며 사는 것이고, 삶이 정반대 방향으로 이상하게 흘러가면 손목을 비틀어서라도 바로 잡아야 한다는 걸 보여주기 위한 것이었다. 시커멓고 갑갑한 하늘은 이제 하루도 더는 못 참았다. 줄기차게 퍼부어대는 비는 이제 하루도 더는 못 참았다. 딱딱하고 형식적인 예의를 차리기 위해 빈말을 내뱉는 것은 이제 하루도 더는 못 참았다. 석양 앞에서, 자신이 빛과 함께 녹아내릴지도 모른다는 두려움을 느끼며 조바심을 내는 것은 이제 하루도 더는 못 참았다. 전날 밤 저녁식사를 하다가 이제 때가 되었다는 것을 깨달았다. 이젠 더이상 대사관의 우아한 식탁에 앉아 상투적인 말을 늘어놓을 수 없었다. 그녀는 식탁 맨 끝쪽에 앉아 있었다. 그곳이 그녀의 지정 좌석이었다. 평소와 다름없이 무슨 말을 해야 좋을지 알 수 없는, 세상에서 가장 지루한 사람들과 함께 있었다. 그렇게 그녀는 외교관의 아내라는 목표를 내동댕이쳤다. 하이힐 안에 갇힌 발이 아파왔다. 후안 카를로스가 선물한 하이힐 안에서 분노가 들끓었다. 그를 만나기 전에는 굽 높은 구두가 단 한 켤레도 없었다(반짝거리는 에나멜 구두는 니에베스에게 어울려. 니에베스는 상당한 미인이라, 그녀가 에나멜 구두를 신어야 반짝이고 빛이 나). 전에는 대사관 만찬도 일상적인 것이 아니었고, 그 장면을 상상할 이유조차 없었다(외교관의 세계가 너에게 문을 활짝 열어줄 거야, 아다. 후안 카를로스는 장차 큰 인물이 될 거야. 대사가 될 수도 있어). 결혼은 관습이고, 관습을 깨는 것은 절대 쉬운 일이 아니다.

이미 필요한 정보는 모두 갖고 있었다. 마드리드 행 기차 출발 시간, 알헤시라스에서 갈아탈 탕헤르 행 페리의 시간표, 모두 메모해 두었다. 친구 마르티네의 집 주소도. 사실 친구라고 하기에는 좀 거창했다. 하지만 최소한 낯선 도시에서 믿고 기댈 만은 했다(아다, 왜 하필 탕헤르야? 나중에 올리베리오가 그녀에게 물었다. 지도를 봤는데, 내가 가진 돈으로 갈 수 있는 곳 중에서 브뤼셀과 가장 다른 곳이라서. 단지 그것 때문이었어. 그녀는 거짓말을 했다).

아다는 평상시 외출할 때처럼 현관 깔개 아래에 열쇠를 넣어두고, 거의 무게도 나가지 않는 작은 트렁크 한 개만을 들고 문을 닫았다. 단 하루도 자기 것처럼 보이지 않았던 인생의 한 파편에 불과한 소박한 물건들. 아다는 모든 인간에게는 의식적이든 무의식적이든 자신의 영혼 안에 고이 간직해둔 장소가 한 곳은 있다고 확신했다. 그리고 거의 없는 질문들과 단절을 의미하는 그 순간, 브뤼셀이 자기 장소가 아니라는 것을 깨달았다.

다른 애들은 다 결혼했어, 아다, 뭘 기다리는 건데?

올리베리오도 결혼했어.

세상 사람 모두 결혼해.

그리고 아다는 결혼이라는 눈에 보이지 않는 실체를 이미 파악했다. 결혼은 부부를 자신만의 아우라에 가두고, 다른 사람들은 그

테두리 밖으로 모두 몰아낸다. 친구도 결혼하기 전까지만이다.(니에베스! 우리가 할 게 얼마나 많은데!) 마치 한 남자와 한 여자의 이상한 결합에서 파생된 공범관계가 다른 사람들을 모두 감정의 미로 밖으로 몰아내는 것처럼. 그 관계에 속하지 않은 사람들, 그러니까 둘만을 제외한 세상 전체에 대해 문을 닫아건다. 이것은 신혼 때만 일어나는 것도 아니고, 섹스 때문만도 아니다. 그건 아니다. 뭔가 추상적이고 손에 잡히지 않는 것으로, 섹스를 초월한 것이다.

그녀의 이성이 그렇게까지 불안하고 뒤죽박죽인 적은 없었다. 브뤼셀에서 출발하여 파리에서 갈아탄 후 마드리드까지 갔던, 끝이 보이지 않을 것 같았던 그 기차 여행에서는 크나큰 꿈에 대한 기억만이 유일하게 남아 있다. 꿈이란, 나른함이란 상당히 도발적이다. 꿈이 몸에서(혹은 행동 영역에서) 조금씩 자리를 잡게 되면 항복하지 않을 수 없다. 꿈을, 꿈의 촉수들을, 너무나도 유혹적인 그 촉수들을 끌어안지 않을 수 없다. 기억은 꿈을 달콤한 무無 속으로 차츰 가라앉히다가 결정적으로 확실하게 침몰시킨다. 벨기에 같은 너무나도 낯선 나라에서, 더욱 낯선 그 남자와 동거한 기간이 그녀에게 아무 흔적도 남기지 않은 것처럼.

마드리드에 멈춰 서자, 그동안 차곡차곡 쌓아두었던 에너지가 한꺼번에 엄청난 힘으로 폭발했다. 일단 비가 그치자 에너지가 마구 발산되었다. 간절하고, 거만하고, 오만하며 영양가까지 있는 욕망을 마침내 허락한 요정의 지팡이 끝에서 진한 가루들이 쏟아져 나오는 것처럼. 떠나고 싶은 욕망이었다. 어쩌면 탕헤르에는 태양이 기다리고 있을지도 모른다. 항상 따뜻한 남쪽, 변신이 가능한 태양, 문학 도시이자 한계가 없는 도시의 태양, 얼음을 뒤로하는 것, 아직도 많이 남은 거리를 달리는 것, 도깨비짓을 그만두는 것, 조급하고 우울하고 어두침침함을 청산한 모습이 기다리고 있을지도 모른다. 알헤시라스에 도착할 때까지 얼마가 걸리든 상관없다. 벨기에는 이제 뒤에 있다. 후안 카를로스는 그녀가 어디로 가는지 상상조차 못 할 것이다(제발 나를 찾지 말아요. 나는 잘 있을 거예요. 모두 고마웠어요. 부엌 식탁 위에 이렇게 메모를 남겨두었다. 세입자처럼 깍듯하고 차갑게).

나는 유럽이 그렇게 작다는 게 너무 좋아. 몇 시간 만에 어디든지 갈 수 있잖아. 어느 곳이든 갈 수 있어. 모든 것이 너무 쉽고. 아다는 기차 창가에 앉아, 여행 가방에서 책 한 권을 꺼내 행선지를 계획하면서 머릿속으로 라틴아메리카의 지형을 그려보았다. 일단 마르티네의 집에 도착하면 칠레에 전화부터 걸 생각이었다. 자기가 어디에 있는지 누군가는 알고 있어야 하니까(그녀는 더이상 칠레에 살지 않지만 그래도 그곳은 늘 그녀와 연관되어 있었다). 누구한테 전화하지? 부모님? 니에베스? 올리베리오? 누가 진심으로 내 전화를 반길까? 기차 여행을 하면서 필연적으로 느끼게 되는 여유로움이 새삼 놀라웠다(푸에블로에도 기차가 멈춰 섰다. 그 덕분에 그곳도 부락이 아닌 마을의 경지에 오를 수 있었다. 끝도 없이 긴 레일들, 영원히 길게 뻗은 침목들, 카페, 옆 마을로 가기 위해 화물칸에 몰래 오르던 사람들, 오후 5시에 출발을 알리던 기적소리. 그녀가 마지막 칸에 매달렸고, 올리베리오는 그녀가 타는 걸

도와주었다. 그러고 나서 아무도 눈치채지 못했다). 아다가 보기에 후안 카를로스의 가장 큰 문제는 한가롭게 있지 못한다는 것이었다. 그녀는 그것이 상상력이 없는 것과 마찬가지라고 확신했다. 상상력은 그녀의 가장 큰 재산이었다. 그건 어렸을 때부터 알고 있었다. 돈도 못 벌고 일자리도 구할 수 없는 재산이지만, 결국 따지고 보면 재산은 재산이었다.

방금 떠난 도시 위로 잿빛이 폭군처럼 군림하자, 모든 여유로운 본능이 그녀에게 따뜻한 숄 아래로 몸을 감추고 누워 천장을 바라보라고 권했다. 지나가고 있는 인생, 지나가고 있는 나날, 지나가고 있는 시간의 들리지 않는 숨소리에만 정신을 기울이고 그것만을 벗한 채 황홀하게 바라보라고 권했다. 가상의 바람만을, 표시해놓은 시간의 바람만을 상상하기 위해. 그런데 그렇게 하자 어떤 특정한 환영이 그녀를 기다리고 있다가 슬며시 다가왔다. 작은할아버지들의 환영이었다. 푸에블로 집의 이미지들. 커피, 기름, 아니면 먹다 흘린 음식으로 얼룩진 파자마를 입은 안토니오 할아버지. 아침에 세수하지 않아 턱이 시커먼 펠리페 할아버지. 체크무늬 가운을 입고 큰 식당의 식탁에 앉아 있는 옥타비오 할아버지. 그들 모두 지저분하고 약간은 초라했다. 그렇지만 마음씨 좋은 사람들이었다. 아다는 지금에야, 남자들을 알게 된 지금에야 그것을 알 수 있었다. 아다는 침대에 누워 있다가 그 이미지들을 보고 벌떡 일어났다. 자기와는 거리가 멀다고 생각한 힘이 느껴졌기 때문이다. 하지만 그녀 역시 작은할아버지들처럼 끝날 수도 있다는 두려움에 휩싸이면서 그 힘이 진짜라고 믿고 싶었다. 보통 사춘기 소녀처럼 엄청나게 늦잠 자는 능력과 밤을 꼬박 새거나 자지 않아도 거뜬하다는 것이 어렸을 때 유일하게 내세울 수 있는 것이었으니, 아다에게는 안타까운 일이었다. 아무도 방해하는 사람이 없으면 그녀는 정오까지도 늦잠을 잘 수 있었다. 하지만 할아버지들에 대한 생각이 수없이 그 즐거움을 앗아갔다. 유전자에 대한 공포. 만일 그렇다면 카실다 고모할머니의 독신 생활도 나한테는 별 도움이 되지 않겠군, 아다가 말했다. 카실다 고모할머니는 행복했을까, 행복하지 않았을까, 그녀는 수년 동안 수없이 되물었다. 아다는 대체적으로 행복한 사람을 불신하는 편이다. 선택할 수 있다면 멍한 아침보다는 꼬박 새우는 밤을 원했다. 또한 자기만족보다는 불안을 원했다(왜 양자택일을 해야만 하는 거야? 행복할 수 있는 자질을 확실하게 갖춘 롤라가 화를 내며 물었다). 하지만 아다는 자기가 보기에 식상하고 과대평가된 '행복'이라는 단어를 깊이 생각해보라며 롤라에게 권했다. 롤라, 그건 유치한 생각이야. 거의 새로운 개념이지. 이전 세대에서 얼마 전에 생겨난 개념이야. 사람들은 그제야 쾌락을 찾기 시작했어. 우리 작은할아버지들을 봐, 그들은 스스로에게 질문조차 하지 않았어. 하지만 어쩌면 행복한 인간들은 정말 멋질 수도 있고, 나의 모든 확신이 혐오스러운 거짓말에 지나지 않을 수도 있어, 아다는 그 생각을 접었다.

다시 여행으로 돌아가자. 아다는 브뤼셀에서 동거하던 외교관을 떠났다. 작정하고 그의 집을 나서 기차역으로 향했고, 마드리드 행 기차를 탔다. 마드리드에서는 남쪽 행 기차로 갈아타는 시간만큼만 머물렀고, 알헤시라스에 도착해 곧장 탕헤르 행 페리에 올라탔다. 그러고는 그곳에서 쓰러졌다.

"올리베리오, 나야."

"아다! 대체, 아다…… 어디에 있는 거야?"

"탕헤르."

"모로코? 하느님 맙소사, 모로코에서 뭘 하는데?"

"나 아파…… 병원에 있어……"

"하지만 아다, 왜 이렇게 늦게 전화한 거야?"

"사고를 당했어…… 말도 제대로 못 하겠어. 나중에 설명할게."

"심각한 거야? 말해봐. 어떤 거야?"

"안 좋아. 제발 나를 이곳에서 꺼내줘."

올리베리오, 엄청난 신속함, 인맥, 능력. 지인을 보낼 때까지 채 이틀이 걸리지 않았다. 아다는 자신과 하나가 되었다고 믿게 된 영원한 안개 사이로 얼굴 하나를 식별했다. 그 얼굴은 병원 침대 위로 고개를 숙인 채 그녀를 들여다보고 있었다. 당직 간호사의 시커멓고 지친 얼굴도, 어쩌다 한 번씩 얼굴을 내비치는 의사의 얼굴도, 엉덩이가 펑퍼짐한 튀니지 남자 간호사의 얼굴도 아니었다. 여자 간호사는 자기 나라를 마약의 천국으로 착각하는 수많은 외국인들을 대하듯 아다 역시 약간은 무시했다. 의사는 아다가 제대로 이해하지도 못하는 불어로 야단치듯 말했다. 그리고 남자 간호사는 막연하게나마 구원의 미소를 띤 천사와 같았다. 그가 전화기가 있는 곳까지 아다를 데려다주었다—국제 전화요금도 내주었다—. 그는 아다가 현기증으로 쓰러지지 않도록 허리를 꼭 잡아주었다. 그녀의 딱한 처지를 그냥 지나치지 못한 인정 많은 간호사였다. 그녀의 침대를 들여다보는 얼굴은 아프리카와는 동떨어진 곳에서 태어난 듯한 백인의 얼굴이었다. 친절했으며 친근했다. 물론 올리베리오가 보낸 사람이었다. 그렇지만 아다는 그 얼굴을 죽음의 얼굴과 혼동했다. 마침내 왔군, 하고 아다는 생각했다. 나를 데리고 끊임없이 교태를 부리더니. 아다는 보통 사람들처럼 죽음이 검정색 튜닉을 휘감고 나타나거나, 시뻘건 불길에 휩싸여 나타나거나, 추한 모습을 드러내며 나타난다고 생각하지는 않았다. 오히려 죽음이 속임수를 쓸 거라 생각했다. 아름다움만큼 속이기 쉬운 것도 없었다. 피곤과 병세, 불안감이 그만큼 심각했다. 그러다가 아다는 마침내 그 얼굴이 진짜 사람의 얼굴이라는 걸 알아챘다.

아다는 자기가 바보 같다고, 너무 바보 같다고 생각했기 때문에 훗날 사건의 전말을 올리베리오가 보낸 하이메에게 얘기하지 않을 수 없었다. 마르티네의 집에 도착한 순간부터. 마르티네는 대학에서 유르스나르*에 대한 수업을 들으면서 알게 된 젊고 발랄한 벨기에 여자였다ㅡ올리베리오, 프랑스 여자가 아니라 벨기에 여자라는 사실을 잊지 마. 물론 그녀 역시 프랑스 웬수들 못지않게 발이 크지만ㅡ. 아다는 그녀와 함께 커피를 마시며 그녀가 한 해의 반은 탕헤르에서 지내며, 사업가인 아버지가 언젠가 딸이 재능을 발휘해 소설을 쓸 거라는ㅡ모두 살면서 언젠가는 소설 한 권을 쓰고

---

* Marguerite Yourcenar(1903~1987). 벨기에 태생의 프랑스 소설가.

싶어한다—희망으로 그곳에 아파트 한 채를 얻어주었다는 사실을 알게 되었다. 그리고 바다 너머에 친구들이 많이 있으며 아주 재미있게 지낸다는 사실도 알게 되었다. 마르티네는 늘 산만해 정신이 없었지만 예쁘고 재미있는 친구였다. 그리고 갈수록 사람을 덜 좋아하게 되는 아다는 그녀의 뻔뻔함에 이끌려, 학기가 끝나면 그녀에게 놀러 가겠다고 약속했다. 따뜻하고 다정한 마르티네는 곧바로 자기 집 주소를 적어주었다. 자기한테 연락할 필요도 없이 곧장 오면 되고, 공간은 충분히 있다고 했다. 아다는 길고도 고된 버스 여행 후 택시로 갈아탄 다음, 길이 비좁고 꼬불꼬불한 전형적인 아랍 지역에서(그런데, 뭘 기대한 건데?) 아치형 문 옆의 빨간 줄에 매달린 작은 종을 잡아당겼다. 그리고 그 순간 그럴 필요가 없다는 걸 깨달았다. 문이 열려 있었던 것이다. 안으로 들어선 순간, 세바스천 플라이트, 『브라이즈헤드』에서 그녀가 사랑했던 세바스천의 소굴이 머릿속에 맨 먼저 떠올랐다. 탁한 공기 속에 둥둥 떠다니는 짙은 연기와 양탄자 위로 드러누운 인물들이 세바스천의 친구들일 수도 있었다. 그녀가 존재하지도 않는 듯 아무도 그녀를 쳐다보지 않았다. 아다가 마르티네에 대해 묻자 누군가 여행중이라며 페스에 갔다고 답했다. 그들은 마르티네가 언제 돌아오는지 몰랐다. 하지만 아무도 개의치 않는 것 같았다. 그들은 그녀에게 아무 데서나 편히 쉬라고 했다.

아파트는 현관과 곧장 연결되는 거실 이외에 욕실(꼴이 말이 아니었다)과 침대(그 위에는 남자 한 쌍이 거의 벌거벗은 채 부둥켜안고 있었다)가 있는 큰 방 하나와 작은 부엌만이 있었다. 아다는 먹을 것을 찾으러 부엌으로 들어갔다가 너무 지저분해서 깜짝 놀랐다. 와인 병들과 바나나 껍질, 빈 시리얼 통, 먹다 남은 대추 야자수가 담긴 쟁반들이 여기저기 널려 있었다. 수십 년 동안 그녀의 신경체계와 눈에 익숙한 질서 개념과는 완전히 동떨어진, 너무나도 낯선 질서 개념이었다. 아다는 그곳에 있는 사람들의 수를 세어 보았다. 여자 두 명과 남자 여섯 명, 모두 여덟이었다. 모두 젊은 사람들로 피부색과 인종이 다양했다. 그녀는 누군가 이야기할 수 있는 사람을 골라보려 했지만 소용없는 짓이었다. 그들은 닿을 수 없는 머나먼 별나라에 가 있었다. 그래서 그녀도 쉬운 쪽을 택했다. 그녀의 눈에 그토록 거슬리는 그곳의 질서가 마치 자기 손에 달려 있는 듯했고, 그래서 자신의 질서 개념은 쓰레기통에 갖다버리기로 했다. 그녀는 뭐는 어떻게 해야 한다는 기존 관념을 버리고 그 이상한 그룹에 합류했다. 그녀는 트렁크를 응접실 한쪽 구석에 잘 숨겨두고, 필리핀 사람이라고 말한 여자 가까이 있는 양탄자 위에 드러누운 다음, 그녀에게서 대마초 한 대를 건네받았다. 아다는 이미 허물어진 감각으로, 아! 랭보, 탕헤르와 같은 곳은 사라지기에, 예전의 자신을 버리기에, 자신을 잃어버리기에 적당한 곳이라 생각했다. 그녀는 신비주의자들을 불러보았다. 그러자 그녀의 눈 앞으로 보울스, 버로즈, 주네, 사르두이가 나란히 줄을 섰다.* 그리

---

* Paul Bowles(1910~1999): 미국의 작가이자 작곡가. William S. Burroughs (1914~1997): 미국의 소설가이자 수필가, 사회비평가. Jean Genet(1910~1986): 프랑스의 소설가이자 극작가, 시인. Severo Sarduy(1937~1993): 쿠바의 작가이자 기자, 문학 비평가. 모두 동성애 성향이 있는 작가들이다.

고 몇몇 태아들이 그녀 앞에서 춤을 추었다. 남자? 여자? 아니면 성性 구별이 애매한 양성 태아들? 그러고는 마침내 일탈의 조국에 첫발을 내딛었다는 달콤한 느낌 속으로 빠져들었다.

그 순간부터 아다의 기억은 불투명하고 몽롱했다. 이미지들을 떠올리고 이해해보려 노력했지만 좌절만이 있었다. 그러다가 문득 배가 고파 위경련이 일었다는 것만 기억났다. 그래서 먹을 것을 찾으러 그 이상한 집에서 나왔다. 양다리가 약간 후들거렸다. 심하게 어지럽고 몸이 안 좋다는 걸 느꼈지만 배고픔이 더 컸다. 마르티네 집에 도착해서 멍한 상태로 그 집을 나설 때까지 얼마나 많은 시간이 흘렀는지 아무 생각도 없었다. 걷고, 걷고, 또 걸었다는 느낌이 전부였다. 고약하고 희미한 경계를 건너, 발은 길 위에 내버려둔 채 들판과 부락들을 돌아다닌 느낌이었다.(들판? 아다, 너 돌았어?) 그러다가 대도시에 온 것 같았다. 그랬다. 대도시였다. 광활한 평원처럼 넓은 곳이었다. 1밀리미터까지 정확하게 아스팔트로 뒤덮여 있었으며, 그곳의 나무들은 마지막 싸움에서 패했다. 색색가지로 페인트칠이 된 시멘트 건물들이 수도 없이 겹겹이 들어서 있었다. 눈에 띄게 훼손되어 칠이 큼지막하게 벗겨지기 시작한 건물들도 있었다. 대로, 도로, 골목, 빈민가 등에 가득 찬 인파 때문에 겁을 집어먹었다. 마치 사람들을 받아들일 공간보다 사람들이 훨씬 많은 것처럼 많은 인파로 꽉 들어차 있었다. 건너기에는 지나치게 넓은 대로들. 너무 어두침침한 골목들—낮이건 밤이건, 해가 있건, 전등이 켜져 있건 들어서기가 무서웠다—. 누구에게 어떤 감동도 주지 않는 가난을 뻔뻔하게 드러내놓은 너무나도 가난한 빈민가들. 아다는 네온사인 불빛과 광고물, 포스터, 간판, 호객꾼들이 외치는 소리가 어떻게 깜빡거리는지 보았다. 그 도시는 모든 것을 제공했다. 약속할 때는 인심이 후했으며, 아주 간단하고 평범한 것에서부터 상당히 괴상하고 사치스러운 것까지 사람들이 머릿속으로 상상할 수 있는 것과 그 취향까지도 기꺼이 만족시켜주었다. 돈에만 좌우되는 게 아니었다. 물론 그녀는 돈이 없었다(그런데 네 지갑, 아다, 지갑은 어디다 둔 거야? 몰라, 이제 나한테 지갑이 없다는 것만 어느 순간에 깨달았을 뿐이야). 한쪽으로 환하게 불을 밝힌, 깨끗하고 아름답고 청결하고 값비싼 쇼윈도들이 늘어서 있었다. 그리고 건너편 쪽으로 줄이 사방으로 줄줄이 늘어서 있었다. 뭔가를 얻기 위해, 뭐가 됐든 사소한 거라도 얻기 위해 사람들이 길게 늘어서 있었다. 가끔 기다리다가 실신하는 사람도 있었다. 그러면 다음 사람이 그 자리를 차지했다. 낮 시간은 흐리고 창백했다—그날이었나? 아니면 다음 날이었나?—. 그리고 시커먼 밤이 그 뒤를 이었고, 그날 밤에는 별빛 하나 보이지 않았다. 그리고 소리가 들렸다. 아주 강력하고, 아주 분명하고, 절대 사라지지 않을 것 같은 소리들. 북소리와 고함 소리(아다, 탕헤르에서 가장 특징적인 게 뭐야? 물론 북소리와 고함 소리지). 차 지붕 위에 확성기를 매달고 고래고래 소리 지르며 그날의 세일 물건을 팔기 위해 같은 곳을 수천 번도 넘게 돌아다니는 트럭들. 시위, 콘서트, 땡처리 하는 가게. 오디오 볼륨을 과시하는 자동차들. 소리가 높을수록 좋은 차였다. 상상 가능한 최대한의 볼륨. 열린 차창을 통해 흘러나오는 아나운서들의 끝없는 소리. 고막을 후벼 파고 들어와 뇌에 구멍을 뚫으며 그녀에게 이곳이 지옥이라고 속삭이는 타악기 소리들. 목소리들. 갖가지 종류의 목소리들. 높은 소리, 낮은 소리, 고함 소리, 속삭이는 소리. 때로는 새치름하고, 때로는 공격적이고, 멍청하고, 친절하고, 잔인하고, 점잖은 소리들. 하지만 늘 강력한 소리들. 각기 다른 언어들. 바벨 탑. 귀를 찢는 소리들이 아무렇지도 않게 들리며 한 겹을 두른 것 같았다. 히스테릭하게 찢어질 듯 울려대는 클랙슨 소리. 끊임없이 사고가 날 것 같은 소리. 그 도시에서는 그 누구도, 그 어느 것도 조용하지 않았다. 아무도 원치 않는 침묵. 아다가 정신이 맑았더라면 음악의 화음이 아름답다고 생각했을 것이다. 음악은 한순간 멈춰 서면서 우리에게서 존재를 앗아가기 때문이다.

그리고 바다. 언제나 바다. 바다가 그곳을 에워싸고 있는데도 땅이 바다만큼 든든하지 못하다는 게 이상했다.

얻어맞은 건 기억나지 않았다. 단지 날카로운 고통만을 기억할 뿐이었다. 뭘로 때린 거지? 아다는 나중에 병원에서 자기 자신에게 물었다. 그녀는 먹을 것을 찾고 있었다. 먹을 것을 찾고 있었을 뿐이다. 시청 청소부들이 신분증도 없이 거의 벌거벗겨진 채 버려진 그녀를 발견했다.

그녀는 칠레에 전화하지 않았다. 아무도 그녀가 어디에 있는지 알지 못했다.

훗날 아다가 하이메에게 말했다. 탕헤르는 세상에서 가장 암울한 곳이에요. 하이메가 그녀에게 대답했다. 아니, 당신이 잘못 안 거예요…… 오히려 당신이 탕헤르에서 암울했지요. 그 어느 곳도 자기만의 빛으로 말하지는 않습니다. 투명한 것과 암울한 것은 그곳에 사는 개개인만큼이나 상대적인 겁니다.

하이메가 아다를 일단 병원에서 퇴원시킨 후(사정을 해봐도 소용없었다. 침대가 모자랐고, 병원에서는 침대를 차지하고 있는 서양인들을 곱게 보지 않았다) 데려간 호텔은 '렘브란트 호텔'이었다. 벽이 버터 빛인 넓고 편안한 방부터 아다를 위한 일들이 줄지어 이어졌다. 의사의 유료 진찰―무료 공공 서비스는 이제 더이상 없었다―. 트렁크를 찾기 위해 마르터네의 집을 찾는 헛수고―지갑 안에 주소를 적은 종이가 들어 있지만 지갑도 잃어버렸다―. 새로운 여권 발급을 위한 영사관과의 대화. 하이메는 오빠나 남편 못지않게 열심히 아다를 돌봐주었다. 그곳에서 그가 뭘 하고 있는지 물어볼 수 있을 정도로 아다가 충분한 이성을 되찾을 때까지는 얼마간의 시간이 흘렀다.

"나는 마드리드에 살고 있습니다. 다시 말하자면 예전에 마드리드에 살았지요. 좀더 정확히 말하자면 내가 막 떠나려는데, 올리베리오한테서 전화가 왔습니다."

"어디로 떠나려 했는데요?"

아다는 전혀 자기와 어울리지 않을 것 같은 핑크빛 잠옷을 입고―그 색깔은 한 번도 입어본 적이 없었다. 그래서 자기 의지와는 상관없이 전형적인 여성스러움으로 둘러싸여 있는 것 같아 영 어색했다―잔에 담긴 계란 두 개를 천천히 음미했다. 그 외에도 쟁반에 놓인 오렌지 주스와 토스트, 잼이 렘브란트 호텔의 안락한 침대 끝에서 인내심을 갖고 자기 차례를 기다렸다. 그 전날 누군가가 그녀의 머리를 감겨주었다. 그러한 자상한 배려로 아다는 그나마 자기가 사회적인 나병을 앓고 있다는 느낌을 떨쳐낼 수 있었다. 아다는 '부서진 시간'이 시작됐을 때부터 자기 자신이 그렇게 느껴졌다. '부서진 시간'은 그녀가 아프리카 북부를 헤매고 다녔던 몽롱한 시간, 공간적으로 불확실했던 그 며칠을 가리켜 훗날 붙인 명칭이다. 아다는 강렬한 아침 햇살이 쏟아져들어오는 그 방에서 맥주를 들고 왔다갔다하는 하이메를 관찰했다. 아침 햇살이 그렇게 강한 도시는 세상에 몇 없을 것이다—이 시간에 맥주를 마셔?—. 아다는 그를 주시하였다. 가볍게 방치한 듯한 그의 모습이 매력적으로 보였다. 말을 듣지 않는 생머리가 이마로 흘러내려왔고, 그는 그때마다 참지 못하고 다시 쓸어올렸다. 얼굴 윤곽이 사슴과 비슷했다. 얼굴 양쪽으로는 넓지만 턱으로 내려오면서 갸름해졌다. 크림색 코르덴 바지를 입었고, 새하얀 남방은 약간 구겨졌고 윗단추 두 개는 풀려 있었다. 마른 편이라 좀 허약해 보였고, 그런 모습이 그녀와 가깝게 느껴졌다.

"프랑스 남부로요."

"프랑스 남부에는 왜요?"

"뤼베롱의 작은 마을에 집을 한 채 빌려놨거든요."

"올리베리오는 어디서 만나셨어요?"

"그는 우리 가족의 변호사입니다. 우리 집안의 일은 모두 그의 손에 달려 있지요. 나는 칠레에 갈 때마다 그를 만납니다. 자주 가지는 않지만요."

"그럼 마드리드에서는 무슨 일을 하셨어요?"

"아무것도 안 했어요."

아.

"그런데 이 잠옷은 어디서 난 건가요?"

"내가 샀습니다." 그가 약간 당황해하며 대답했다. "마음에 안 들어요?"

"아니요. 마음에 들어요. 남자가 잠옷을 사준 적이 한 번도 없어서요. 그것도 핑크색은 더더욱!"

하이메가 재미있다는 듯 가볍게 웃었다. 그러고는 곁눈질로 그녀를 흘끗 바라보았다. 다음 얘기를 어떻게 꺼내야 할지 약간 망설여진다는 표정으로. 마침내 마음을 먹고, 대놓고 그녀에게 물었다.

"이제 저의 두어 가지 전략적인 질문에 답할 수 있으신지?"

"한번 해볼게요."

"올리베리오는 당신이 회복되면 뭘 할 생각인지 알고 싶어합니다. 예를 들어 어디로 갈 생각인지."

조금 긴 침묵이 지속되었다. 아다가 더이상 참지 못할 거라 여겨질 때까지.

"좋습니다. 지금 당장 대답해야 할 정도로 급한 것은 아닙니다. 내일 다시 얘기하지요. 하지만 나를 그렇게 보지는 마세요. 그렇다고 먹는 것까지 그만둘 건 없잖아요…… 아침은 계속 들어요."

"그게 그러니까, 내가 한 번에 두 가지 일을 못 해서요." 아다가 미안해했다.

"두 가지 일? 무슨 일이요?"

"먹으면서 생각하는 거요. 그거 아세요? 내 신경체계는 내 인생을 애먹이려고 자기네끼리 공모한 것 같아요. 예를 들어, 텔레비전이 켜져 있으면 전화를 할 수 없어요. 운전하면서 동시에 담배를 피울 수도 없고, 대화를 나누면서 음악을 들을 수 없어요. 모두 한 번에 한 개씩만 해야 해요!"

"그 미국 대통령처럼요? 총기聰氣가 없는 걸로 유명한, 포드였던가요? 그가 걸으면서 껌을 씹을 수 없다고 했지요. 포드였나? 아닌가? 멍청한 대통령이었지요. 그건 기억나는데 좀 헷갈리네요."

"사실…… 미국에는 멍청한 대통령이 한 명 이상은 되지요."

"그렇게 못 하는 게 늘 그랬던 건가요? 아니면 사고 때문에 그런 건가요?" 그가 걱정 반 농담 반으로 눈살을 찌푸리며 물었다.

"늘 그랬어요."

"당신이 어떤 상황에서 구출됐는지 모르는 것 같아 묻는 겁니다, 아다 마르티네스. 이제 곧 괜찮아질 겁니다. 그러면…… 그때 얘기합시다."

하이메가 문 쪽으로 향하면서 빈 맥주캔을 휴지통에 버리고 작별 인사를 건넸다.

"오늘밤 미래에 대해 생각해보겠다고 약속할게요. 약속해요." 숙제를 하지 않으면 선생님이 예뻐하지 않을 것 같아 걱정하는 착실한 학생처럼 아다가 말했다. "하지만 그 전에 당신한테 큰 부탁 하나 할게요. 담배 한 대만 구해줘요. 제발 부탁이에요!"

"담배를 피우면 안 됩니다."

"담배는 절대 피우면 안 되지요. 그러면 당신도 이 시간에 맥주를 마시면 안 돼요. 제발 부탁이에요! 담배 한 대만 있으면 확실히 밤에 영감을 받을 것 같아요."

"밤에 영감을 받아서 뭘 하면 절대 안 됩니다. 가장 위험한 영감이지요. 심지어 술보다 더 위험해요. 내 말 못 믿어요? 늘 불확실한 충동만 생깁니다…… 유혹이 생기면 해가 뜰 때까지 기다리십시오."

그래도 아다는 밤을 헛되이 보내지 않았다. 하이메가 담배 한 갑을 갖다주었고, 그것만으로도 이미 자기 집에 와 있는 듯 편안했다. 결심해야 했다. 자기 생각을 확실하게 밝혀야 했다. 올리베리오의 전화를 받고 상황을 책임지겠다고 약속한 순간, 자기가 어떤 상황에 빠지게 되었는지도 모르는 이 불쌍한 보호자를 얼른 해방시켜줘야 했다.

아다는 환자 침대에서 어렵사리 일어나, 거울 쪽을 향해 천천히 걸어갔다. 핑크색 옷을 입은 자신을 확실하게 봐둬야 했다. 그런 구경거리를 어떻게 놓칠 수 있단 말인가? 그녀는 거울에 비친 자신의 모습을 보고 머쓱했다. 누군지 못 알아볼 것 같았다. 이것이 어린 유칼리나무처럼 길쭉하고 가늘고 유연하고 미래가 창창했던 몸이란 말인가? 화가였던 펠리페 할아버지가 그녀를 그렇게 정의 내렸다. 그녀가 날렵하고 잽싼 다리로 사촌오빠를 쫓아다녀서, 늘 그의 뒤를 졸졸 따라다녀서, 나중에는 그녀를 '나의 망아지'라 불렀다.

칠레? 온몸에 전율이 흘렀다. 내키지 않는 부끄러운 전율이지만 어쨌든 전율이다. 돌아가고 싶지는 않다. 뭐 하려고? 그녀의 일은 어디서든지 할 수 있는 일이고, 출판사는 정해진 주소를 요구하지 않았다. 출판사가 자료를 보내줄 수 있게끔 그녀가 선택하는 나라나 도시에 확실한 주소지만 있으면 된다. 그곳에서 그녀가 작품을 분석해 요약하거나 원고를 읽어 교정하면 돈은 훨씬 나중에 받았다(이제는 어디인지 기억도 나지 않지만, 어느 공항 세관에서 입국 서류의 빈칸을 채울 때, 그녀가 직업란에다가 인쇄체로 '책 읽는 여자'라고 쓴 적이 있었다. 그러자 공항 직원이 약간 당황한 듯 그녀를 바라보며 이것도 직업이냐고 물었다. 그래서 그녀는 고집스럽게 당연하지요, 라고 대답했다).

그녀는 브뤼셀을 떠나기 전에 마지막 원고를 보냈다. 그때 그녀가 진행하던 원고였다. 집필중인 소설들을 읽고 분석하고 교정하는 것이었다. 그녀는 작가가 누군지도 몰랐고, 상관도 없었다. 그녀는 최선을 다해 성실하게 일했고, 자신이 매우 성실하다는 것을 안다. 다음 일은 어떤 걸까? 아다는 19세기 영국 문학을 다룬 작업이 가장 재미있었다. 새로운 전집으로 내기 위해 19세기 고전작가들을 요약하는 작업이었다. 책 뒤표지에 실을 용도로 서둘러 간단히 요약하는 게 아니라, 특별 카탈로그로 출판하기 위해 신중하고 성실하게, 길게 요약하는 것이었다. 그녀는 1년 내내 그 작업에 매달렸다. 후안 카를로스에게는 선물과도 같았던 1년이었다. 제인 오스틴의 아이러니와 조지 엘리엇의 지성, 브론테 자매의 열정이 없었더라면 그녀는 더 빨리 떠났을 것이다. 그래, 출판사와 연락해서 새 주소를 알려줘야 해…… 하지만 어떤 주소? 돈이 없으면 어떤 결정도 내리기 힘들었다. 그녀는 모아놓은 돈의 액수를 기억해보려고 애썼다. 하지만 숫자를 갖고 씨름하기에는 아직 힘들었다. 아직 그녀의 뇌가 모두 회복된 것은 아니었다. 아다는 계산을 뽑는 데 익숙했다. 아주 먼 옛날, 제재소가 부도가 난 이후로 그것 말고는 한 게 없었다. 런던에서 문학 공부를 할 수 있는 장학금을 탔을 때 이제 가난은 끝이라는 환상에 사로잡혔다. 하지만 그렇지 않았다. 그 몇 년 동안 점심을 먹을 때마다, 식사 때마다, 신발을 살 때마다 계산을 해봐야 했다. 그러고 나서 바르셀로나에서 마침내 스페인 출판사와 계약을 맺었을 때 부자가 되었다고 생각했다. 매달 꼬박꼬박 받는 월급은 마치 신이 주신 선물 같았다. 하지만 아파트 월세가 월급의 절반을 넘었기 때문에 그런 생각은 얼마 가지 못했다. 후안 카를로스의 곁에서 보낸 시간이 좀 편했다는 건 인정한다. 하지만 그에게 의지해 사는 것 역시 힘들었다. 남의 돈으로 매일 먹는 양식을 구입한다는 걸 받아들이기에는 너무나 오랫동안 자기 의지로 살아왔던 것이다. 아다는 사치스러운 취향에는 완전히 무관심한, 검소한 자신이 고마웠다. 그 덕분에 마음고생은 하지 않아도 되었으니까! 물론 아르마니의 아름다운 쇼윈도 앞에서 넋을 빼앗길 수는 있다. 하지만 무언가가 그 디자이너의 옷은 절대 가질 수 없다고 그녀에게 이야기했다. 아다는 자기도 모르는 사이에, 아주 오래전부터 그런 사실을 알았다. 그렇지만 여행을 하고, 책을 사기 위해서라면 훔칠 수도 있을 것 같았다. 그때 자신의 한

계에 가슴이 아팠다. 하지만 불평하지는 않았다. 그 두 가지를 모두, 그것도 많이 해보았으니까.

결국 따지고 보면 우리 모두의 소원이 이뤄졌어, 아다는 생각에 잠긴 채 자신에게 말했다. 하지만 그게 가치가 있었는지는 의심스러웠다. 유년기와 사춘기 때는 늘 '꿈'을 이야기한다. 왜 안 그렇겠는가? 그렇지만 이제는 그 생각만으로도 참을 수 없을 것 같았다. 누군가 그녀에게 그녀의 꿈을 물었다면 고약하게 성질을 부렸을 것이다. 언어가 잘못이다. 언어가 개념을 주무르고 또 주물러서 개념의 호칭뿐 아니라 개념 자체를 길 잃고 헤매게 하니까. 얼마나 많은 멍청한 여자들이 잡지에 나와 자신들의 꿈을 이야기하는가? 그 꿈을 이야기하는 것만으로도 이뤄질 거라 믿으면서. 미인대회에 나와 우승한 여자들까지도 이렇게 말한다. 이 세상에 더이상 가난이 없길 바라요. 어리석기는. 그래, 나는 네 꿈이 그렇다고 믿을게. 평화가 있기를 원해요. 여기저기 모든 곳이 새하얗고, 깨끗하고, 바르게 되기를요. 그러면 자기 아내를 죽인 범인까지도 꿈이 있다고 변론할 것이다. 그래, 꿈! 그들도 열다섯 살 때 누구 못지않은 꿈을 가졌었다. 니에베스의 꿈은 결혼해서 아이들을 많이 낳고 아주 예쁜 집에 사는 것이었다. 아다의 꿈은 여행하며 수천 권의 책을 갖는 것이었고, 롤라의 꿈은 부자가 되고 남자들에게 숭배를 받는 것이었다. 그리고 루스의 꿈은 다른 사람의 고통을 덜어주는 것이었다. 각기 다른 소원들이었고 모두 이뤄졌다. 비록 절반씩밖에는 이뤄지지 않았지만. 니에베스는 '부자' 남편을 원하는 걸 깜빡했기 때문에 예쁜 집을 갖지는 못했다. 남편만을 원했고 남편은 가졌다. 그리고 네 자식도 있다. 지금 다시 소원을 빌 수 있다면 니에베스는 어떤 걸 빌까? 잘 모르겠지만, 또다시 똑같은 소원을 빌지는 약간 의심스럽다. 하지만 롤라의 소원은 똑같을 것이다. 옛날에 빌었던 그대로. 그리고 똑같이 이뤄낼 것이다. 그건 아다 역시확신했다. 그녀의 마음속에 있는 무언가가 롤라의 집념을 인정하라고 강요했다. 롤라도 쉽지는 않았을 것이다. 당연히 아니겠지. 돈도 많이 벌고 사랑도 많이 받는 것을 이 세상 어떤 여자가 쉽게이룰 수 있단 말인가? 그걸 이루기까지 얼마나 힘들었겠는가? 필요하다면 살인도 마다하지 않았을 것이다! 그리고 루스, 꼬마 루스. 그녀의 꿈은 운닝이있다. 그녀는 그 꿈에서 멈추려 하지 않았다. 루스가 아프리카로 떠난 게 마치 엊그제 일처럼 아직도 화가치밀어오른다. 나의 루스. 그럼 나는? 책과 여행. 그래, 많이도 누렸다. 하지만 더 많은 것을 원할 수도 있었다. 여행과 책만으로는충분하지 않았다. 그때 롤라가 그녀에게 말했다. 남자. 아다 언니, 어떻게 남자가 꿈에 안 들어갈 수 있어? 나는 절대 결혼하지 않을거거든. 왜? 내가 결혼할 사람은 올리베리오뿐인데, 우린 사촌이라 결혼할 수 없잖아. 롤라가 비웃었다.

롤라는 지금도 계속 비웃고 있다.

아다는 잠옷 앞가슴에 매달린 분홍색 리본으로 한가로이 장난쳤다. 이 땅에서 그 어느 곳도 소유하지 못한 자신이 불쌍했다. 하지만 그녀는 가능성이 무한한 세상을 바랐다. 아다, 경계가 보이니?

언젠가 모두 네 것이 될 것이다. 그런데 그녀의 가엾은 수중으로는 아무것도 들어오지 않았다. 국물 한 방울도 없었다. 지난 20년 동안 그녀의 입으로 들어간 빵 조각 하나하나는 모두 그녀의 이마에 맺힌 땀방울로 번 것이었다. 그녀의 나이 정도라면, 그토록 열심히 일했다면 적어도 집 한 채씩은 소유하고 있다. 심지어 니에베스까지도 자기가 살고 있는 아파트의 소유주다. 올리베리오가 그녀에게 집요하게 권했던 것처럼 그녀가 위대한 소설가가 되었다면 상황이 달라졌을까? 훌륭한 작가라고 해서 모두 돈을 버는 것은 아니다. 산티아고에 살면서 명함을 찍고 사무실에서 여덟 시간씩 근무했더라면 어쩌면 니에베스의 남편인 라울처럼 자기 아파트를 사기 위한 기반은 다졌을 것이다. 아다는 자기가 구입할 수 있는 아파트를 생각해보았다. 산티아고의 어느 지역에 살 수 있을까? 잿빛 고층 건물을 상상해보았다. 엘리베이터도 몇 개 없고 사람들이 우글거리는 아파트. 자동 감시 장치도 없고, 근사한 로비도 없고, 마트에서 쇼핑한 물건과 짐을 올려다줄 경비원도 없는 아파트. 60년대에 주거지 개념으로 대량화되어 싸게 나온 건물. 음울한 사람들로 우글거리며, 상상력을 풍부하게 해주는 비좁은 골목길이 없는 시멘트 탑. 아다는 빛도 제대로 들어오지 않는 창문이 달린 비좁은 방 두 칸과 욕실 한 개를 그려본다. 모두 나무와는 상관없다. 잔인할 정도로 비인간적인 곳이다. 그 안에서 죽는다 해도 시체가 썩을 때까지는 아무도 알지 못할 것이다. 소설 속 인물들이 그곳에서 적당한 공간을 찾아 일상으로 스며들어올 수 있을까? 미스터 다아시가 그 벽 안에 갇혀 존엄성에 대해 의견을 펼치며 야심을 논

할 수 있을까? 롱 존 실버의 목발이 아래층에 사는 사람을 깨우거
나 텔레비전 프로그램을 방해할 수 있을까? 물론 그 목발 소리는
그녀가 들어야 할 것이다. 아다는 자기도 모르게 몸을 흔들며 멋쩍
게 웃었다. 물론 방에는 그녀뿐이었지만. 사무실에서 여덟 시간 근
무한다는 생각에 웃음이 터진 것이다. 그녀는 아주 어렸을 때부터
조용히 수동적으로 사무실에 앉아 근무하는 게 자신의 운명은 아
니라는 것을 알았다. 자기가 직접 그 운명을 택한 게 아니라 그렇
게 그냥 주어진 것 같다는 인상을 받았다. 물론 그녀에게는 계절의
변화와 같은 단순한 느낌이었다. 그후 그것을 유지하기 위해 의지
를 단련시키는 것에도 별다른 노력을 기울이지 않았다. 아다는 셔
우드 앤더슨의 소설의 여주인공 알리시아를 떠올렸다. 어두침침한
미국의 한 도시에서 그녀는 사랑하는 애인의 소식을 기다리며 매
일 아침 다 쓰러져가는 식료품 가게로 출근했다. 소식은 절대 오지
않았지만 그녀는 고집스럽게 기다렸다. 세월이 흐르고 청춘도 덧
없이 빠져나갔다. 마음에 상처를 입었고 순수함은 산산조각이 났
다. 그래도 그녀는 매일 성스럽게 직장에 출근해 하루 일과를 마치
고 월급을 받았다. 일은 기다림을 위한 변명일 뿐이었다. 기다림이
그녀 존재의 진정한 주인공이었다. 실제의 삶이 그녀가 그토록 바
라던 삶의 모습이었다. 아다는 조금 전의 확신에 이의가 들면서 살
짝 소름이 돋았다. 만일 그녀의 운명과 아다의 운명을 혼동했다
면? 하지만 아다, 네가 그걸 위해 태어나지 않았다고 맨 먼저 말한
사람은 바로 너잖아? 그런데 뭣 때문에 소름이 끼치는 거야? 아다
는 생각했다. 젊었을 때의 모습에 대해 거짓말하는 건 너무나도 쉬

워. 하지만 유년시절은 그렇지 않아. 그때는 거짓으로 지어낼 수 없는 모든 것이 들어 있어. 어쩔 수 없는 것들이 전부. 그래서 나는 기억에 충실해야 해. 나를 배신하지 못하도록.

언제나 무한한 가능성. 떠도는 미래.

아다는 올리베리오가 운전면허증을 딴 후 처음으로 푸에블로에 갔을 때를 떠올렸다. 단둘이 그의 가족의 차를 몰고 갔다. 그들은 내킬 때마다 차를 멈춰 세우고, 새롭게 쟁취한 독립을 축하했다. 그들은 커피를 마시려고 국도에 있는 한 모텔에 차를 세웠다. 음침하다는 말이 어울리는 곳이었다. 전형적인 시골 다방 같은 곳이었다. 이름만 모텔일 뿐 밤을 보내기 위해 몇 푼만 쥐어주면 되는, 가족들끼리 운영하는 곳이었다. 식당에는 창문이 많지 않아 꽤 어두침침했다. 같은 이유로 공기도 잘 통하지 않았다. 열심히 청소한 것 같기는 했지만, 초록색과 회색 줄무늬의 리놀륨 바닥에는 도로와 사라지지 않은 옛 길의 흙이 쌓여 있었다. 두 여자가 시중을 들었다. 아다는 카운터에 있던, 산파처럼 생긴 괄괄한 여자가 엄마일 거라 생각했다. 딸이 바 뒤에서 손님들의 시중을 드는 동안, 돈은 분명히 그녀가 관리할 것이다. 딸의 움직임은 무의미했다. 그녀는 컵 밑바닥을 행주로 일일이 스무 번씩 닦은 후 테이블의 비닐 식탁보를 닦기 위해 바에서 나왔다. 허리에 묶은, 하늘색에 흰색 수가 놓인 작은 체크무늬 앞치마는 빨간 매니큐어를 칠한 손톱처럼 애교스러워 보였다. 아다는 그 노력이 감격스럽기까지 했다. 그렇게 외지고 음침한 곳에서는 어떤 노력을 해도 부질없을 것 같다는 생각을 떨쳐버릴 수 없었다. 딸의 두 눈은 허공을 헤매고 있었다. 그녀의 몸, 그녀의 또 다른 자아가 지금 당장은 그곳에서 열심히 일하고 있지만, 그곳에 없는 게 확실했다. 아다는 담배를 피우며 그녀에게서 쉽게 눈길을 뗄 수 없었다.

"네가 저 여자가 될 수 있다고 상상하고 있지? 그렇지?" 올리베리오가 물었다.

"5년 후 오빠가 유럽의 멋진 도시에서 살면서 '아다는 어떻게 되었을까? 어떻게 살고 있을까?'라고 물었는데, 사람들이 내가 칠레 남쪽 끝에 있는 불네스의 한 모텔에서 여종업원으로 일하고 있다고 하면 오빠는 울 거야?"

"아니. 울긴 왜 울어? 당장 비행기표를 보내면 그만이지."

그녀는 그 어느 것의 주인도 아니지만, 누군가는 그녀를 구해주기 위해 달려온다. 그리고 그것은 결코 작은 게 아니다. 탕헤르에서 그녀는 해체되었다. 그녀는 그 도시에서 산산이 흩어졌다. 허물어졌다. 그녀는 마르티네의 아파트에서 마약을 하던 필리핀 여자를 떠올렸다. 그녀는 그 여자 옆에서 오랫동안 누워 있었다. 몇 시간인지, 며칠인지는 모르겠지만. 만일 그 필리핀 여자가 배고파 먹을 것을 찾아 도시로 나왔다가 습격을 당해 얻어맞고 길 한복판에 쓰러지고, 나중에 보건소에서 깨어나 기억도 없고 신분증도 없다면 어떻게 되었을까? 튀니지 남자 간호사처럼 누군가 마음씨 좋은 사람이 그녀를 측은하게 여겨 전화비를 내준다면 그 필리핀 여자는 누구한테 전화를 걸까? 과연 얼마나 많은 사람들이 은인이 있다고 자랑스럽게 이야기할 수 있을까? 칩시 부락이든, 탕헤르의 병원이든 언제나 너를 찾아낼 거야. 네가 계속 칠레 남쪽, 외진 국도의 한 모텔에서 여종업원 놀이를 하지 못하도록 언제나 비행기 표를 보내줄 거야.

올리베리오.

"네가 계속 쫓아다니면 나는 미쳐버릴 거야. 나 좀 가만히 내버려둬. 제발, 내 목을 더이상 조르지 마!" 그가 말했다.

"너를 가질 때까지 물러서지 않을 거야!"

"너는 내 그림자로 변했어. 너를 참지 못하겠어. 네가 가까이 있든 멀리 있든 네 입김이 가까이에서 느껴져서 숨도 못 쉬겠어. 사방에서 네가 느껴져. 네가 내 발뒤꿈치에서 나를 조여오며 미끄러지듯 걸어오는 게 느껴져. 제발 부탁이야, 나 좀 내버려둬!"

웃으면 안 되지만 아다는 웃고 말았다.

"네 삶은 완전히 텅 비었어. 나를 옭아매겠다는 집착이 네가 느끼는 유일한 감정이야." 그가 주장했다.

"맞아. 그리고 내가 파멸한다 해도 기필코 이뤄낼 거야."

"그전에 네가 나를 파멸시킬 거야."

다시 깔깔거리며 웃는 소리.

길게 한 줄로 늘어서서 푸에블로의 집을 지키는 수많은 포플러나무 중 한 그루 아래에서 그들 옆에 얌전히 앉아 있던 니에베스가 짜증난다는 목소리로 대화를 중단시켰다. 아다, 웃지 마, 네 역할에 충실해야지. 자베르 형사는 장발장 앞에서 절대 웃지 않았을 거야.

훗날, 아주 먼 훗날 두 배우는 역할을 바꿨다. 찾을 때까지 절대 멈추지 않은 사람은 올리베리오였다. 아다는 수치심에 사로잡혀 집시 부락으로 도망쳤었다. 모두 그 사내아이 때문에 벌어진 일이었다. 서글픈 신발을 신었고 엉덩이가 약간 펑퍼짐한 사내아이. 치료사 딸의 사촌. 철로 옆, 설탕과 빵 냄새를 풍기던 따뜻한 목재 집에서 만났던 그 아이. 아다는 자기 몸 위로 느껴지는 에우세비오의 눈길을 두 해 여름 동안 견뎌냈다. 매력도 없고 선머슴 같은 그녀가, 사촌자매들 중에서 제일 못생긴 그녀가 여자라는 사실을 확인하기 위해 견뎌냈을 뿐이었다. 루스의 엄마는 아다를 '톰보이'라 불렀다. 루스는 항상 자기가 여자임을 차분하게 받아들였다. 그다지 집착하지도 않았고, 중요성을 지나치게 부각시키지도 않았다. 그리고 니에베스와 롤라는 이미 태어날 때부터 천생 여자로 교태를 부렸다. 마치 그게 여자의 유일한 본능인 것처럼. 그들에게 여성성은 전혀 의심할 것도 없는 자질이었다. 니에베스가 예쁜 손에다 몇 시간씩 크림을 바르고, 그 손에 감탄하고, 가꾸고, 쳐다보기 시작한 게 열 살 조금 넘어서부터였다. 니에베스는 금발을 아름답게 유지하기 위해 늙은 판차에게 만사니야 차로 머리를 감겨달라고 했고, 크리스탈에게는 유행에 따라 머리를 롤로 말든지 아니면 곱게 펴달라고 주문했다. 롤라는 어렸을 때 '핑크 레이디'였다. 온통 핑크빛이었다. 레이스와 리본, 그녀의 주변에서 늘 너풀거리던 얇은 천, 갈래머리를 묶는 끈, 온통 핑크빛이었다.(롤라가 잘나가는 경제 전문가로 활동할 당시, 일하고 돈을 벌기 위해 어둡고 진지한 색깔의 남성복 비슷한 정장으로 바꿔 입었을 때 아다가 얼마나 어처구니없어 했던지! 옛날 장신구들을 몸에 달면 각이 부드러워질까봐 롤라가 얼마나 걱정했는데!)

카실다 고모할머니를 가장 많이 닮은 아다는 유전자 속에 '허영'이라는 개념이 상당히 축소된 채 태어났다. 그리고 아주 일찍부터 그녀는 여자의 의무에 숨 막혀 했다. 아다는 여자들이 바지를 입지 않았을 때부터 바지 입는 것을 좋아했을 뿐만 아니라, 여자로서 해야 할 일에도 관심이 없었다. 아주 어렸을 때부터 경운기를 몰고, 열쇠나 플러그를 고치고, 모닥불을 피우고, 나무에 오르고, 낚시하는 법을 배웠다. 그녀는 열 살 때부터 담배를 피우며 연기를 들이마시기 시작해 오늘날까지도 끊지 못했다. 그녀는 항상 올리베리오와 함께 마구간으로 빠져나가 숨어서 담배를 피웠고, 사촌 자매들은 끔찍해했다. 아다! 냄새가 너무 역겨워! 이도 누레지고 손가락도 시커멓게 얼룩질 거야. 그래서 뭐? 그녀는 당당하게 대답했다. 그래서 뭐? 그녀의 머리는 항상 투구처럼 짧은 생머리였다. 귀찮은 건 딱 질색이었다. 앙상하고 날렵한 그녀의 몸은 사내아이의 몸과 수도 없이 혼동되었다. 그녀는 육체적인 힘을 통제하는 것이 힘들었기에 돌발적인 행동을 하는 아이가 되었고, 그런 행동은 니에베스의 차분하고 우아한 행동과 눈에 띄게 비교되어 더욱 거칠어 보였다. 그래서 그녀는 자주 지적을 받았다.

아다는 매일 밤 롤라의 침대 밑에서 롤라를 괴롭히는 거미들을 손으로 잡아 주먹으로 꽉 눌러 죽였다. 또한 다른 여자아이들은 우유만 마시는데 그녀는 카실다 고모할머니의 블랙커피를 훔쳐 마셨다. 그리고 겨우 한 줄 더 뜨려다가 니에베스의 뜨개질을 완전히 망가뜨렸다. 또 바퀴가 넓은 낡은 세발자전거를 타기도 했고, 달팽이를 잡아 모두 한 줄로 세운 다음 자전거로 밟고 지나가기도 했다. 불쌍한 동물들—달팽이들은 동그랗게 몸을 말며 껍데기 안으로 몸을 숨겼다—을 한 마리씩, 가능하면 한 번에 바로 죽일 수 있는 자신의 지휘능력을 알아보기 위한 장난이었다.

(어느 날 할아버지가 생각에 잠겨 얼굴을 찡그린 채 사촌자매들을 바라보았다. 백발 머릿속에 뭔가 집착이 생기면 늘 그런 표정을 지었다. 그날 오후 할아버지는 사과나무 한 그루의 열매를 손수 땄다. 소나무 숲의 앞쪽 과수원 끝에 은밀하게 숨겨진 사과나무였다. 예쁘장하고 자그마한 그 사과나무에는 과즙이 풍부하고 둥그런 초록색 사과가 열렸다. 예쁘고 달콤한 그 사과들은 할머니의 쟁반에만 올라갔다. 신비롭고 싱그러운 데다 너무 맛있어 다른 사람의 입에는 절대 들어갈 수 없었고, 처음부터 그렇게 확실하게 정해져 있었다. 그래서 사촌자매들은 그 나무를 할머니의 사과나무라 불렀고, 그 근처에 가고 싶다는 유혹까지 떨쳐내기 위해 멀리서 바라보기만 했다. 그날 오후, 할아버지는 가장 예쁘게 생긴 사과를 네 개 따와 바구니에 담았다. 그러고는 오후에 아이들이 놀며 책을 읽는 거실에 마치 실수인 양 그 바구니를 갖다놓았다. 물론 사촌자매들은 금세 그 바구니를 알아보았다. 어떻게 못 알아보겠는가? 그곳에 사과 바구니가 놓였던 적은 단 한 번도 없는데. 만지지 마. 니에베스가 말했다. 할머니 사과야. 그런데 왜 여기 있는 거지? 크리스탈이 실수했겠지. 아니면 할아버지가 우리를 시험하려고 그랬든지…… 아이들은 사과를 바라보았고, 입속에 침이 한가득 고였다. 니에베스가 바구니를 들고 할머니한테 갖다드리자고 제안했다. 루

스는 좋다고 찬성했고, 롤라는 마지못해 좋다고 했다. 하지만 기회를 그냥 놓칠 수 없었던 아다는 사과 한 개를 집어 한 입 깨물었다.

"네 할아버지, 괴짜야?" 몇 년 후 그 이야기를 했을 때 한 친구가 아다에게 물었다.

"아니, 족장이었을 뿐이야.")

열한 살 때 아다는 꽤 심각한 모습으로 느닷없이 올리베리오에게 이런 질문을 던진 적이 있다. 혹 내가 남자로 태어났는데, 잘못해서 여자의 몸에 들어간 건 아닐까?

그러나 불쌍한 아다는 여자들이 성장과 더불어 어쩔 수 없이 몸과 마음으로 느끼게 되는 감정에서 자유롭지 못했다. 물론 그런 그녀의 감정을 일깨워준 사람은 바로 사촌오빠였다. 아다가 이미 그런 감정을 피부로 느끼게 되었을 때, 그 감정을 어루만지고 음미하게 되었을 때, 그녀는 자신이 양성처럼 느껴졌다. 그리고 그 감정이 올리베리오와의 관계에 너무나 깊이 뿌리를 내려 돌이킬 수 없다고 생각했다(필요 없어, 아다, 내가 그만큼 너를 사랑하니까). 아다는 다른 눈들이 그 감정을 올리베리오의 눈에 전해줘서 그에게서도 자기를 필요로 한다는 반응이 나타날 거라 순진하게 생각했다. 물론 그때는 분명한 게 아무것도 없었다. 아다는 오늘날 그렇게 생각한다. 예감만이, 몇 개의 불빛만이 있었다. 그 이상은 아니었다. 그리고 설상가상으로 불가능이라는 드라마틱한 느낌이 다른 모든 것을 제치고 가장 우위였다. '근친상간'이라는 단어가 그녀의 마음속에 자리를 잡았고, 온종일 그녀를 아프게 후벼 팠다(어찌 됐든 우리는 피를 나눈 사촌은 아니잖아). 아다는 소름 끼쳐 하며 자기 자신에게 반복해서 말했다. 내가 오빠를 사랑하다니. 이제 올리베리오는 사촌오빠가 아니라 친오빠와 다름없었다. 아다는 시커먼 입김을 내뿜는 죄책감에 휘말렸다.

아다는 자신의 행동을 어렴풋이 인식하며, 숲을 거닐자는 에우세비오의 제안을 받아들였다. 그는 자기가 군대를 가게 되었으며 내년 여름에는 군복을 입고 올 거고, 그녀가 자신의 모습을 좋아하게 될 거라 말했다. 그들은 땅 위에 앉아 땅바닥에 떨어진 솔방울을 주웠다. 아다의 기억은 늘 그 거기까지였다. 그 뒤의 일들은 모두 지워졌다. 롤라의 비명을 포함한 모든 일들. 그 비명과 함께 공포가 날뛰기 시작했다.(그날 롤라가 숲에 있지 않았디라면? 그날은 길었고 숲은 넓었는데. 롤라가 소리를 지르지 않았더라면?) 더 큰 비명 소리가 들려왔고, 서둘러 뛰어가는 발자국 소리가 들려왔고, 달려오는 소리가 들려왔다. 에우세비오는 잔뜩 겁에 질린 얼굴로 깜짝 놀라 바지를 추켜올렸고, 그녀는 바닥에 쓰러져 있었다. 탕헤르에서처럼. 당혹스러워하며 쓰러져 있었다. 집에서 달려와 놀라 휘둥그레진 눈들. 카실다 고모할머니가 벌거벗은 그녀를 담요로 감싸 일으켜 세웠다.(담요가 어디서 나왔지?) 올리베리오는 없었다. 방 안에서 그녀를 진찰하던 옥타비오 할아버지의 손길. 판차와 크리스탈의 눈에 맺힌 확실한 증오. 결국 아다는 잠시 자기를 혼자 내버려달라고, 너무 속상하니 혼자 있고 싶다고 했다. 카실다 고모할머니가—사생활을 절대적으로 존중하는 마음으로—절대 거절하지 않으리라는 걸 알았다. 그리고 그때 도망쳤다. 두 번 생각하지도 않았다. 방 뒷문으로 빠져나가 부엌으로 연결된 복도를 까치발로 걸어나갔다. 그 순간 불이 꺼지면서 그녀를 길 옆으로 숨겨줘 공범이 되어주었다. 그 길은 입구 쪽 대문이 아니라 뒷밭과 연결되어 있었다. 정신이 제대로 박힌 사람이라면 그런 상황에서 절대 도망치지 않았을 것이다. 그래서 그 덕을 많이 보았다. 이제 혼자 있는 시간은 충분하다고 생각한 카실다 고모할머니가 판차에게 허브차를 달라고 한 후 잔을 들고 조카손녀가 있는 방으로 향했다. 롤라도 치마 뒤를 졸졸 따라다니는 강아지처럼 그 뒤를 따라왔다. 그녀는 어른들이 못 들어가게 할 거라는 걸 알았지만 상관하지 않았다. 그 사건을 단 한순간도 놓치고 싶지 않았던 것이다. 어찌됐든 그녀의 행동이 결정적이었기 때문에 그곳에 있을 권리가 있었다. 자기가 소리를 질러 어른들에게 알리지 않았더라면 사촌언니한테 큰일이 생겼을 수도 있었으니까. 사춘기 소녀는 텅 빈 방을 보고 비명을 질렀고, 카실다 고모할머니의 표정에는 두려움이 떠올랐다. 다시 난리가 났다. 사람들이 서둘러 올리베리오를 찾아오라고 했다. 그는 친구 라울과 함께 제재소에서 기계에 기름칠을 하고 있었다. 라울은 큰 저택에서 벌어진 일을 전혀 몰랐다. 푸에블로의 믿을 만한 사람들을 모아 수색을 시작했다. 하지만 그전에 올리베리오가 치료사의 집에 잠깐 다녀왔다. 자정이 되자 카실다 고모할머니는 수색을 끝내고 사람들을 집으로 돌려보냈다. 아다는 그 어디에도 없었다. 늙은 고모할머니는 본능적으로 아다에게 다른 일은 일어나지 않았으며, 돌아올 마음이 생기면 돌아올 거라는 걸 알았다. 그래서 많이 걱정하지 않기로 했다. 모두 밤의 휴식을 취하기 위해 방으로 돌아갔다. 올리베리오만 제외하고 모두.

그는 아다가 최소한 한 시간 정도 먼저 출발했다고 계산했다. 그 시간은 카실다 고모할머니가 혼자 방에 있도록 선물한 60분이었다. 한 시간 동안 얼마나 걸을 수 있을까? 걸어서 떠났다면 사람들이 벌써 따라잡았을 것이다. 이미 그녀가 갈 수 있는 행동반경은 모두 꼼꼼하게 살펴보았다. 국도가 유일한 해답이었어, 올리베리오가 나중에 그녀에게 말했다. 그때 이미 확실하게 알았지. 올리베리오는 아다가 어쩔 수 없이 그곳을 지나가는 차를 붙잡아 세워 태워달라고 부탁했을 거라 추측했다. 의심의 여지가 없었다. 그러자 그녀를 찾아낼 수 있는 가능성들이 복잡하게 얽혔다. 북쪽으로는 산티아고가 있었다. 그 가능성은 아예 젖혀두었나. 사촌동생을 아는 이상 그런 절박한 상황에서 산티아고로 간다는 것은 절대 있을 수 없는 일이었다. 게다가 그녀의 부모는 여행중이었다. 남쪽에서 제일 먼저 떠오른 것이 그 마을이었다. 아다는 그곳을 잘 알았다. 그들은 화물 기차를 타고 그곳에 자주 갔었다. 그와 함께 기차 맨 마지막 칸에 아무도 모르게 올라타 무임승차를 했다. 하지만 그 마을에는 아다의 관심을 끌 만한 것이 아무것도 없어 일단 젖혀두었다. 그리고 푸에블로의 집들도 마찬가지로 젖혀두었다. 아무리 그곳 사람들이 아다를 좋아한다 하더라도 그녀에게 잠자리를 제공해 카실다 고모할머니의 눈 밖에 나고 싶어하는 사람은 아무도 없었다. 올리베리오는 왠지 아다가 북쪽이 아닌 남쪽으로 갔을 거라는 생각이 들었다. 그리고 그날 밤 그녀가 잠을 자고 있을 곳은 사람들의 눈에 띄는 곳이 아닐 거라는 생각이 들었다. 그래서 그는 작은 파라핀 등불을 들고 밖으로 나가, 마구간의 어둠 속에서 말에 안장을 얹었다. 그러고는 말의 엉덩이에 담요 두어 장을 얹고 출발했다.

사흘 후 올리베리오는 아다를 데리고 집으로 돌아왔다.

사촌자매들과 어른들이 숲 사건으로 아다의 성 정체성과 애정 관계가 영원히 결정지어졌다고 생각하면서 한참 걱정하고 있을 때, 아다는 다른 성장통을 앓고 있었다. 자신의 문학적 자질에 자신감이 없었던 것이다. 아다는 문학을 공부하고 좋아한다고 해서 반드시 창작으로 이어지는 것은 아니라고 주장했다. 창작과 혼자만의 글쓰기 사이에 적당한 거리를 두면 즐거움을 얻을 수 있었다. 아다는 자기가 창작을 시도하게 되면 그런 즐거움을 잃게 될까봐 두려웠다. 아다가 침묵하는 것은 픽션에 대한 두려움이었다. 직업상 책을 읽다보니, 자기가 제대로 하지 못할지도 모른다는 두려움이 어쩔 수 없는 한계였다. 아다는 자기가 문학 나부랭이를 덧대고, 제대로 맞아떨어지지도 않는 허술한 구성을 거짓부렁이로 끼워 맞추고, 독자의 심금을 울리지도 못하는 말도 안 되는 말들을 늘어놓고, 나사를 너무 억지로 짜맞춰 돌릴까봐 두려웠다.

(니에베스와 롤라의 대화

롤라: 『작은 아씨들』에서 제일 좋은 건 주인공들이 절대 늙지 않는다는 거야.

니에베스: 롤라, 그건 소설일 뿐이야.

롤라: 바로 그게 내가 좋아하는 거야. 진실을 얘기하지 않는 거.

소설을 읽을 때 롤라와의 가장 큰 차이점은, 롤라에게는 소설이 탈출구인 반면에 아다는 그 존재 속으로 완전히 푹 빠진다는 데 있었다.)

올리베리오가 그녀에게 소설가가 되어야 한다고 했을 때, 아다는 모든 사람들이 소설을 쓰는 것은 아니라며, 소설을 비평하는 사람들도 있다고 대답했다. 예를 들어, 소설을 출판하는 사람들도 있고, 소설을 읽기만 하는 사람들도 있어. 문학은 오빠를 삶의 건너편으로 데려다줘, 아다가 올리베리오에게 설명했다. 아니, 어쩌면 내 착각일 수도 있어, 문학은 오빠를 인생 자체에 머물러 있게 해줄 수도 있어. 어찌 됐든 두 가지 방법 중 그 어느 것도 오빠를 정상 상태로, 일상이라는 비좁은 통로로 데려다주지는 못해. 그렇기 때문에 나는 구원을 받았어. 사실 아다는 지금까지도 자기가 책을 읽는 사람이 아니었다면 자신의 인생이 무미건조했을 거라 확신한다.(아다, 오늘 밤에는 누구랑 같이 있어? 『폭풍의 언덕』의 캐시. 그래, 캐서린은 뭐라고 하니? 그녀는 여느 여자들과는 너무 달라, 올리베리오. 왜 문학사에서는 그녀에 대해 더 얘기하지 않는 걸까? 여기 『제인 에어』가 있네. 오빠도 잘 알지? 그녀의 언니가 쓴 거잖아. 훌륭한 소설이지만, 제인은 정숙한 여인상의 모든 요건들을 천천히 만족시켜갔지. 그래, 맞아! 캐서린은 정숙하지 않았어, 그래서 내가 그렇게 좋아하는 거야!) 당시 아다가 말했다. 돈이 있다면 출판사를, 예쁜 출판사를, 작은 보물을, 레너드 울프와 버지니아 울프가 블룸스버리에 세운 것과 비슷한 출판사를 차리고 싶다고.

아다는 전공을 택할 때 망설임 없이 문학을 선택했다.

문학을 사랑하는 모든 젊은이들이 그러하듯 그녀 역시 사춘기 소녀 때부터 글에 대한 열정이 있었다. 절박하고 분명하고 위협적인 열정이었다. 그러고는 자신의 의지와 달리 방에 처박혀 소설을 썼다. 비밀스러운 습작이었고, 아무에게도 보여주지 않았다. 그만큼 순수한 열정으로 자기 일에 매달렸다. 겨울에는 학교 공부와 바쁘게 돌아가는 도시 생활 때문에 덜 매달렸다. 마치 의욕과 아이디어를 모아두었다가 푸에블로에 가지고 가려는 듯했고, 실제로도 그랬다. 그녀의 작업이 성과를 거둬 소설을 마친 곳은 푸에블로였다. 모두 그 작업에 참가했고(그렇게까지 비밀스러운 작업은 아니었다) 소설을 읽기 위해 줄을 섰다. 기다려. 며칠만 기다려. 보여주려니 좀 긴장되네. 뜸이 들 때까지 기다려줘. 그때가 열여섯 살이었다. 바로 그 즈음에 옆 농장의 가족이 성대한 파티로 이어지는 산책에 참석해달라며 초대장을 보내왔다. 그들과는 막역하게 아는 사이로 깍듯한 관계를 유지하고 있었다. 게다가 니에베스는 그 집 총각들 중 한 명에게 관심이 있었다. 그녀는 그 일대에 발을 내딛는 남자들을 모두 눈여겨보았다. 초대장은 사촌자매들 중 두 명만을 초대하는 것이었다. 이름도 명시하지 않고 그냥 두 명만 오라고 했다. 그리고 올리베리오가 그들과 동행하기로 했다. 카실다 고모할머니의 성격상 사람들과 잘 어울리지 않았지만, 푸에블로에 사는 동안에는 이웃을 모른 척할 수 없기 때문에 그 초대가 엄청난 사건이었음을 밝혀둘 필요가 있다. 이번에는 카실다 고모할머니도 조카손녀들에게 참석을 권유했다. 옆 농장과 사업을 함께하고 있는 데다 그 일을 계속하려면 조카손녀들의 참석을 막아서는 안 된다고 생각했던 것이다. 아다는 돈 텔로의 잡화상에서 과자를 사면서 파티에 가는 게 지겨울 것 같다고 올리베리오에게 말했다. 안돼, 그 기회를 놓치면 안 되지. 나를 위해서라도 같이 가주라. 들판 한가운데 있는 호수에 연어들이 무지하게 많다는데 거기서 낚시할 거야. 그런 기회를 그냥 놓쳐버릴 거야? 그런 기대감이 보이자 아다는 올리베리오에게 함께 가겠다고 약속했다. 하지만 아무도 롤라의 집요함을 예상하지 못했다. 롤라의 관점에서 볼 때 자신은 반드시 초대 손님 중 한 명이 되어야 했다. 아다 언니도 사교생활을 좋아하지 않고, 카실다 고모할머니도 마찬가지라 둘 다 지겨워하니까 니에베스 언니랑 내가 가야 해. 제재소의 두 미인, 밖에 내놓을 만한 유일한 두 아이라는 말만 하지 않았을 뿐이었다. 루스는 갈 생각도 하지 않았다. 루스는 롤라가 나이 때문에 아다와는 경쟁도 할 수 없다는 것을 잘 알고 있었고, 롤라의 안달을 달래주려고 신경 썼다. 롤라는 이제 막 열세 살이 되었는데, 하루가 다르게 공주병이 깊어졌다. 아다는 롤라를 아주 많이 예뻐하기는 했지만 같이 있으면 짜증이 났다. 가급적 드러내지 않았지만 롤라도 알고 있었다. 롤라는 다정했다. 자기한테 양보해달라고, 가고 싶어서 죽을 것 같다고 매달릴 때면 특히 다정했다. 아다는 양보하지 않았고, 니에베스는 기회를 틈타 코흘리개가 어른들 일에 끼어든다며 따끔하게 야단쳤다. 너랑 같이 가면 우리가 대체 몇 시까지 돌아와야 하는데? 네 나이에 밤새도록 춤을 출 수 있을 것 같니? 롤라는 직감적으로 남자를 공략해야겠다고 생각했다. 응석받이 어린아이와

팜므파탈의 모습이 뒤섞인 애교를 확실하게 부리겠다고 작정하고 올리베리오를 찾아갔다. 꺼져, 이 말이 오빠한테서 들을 수 있었던 전부였다.

파티 날짜가 다가옴에 따라 니에베스는 집에 있는 옷을 전부 입어보고 머리를 말고 손톱을 칠했으며, 올리베리오는 낚싯대를 손보았고, 롤라는 분을 삭이지 못해 갈수록 더 씩씩거렸다.

파티 당일 사촌언니들이 출발할 때, 문 앞에 있던 롤라가 아다에게 나지막하게 속삭였다. 나중에 두고 봐.

다음 날 아침, 아다는 밤새도록 노느라 발이 아팠음에도 원고를 숨겨둔 궤짝이 있는 곳으로 향했다. 전날 밤 춤추다가 생각난 부분을 교정하려 했던 것이다. 궤짝 뚜껑을 열었는데 원고는 그 안에 없었다.

10분 후, 전말이 밝혀지면서 사건은 미스터리로까지 번지지 않았다. 크리스탈이 전날 밤 롤라가 거실 벽난로에서 종이를 태웠다고 알려주었던 것이다. 아다는 얼른 달려가 재를 살펴보았다. 그곳에 원고가 있었다. 아다는 타다 남은 잔해에서 자신의 글씨체와 파란색 잉크를 알아보았다.

롤라는 자기 행동을 감추려고도 하지 않았다.

아다는 자기가 보일 수 있는 두 가지 반응을 놓고 한참 고민했다. 자신의 가장 큰 약점이라 생각하는 것을 없애준 롤라에게 고마워해야 할지, 이성을 굳게 닫아 복수를 하고 살아 있는 동안에는 절대 롤라를 용서하지 말아야 할지 망설였다.

아다 언니는 늘 분노를 느끼며 사는 것 같아, 롤라가 핑크빛 껌을 씹으며 말했다(롤라는 어렸을 때와 사춘기 시절에 껌 씹는 것을 좋아했고, 아다는 그런 그녀를 나무랐다. 핑크빛 덩어리를 한가득 물고 날름거리는 그 혀를 참을 수 없었던 것이다. 그 모습은 아다의 기억에 영원히 남아 있다. 가끔 롤라가 키스하는 장면을 상상해보았다. 잔인한 키스를, 핑크빛 키스를 상상해보았다).

많은 경우 분노는 강인함의 원동력이 되어주기도 한다.

1973년 9월. 그녀가 알던 세계의 파멸. 몰이해, 야만성.

카실다 고모할머니가 아파서 올리베리오가 고보할머니를 보러 그 즉시 남쪽을 향해 출발했을 때는 10월의 쌀쌀한 추위가 채 가시지 않았을 때였다. 큰 저택으로 가려고 푸에블로를 지나가는데 치료사의 집 창문에 내걸린 칠레 국기가 눈에 띄었다. 창문 뒤로 그 집 딸 실비아가 언뜻 보인 것 같기도 했다. 다음 날 군인 순찰대가 제재소에 들이닥쳐, 신고가 들어왔기 때문에 무기를 찾아야겠다고 했다. 그들은 사냥용 엽총과 안토니오 할아버지의 방에서 권총 한 자루를 발견했다(그 집안이나 마을에서는 절대 무기를 등록하지 않았다. 그런 생각은 아무도 하지 못했다). 그들은 올리베리오를 끌고 갔다. 누구를 더 끌고 갈 수 있었겠는가? 카실다 고모할머니는 난생 처음 아파서 침대를 지키고 있었고, 그들 눈에 작은할아버지들은 좀 나이가 많고 골골해 보여 어떻게 해야 할지를 몰랐을 것이다. 깔끔하고 유식해 보이는 산티아고 학생은 완벽한 '극단주의자'의 모습이었다. 그렇게 올리베리오는 끌려갔다.

올리베리오가 맨 먼저 끌려간 곳은 가장 가까운 마을의 파출소였다. 그들은 병기 창고가 어디 있는지 말하지 않으면 총살하겠다며 그를 협박하고 때렸다. 올리베리오가 무슨 병기 창고를 말하는 거냐고 묻자 군인들은 신고가 들어왔다고 주장했다. 그가 제재소가 위치한 지역의 수도로 이송되면서 고통은 시작되었다. 사방에 죄수들이 널렸고, 너무나도 많은 피해자와 가해자들로 무지와 혼란만이 있었다(경험 부족이야. 군복을 입은 사관생도 한 명이 다른 사관생도들과 이야기했다). 공포, 혼란, 폭력, 굶주림, 추위만이 있었다. 어느 날 밤, 올리베리오는 다른 불운한 동료들과 함께 누워 있던 창고에서 끌려 나왔다—밤에 끌려 나갈 때면 다시 고문 받을지도 모른다는 공포에 휩싸였다—. 밖으로 끌려 나온 올리베리오는 창고 문 앞에서 간수를 보았는데, 낯익은 얼굴이었다. 당시 군대에 가 있던 돈 텔로의 아들이었다. 젊고 여윈 그의 얼굴에 당황과 두려움의 빛이 역력했다. 신병은 올리베리오에게 물을 주었다—그 물 한 잔이 너무나도 달고 값졌다—. 그러고는 그의 바지 뒷주머니에 빵 한 조각을 몰래 찔러주었다. 아다한테 전화해줘. 그 말이 올리베리오가 말할 수 있었던 전부였다. 아다에게 전화해서 푸에블로에 오지 말라고 해. 잠시 숨어 지내라고 해. 그는 무슨 말인지 이해했다.

돈 텔로의 아들이 그를 처음으로 찾아온 사람은 아니었다. 전날 밤, 키가 크고 건방지고 엉덩이가 큼지막한 신병 한 명이 그를 창고에서 일으켜 세운 후 수갑을 채워 군대의 마구간으로 끌고 갔었다. 그 시간 그곳에는 아무도 없었다. 신병은 무기력한 올리베리오의 몸에 엄청난 분노를 쏟아냈다. 자정 무렵 올리베리오는 만신창이가 되어 돌아왔고, 오른손에는 짓이겨 끈 담배 자국 두 개가 선명하게 나 있었다. 이제는 네 사촌동생년한테 기다리라고 해! 내가 그 갈보년을 신고했으니까!

하지만 아다는 이미 오고 있는 중이었다. 올리베리오가 끌려갔다는 사실을 안 순간—자기 권총 때문에 약간의 죄책감을 느꼈던 안토니오 할아버지가 그 즉시 산티아고의 가족들에게 알렸고, 루스가 사촌언니에게 알려주었다—아다는 통행금지 시간 동안 아버지의 차를 몰아 이튿날 제재소에 도착했다. 그녀는 하늘과 땅을 죄다 움직여서라도 올리베리오를 찾아낼 각오였다. 힌편, 산티아고에 있는 가족은 루스 아버지의 친구인 어떤 장군에게 선을 대보려고 노력했다. 아다가 직접 돈 텔로에게 대문을 열어주었다. 그는 아들 못지않게 여위고 두려움 가득한 얼굴로 소식을 전해주려고 새벽같이 달려왔던 것이다. 아다는 전부 이해했다.

카실다 고모할머니는 침대에 누워 마지막 작전을 지휘했다. 제재소 뒤쪽의 낡고 작은 술 창고를 치우도록 판차에게, 판차에게만 명했다. 그곳은 오랫동안 사용하지 않는 공간이었고, 거대한 나무 기둥이 창고 문을 가리고 있어 문도 제대로 보이지 않았다. 그 일대에서 일하던 옛 일꾼들만이 그곳을 기억했고, 어쩌면 그들조차 기억하지 못할 수도 있었다. 늙은 판차는 아무한테도 들키지 않도록 신경 쓰면서 집과 그곳을 여러 번 오갔다. 그녀는 커다란 폰초*

---

* 남아메리카 인디언의 민속의상으로, 망토 모양의 걸치는 옷.

아래로 변기와 세숫대야에서부터 두꺼운 담요와 초, 베개, 세면도구와 식기에 이르기까지 다양한 물건들을 숨겨 옮겨놓았다. 그리고 아다가 쥐나 뱀을 만나지 않도록 버려졌던 그곳을 신경 써서 깨끗이 청소했다. 그들은 크리스탈을 잡화상으로 보내 푸에블로 마을 사람들에게 아다가 다시 산티아고로 돌아갔다고 이야기하도록 시켰다(그 이야기는 두어 사람만 들어도 충분했다. 그러면 마을 전체가 아는 것은 시간 문제였다). 아다는 판차를 따라 숨어 지낼 곳으로 향했다. 카실다 고모할머니는 불필요하더라도 마지막 순간까지 그곳에 있으라고 당부하며, 울며불며하는 아다를 간신히 떼어보냈다. 이제는 아무도 그녀를 기억하지 않을 거라며, 중요한 것은 올리베리오를 구하는 것이며, 그 어떤 빌어먹을 군인도 아무 죄 없는 사람한테 그렇게 못되게 굴면 안 된다고 말했다. 연륜은 못 속인다는 게 고모할머니의 확고한 주장이었다. 다음 날 군인들이 아다를 찾으러 들이닥쳤다. 고모할머니의 직감이 맞아떨어진 것이다. 순찰대는 방을 일일이 뒤지며 집 전체를 몇 바퀴나 돌았다. 그들은 테러리스트 조직의 수장인 위험한 여자를 찾는다고 했다. 그들은 일주일 후 다시 돌아와 전과 똑같이 샅샅이 뒤졌다. 이번에는 영역을 넓혀 제재소까지 뒤졌다. 나무기둥에 가려진 문은 아무도 보지 못했고, 그곳에 숨어 있는 여자의 헉헉거리는 숨소리도 아무도 듣지 못했다. 판차만이 하루에 한 번씩—카실다 고모할머니가 명했다. 한 번 이상은 안 돼, 판차, 괜히 사람들의 눈에 띄어 의심을 살 수도 있어—그녀를 찾아와 음식과 세상 소식을 전해주었다.
　어느 날 밤 그들이 산티아고에 있는 아다의 집까지 들이닥치는 바람에 상황은 더욱 심각해졌다. 그런데 무슨 군인들이 그렇게 귀가 얇아? 아다의 아버지가 말했다. 남쪽에서 그 빌어먹을 신고가 들어왔다고 산티아고에서까지 이래야 하는 거야? 그들이 그 아이를 무장 조직의 수장이라고 믿는다면 어디가 됐든 찾아낼 거예요, 아다의 엄마가 말했다. 그들은 집안과 잘 아는 성직자와 상의해보았고, 신부는 그런 신고가 오랫동안 아다를 쫓아다닐 수도 있으니 차라리 망명을 보내라고 충고해주었다. 아다는 숨어 있는 곳에서부터 싫다고 거절했다. 망명을 떠나라고? 그녀는 완벽하게 죄가 없었다. 좌파의 대의명분에 막연하게 호감만 가졌을 뿐이었다. 그이상은 아니었다. 애야, 요 며칠 동안 무고한 사람들이 얼마나 많이 죽었는 줄 아니? 아다의 유일한 대화 상대인 늙은 판차가 말했다. 아다의 아버지가 계획을 세운 후 판차에게 전화를 걸어, 옆 마을의 공중전화가 있는 곳으로 가서(마을에서 유일하게 전화기가 있는 잡화상이나 집에서 전화하는 것은 금물이었다) 다시 자기에게 전화를 걸어달라고 부탁했다. 그때 아다의 아버지는 판차에게 상황을 설명하고, 정해진 날 다시 대답을 달라고 부탁했다.

그렇게 어느 날 새벽, 아다는 제재소 뒤쪽 술 창고에서 나왔다. 카실다 고모할머니가 미리 준비해둔 말도 안 되는 의상으로 변장한 후—꽤 긴 검정색 새끼 양가죽 코트를 입고, 니에베스가 두고 간 굽 높은 구두를 신고, 안이 훤하게 비치는 실크 스타킹에 집 안에 있는 목걸이란 목걸이는 죄다 둘렀다—고모할머니를 꼭 끌어안았다. 몰랐다. 그것이 마지막 포옹이 될 줄은 정말 몰랐다(자기 병을 아는 환자만이 병이 낫는 것을 아는 법인데, 나는 내 병을 모

2장 조 125

르겠구나. 자신이 죽어가고 있음을 알리는 고모할머니만의 방법이었다. 작별 인사를 할 때 카실다 고모할머니가 내비친 유일한 감상주의였다). 그러고 나서 아다는 판차를 꼭 끌어안았다. 아다는 차고에 계속 주차되어 있던 아버지의 자동차를 몰아 산티아고로 향한 후 곧바로 공항으로 갔다. 가는 도중에 순찰대가 두어 번 그녀를 멈춰 세웠지만 그냥 보기만 하고 통과시켰다.

공항에서는 아버지만이 그녀를 기다리고 있었다. 그 외에는 아무도 없었다. 아버지가 그녀의 여권과 비행기표, 작은 트렁크, 달러가 든 봉투 한 개를 들고 기다리고 있었다. 나는 칠레의 변하지 않는 모습을 믿는다. 너를 쳐다보기만 하고 그냥 보내줄 게다. 아버지가 아다에게 말했다. 아다는 의심스러운 눈길 한 번 받지 않고 국제 경찰을 통과했다. 위험을 감수할 만했다. 숨어 지내는 동안 아다는 이 체제를 생각해보았고, 칠레 남쪽의 별 볼일 없는 신병의 신고가 고위 군인들까지 움직일 힘은 없을 거라는 결론을 내렸지만, 그녀의 집까지 찾아왔던 끔찍한 방문으로 그녀의 예측은 여지없이 빗나갔다. 물론 그건 다른 관할이었다. 하지만 일단 신고가 접수되면 더이상 그 지역만의 문제가 아니었고, 아다 아버지의 다음과 같은 추측이 적중했다. 남쪽 부대를 관할하고 있던 군인이 피곤하고 귀찮아서 자기 신병의 청을 들어주었는데, 신고를 접수하여 진행한 것이 뜻밖에 애국적이고 큰 사건이 돼서 아는 사람을 동원했다가 용의자를 찾는 게 지나치게 어려워지자 그냥 제풀에 지쳤을 수도 있다는 것이었다.

아다는 런던에 도착해서 확실한 서류와 학생 비자를 받고 나서야 안도의 한숨을 내쉬었다. 국도나 공항에서 붙잡혔더라면……
사실 제재소의 먼지 풀풀 날리는 낡은 술 창고에서 영원히 숨어 살
수도 없었다. 그녀의 운명이 어떻게 됐든 그 운명에 맞선 게 천만
다행이었다.

1973년 9월 11일은 돌이킬 수 없는 엄청난 변화가 일어난 날이
었다. 이제는 모두 예전과 같지 않았다. 갑자기 칠레가 다른 나라
가 된 것 같았다.

아름다운 햄스터드 동네의 한 칠레 음악가—루스의 엄마와 아
는 사이였다—가 세를 내준 방에서 아다는 슬픈 편지들과 산티아
고에서 속속 도착하는 소식들을 완벽한 외로움 속에서 맞이해야
했다. 카실다 고모할머니의 죽음이 최악의 소식이었고, 제재소의
부도와 빚, 경매 소식도 그녀의 마음을 갈가리 찢어놓았다. 작은할
아버지들은 완벽한 절망 속에서 천천히 죽어가기 위해 산티아고로
돌아가야 했다.

루스가 떠났다는 소식도 정확히 말해 좋은 소식은 아니었다. 아
다는 가장 친하게 지내던 자신과 올리베리오가 없어 루스가 떠난
것이라고 확신했다. 칠레에 남아 있으라고 루스를 설득할 수도 있
었을 텐데. 근래 루스와 이야기할 기회가 없었기 때문에, 루스는
자신을 압박해오는 국내 정세 속에서, 사춘기 시절의 낭만적 생각
이 옳다고 확신했는지도 모른다. 칠레에도 가난과 고통이 부족하
지 않은데, 왜 그걸 찾아 굳이 아프리카까지 가려는 거야? 아다는
적막 속에서 침대에 누워 자신에게 물었다.

롤라는 전공을 바꿨다. 그런 가난 속에서 미대를 다닌다는 게 미

친 짓 같았던 것이다. 내 소명감이 그렇게 강하지 않았던 것 같아, 롤라는 아다에게 보낸 편지에 털어놓았다. 그림 자체보다는 그림을 그린다는 게 더 멋져 보였거든. 사무실에서 아르바이트하면서 경제 공부에 전념하기로 결심했어. 아다 언니, 우리 부모님은 평생 일하지 않았어. 아빠는 제재소 돈으로 뉴욕 증시에서 주식만 사들였을 뿐이야. 그게 유일하게 아빠가 할 줄 아는 거니까. 엄마는 말할 필요도 없고. 완전히 마녀야. 침대 정리할 줄도 모르거든. 그런데 이제 집에 일하는 사람이 없으니 집이 완전 엉망이야. 내가 사무실에서 돌아와 청소까지 해야 한다니까. 적어도 아빠는 일자리라도 찾지. 하지만 그 생각은 엄마의 머릿속으로는 아예 스쳐 지나가지도 않아. 정말 속수무책이야. 언니네 집이나 루스, 니에베스 언니네 집이라고 많이 다를 거라고 생각하지는 마. 우리가 제재소 덕분에 먹고산다는 생각은 막연하게나마 하고 있었지만 우리의 삶이 그렇게까지 전적으로 카실다 고모할머니한테 달려 있을 줄은 의심조차 하지 못했어. 정말 대단한 집안이야. 그런 역사를 다시는 반복하지 않겠다고 목숨을 걸고 맹세하겠어. 아다 언니, 내가 최고의 경제 전문가가 돼서 세상의 돈이란 돈은 몽땅 끌어 모을 테니 두고 봐. 내가 가장 두려워하던 것, 바로 가난과 이렇게 정면대결하게 되다니, 정말 묘해.

두 사촌이 없는 가운데 니에베스는 라울과의 결혼을 진행했다(라울한테서 대체 뭘 본 걸까? 아다는 혼자 되물었다. 별 볼일 없는데. 친절하고 착하기는 하지만, 스무 살의 매력이 얼마 가지 않을 전형적인 남자인데. 든든한 기반도 없고, 개성도 없고. 니에베스 언니라면 진짜 왕자도 만날 수 있는데). 아다, 내 인생의 꿈을 이뤘어. 나 결혼했거든. 신혼여행은 진짜 파라다이스 그 자체였어. 너도 곧 섹스를 하게 될 테고, 내가 무슨 말을 하는지 이해할 거야. 섹스도 모르고 어떻게 그렇게 오랫동안 살아왔는지 모르겠구나. 이제는 그게 뭔지 알겠어. 엊그제가 산티아고에서의 신혼생활 첫 날이었어. 라울은 출근했고, 나는 당연히 음식을 만들어 상을 차려 놓고 그를 기다릴 생각이었지. 예쁜 식탁보를 깔아 테이블을 멋지 게 세팅하면 모든 아름다움의 결정판이 될 거라 생각했어. 그런데 무슨 일이 있었는지 아니? 음식이 요리책대로 나오지 않은 거야! 음식이 다 타버렸어, 아다. 한참 동안 서럽게 울었지. 하느님이 내 가 선택한 소명에 자질까지 함께 내려주시지 않다니, 어떻게 그렇 게 잔인할 수가 있는 거니? 안 그래? 라울은 정말 천사야. 내가 너 무 측은해 보였는지 나를 데리고 외식했어(근사한 레스토랑이라고 생각하지는 마. 그런 데 아니야. 골목에서 샌드위치를 먹었을 뿐이 야). 하지만 나는 롤라가 아니잖아. 돈은 중요하지 않아. 나한테는 사랑만이 중요해.(어쩌면 내가 과장하는 건지도 몰라. 너한테 한 가지 비밀을 이야기해줄게. 나는 전부터 엄마가 쓰던 비싼 크림 병 과 향수병들을 조금씩 모아두었어. 제일 비싼 메이커들로. 너도 우 리 엄마가 어떤 거 쓰는지 알지? 짐을 싸기 전에 그 안에 평범한 크림을 채워 넣고는 우리 새집에 와서 그 병들을 욕실에 진열해놓 았지. 그걸로 내가 고급스러운 사람이라는 걸 확실히 해두려고. 그 래야 자기가 누구를 상대하는지 라울이 알게 되지 않겠어?) 말이 나왔으니까 돈 문제를 말하는 거야. 어젯밤 나는 전공 문제를 놓고 라울과 이야기했어. 그는 마지막 학기를 그만두려고 해. 직장 일이 많이 바쁘기 때문에 두 가지 일을 한꺼번에 하는 게 힘들다면서 말이야. 나는 그에게 걱정하지 말라고, 앞으로 시간이 많이 있다고 했어. 물론 변호사 타이틀을 갖고 있으면 월급도 더 많이 받겠지. 하지만 나는 그렇게 힘들지는 않아. 너도 나와 같은 생각이지? 이제 그만 쓸게. 알다시피 너와는 달리 나는 글재주가 없잖니. 게다가 갓 결혼한 새색시라 집안일도 너무 많고.

오늘 아다는 니에베스를 생각하며, 실패한 요리를 앞에 두고 부엌에서 엉엉 울었을 그녀의 모습을 상상해보았다. 버터의 분량이나 불 조절이 잘못되는 바람에 예쁜 얼굴이 몽땅 망가졌을 것이다. 니에베스는 감상적이었고, 아다는 그런 그녀를 참지 못했다. 툭하면 아무 때나 눈물이 글썽글썽 맺히는 눈에 거부감이 일었다. 그래서 가끔은 니에베스를 만나는 게 두렵기도 했다. 그만 해, 언니! 제발 좀 유행에 뒤처지지 마. 이제 여자들은 울지 않아! 아다는 니에베스에게 그렇게 말하고 싶었다.

그리고 올리베리오.

푸에블로의 집에는 사냥총 이외에는 다른 무기가 없고, 현재 군대에 있는 어떤 못된 놈이 옛날 일로 그 집 식구에게 앙심을 품어 자기 아들을 고생시키는 거라며 아버지가 친구인 장군을 설득할 때까지 올리베리오는 3개월 동안 군인들의 수중에 있었다. 슬픔에 처한 친구 때문에 자기편이 부당하게 되는 것을 원치 않았던 장군은 올리베리오의 서류를 꼼꼼하게 검토하도록 했다. 올리베리오는 1974년 1월에 풀려났다. 2월에 그는 보스턴 대학의 정식 학생이 되었으며, 그곳에서 학위도 받고 석사 과정까지 마쳤다. 이제 그는 유능한 변호사가 되어, 함께 공부한 친한 친구이자 동업자 덕분에 뉴욕에 사무실도 차렸다. 그리고 나중에는 그 친구의 동생과 결혼을 했다(양키 여자인데 완전 밥맛이야. 언니는 별로 좋아하지 않을 거야. 게다가 스페인어는 할 줄도 모르고 단 한 마디도 못 알아들어. 금발에 비쩍 마른 데다가 꽤 멍청한 편이야. 그리고 약간 들창코야—내가 어렸을 때 가지고 싶었던 코 말이야—. 피부는 우리가 싸구려 영화에서 수없이 봤던 금발 여자들처럼 분홍빛이야. 니에베스나 나 같지 않아. 전혀 개성이 없지. 마침내 올리베리오가 아내에게 자기 나라를 보여주기로 결심했을 때 롤라가 산티아고에서 보내준 보고서였다). 그 여자한테 내 얘기 했어? 아다가 편지로 올리베리오에게 물었다. 응. 너희들 모두에 대해 일일이 이야기해 주었어. 그게 대답이었다.

아다는 런던에서 학업을 마친 후, 지나치게 긴 겨울과 날씨에 대한 영국인들의 집착에 넌덜머리가 나서 열기와 모국어를 찾아 바르셀로나로 떠나려고 했다. 그런데 그때 비행기표와 함께 올리베리오의 편지를 받게 되었다. 아다, 두려워하지 마, 네가 비참한 싸구려 호텔의 여종업원으로 일하고 있다고 생각해서 이 표를 보내는 건 아니야(아다는 편지를 읽다가 멈추고 한가득 미소를 머금었다. 나에게만 의미 있는 이런 시시콜콜한 것까지 신경 쓰다니, 나는 이런 올리베리오를 사랑해). 칠레에서 만나자고 보내는 거야. 그곳에서 두어 주 휴가를 보낼 생각이야. 그때 만났으면 해. 우리가 마지막으로 본 이후 몇 년이나 흘렀는지 알아? 아다는 그 즉시 편지를 보내 초대에 응하겠다고 했다. 그러고는 그다지 내키지 않는다는 투로 셜리도 함께 오는지 물었다. 물론이지―그게 답이었다―, 꼬마 호아킨도 함께 올 거야. 이제 우리 식구를 만나봐야지!

아다도 롤라와 생각이 같았다. 양키 여자는 밥맛이었다. 아다의 관점에서 보면 그녀는 큰 결함을 지녔다. 바로 앵앵거리는 목소리였다. 목소리가 어린아이처럼 앵앵거리는 성인 여자에게는 뭔가 안 좋은 게 있는 것이 분명했다. 마치 이상한 불균형이 뇌 속으로 파고들어가 잘못된 명령체계를 전달하는 바람에 육체는 성장했어도 목소리는 멍청하게 그대로인 것처럼. 혹 올리베리오도 밥맛으로 변하지 않았을까? 땅덩어리가 드넓은 미국의 어느 구석에 그의 넉살과 재치를 파묻어버렸을까? 그의 예전 모습에서 유일하게 남은 것은 강인함뿐이었다. 그리고 잘생긴 외모. 사람이 청소년기를 거쳐 어른이 되어서도 계속 잘생긴 외모를 유지하기가 힘들다는 것을 생각해볼 때 삶과 세월이 그에게 그렇게 가혹하게 굴지는 않은 것 같았다. 아다는 그게 올리베리오 본연의 모습 때문인지, 부유한 냄새와 피트니스, 부티나는 정장 때문인지 잘 구분이 가지 않았다. 아직도 담배 피워? 아다가 자기 앞에서 처음으로 담배에 불을 붙였을 때 올리베리오가 약간 놀라며 물었다. 셜리가 금세 쿨럭거리며 창문을 열었고, 그 기회를 틈타 뉴욕의 자기네 아파트는 금연 구역이라고 말했다. 고지식한 분위기가 올리베리오에게서 연신 풍겨나왔다. 아다는 그와 둘만의 자리를 마련해보려고 노력했다. 어렸을 때의 공범의식을 되찾아, 예전에 그들 사이에 감돌던 분위기를 되찾아보려고 했지만 헛수고였다. 아다는 이제 앞으로 올리베리오와는 새로운 규칙의 특정 코드 안에서만 연결될 수 있다는 것을 깨달았다. 아다는 그의 오른손에 난 상처 두 군데를 보았을 때만 딱 한 번 자제력을 잃었다. 아다는 카실다 고모할머니가 아프다는 소식을 듣고 올리베리오가 아무것도 모르는 채 푸에블로로 떠난 이후로 다시는 그를 보지 못했다. 올리베리오가 감옥에서 풀려났을 때 아다는 이미 칠레에 없었기 때문에 그녀만이 유일하게 그를 맞이하지 못했다. 아다는 올리베리오의 손을 잡고 본능적으로 입술을 가져가, 두 눈을 꼭 감고 한참 동안 그렇게 있었다. 그런 그녀의 행동에 올리베리오가 당황해하고, 어떤 목소리가 들렸던 기억이 난다. 바보같이 앵앵거리는 셜리의 목소리였다. 왓츠 롱 위드 허, 허니?

아다는 텅 빈 마음을 안고 런던으로 돌아와 짐을 싼 후, 바르셀로나에서 바닥부터 시작하겠다고 마음먹었다. 4개월 후, 스페인어의 조국에서 작가로 출세해보려는 재능 많은 콜롬비아 남자와 어울린 자신이 이상할 것도 없었다. 그리고 오랜 세월 자신의 보금자리가 될 아파트를 꾸미고 나서, 아다는 너무나도 뜻밖의 생각을 하고 있는 자기 자신을 발견했다. 변한 올리베리오를 절대 이곳에 초대하지 않겠다는 생각이었다. 책장 대신 갖다놓은 사과 박스들을 보고 그가 뭐라 할까? 그녀 혼자 간신히 들어갈 수 있는 좁아터진 부엌을 보고 그가 뭐라 할까? 올리베리오가 그녀의 비참한 옷장을 보고, 옷걸이가 다섯 개 이상 필요 없다는 걸 알게 된다면 너무 창피할 것 같았다. 장발에 지저분하고 덥수룩한 턱수염을 기르며 단벌인 청바지만 입고 다니는 애인의 모습도 부끄러웠다. 게다가 그는 문학을 하는 사람이 아니면 아예 쳐다보려고도 하지 않았다. 당시 유럽에 사는 모든 라틴계 사람들처럼 쥐보다 가난한 콜롬비아 애인이 소설을 쓰는 동안 '그녀가' 커피 값과 밥값까지 모두 지불한다는 것을 올리베리오 앞에서는 절대 인정하고 싶지 않았다.

올리베리오가 어마어마한 균열을 만들어냈다. 인습과 타성에 젖어 생긴 균열, 바로 진부함이었다. 그리고 아다는 그것을 절대 용서할 수 없었다. 올리베리오는 멋있고 매력 있고 착하지만, 진부했다.

칠레에서 떨떠름하게 만난 이후, 그들 사이의 연락은 다른 방식으로 이어졌다. 이제는 긴 편지가 아니라 엽서들이 오갔다(나중에는 이메일이 모든 것을 뒤바꿔놓았다). 얼마 지나지 않아 아다는 올리베리오의 집착을 이해했다. 올리베리오는 속물 냄새를 물씬 풍기는 엽서들을 통해, 네가 뭘 생각하는지 알아, 아다, 하지만 그건 네 착각이야, 나는 변하지 않았어, 나는 그대로 여기 있어, 라는 말을 전하고 있었다.

멕시코 팔렝케에서 보낸 엽서.

나는 오늘 '조화로운 불균형'에 대해 배웠어. 왜 너와 나는 건축가가 되지 않았을까? 발락 궁전의 정원을 보면 인간의 육체를 생각하게 돼. 그곳에서 그 개념의 영광을 발견하게 돼. 그 사실 명심하고 너도 같은 의견인지 이야기해줘.

파리에서 보낸 엽서.

네가 왜 미래를 위해 옛날 잡지책과 신문들을 봤는지 마침내 이해하게 됐어. 소외된 사람들이 모두 그러더라고. 읽어봐——소외된 자들만이 문화란에 관심이 있다.

마르필 해안.

바울라 사람들은 모든 사람들이 영혼의 세상에 머무는 '블로로(남편)'을 가지고 있는데, 그 남편이 외롭다고 느끼면 재앙을 불러일으킬 수 있다고 생각해. 조심해!

그리고 여행이나 항해중에 보낸 것이 아닌 뉴욕의 집에서 보낸 엽서를 보며 아다는 그가 결국에는 스스로 만족하고 형식에 얽매여 사는 변호사 생활을 마감하는 건 아닐까, 하는 생각이 들었다. 왜 과거의 형식들이 더 고귀해 보이는 걸까?

아다, 현재로 돌아가자. 너는 탕혜르에 있고, 새 친구인 하이메가 내일 아침 일찍 와서 네가 이제 어떻게 할지 물어볼 거야. 그런데 너는 아직 어떻게 대답해야 할지도 모르잖아. 네가 렘브란트 호텔에 무한정 있을 수 없다는 걸 알아야 돼. 지금 너는 정상으로 돌아가기 위해 잠깐 쉬고 있을 뿐이야. 출판사는 새로운 주소지를 기다리고 있어. 어떻게 할 거야?

나도 모르겠다. 나도 아직 모르겠다. 하지만 상관없어. 몇 시간이 더 있으니까…… 꼭 바다 위에 둥둥 떠 있는 부표 같은 심정이야. 파도에 떠밀려 어디로든 흘러갈 수 있는 부표. 오늘밤의 마지막 담배에 불을 붙여야겠다. 마지막으로 추억을 떠올리기 위하여.

푸에블로의 그해 여름. 마지막 여름. 나는 도망친 지 사흘 만에 집으로 돌아왔다. 집시 부락에서는 단 하룻밤만 잤을 뿐이었다. 올리베리오가 나를 금방 찾았다는 건 아무도 알지 못했다. 어찌 됐든 그건 누워서 떡먹기였다. 그는 남쪽으로 향했다. 그는 내가 북쪽으로 가지 않았을 거라는 걸 예감했고, 그가 맞았다. 아다는 국도로 가지 않았을 거야. 그래서 그는 안쪽 길로, 말의 흔적을 따라 계속 내려갔다. 올리베리오는 우리가 기차의 마지막 칸에 몰래 숨어서 갔던 옆 마을에 도착해서 말을 쉬게 했다. 다음 날 아침, 그는 그곳의 광장에서 점을 봐주는 집시 여자를 만났다. 올리베리오는 그녀에게 자기 손을 보여주었다. 그 집시 여자가 왠지 나와 막연하게 연결되어 있을 것 같아 계속 마음에 걸렸던 것이다. 그래서 그녀가 하는 대로 가만히 있었다. 그는 점을 봐준 값으로 돈을 지불하고 나서(말해봐, 집시 여자가 오빠의 미래에 대해 뭐라고 말했어? 그다지 찬란하지는 않았어. 그녀는 불가능한 사랑에 대해 말했어. 그건 아무나 할 수 있는 말이야) 광장에 딱 한 군데밖에 없는 찻집으로 그녀를 초대했고, 집시 여자는 더 많은 돈을 뜯어낼 궁리로 초대에 응했다. 그때 그는 집시 부락에 대해 알게 되었다. 그곳이 어디에 있고, 그곳에서 그들이 한 달째 기거하고 있으며, 그들은 그 지역에 처음 왔고, 적어도 여름 내내 그곳에 머물 거라는 걸 알아냈다. 그리고 올리베리오는 그 즉시 나를 어디서 찾아야 할지 알게 되었다.

올리베리오는 집시 여자의 도움으로 그곳에 도착해서 텐트 아래 누워 있는 나를 찾아냈다. 더럽고 냄새 나고 지치고 굶주린 나를 찾아낸 것이다. 평소에 두려울 게 없는 나였지만 그때는 약간 두렵기도 했다. 여자 몇 명이 내 근처에서 일을 하고 있었고, 나한테는 아무도 신경 쓰지 않았다. 나는 집시 여자들과 함께 바닥에 누워 잤다. 그들은 아무것도 묻지 않은 채 나를 받아주었다. 단지 자기네 텐트는 공짜로 묵는 호텔이 아니라며, 나한테 돈을 받을 것이라는 말만 했다.

한밤중, 별빛 아래에서 내 자신에 대해 생각하고 있는데, 젊은 집시 남자 한 명이 다가왔다. 나는 이미 내가 확실하게 여자라는 사실을 확인했기 때문에 그 점에 대해서는 이제 더이상 의심할 여지도 없었고, 다시 확인할 필요도 없었다. 나는 위험의 냄새를 맡았다. 남자는 잘생겼다. 그것만 기억난다. 머리카락은 어두운 밤처럼 시커멓고 고불거렸다. 그리고 가난한 집시라 살집이나 근육은 없고 몸이 가무잡잡했다. 그 순간 산티아고에 있는 부모님보다 그가 더 가깝게 느껴졌다. 그가 손을 들어 내 얼굴을 만지려는 순간, 내 몸을 맡기고 완벽하게 무너져내려 다시는 문명으로 돌아가지 않고 그와 영원히 살까도 생각해보았다. 그냥 단순하게 유혹에 빠져, 모든 구속을 끊고, 가족을 버리고, 마침내 사촌오빠에 대한 집착을 끊어버릴까도 생각해보았다. 그냥 아무렇게나 뒤엉켜 타락해버려 그 집착을 끊어버릴까 생각해보았다. 집시 남자는 이미 내 얼굴을 애무한 후 한쪽 손을 내 가슴 위에 얹고 마치 쥐어짜듯 아프게 움켜쥐었다. 너무 아팠다. 단지 아팠기 때문에 그에게서 멀어지기로 했다. 수도 없이 내 자신에게 물었다. 그때 아프지 않았더라면? 그의 애무가 갑작스럽고 거칠지 않고, 섹시하고 자극적이었다면 어떻게 되었을까? 내 인생이 한순간에 달라졌을 거라 상상하면서 시간을 보내기도 했다. 획기적인 변화, 결정적인 단절에는 단 한순간만이 필요하지 않을까라는 생각이 가끔 든다. 그러고는 나를 받아준 여자들이 있는 천막으로 도망쳤다. 집시 남자가 나를 쫓아왔지만 감히 안으로 따라 들어오지는 못했다. 나는 집시 부락의 규율에 대해 잘 알지 못했지만, 밤에는 절대 혼자 나가면 안 된다는 것을 깨달았다. 제일 젊은 집시 여자들 중 한 명이 나를 한참 노려보다가 획 하고 등을 돌렸다. 그녀가 나를 유혹한 남자의 애인이라 짐작했다. 그리고 나한테서 벗어나기 위해 다음 날 부락으로 올리베리오를 데리고 온 여자가 바로 그녀였다. 나를 보호해준, 가장 나이가 많은 집시 여자는 절대 잊지 못할 것이다. 내 생각에는 모든 여자들이 나를 보며 재미있어한 것 같았다. 자신들의 무리 중 한 명이 나를 쫓아다니는 걸 보며 재미있어한 것 같았다. 물론 강제로 겁탈했다가 나중에 어떤 복잡한 일이 생길지 모르지는 않았을 것이다. 어찌 됐든, 가장 연장자인 집시 여자—나이가 서른다섯 정도 되어 보였다. 그녀는 부락 전체에서 가장 아름다웠다. 소설에 등장하는 집시 여자처럼 알록달록한 폭넓은 치마를 입고 속이 비치는 손수건을 긴 금발 위로 둘렀다—가 자기 돗자리에 내

자리를 마련해주었다. 나는 그 위로 옷을 입은 채 드러누워 그녀가 건네준 담요를 덮었다. 우리는 단 한 마디 말도 나누지 않았다. 하지만 곧, 그녀 옆에 있으면 절대 나쁜 일이 일어나지 않을 거라는 걸 깨달았다. 천막 안의 램프들—전기는 없었고 파라핀 램프만 있었다—이 꺼진 후 나는 과연 잠들 수 있을까 하고 생각하고 있었다. 그렇게 지친 적이 단 한 번도 없었기 때문에 쉬고 싶은 마음이 간절했다. 죽는 날까지 손발이 저린 채 그러고 있을까봐 두려웠다. 불과 몇 시간도 안 되는 짧은 시간에 너무나도 많은 일들이 일어났다. 그것도 모두 엄청난 일들이었다. 빈약하고 뒤숭숭한 나의 머리로는 노무지 해결할 수 없는 무지막지한 일들이었다. 종이 한 페이지만 넘겼을 뿐인데, 그 다음 페이지의 줄과 분위기와 색깔까지 전체적인 파노라마가 몽땅 바뀐 것 같았다. 절대 돌이킬 수 없는 일들이 있다. 숲에서 있었던 일이 바로 그런 일들 중 하나였다. 그것이 내 심리 상태였다. 그런데 그때, 깜깜한 가운데 내 등 뒤에서 열기가 느껴졌다. 위안이 되는 다정한 열기가 마침내 나를 진정시켜주었다. 내 옆에서 자던, 나를 지켜준 집시 여자의 몸이었다. 잠잘 때 옆 사람한테 몸을 딱 붙이고 자는 게 그들의 습관이라고 생각하고 가만히 있었다. 다시 말하지만 나는 그 열기를 수줍게 즐겼다. 잠시 후 손 하나가 뒤쪽에서 내 블라우스를 들어올린 다음, 브래지어를 부드럽게 들추고 가슴 쪽으로 더듬거리며 다가오는 게 느껴졌다. 갑자기 온몸이 후끈 달아올랐다. 무섭지는 않았다. 절대 무섭지는 않았다. 그 일이 실제로 일어나고 있는지, 아니면 내가 꿈을 꾸고 있는지 확실하게 알지 못했을 뿐이었다. 너무 얼이 빠진

상태라 모든 게 가능했다. 그게 실제로 일어났든, 내 상상 속에서 일어났든 모든 게 가능했다. 나는 푸에블로 집의 보이지 않는 선을 넘어섰다. 내가 받은 교육과 의무, 가치의 보이지 않는 선을 넘어섰다. 나는 마음속으로 그 손길이 멈추지 않기를 바랐다. 젖꼭지가 있는 곳까지 와서 애무해주길, 꽉 움켜쥐어주길, 손가락으로 지그시 눌러주길 바랐다. 서로의 침묵 속에서 마치 그 손길이 나의 간절한 마음을 알기라도 하듯 그렇게 지속되었다. 그 손길은 거의 처녀와 다름없는 내 가슴을 속속들이 꿰뚫고 확실한 쾌락을 안겨주었다. 그러자 그 손길은 자신감을 얻어 다른 손까지 불러들였으며, 그렇게 두 손이 함께 내 몸을 구석구석 탐험하기 시작했다. 마치 장님의 손처럼 더듬으며 배쪽으로 내려갔다. 한참을 만지고, 더듬고, 애무하다가 마침내 나를 발견했다.

그날 밤 나는 그 어느 때보다 완전히 곯아떨어졌다. 일어나자 온몸이 쑤시고 멍했다. 나는 집시 친구를 찾아보았지만 그녀는 이미 떠나고 없었다. 나는 그녀에게 고맙다는 말도 전하지 못했다. 그리고 그때 올리베리오가 도착했다. 나는 절대 집시도 될 수 없고, 타락할 수도 없고, 내 멋대로 할 수도 없음을 인정해야 했다. 그리고 사촌오빠라는 사람과 하나라는 나의 현실이 내 눈앞에 고개를 빳빳하게 쳐들고 당당하게 나타났음을, 절대 도망칠 수 없음을 인정해야 했다.

존재의 순간에 어떤 특정한 육신―이 경우는 내 육신이다―에서 사악한 기운이 나와 곁에 있는 육신을 갈구하게 만들 수 있는지, 언젠가 살면서 내 자신에게 물은 적이 있었다. 나는 마타 하리도 아니고, 뿌리칠 수 없을 정도로 매력적이지도 않았다. 하지만 장기적으로 보면 나에게 가까이 다가왔던 사람들은 모두 나를 난폭하게 소유하려 했다. 마치 내 처녀성이 한 번에 사라지지 않고 끊임없이 계속 사라지기라도 하는 듯, 모두 그때만큼은 나를 완벽하게 소유했다.

올리베리오는 많이 묻지 않았다. 자기가 치료사의 집에 잠깐 들러 에우세비오에게 주먹을 한 방 날려주었다는 말만 했을 뿐이다. 그는 말 엉덩이에 나를 태웠다. 상당히 진지하고 슬퍼 보였으며, 그의 눈에는 내가 몰랐던 새로운 뭔가가 담겨 있었다. 얼마 가지 않아 그는 잡화상 앞에서 내려, 자루 한 개를 가지고 나오더니 그것을 안장에 매달았다. 그 안에는 빵과 치즈, 담배와 와인이 들어 있었다. 내가 생각했던 것과 달리 그는 곧장 푸에블로로 향하지 않았다. 그는 길에서 벗어나더니 이타타 강가로 향했다. 그러고는 집에서 10킬로미터 떨어진 곳에 있는 버려진 움막으로 향했다. 처음 가보는 곳으로, 옛날에 그 지역으로 잠깐씩 일하러 오는 일꾼들이 묵던 숙소였다. 그곳에 남아 있던 것은 기적적으로 물이 나오는 수도꼭지와 망가진 테이블, 화로, 나무 침상, 의자 한 개가 전부였다. 그는 담요를 갖고 와서 노련한 손길로 침상 위에 침대를 만들었다. 그러고는 식량이 든 자루를 테이블 위에 올려놓은 후 나에게 말했다. 나한테는 들려주지 않던 심각한 목소리였다. 때가 될 때까지 이곳에서 나가지 않을 거야.

그때 나는 그에게 에우세비오에 대해 말했다.

그에게 집시 남자와 나이 많은 집시 여자에 대해 말했다.

그에게 그에 대한 내 욕망에 대해 말했다.

우리는 이틀 내내 그 오두막집에 틀어박혀 지냈다. 세상에서 잊힌 채, 어렸을 때부터 우리를 에워싸고 강요하고 구속하고 한정 짓고 몰아세웠던 모든 것에서부터 멀리 떨어져 지냈다. 우리는 우리 자신의 밑바닥까지 가볼 생각이었다. 우리는 수도 없이 사랑을 나눴다. 아플 때까지, 상처가 날 때까지, 성기에서 피가 날 때까지. 그러고 나서 탈진해 힘들어하며 오두막집을 떠나 푸에블로의 집으로 돌아왔다. 올리베리오의 말은 단호하고도 결정적이었다. 여기서 모두 끝이야. 우리는 실컷 만족했어. 이제 우리는 집착을 없앴어. 이제 우리는 해야 할 것을 모두 했어. 다 끝났어.

3장

베스
희박한 미래

1982년 9월, 우간다 캄팔라

　묵직한 외침처럼, 추위처럼, 천사가 벽으로 스며들어와 나를 찾아왔다. 어렸을 때 기도하면 나타나던 수호천사처럼 다정한 천사였다. 내 곁에 다정하게 있어준 천사. 물론 천사의 방문이 감격스럽다. 이곳에서는 아무도 나를 찾아오지 않는다. 어떻게 올 수 있겠는가? 천사가 풀어헤쳐진 나의 시간을 칭찬했다. 나 이외에는 아무도 천사의 말을 듣지 못한다. 그리고 마찬가지로, 천사의 청에 따라 내 삶을 이야기할 때면 내 이야기 역시 천사에게만 들릴 뿐이다.

　나는 루스 마르티네스. 꼬마 루스. 롤라가 제일 어린데도 늘 내가 꼬마였다. 내가 가장 다정다감하고, 가장 착했다. 우리는 착한 자리를 놓고 서로 싸웠고, 내가 그 자리의 적임자였다. 자연스럽고도 당연하게. 그런 이유로 지금 이곳에 와 있는 것이다. 아프리카

대륙의 잃어버린 공간, 역시 잃어버린 병원, 불쌍한 침대에. 나 역시 잃어버린 채. 내 상황에서는 정신적인 사치라면 그 어느 것이라도 누릴 수 있다. 다른 사치는 누릴 수 없으니. 그리고 그 사치란 현재 내게 관심이 있는 것만 골라 내 멋대로 삶을 되돌아보는 것이다. 바로 푸에블로다. 한 번도 그래본 적은 없지만 나는 내 멋대로 굴 수도, 뻔뻔하게 굴 수도, 아이러니하게 굴 수도, 심지어 못되게 굴 수도 있다. 물론 내 성격에는 맞지 않지만, 그렇게만 된다면 진짜 제대로 된 사치일 것이다…… 내 곁에는 아무도 없다. 나조차 제대로 곁에 있어주지 못한다. 나는 내 심장 박동도, 그 어느 것도 제대로 들어주지 못한다. 괜한 착각은 불러일으키고 싶지 않다. 나는 죽음의 문턱에 와 있다. 사람들은 죽음을 앞에 두면 극심한 불안감에 시달린다고 믿는다. 그래서 나는 평소의 나로 되돌아왔다고 할 수도 있다.

어렸을 때, 어느 정도 의식이 생겼을 때 맨 먼저 든 생각은 나를 둘러싼 모든 것이 절반뿐이라는 것이었다. 단 하나밖에 없는 오빠도 절반짜리고, 엄마도 전에 결혼한 경험이 있기 때문에 우리 아빠와 결혼하면서 절반짜리 아내가 되었고(당시에는 사람들이 재혼을 하지 않기 때문에 아빠가 살아 있으면서 과부 엄마를 둔 아이로는 전교에서 내가 유일했다), 내가 친자매처럼 여기는 사람들도 사촌자매라 절반짜리 언니들과 동생이었다. 그리고 내 집처럼 여기는 집—푸에블로의 집—도 절반짜리 내 집이었다. 그렇게 드라마틱하지는 않지만 약간 허망한 느낌은 있었다. 게다가 나는 작고 마르고 못생긴 아기로 태어났다. 내 얼굴과 머리카락, 눈 색깔, 내 모든 것은 커피색이었다. 까무잡잡한 것도 아니고—까무잡잡한 여자들에게는 신비로운, 뭔가 밝혀지지 않을 것 같은 묘한 힘이 있다—사람이 되다 만 것 같은 촌스러운 밤색이다. 내가 말하는 커피색은 아무 의미도 없는 평범한 색이다. 그래서 나는 복잡하고 힘든 일이 있으면 별달리 요란한 장소를 찾지 않고도 늘 사람들 눈에 띄지 않게 잘 숨을 수 있었다. 그리고 내 눈은 부엉이의 눈처럼 이상한 광채를 발휘해 투명해지면서 모든 것을 꿰뚫어 볼 수 있다(나는 구석에서부터, 늘 구석에서부터 모든 것을 지켜보았다). 나는 아주 일찌감치 이 세상의 가치들을 포기했다. 우리 사촌자매들이 호시탐탐 욕심내는 가치들, 그러니까 아름다움과 재능과 부를 포기했다. 내게는 모두 덧없어 보였다. 그리고 그것을 소유하기도 힘들어 보였다. 그래서 나는 착한 쪽을 택했다. 다른 쪽이 완전히 내능력 밖에 있을 경우에는 착한 쪽을 택하는 것도 그다지 어렵지 않다. 그러니까 내가 가장 아름다울 수도, 가장 재능이 뛰어날 수도, 제일가는 부자가 될 수도 없다고 판단될 때는 착한 쪽으로 가는 게 훨씬 수월하다는 이야기다. 간단하다. 인간은 모두 한 가지씩 잘하는 게 있기 마련이다. 그게 뭐가 됐든지 말이다. 그리고 그것으로 집단 안에서 자기 자신을 지탱하는 개인 정체성을 얻는다. 어렸을 때는 착한 게 쉬웠다. 그런데 지금은 훨씬 어렵다. 예를 들어 지금 이 상황에서 할 수 있는 착한 행동은 내 죽음을 지켜봐달라며 아다를 부르지 않는 것이다. 나 때문에 괴로워하는 것 말고는 아다가 이 빈곤 속에서, 여기서 뭘 할 수 있겠는가? 그런 이유 때문에 나는 아다에게 연락하지 않을 것이다. 그냥 내가 살아 있다고, 일하고 있다고, 숨을 쉬고 있다고, 욕심을 내고 있다고, 이제는 거짓이 되어버린 모든 것을 사랑하고 있다고 아다가 계속 그렇게 믿기를 바란다.

롤라는 자기가 무적이고 불멸의 존재라 믿었기 때문에 상대적으로 나는 늘 불확실했다. 우리는 아주 오랫동안 큰 아이들끼리, 작은 아이들끼리 편을 갈랐다. 니에베스와 아다가 한편이고, 롤라와 내가 한편이었다. 항상 롤라가 나와 가장 가까이 있으면서도 나의 비교 대상이자 경쟁 상대였다. 그녀는 아름답고 강하고 압도적이다. 그녀 옆에서 내 존재는 작아졌다. 모두 내가 더 어리다고 생각했고, 그녀도 부정하지 않았다. 롤라는 자기편을 들어달라며 니에베스를 찾았고, 나는 아다를 찾았다. 지금 생각해보면 부질없는 짓이었다. 구원의 망토가 넓어 모두를 덮을 수 있었으니까. 우리끼리 편을 가를 이유가 없었다. 아니면 내가 착각한 걸까? 우리는 부족이었다. 우리의 합의하에.

니에베스의 착한 성품은 매력이라는 셀로판 종이에 잘 포장된 선물 같았다. 굳이 착해지려고 노력할 필요도 없었다. 힘들이지 않아도 되었다. 그녀의 모든 지평이 큼지막한 미소 그 자체였다. 악한 마음이 어디서 나오겠는가? 순백색에서 회색을 찾는 것과 같다. 아니, 그곳에는 색의 배합이 없다. 순백색이면 그냥 확실하게 백색이지 그 이상은 없다. 니에베스의 착한 마음이 그랬다. 하지만 아다는 아니었다. 그녀에게서는 내면의 싸움이 엿보였다. 그녀의 어두운 면이 마구 싸움을 걸어왔다. 얼마나 많이 싸웠던가! 밝은 면이 이길 때는 그녀가 많은 노력을 기울였을 때다. 그래서 더욱 가치가 있어 보였다. 롤라는 착한 마음을 이리저리 재보고 기웃거리고 나서 자기한테 이익이라고 생각하면 그제야 그 안으로 잠수했다. 하지만 올리베리오는, 우리 오빠 올리베리오는 그런 생각도 하지 않았다. 오빠는 위대함과 힘, 단결 따위에나 관심이 있었지 착한 마음에는 관심도 없었다. 남자라 그래, 아다가 나에게 말했다. 남자라 그런 사치를 누릴 수 있는 거야.

좀전에 내 삶이 허망하다는 말을 하면서 내가 칠삭둥이였다는 이야기를 했어야 했다. 그 덕분에 나는 엄청난 약점을 잡힌 꼴이 되었다. 작고 비실비실한 이 육신과 함께. 나는 수줍음을 매우 많이 탄다. 다른 사람한테 말 한 마디 건네는 것도 민망해했다. 얼굴을 마주 보기만 해도 양쪽 뺨이 빨갛게 달아올랐다. 나는 가족들끼리 있을 때만 편했다. 그래서 가족들 곁을 떠나서는 살 수 없을 거라고, 한평생 그 뒤에 숨어 살 거라는 생각을 자주 했다.

현재 내 육신은 굴욕스러운 상태다. 모든 굴욕과 각각의 굴욕이 단 한 개의 이름만을 가지고 있다. 바로 '병'이다. 내 몸은 그다지 호사를 누리지 못했다. 내 몸에는 고통을 극복할 수 있을 정도로 쾌락이 깊이 각인되어 있지도 않고, 충분히 축적되어 있지도 않다. 그렇다고 묵직한 추억들도 별로 없다. 전혀 공평하지 못하다. 밍밍하고 메마른 커피색 또는 해질녘의 붉은색으로 썩어 문드러진 사지가 매 시간 위엄 있게 모욕을 견뎌낸다. 내가 '위엄'이라고 말한 건가? 내가 무슨 이야기를 하는 거지? 그게 뭘 의미하는지도 벌써 잊어버렸으면서. 혼란에 빠져 미쳐 날뛰는 사지가 나를 쓸데없는 생각으로 이끈다. 예를 들어 착해서 무슨 덕을 봤느냐는 따위의 질문 같은. 나는 과거와 미래의 모든 여자들이 사지가 갈가리 찢겨가며 한 일을 했을 뿐이다. 죽음을 낳은 것이다. 그것이 착한 마음의 정의定義다.

　나를 찾아온 천사에게 사건의 연대기를 원하는지 아니면 내 인상만을 원하는지 물었다. 하지만 정직한 삶에서는 그다지 큰일이 일어나지 않는다는 것을 깨달았다. 그리고 큰일이 일어났다고 해도 현재의 내 상태로 인해 축소되었다. 집착이다. 병이 내 주위를 맴돌고 있고, 병만이 유일하게 존재하기 때문에 나는 이 방 안에서 일어나지 않는 것은 모두 제외시켜버리는 버릇이 생겼다. 자신에게 특별히 각인되지 않는 현실을 금세 쓸어다가 내다버리고 잘게 부수어 없애버리는 인간의 능력은 가히 환상적이다. 병원이나 정신병원, 요양원에서는 오늘의 고통만이 중요하다. 그 외에는 아무것도 없다. 오늘은 왼손 피부에 생긴 새로운 변화만을 걱정한다. 오늘 아침 나타난 무의미한 피멍만이 걱정거리다. 그 외에는 아무것도 걱정되지 않는다. 다른 손을 살갗 위에—정확한 부위에—갖다 대고 특이한 점을 감지하는 것 외에는 아무것도 걱정되지 않는다. 처음에는 놀라고 신경 쓰이고 거슬리고 약간 호들갑을 떨기도 한다. 하지만 그러한 놀라움과 불편함, 거슬림에는 조금은 짜릿한 느낌이 함께한다. 평소와 다른 곳에 다시 손을 대보고, 손가락으로 다시 그곳을 확인하게 만드는 이상한 쾌감. 우리가 마음속으로 살아 있음을 확인하는 것이다. 살아 있지 않다면, 변화를 확인하려는 게 아니라면, 왜 굳이 손을 대보겠는가? 비정상적인 상태가 살아 있음을 상기시키는 건 아닐까? 몸의 이상을 감지한다는 것은 정상 상태를 기억한다는 것이다. 그러니까 계속 살아 있음을 기억하는 것이다. 병이 들면 모든 게 스톱이다. 밤과도 같다. 내 눈앞에서 정확함과 헛소리가 맞선다. 누가 이길지 결정하는 건 병이지 내가 아니다.

　만약 롤라가 우리 조상인 마리아 트리니다드 수녀처럼 사춘기나 섦었을 때 임신했다면, 그리고 사회석인 이유로 그 임신을 제대로 인정할 처지가 못 되었다면, 아마 나는 그 아기를 내 자식으로 만들고 싶은 엄청난 유혹을 느꼈을 것이다! 물론 그때는 제재소에서 롤라나 나에게 할당된 몫이 비슷했기 때문에 롤라의 지참금이나 내 지참금이나 다를 바 없었다. 하지만 가난한 사촌에 대한 생각은 누구나 갖고 있었다. 베로니카 데 라스 메르세데스가 나 자신일 수도 있다는.
　나는 벽이 하얀, 새하얀 수녀 방을 나선다. 과일이 잔뜩 든 바구니를 손에 들고. 치리모야, 구아나바나, 루쿠마 같은 남미산 과일과 석류는 디저트 시간에 우리 사촌 수녀의 세련된 입맛을 만족시켜줄 과일이다(임산부라 유난히 신선한 과일을 찾는다. 이제 케이크나 단 과자 얘기는 더이상 듣고 싶어하지도 않고, 버터나 지방은 역겨워한다). 나는 스페인 도시 이름(세비야? 그라나다? 플라센시아?)이 붙여진, 벽돌이 깔린 울퉁불퉁하고 비좁은 골목길을 따라 우리 집으로 향한다. 사실 그곳은 진짜 집이다. 방 세 개에 고급 목재 가구와 금장식이 박힌 함이 들어찬 거실도 있고, 커튼을 두른 침대가 놓인 침실도 있다. 그곳이 사촌 마리아 트리니다드의 방이다. 바닥에 돗자리가 깔린 하녀방이 있고, 나머지 방에는 세속 수녀들이 묵는다. 그곳이 내 방이다. 우리의 방이다. 나는 마리아 트리니다드를 섬기는 다른 두 여자와 함께 그 방을 사용한다(그 중 한 명은 수녀원을 피신처 혹은 부부간의 불화가 수그러들 때까지 기다리는 곳으로 생각한다. 다른 한 명은 과부다. 성질 급한 자식들에게 자신의 지참금을 물려주고—수녀원에 낼 돈은 남겨두고—달리 뼈를 묻을 곳이 없어 이곳에 온 것이다. 잘 알다시피, 돈을 지불하는 동안은 모든 것이 괜찮다. 그리고 나는…… 남편에게 버림받고 가짜로 임신한 여자다). 혼자만의 방? 꿈도 꿀 수 없다. 일은 비교적 수월하다. 닥치는 대로 모두 거들며 임신한 사촌을 돌보는 것이 내 일이다. 점점 부풀어오르는 사촌의 배를 감추며 내 배를 부풀어 보이게 하는 게 내 일이다. 기도 시간에 맞춰 번갈아가며 예배당을 준비하고, 가끔 음식이 늦어지면 부엌에 들어가 돕기도 한다. 그리고 귀족 출신의 수녀들이 무척이나 좋아하는 팔찌 거래를 막기 위해 마리아 트리니다드와 하녀들 사이를 중재하기도 하고, 노래 부르는 일을 맡기도 한다(내가 하는 일 중에서 나는 그 일이 제일 좋다. 합창은 승화昇華와도 같다—왜 그런지 정확한 이유는 모르겠지만 어쨌든 승화와 같다—. 목소리가 성당의 원형 천장을 타고 올라가 고대하던 하늘에 닿게 되면 그곳에서 수녀와 세속 수녀들의 목소리가 하나가 되어 우리 모두를 받아들인다). 나는 심부름도 하고, 종종 닫는 걸 깜빡하는 뒷문으로 나가기도 한다(누구든지 그곳을 통해 수녀원에 드나들었다. 훗날 들이닥친 종교개혁은 그렇게 느슨한 생활을 허용하지 않았다). 지금은 밖으로 나와, 모든 게 뒤섞인 대중의 잡탕 냄새를 맡고 있다. 하지만 그럴 필요가 없다는 걸 깨닫는다. 나는 산타 카탈리나 수녀원이 편하다. 그곳은 거대하고, 그 자체로 완벽하며 아름다운 건축물로, 내가 바깥세상에서 경험했던 두려움과 권태, 외로움을 쫓아내준다. 바깥세상은 나에게 지지리도 빈곤한 일상을 안겨주었다. 바깥세상에서는 한 시간 한 시간이 쌓여 초라한 하루하루가 이어졌지만 그래도 가슴을 당당하게 내밀고 뭐든지 할 수 있었다. 내일 추기경이 우리를 방문한다. 오늘밤에는 추기경을 위한 진수성찬을 준비하느라 밤새도록 부뚜막의 장작이 꺼지지 않을 것이다. 하지만 나와는 별 상관없는 일이다. 추기경은 나를 거들떠보지도 않고 나한테 말 한마디 걸지 않을 것이다. 나는 그곳에 있는 많은 여자들 중 한 명에 불과하다. 검은 베일을 쓴 수녀들과 흰 베일을 쓴 수녀들, 학생들, 시중드는 사람들—나처럼—, 시녀들 중 한 명에 불과하다. 남자 없이 산다는 것도 그렇게 어렵지는 않다. 적어도 그곳에서는 여자들의 틀에 박힌 한탄 소리가 잦아들었다. 늘 다른 사람의 용도에 따라 자신의 가치가 결정되는 사람들의 한탄 소리가 잦아들었다. 이곳에서도 그 빌어먹을 여자의 의무—우리들의 의무—와 싸워야 한다. 하지만 그 의무는 적어도 남편이나 자식들을 향하는 게 아니다. 그래서 좀더 참을 만하다. 단순한 미덕은 매일 먹는 빵이고, 은밀하고 조용하다. 그래서 나는 그 안이 편하다. 게다가 세상의 호의를 지나치게 신뢰하지 않기 때문에, 오히려 세상이 적대적이고 공격적이고 거칠고 삐딱하다고 느끼기 때문에, 수녀원 안에서 시중이나 드는 생활이 당연하고 아무렇지도 않게 느껴진다. 큰 세상이 두려우면 그 두려움을 증오로 바꿔 포기해야 할 것이다. 이 거창한 말을 떠올리며. "나는 세상을 증오해. 그래서 세상을 버리는 거야." 생각을 정리해보자. 우리는 포기를 위해 증오를 만들어낸다. 바로 그거다.

(식당과 작업실의 대기실로 통하는 수녀원의 복도에 걸린 현판에 큼지막한 글씨로 다음과 같이 적혀 있다. 속죄/공동생활. 흥미로운 동의어다. 안 그런가? 나라면 그렇게 적었을 것이다.)

나라는 불쌍한 사람은 인정을 바라지 않는다. 그저 받아주고 위로해주면 그만이다. 그래서 나는 아무것도 하지 않는다. 그저 죽음을 향해 한 발자국씩 앞으로 내딛을 뿐이다. 친애하는 천사여, 당신은 말할 것이다. 내 삶이 전혀 신중하지 못했다고. 당신의 말이 옳을 수도 있다. 그건 인정한다. 당신은 건조한 내 피부가, 거의 갈라진 내 피부가 포기를, 자포자기를 의미하는 거라 말할 것이다. 맞다. 하지만 당신이 잊어서는 안 되는 것 한 가지만 말하겠다. 아무리 행복한 여자라도 마음 한쪽 구석에는 분노가 숨어 있다고. 눈을 떠 세상이 자기를 기다리지 않는다는 것을 알았을 때 느끼는 분노. 착각을 불러일으키는 분노. 아니, 나한테는 묻지 말라. 솔직히 왜 그걸 설명해야 한단 말인가? 나는 단지 모든 여자들이 완벽한 고독 속에 분노를 위한 공간을 갖고 있다는 것을 말하려 했을 뿐이다. 그들과 나의 차이점은, 내가 흔히 볼 수 있는 사람보다 상상 속의 사람이 되기 위해 노력했다는 데 있다. 그리고 나는 세상의 굴곡으로 나를 맞춰시키며 그 고독을 감추지 않고, 그냥 있는 그대로 받아들이며 사는 쪽을 택했다. 나를 믿어달라. 나에겐 그게 훨씬 건전해 보였다.

그래서 그들이 말했다. 삶은 짧으니 네 희망을 버리라고. 그래서 나는 조용히 침묵한다. 나는 침묵한다. 조용히.

캄팔라 근교의 하늘이 가루분을 뿌려놓은 듯 뿌옇게 변했다. 혹독한 가뭄으로 지저분해진 우간다 전국의 토지는 니코틴이 함유된 누런색을 띠며, 끔찍한 더위로 하루가 마비된다. 가난과 내전 피해자들의 공포는 이제 매일 반복되는 지겨운 흐느낌이 되었다. 이제는 아무도 그 흐느낌을 듣지 않는다. 일상의 위협과 압력과 난폭함이 전염병과 위기를 불러일으키고 가난을 강요하면서 폐허 사이를 미끄러지듯 도망쳐 다닌다. 늘 두각을 드러낸 채, 늘. 일상이 얼마나 거대한 힘을 과시하는지! 우리에게 후각을 곤두세우고, 감정을 무시하라고 얼마나 강요하는지! 끝까지, 끝까지, 끝까지 살아남으라고 얼마나 강요하는지! 짐승들처럼 살아남는 것만이 가장 중요하다. 우리 한 사람 한 사람이 먹잇감이 될 수도, 사냥꾼이 될 수도 있다. 우리 한 사람 한 사람이 피해자가 될 수도, 가해자가 될 수도 있다. 우리나라와 우리 집안의 보수적인 전통에서는 가난에 대한 두려움이 조용히 묻혀 있다. 우리 할아버지가 지진 피해자들을 돕기 위해 엄청난 액수의 수표를 건넬 수는 있다. 하지만 그들을 직접 만나고 싶어하지는 않는다. 그리고 그들을 만지는 건 더더욱 원치 않는다. 당장 해결해야 할 급박하고 실제적인 문제인 가난은 이론적인 수준에서 가상으로만 존재하길 바란다. 카실다 고모할머니는 푸에블로의 주민을 사랑했다. 하지만 그들의 집을 찾아가지도 않았고, 물리적으로 접촉하거나 가까이 오면 끔찍이 싫어했다. 그런데 내가 처음으로 그 미묘한 마법을 깼다. 나는 온몸으로 가난 속으로 뛰어들었다. 정말 처음 있는 일이었다. 물론 내 느낌은 끔찍했다. 하지만 피하지 않았다.

이제는 내가 가난하다.

집안이 부도난 이후, 미래가 제시하는 수천 갈래 길을 앞에 두고 친구들이 환상을 키워가는 동안 나는 일을 해야 했다. 나는 개인 병원에서 비서로 일하며 매월 말에 월급으로 받은 수표를 엄마에게 건네주었다. 이 일을 계기로 의학계를 처음으로 접하게 되었고, 학업과 직장을 병행하고 싶다는 강한 욕구가 생겼다. 나는 적십자를 택했고(내 인생이 다른 길로 접어들었다면 나는 정말 좋은 의사가 되었을 텐데!) 몇 년 후 내 관심을 끈 단체와 연결되었다. 바로 '국경 없는 의사회'였다. 프랑스 의사들이 창설한 단체로 비군사적이고 비정부적인 최초의 단체였으며, 의사의 손길이 절실히 필요한 위급한 나라들에 원조를 해주었다. 나는 적십자를 통해 중미와 베트남, 캄보디아에서의 그들의 활동을 알게 되었고, 많은 관심을 갖게 되었다. 그리고 곧 그것이 내 운명이라는 것을 알았다. 온몸으로 가난을 껴안겠다고 결심하는 것, 그러니까 내가 물려받은 두려움을 깨부수겠다고 결심하는 것이 내 운명이라는 것을 알았다. 나는 가장 날카로운 칼을 빼들고 가난을 관통해, 그 안으로 직접 뛰어드는 것을 목표로 삼았다. 그리고 출발했다.

그토록 엄청나고 힘든 경험과 결심을 '출발'이라는, 악의라곤 전혀 없는 단어에, 단 두 음절의 단어에 담아낸다는 게 너무나도 쉬워 보인다! 나중에 다시 그 이야기로 돌아오겠다.

나는 '국경 없는 의사회'의 국제부서에서 선구자 역할을 했다. '국경 없는 의사회'가 처음으로 프랑스 바깥에 활동 근거지를 세우면서 나는 이 아프리카의 나라에서 내전과 가뭄에 희생된 사람들을 돕는 식량 지원 프로그램에 합류했다. 지도에서 우간다를 찾아야 했다. 나는 아프리카에 대해서는 천체 물리학만큼밖에 아는 게 없었다. 얼마 지나지 않아 나는 우간다가 대륙의 이름이 아니라는 것을 알게 되었다. 또 내가 가장 시급하게 알아야 하는 것은 그곳의 위험이 아니라, 한계에 놓인 그곳의 인간들이라는 것을 깨달았다. 그것이 내가 배운 것이었다. 지금 이런 상황에 이르리라는 것은 전혀 의심도 하지 못한 채.

이 이상한 순간에, 아팠던 그해 여름이 떠오른다. 치료사의 딸 실비아가 풍진을 앓았을 때 나는 겨우 열 살이었다. 막 여름이 시작되었으며, 해질녘 살랑살랑 부는 바람이 우리를 기다리는 날들이 얼마나 찬란할지 이야기하고 있었다. 앞을 내다볼 줄 아는 니에베스는 천의 질을 확인해보려고 그해에는 산티아고에서 천을 가져왔다. 이제는 돈 텔로의 잡화상에서 파는 천을 맹목적으로 좋아할 나이는 아니었다. 그래서 실비아의 도움을 받아 그녀의 재봉틀로 옷을 만들기 위해 준비해왔지만, 풍진이 전염성이 강한 병이라 실비아에게 놀러가지 못했다. 뭐 그렇게 난리예요? 우리 중에 임산부는 아무도 없는데? 아다가 그다지 대수롭지 않다는 듯 말했다. 하지만 옥타비오 할아버지는 우리에게 그렇게 무책임하게 굴지 말라며, 풍진은 절대 우스운 병이 아니라고, 여름을 망치고 싶지 않으면 치료사의 집에 절대 놀러가지 말라고 했다. 우리는 실비아가 나을 때까지 기다리기로 했고, 겉으로 보기에 불쌍한 실비아는 우리에게서 잊혔다. 하지만 나는 그녀를 잊지 않았다. 내가 가장 좋아하는 산책 중 하나는 철로 가까이에서 기차가 지나가는 것을 보면서, 기차의 수를 세며 승객들에게 손을 흔드는 것이었다. 문이 굳게 닫힌 기차 안에 어떤 화물들이 실려 있을지 상상하는 것도 재미있었다. 나는 두 눈을 꼭 감은 채 머나먼 여행을 떠나는 환상을 펼쳤다. 레일을 스치고 지나갈 때 바퀴에서 나는 리드미컬하고 강력한 쇳소리가 쿨럭거리며 거친 숨을 내쉬었고, 영원히 지칠 대로 지친 것 같은 기관차 소리가 나를 미지의 땅으로 데려다주었다. 기차들은 범우주적인 형태로 내 영혼을 데워주었고—그때는 영혼의 존재에 대해 전혀 의심하지 않았다—, 나에게 평온을 안겨주었다.

　나는 매일 오후 치료사의 집 앞을 지나가면서 실비아의 방 창문 쪽을 바라보았다. 창문은 항상 굳게 닫혀 있었고, 그녀가 얼마나 서글픈 나날을 보내고 있을지 생각하면 가슴이 아팠다. 어느 날 오후 나는 유리창에 가까이 다가가 신호를 보냈다. 누군가 자기와 가까이 있다는 걸 안 순간, 그녀의 얼굴이 환하게 밝아졌다. 그 지방의 특징에 따라 실비아도 외동딸이었다. 그녀의 아버지는 집 옆에 붙어 있는 비좁은 진료실에서 하루 종일 일했고, 그녀의 어머니는 집안일을 마친 후 아버지 곁에서 환자들을 돌봤다. 불쌍한 실비아는 혼자 외롭게 병을 이겨내고 있었다. 우리가 사람들 몰래 유리창을 통해 이야기를 나눈 지 이틀 만에, 나는 어른들의 주의를 무시하고 바로 그 창문을 통해 실비아의 방으로 들어가 그녀의 병을 조금이나마 덜어주기로 결심했다. 그리고 이런 행동은 몰래 숨어서 은밀히 하다보니 재미있는 놀이가 되었다(실비아가 그걸 허락하다니, 어떻게 그렇게 멍청할 수 있니? 나이가 너보다 몇 살이나 위인데! 훨씬 나중에 아다가 야단치며 말했다). 나는 열 살짜리 아이의 생각으로, 실비아가 아픈 동안 그녀의 유일한 친구가 되어주기로 결심했다. 실비아는 나의 긴 머리를 빗겨준 후, 머리를 세 가닥이나 두 가닥으로 땋으며 노는 걸 좋아했다. 그리고 사촌들과 우리집, 산티아고의 생활, 올리베리오에 대해 묻는 것도 좋아했다. 그녀의 호기심은 푸에블로 밖에서의 우리의 일상이 얼마나 호화로운지—지금은 그게 어떤 의미인지 알지만 그때는 몰랐다—캐내는 쪽으로 기울었다. 그녀는 우리가 바로 그 부분에 가장 관심이 없다는 걸 이해하지 못했다. 나는 실비아가 우리 오빠에 대해 끊임없이 물어보는 게 기분 좋았고, 그래서 그녀의 질문에 일일이 답해주었다. 나는 발진으로 발갛게 부어오른 실비아의 피부를 보지 않을 수 없었다. 그래서 실비아가 목덜미 부위와 귀 뒤쪽의 발진이 아프다고 불평하면, 나는 콜로뉴를 묻힌 축축한 솜으로 그 부위를 정성껏 닦아주었다. 내 몸은 즉시 바이러스에 감염되었다. 물론 증상이 나타난 것은 2주 정도 지난 후였지만. 상당히 힘든 여름이었다. 그건 확실했다. 하지만 나에게는 뭔가 서광이 비친 여름이기도 했다. 나는 간호사가 될 거야, 아다에게 털어놓았다. 그래. 너만 환자가 아니면(불에 그슬린 우간다 들판에서 너만 환자가 아니면. 너는 한 번도 들어보지 못한 전염병에 걸려서 하느님조차 버린 비참한 병원에서 잊혀가고 있어. 너는 동료들에게 그냥 좀 약해졌을 뿐이라며 모두 괜찮다고, 곧 일에 합류할 거라며 너를 가만히 놔두라는 말만 할 뿐이다. 집에 전화하면 안 돼. 너 역시 모든 걸 포기한 네 할머니처럼 병이 너를 이겼다는 사실을 인정하지 않을 테지).

실비아와 달리, 그해 여름 나는 아픈 내내 사촌들의 완벽한 간호를 받았다. 사촌들은 나를 어떻게 하면 재미있게 해줄까 늘 고민했다. 옥타비오 할아버지는 나중에 우리가 임신했을 때 부작용을 막기 위해서라도 우리 모두 풍진에 걸려야 한다는 결단을 내렸고, 매일 아침(거의 정오에 가까웠다. 할아버지는 그 전에는 절대 일어나지 않았으니까) 꼭 내 침실을 찾아왔다. 롤라는 가볍고 귀여운 나무 이젤을 들고 내 방으로 와 그림을 그렸고, 니에베스는 털실을 풀면서 재미있는 이야기를 들려주고 위로도 해주었다. 그리고 아다는 팔 밑에 책을 끼고 나타났다—책 읽는 게 좀 지겨워지면 그녀가 지어낸 이야기를 들려달라고 졸랐다—. 그렇게 시간은 순식간에 흘러갔다. "잘 먹는 환자는 절대 죽지 않는 법이다"라는 지론을 가진 카실다 고모할머니는 부엌에서 음식을 가지고 와 나를 끈질기게 몰아세웠다. 고모할머니는 배 잼과 호두를 넣은 호박 등 맨 위쪽 선반 위에 꼭꼭 숨겨놓아 누구도 손을 대서는 안 되는 병들을 나를 위해 열었다. 나의 천사여, 병을 치료하기 위해 왜 산티아고로 가지 않았느냐고 묻는다면 두 가지 이유를 말하겠다. 첫번째는 너무 지겨울 것 같아서고, 두번째는 우리 부모님이 여행중이었기 때문이다. 우리 부모님은 늘 여행중이었다.

그리고 덧붙이자면 사촌 그 누구에게도 병은 옮지 않았다.

그해 여름이 내 운명에 남긴 자국이 매우 선명했다고 다시 한번 더 이야기하겠다. 다른 사람을 위해 봉사하는 것이 나에게 유일하게 의미 있는 일이라는 걸 나는 열 살 나이에 깨달았다. 풍진은 나에게 주현절과 같은 의미를 안겨주었다. 실비아가 아프면서 나의 아침은 완전히 바뀌었다. 눈을 뜨는 순간 기분 좋은 새로운 힘이 불끈 솟아올라 침대에서 벌떡 일어났다. 여름날의 기분 좋은 하루가 기다리고 있었으며, 그러한 기쁨이 다른 일—나 자신에게만 열중하지 않는 일—과 합해져 그 자체로 빛이 났다. 그리고 마침내는 너무나도 특별한 나의 일상까지 스며들었다.

내가 '국경 없는 의사회'에 오게 된 동기에 대해 동료 중 한 명인 헨리와 이야기를 나누다가 나는 그의 착각을 바로잡아줘야 했다. 하느님은 이것과 아무 상관이 없었다. 내 고생은 신과는 아무 상관도 없었다. 나를 움직인 것은 가난한 사람들이지, 하느님은 아니다. 모두 세속적인 것이다. 가난은 비참할 정도로 세속적이고, 굶주림도, 두려움도, 질병도 모두 세속적이다. 하느님은 우연히 개입해 그 모든 것을 창조했을 것이다. 나는 이 세상이 하느님의 바람대로 되었다고 생각하고 싶지는 않다. 어떻게 이런 모습을 원할 수 있단 말인가? 내 경험으로 볼 때, 깃발을 치켜든 사람들은 모두 광신자들이다. 그리고 어떤 대의명분—그것이 무엇이든 간에—에 대해 광신적일 경우, 그들 역시 정반대의 대의명분을 껴안은 사람 못지않게 어리석게 끝날 수 있다는 것을 우리는 잘 알고 있다. 아니다. 내가 빚을 진, 질투도 많고 요구도 많은 그분에 대한 사랑 때문이 아니다. 내가 희생하겠다고 외치는 것도 그분의 이름을 위해서는 아니다. 이곳이 그분의 작품이라면 그분을 받들고 찬양할 필요가 있을지 의심스럽다. 이 땅은 공포 그 자체다. 그분의 생각이었을까? 나는 아주 일찌감치 그 사실을 깨달았기에 감히 그 사실을 반복해 말한다. 이 땅은 공포 그 자체다. 내 말을 믿어달라. 나는 현재의 우간다와 1973년의 칠레를 직접 몸소 체험했다. 나는 다른 사람들이 겪은 홀로코스트를 내 것으로 만들었다. 그렇게 계속 더해지고 더해졌다. 리스트는 정말 길다.

나는 좀더 자비로운 신의 품에 안기고 싶었다. 그리고 나는 사람들 속에서 그 신을 만났다. 그래서 고통 받는 사람들에게서 아픔을 몰아내기 위해, 그 아픔이 희석되어 마침내 사라질 수 있도록 돕기 위해, 나는 고통에게 문을 활짝 열어주고자 끊임없이 노력했다. 내가 약간 건방진 이상을 품었다고 나무라도 상관없다. 그러면 이것이 내 변론이 될 것이다. 건방지지 않은 순수한 사람들이 있는가? 그런 사람은 아시시의 성 프란체스코뿐일 것이다. 오직 그분뿐일 것이다.

마음이 깨끗한 사람들에게 축복을.

군인들이 권력을 장악한 그해, 1973년 9월에 우리의 삶은 완전히 바뀌었다. 시골 사람들의 양심은 고위 정치인의 개입만큼이나 치명적이었고, 나는 '복수'라는 흉측한 단어의 의미를 몸소 체험했다. 그때까지는 아다가 읽어주는 글이나 우리 가족사의 에피소드를 통해서만 그 개념을 접했을 뿐이다(롤라가 아다의 원고를 태운 혐오스러운 행동 같은. 그때 롤라의 행동은 그동안 쌓이고 쌓인 감정에서 비롯된 것이지, 아다가 롤라를 파티에 데려가지 않아서 그런 것만은 아니었다. 롤라는 그렇게 어리지 않았다. 세월을 두고 차곡차곡 쌓인 분노가 참을 수 없는 지경에까지 이르러, 언제라도 폭발할 준비가 되어 있었던 것이다). 그러니까 그곳에 복수가 존재했다. 복수가 우리 오빠와 아다, 우리 가족, 우리 한 명 한 명, 푸에블로의 집과 마주 보고 있었던 것이다. 카실다 고모할머니와 제재소의 종말도 무기력하고 끔찍했던 혼란이 빚어낸 일들과 결코 무관하지 않았을 것이다. 물론 내가 조심스럽게 연결시키느라 약간 과장한 것일 수도 있다. 아다는 고모할머니의 사랑을 가장 많이 받았다. 고모할머니는 분명한 이유가 있어 그 사실을 숨겼지만, 나에게는 늘 잔잔하고 찬란한 물웅덩이 위로 떨어지는 빗방울처럼 너무나 분명하고 확실하게 다가왔다.

("롤라, 카실다 고모할머니가 우리 중에 특히 좋아하는 아이가 있다고 생각하니?"

"아니. 어떻게 그런 생각을 해? 고모할머니는 우리 모두를 똑같이 좋아해. 그게 고모할머니의 장점이야!")

아다가 제재소의 술 창고에 숨어 있는 동안, 고모할머니가 어쩔 수 없이 두어 번 흔들렸던 건 확실하다. 쿠데타가 일어나고 얼마 지나지 않아 내가 처음으로 푸에블로에 갔을 때, 고모할머니가 평소에는 교묘하게 피하던 진지한 이야기를 나에게 한 적이 있었다. 고모할머니가 거의 원칙처럼 피하던 이야기 중 하나였다. 유별나고 괴짜였던 우리 고모할머니가 재산 관리의 고삐를, 체계적이고 꾸준하게 이끌어왔던 고삐를 놓쳐버린 것이다. 고모할머니는 자기 오빠들과 조카들—우리 아버지들—이 제재소를 꿋꿋하게 받치고 있던 기둥 하나하나, 나무 조각 하나하나까지 몽땅 먹어치웠다고 확신하며 흥분했다.

"루스, 남자들은 아무짝에도 쓸모가 없다. 너도 이제 그 사실을 알아야 된다."

"모든 남자들이요?"

"적어도 우리 집안 남자들은 그렇다. 네 아버지를 포함해서 네 할아버지 호세 호아킨의 자식들은 모두 무책임한 놈들이야. 그리고 그놈들하고 결혼한 여자들도 절대 그놈들 못지않고. 그놈들이 먹고살 수 있도록 내가 뼈 빠지게 일하는 동안 그놈들은 흥청망청 잘 먹고 잘 살았지. 네 할아버지가 자식들을 돌봐달라고 부탁하며 나한테 이 제재소를 남기기는 했지만 말이다."

고모할머니는 평생 들고 다니던 지팡이를 꽝 하고 내리친 후 포플러나무들을 뚫어져라 바라보며 침묵을 지켰다. 고모할머니의 눈빛은 딱딱했다. 아주 많이 딱딱했다. 어쩌면 그게 고모할머니의 마지막 정원 산책이었는지도 모른다. 당시 고모할머니는 거의 하루종일 침대를 지키고 있었지만 그날은 침대에서 일어나 나에게 같이 나가자고 했다. 변하지 않고 늘 함께 있어주는 포플러나무들이 그리웠던 게 분명했다. 나약함이 고모할머니의 육신을 갉아먹기 시작했지만 아직도 꼭꼭 숨어 있었다. 고모할머니는 전혀 부드러워지지 않았다. 고모할머니가 예전과 다르다고 느낀 점은 지팡이의 용도 딱 하나뿐이었다. 이제는 지팡이 없이는 걸을 수도 없었다. 예전처럼 그냥 폼으로만 들고 다니는 게 아니었다. 고모할머니는 늘 말이 없는 편이었고, 유창하고 번드르르한 말은 쓸데없다며 강력하게 거부했다. 그래서 나는 고모할머니의 거대한 절망감을 살짝 엿보기만 했을 뿐이다.

"돌본다는 것과 매일 먹을 빵을 대준다는 것은 다르다. 안 그러니?"

"네, 고모할머니. 저도 같은 생각이에요."

"우리 오빠들은 늙었고 다 끝났어. 그들이 내 덕으로 살아도 상관없다. 게다가 돈이 많이 드는 것도 아니고. 하지만 조카들은······ 그건 또 다른 얘기다. 우리 땅과 기계, 재산을 일부 저당잡혀야 했어. 집도 언제 무너질지 몰라. 그래서 한 가지가 걱정된다."

"뭔데요?"

"이 모든 걸 정리해서 빚을 갚을 수 있을 때까지 살 수 있을까 하는 거지. 내 말 이해하겠니?"

"네, 이해해요. 하지만······ 왜 그게 그렇게 중요한데요?"

"아다 때문이다."

"아다 언니요? 언니가 무슨 상관인데요?"

"나는 남편도 자식도 없다. 내 마음대로 재산을 물려줄 수 있지. 나는 그 재산을 아다에게 남겨주고 싶다. 그러면 편하게 눈감을 수 있을 텐데."

아다가 상속인이었다. 유일한 상속인.

그때 우리는 집으로 들어서고 있었다. 키가 훤칠한 고모할머니가 나를 어깨 너머로 내려다보며 이야기를 마쳤다.

"아다는 절대 결혼하지 않을 거다."

"그럴 수도 있지만…… 무슨 근거로 그렇게 확신하시는 거예요?"

"두 가지 때문이다. 첫째, 아다는 올리베리오를 영원히 사랑할 거고, 둘째, 아다는 결혼을 견뎌내지 못할 타입이거든. 아다에겐 결혼이 필요 없기 때문에 견뎌내지 못할 거야. 나처럼."

카실다 고모할머니가 돌아가신 후 집과 제재소의 부도로 모든 상황이 급변하자 사람들은 모두 깜짝 놀랐다―끔찍해했다―. 물론 고모할머니는 아다에게 재산을 물려줄 수 있을 때까지 살지 못했다. 그리고 고모할머니의 파산은 당신 스스로 생각했던 것보다 훨씬 심각했다. 파산 소식을 듣고 놀라지 않은 사람은 유일하게 나뿐이었다. 나는 고모할머니가 왜 나한테, 왜 유독 나한테만 파산할 수도 있다는 사실을 알려주었는지 마음속으로 되물었다.

어쩌면 나에 대한 믿음 때문인지도 모른다. 어렸을 때부터 나는 사람들이 누구를 좋아하는지 날카롭게 감지했다. 그 사랑을 알아보고, 그것의 명암을 누그러뜨릴 줄 알았다. 그런 확신 때문에 나는 아다의 인생에서 그녀에게 가장 심오하고 한결같은 사랑을 보여준 사람은 카실다 고모할머니와 나라고 자신 있게 말할 수 있다. 그래서 아다가 올리베리오를 진심으로 사랑한다는 사실을 우리 두 사람만 알고 있다는 것이 그렇게 이상하거나 특별할 것은 없었다. 친애하는 천사여, 당신이 상상할 수 있듯 그건 터놓고 얘기할 수 있는 문제가 아니었다. 카실다 고모할머니가 그 이야기를 입 밖에 낸 것도 그때 딱 한 번뿐이었고, 죽음이 다가오고 있었기 때문에 그랬던 것이다(상황이 달라진 지금, 나는 아다가 걱정된다. 그녀가 욕망과 일탈이라는 개념을 연결시킬까봐, 그 개념들이 아다를 흥분시키고, 그와 동시에 그 개념들로 인해 아다가 돌발적이 될까봐 걱정된다).

강간. 고모할머니가 전염병을 피하듯 피했던 단어다.

나는 큰 식당의 테이블에 앉아 있었다. 올리베리오가 방학을 함께 보내자고 초대한 친구 라울의 옆 자리였다. 그는 훗날 우리 가족의 일원이 되었다. 우리 모두 말은 하지 않았지만 이상한 공기를 감지하고 있었다. 카실다 고모할머니의 얼굴은 돌처럼 굳었고, 음식에는 거의 입도 대지 않았다. 고모할머니는 으깬 감자를 포크로 짓이기고, 양고기를 잘게 부수어 양이 줄어든 것처럼 보이게 하여 없는 입맛을 감추려 했다. 라울의 오른쪽에 앉은 니에베스는—나는 왼쪽에 앉아 있었다—새 애인이 우리 가족을 이상하게 볼까봐 쓸데없는 이야기를 늘어놓으며 안간힘을 썼다. 니에베스는 입으로만 웃고 있을 뿐 눈까지 웃지는 못했다. 그녀는 라울에게 양고기를 더 먹으라고 계속 권하며, 우리가 가꾸는 밭과 우리 각자가 고른 야채들에 대해 이야기했다. 롤라는 카실다 고모할머니를 한 번 쳐다보고, 니에베스를 한 번 쳐다보았다. 마치 그들의 명령을 기다리는 것 같았다. 자신의 보랏빛 눈에 맺힌 끔찍한 불안감을 그들의 한 마디로 잠재워주길 바라는 것 같았다. 올리베리오가 아다를 찾아 떠난 후 사흘 내내 반복된 상황이었다. 롤라는 모두 자기를 모른 체하자, 접시는 건드리지도 않은 채 천장에 매달린 커다란 네덜란드 청동 램프에 시선을 고정시켰다. 그녀는 고모할머니처럼 감추려고도 하지 않고, 자신의 당혹감과 걱정을 요란스럽게 드러냈다. 반면에 나는 모두 먹어치웠다. 나중에 속이 매스껍기는 했지만 그때는 아무렇지도 않은 듯 라울과 함께 먹어야 했다. 그때 내가 무척이나 매혹적인 외국 의사들의 자원봉사 단체를 얼마 전에 알게 되었다며 그에게 이야기했던 기억이 난다. 라울이 관심을 보이며 나에게 몇 가지 질문을 했고, 그 덕분에 니에베스의 근육이 꽤 많이 이완되었다. 우리는 베트남 전쟁이 시민들에게 미친 영향에 대해 말하고 있었다. 그런데 그때 누군가 문을 쾅 하고 열었다. 갑작스런 굉음이 식당 전체에 느닷없이 울려퍼졌고, 우리는 절대적인 침묵 속에서 문 쪽을 돌아보았다. 올리베리오가 아다를 등에 업다시피 하고 식당 안으로 들어온 것이었다. 아다는 올리베리오의 양 어깨를 잡은 채 제대로 걷지도 못했다. 그리고 그녀의 몸—손과 다리는 피곤한 듯 축 처졌고, 등은 굽었고, 목은 헉헉거렸다—은 그녀가 패배한 사람임을 말해주었다.

올리베리오가 아다를 식당 한가운데 내려놓았다. 마치 구하기 힘든 값지고 위험한 물건을 인도하는 사람 같았다. 나는 전쟁 포로를 떠올렸다. 오빠는 승마용 부츠를 신고 한 손에는 어쩌다 한 번씩 사용하는 가죽 채찍을 들고 있었다. 그는 아다에게서 떨어졌다. 더러운 머리카락이 얼굴 전체를 뒤덮어, 아다의 얼굴은 제대로 보이지도 않았다. 올리베리오는 그녀를 어디서 찾아냈는지만 말했다. 집시 부락이었다. 카실다 고모할머니가 얼른 일어나 큰 목소리로 옥타비오 할아버지를 불렀다. 그 사이 니에베스가 자리에서 서둘러 일어나 아다에게 다가간 후 허리 쪽을 부축해 문까지 천천히 걸어갔다. 롤라도 그들을 따라가려 했지만 누군가 갑자기 그녀를 붙잡았다. 누구였는지는 기억나지 않는다. 올리베리오는 지쳐 보였다. 그는 니에베스가 앉았던 자리에 털썩 주저앉아, 포도주 항아리를 들어 잔이 넘칠 정도로 한가득 따르더니 물처럼 들이켰다. 그러고는 2분 후 똑같은 행동을 반복했다. 나는 일어나 오빠의 등 뒤로 가서 뒤로 그의 손을 잡았다. 오빠도 내 손을 꽉 잡아 답해주었지만 나는 오빠가 얼마나 멍한 상태인지 알 수 있었다. 그의 눈빛만으로도 충분히 알 수 있었다. 오빠는 5분도 지나지 않아 방으로 들어가려 했다. 루스, 라울이 디저트까지 먹을 수 있게 네가 신경 좀 써줘. 나는 자야겠어. 너무 피곤해. 그게 전부였다. 하지만 나는 예리한 눈썰미로 알 수 있었다. 오빠의 눈빛이 딱 한 번 마주칠 수 있었던 아다의 눈빛과 같다는 것을. 열병을 앓은 눈빛이었다. 하지만 내가 아는 열병과는 달랐다. 풍진이나 다른 병과는 달랐다. 그들에게 무슨 일이 있었던 걸까? 나는 침대에 드러누워 내내 그 질문만 했다. 혼란과 불면증에 시달리며, 내내. 나는 그날 밤 아다와 함께 있지 않았고, 함께 있으려고 하지도 않았다.

아다의 관점에서 보면 나는 꼬마였다. 자기가 반드시 보호해줘야 하는 어린아이였다. 그래서 그 며칠 동안 있었던 일에 대해서는 나에게 아무 말도 하지 않았다(나도 아다에게 이야기해달라고 조르지 않았다). 카실다 고모할머니는 아무 일도 없었다며, 올리베리오와 아다에게도 여름이 끝날 때까지 푸에블로 집에 머물라면서 모두 예전 그대로라고 말했다. 그리고 겉으로는 우리의 일상도 예전의 리듬으로 되돌아갔다. '겉으로'라고 한 것은 올리베리오가 그 리듬을 깨는 일밖에 하지 않았기 때문이다. 하지만 올리베리오는 조용히 그 리듬을 깼기 때문에 아무런 위협도 되지 않았다.

롤라는 계속 아름다움을 낚아채 자신의 그림 속에 담아내려 했다. 마치 모두 예전 그대로인 것처럼. 니에베스는 라울에게 요염을 부리며 집착했다. 그녀에게는 라울이 그 어떤 일이나 걱정거리보다 우선이었다. 그리고 아다는 다시 소설을 쓰겠다는 핑계로 카실다 고모할머니의 작업실에만 처박혀 지냈다―서재처럼 쓰는 꽤 소박한 방으로 복도 맨 끝에 있었다―. 그러고는 평소 우리와 함께 보내던 시간에는 거의 모습을 드러내지 않고, 강으로 헤엄치러 나갈 때만 우리와 같이 있었다. 적어도 그 점에 있어서는 아다가 나한테 솔직했다. 루스, 아무한테도 얘기하지 마. 소설 얘기는 거짓말이야. 그냥 책만 읽고 있어. 글을 쓰는 것보다 훨씬 즐거운 일이지만 그렇게 가치 있는 일은 아니지. 내가 책을 읽고 있다고 하면 아무도 내 사생활을 존중해주지 않을 거야. 혼자 있고 싶어하는 것도.

아다는 전쟁 포로까지는 아니더라도 집 안에 갇힌 사람처럼 행동했다. 축 늘어져 있었지만 가련한 여주인공처럼 보이지는 않았다. 사람들에게 포위되어 감시를 받았지만 죽을 위험은 없었다. 그게 그해 여름 끝무렵의 아다의 모습이었다(우리는 아니라고 하지만 마지막 여름이었다). 아다의 두 눈은 다시 예전의 모습으로 돌아가지 않았다. 나는 확실하게 말할 수 있다. 그날 밤 내가 느꼈던 그 눈빛이 계속되었다. 영원한 열병을 앓고 있었다. 두 사람 모두 그 열병에 감염되었지만, 아마도 올리베리오는 자기가 그 바이러스와 어울리지 않는다고 판단했던 것 같다. 그리고 그는 행동으로 옮겼다.

어느 새벽녘인가 복도 끝에서 인기척이 느껴졌다. 평소 잠귀가 밝은 편이라 나는 내 방 근처에서 한밤중에 일어나는 일들을 대충 꿰뚫고 있었다. 나는 그 능력에 당혹스러워하지 않고 언제나 영원한 증인의 능력을 가진 것으로 여겼다. 나는 콜라와 한 방을 썼는데, 집의 왼쪽 복도 끝에서 두번째 방이었다. 뒤에는 아다와 니에베스의 방이, 앞에는 올리베리오의 방이 있었다. 카실다 고모할머니는 대부분의 시골 저택에 있는 큰 손님방을 푸에블로의 집에는 만들지 않았다. 그래서 그해 여름 올리베리오가 고모할머니의 말을 어기고 친구를 데려오는 바람에(여자들만 우글거리는 데서 지내는 게 너무 지겨워요!) 라울은 방 주인이 세상을 떠난 후 영원히 닫아놓았던 고인의 방들 중 한 곳을 사용해야 했다. 즉, 라울은 우리와 반대편 복도에서 자야 했던 것이다. 작은할아버지들의 방이 있는 곳을 지나 끝 쪽에 위치한 방으로, 젊어서 돌아가신 할아버지의 10형제 중 한 명이 사용하던 방이었다. 이야기를 계속하겠다. 올리베리오가 아다를 들러업고 돌아온 다음 날 밤, 나는 이상한 소리를 듣고 놀라서 깼다. 새벽 3시쯤이었다. 나는 개들이 큰 소리로 으르렁거리며 싸우는 소리부터 격정적으로 사랑을 나누는 소리까지, 개들이 내는 소리는 모두 꿰뚫고 있었다. 그런데 내가 들은 그 소리는 개들이 내는 소리가 아니었다. 그래서 일어나보기로 마음먹었다. 어찌 됐든 도둑이 집에 들어왔다면 누군가 소리를 질러야 할 테니까. 방문을 연 순간, 나는 그 자리에서 얼어붙었다. 조금 떨어진 복도 바닥에 누군가 쓰러져 있었던 것이다. 붉은 벽돌 위로 쓰러진 길쭉한 몸, 한 손으로는 기둥을 붙잡았고—3미터 간격으로 지붕을 받치고 있는 기둥 중 하나—, 다른 한 손은 배 아래쪽에 들어가 있었다. 그쪽을 향해 뛰어가던 나는 그 사람이 우리 오빠라는 걸 알았다. 그를 껴안아 돌려 눕혔다. 다치지는 않았고, 그저 곯아떨어진 것 같았다. 오빠의 평소 행동과는 상반된 상황이라 꽤 의아했다. 그런데도 분명히, 나는 놀라지 않았다. 뭔가 그런 비슷한 일이 일어나리라는 걸 이미 알고 있었다. 그렇게 엉망으로 취한 사람은 예전에도 보지 못했고, 앞으로도 보지 못할 것이다. 나는 오빠를 일으켜 세워 방으로 데려가려고 안간힘을 쓰면서 생각했다. 불쌍한 아다. 아다는 이런 사치도 누리지 못하는데, 어떻게 열병을 물리칠 수 있을까? 오빠의 신발을 벗기고 있는데(오빠를 이미 침대에 눕힌 다음이었다. 1미터 80의 키에 그만큼 나가는 몸무게를 붙들고 씨름하기에는 힘이 많이 달렸다), 오빠가 무슨 말인가를 중얼거렸다. 한참 후에야 그 말이 '아름다운 흑인 여자'라는 걸 알았다. 돈 텔로의 잡화상 뒤쪽으로 강을 따라 좁은 골목길로 한 블록쯤 가다보면 작은 바가 나왔다. '아름다운 흑인 여자'라는 이름의, 음료수도 파는 클럽이었다. 낮에는 늘 닫혀 있었다. 아니, 좀더 정확히 말하자면 우리는 그곳이 열려 있는 것을 한 번도 본 적이 없었기 때문에 우리에게는 존재하지 않는 곳이나 다름없었다. 하지만 그 건물은 매력적이었다. 창고 비슷한 거친 목조 건물로 꽤 넓은 편이었다. 마치 바 뒤에는 피곤에 지친 목마른 남자가 아니라 짐승이 기다리고 있을 것 같았다. 물론 우리는 그곳이 안 좋은 곳이라는 소문을 몇 번 들은 적이 있었다. 하지만 영업시간이 그렇다 보니 가지 말라는 주의를 받지도 않았고, 그 근처에 가도 별로 야단맞지 않았다. 우리는 그곳을 신화처럼 생각하게 되었다. 신화는 무슨 신화! 올리베리오는 그곳에서 밤새 싸구려 와인을 마시다 취해, 돈을 주고 다정한 여인의 품을 샀던 것이다('아름다운 흑인 여자'가 여름 시즌을 위해 근처 도시에 있는 창녀 몇 명을 데리고 왔다는 걸 나중에 알게 되었다. 푸에블로에는 손님들이 이미 지겨워하는 늙은 창녀 두세 명밖에 없었다). 나는 간신히 오빠의 옷을 벗기고 이불을 덮어주었다. 그러고는 까치발로 부엌에 들어가 우유한 잔을 가지고 돌아와, 싫다고 투정하는 오빠에게 억지로 먹였다.

다음 날 아침, 나는 아침식사를 하러 식당에 나타난 오빠를 보고 깜짝 놀랐다. 지난밤의 모습은 흔적조차 없었던 것이다. 나는 오빠가 지닌 그 엄청난 에너지를 몸이 어떻게 감당해내는지 의아했다. 그리고 또 다른 명백한 진실 때문에 두렵기까지 했다. 오빠가 이런식으로 시치미를 떼고 거짓말을 잘하는 사람이었는지 의심스러웠던 것이다. 아무도, 심지어 오빠의 친구인 라울까지도 그가 밤에 몰래 빠져나간 걸 눈치채지 못했다. 오빠는 커피포트를 들다가 나와 눈이 마주치자 살짝 웃었다. 그게 고맙다고 표현하는 오빠 나름의 방식이리라 짐작했다.

그날 밤의 장면은 여름방학이 끝날 때까지 매일 새벽마다 성스럽게 반복되었다. 오빠의 옷과 머리카락에서 나는 냄새가 역겨웠다. 내가 수없이 치웠던 오빠의 토사물 역시 역겨웠다. 내가 바닥에서 부축해 들어올리는 이 혐오스러운 남자가 낮에 보는 그 남자와 동일인물이라는 것도 잊어버렸다. 오빠는 낮에는 자기 자신을 완벽하게 컨트롤했으며, 외모도 흠잡을 데 없었고, 행실도 발랐다. 심지어 훌륭한 청년이기까지 했다. 나는 오빠가 밤에 어떤 행동을 할까 두어 번 상상해보다가 얼른 그만두었다. 오빠의 몸이 다른 몸과 뒤섞이는 상상 하나만으로 다른 생각들은 아예 삼십육계 줄행랑을 쳐버렸다. 서글프고, 축 처지고, 푸석푸석하고, 누렇게 들뜬 육신을 돈 받고 파는 거친 여자들의 몸과 뒤섞이는 장면만으로도. 나는 아다가 눈치채지 못하도록, 괜히 아다의 질투심을 자극하지 않도록 각별히 신경 썼다. 올리베리오의 어두운 면은 내 마음속에 간직하고, 아다에게는 좋은 점만 보여주고 싶었다. 시詩는 모두 그녀를 위해 남겨두고 싶었다. 내게는 시가 필요 없었다.

오늘 나는 올리베리오를 생각한다. 불쌍한 우리 오빠. 동생인 나, 루스(어찌 됐든 오빠가 내 인생에서 유일한 남자였다)를 포함해 오빠 주변의 모든 여자들이 그를 본래의 그와는 거리가 먼 영웅으로 바꿔놓은 게 그의 잘못은 아니었다. 어쩌면 오빠는 그 역할에 우쭐해져 가능한 한 최선을 다해 그 역할을 소화해내려 했을 것이다. 하지만 반영웅적인 면을 가라앉히기 위해 얼마나 많은 고생을 했을까? 아다가 바라는 수준에 도달하기 위해 얼마나 진을 뺐을까? 가끔 나는 절대 확인할 수 없는 뭔가가 두려웠다. 올리베리오가 여자들의 마음 밖에서는 존재하지 않을까봐 걱정되었다. 어렸을 때, 어느 날 오빠가 자기가 좋아하는 영화를 보러 나를 데리고 극장에 간 적이 있었다. 〈조니 기타〉라는 영화로, 나중에 어른이 되어 다시 보았을 때는 다른 점들이 보였다. 주인공이 사랑한 사람은 조안 크래포드였다. 아, 미안, 비엔나였다. 뭐든지 그에게 선물할 수 있는 화끈하고 야심도 많고 엄격한 여자였다.(롤라가 완벽한 비엔나였다. 어떻게 올리베리오는 그 점을 보지 못했을까?) 서부에서 가장 빠른 총잡이인 조니는 야심이 부족했고, 그래서 다른 사람들의 모험에만 뛰어들었고, 그 때문에 곤혹을 치렀다.(이 영화에서 제일 재미있고 기억에 남는 장면은 두 여자가 갈등하는 부분이었는데, 서부영화에서는 좀처럼 보기 힘든 장면이었다. 심지어 여자들끼리 겨루는 마지막 결투 장면도 그랬다. 두 여자 중 그 누구도 정확히 말해 '착한' 여자는 아니었다. 그렇다고 그들이 덜 행복했나?) 5년 후 비엔나와 조니가 다시 만났을 때, 조니는 비엔나에게 예전 그대로라고 말했다. "당신을 살롱에서 만났었는데, 오늘 또 다른 살롱에서 만나는군." 그가 말했다. 그러자 비엔나가 그에게 대답했다. "다른 점이 있다면 이곳에서는 내가 주인이라는 거예요." 비엔나는 땅과 재산에 열광했다. 어디서 많이 듣던 내용이다 (우리가 잃어버린 땅 때문에 울자 올리베리오는 땅과는 상관없는 다른 미래를 제시했다). 사실 조니는 무슨 일을 해야 할지 몰랐고, 빈털터리가 되어 닥치는 대로 아무 일이나 하고 있었다. 비엔나의 눈에는 평범한 일이었다.(아다의 눈에 올리베리오도 그렇게 비칠까? 뉴욕과 변호사 사무실, 셜리와의 결혼이 그게 아니라면 뭐란 말인가?) 조니는 공허한 영혼을 지닌 영웅이었다. 어쩌면 자기 마음이 허전해서 남의 일에 열중하는 영웅의 공허한 성격이라고 하는 게 더 정확할 표현일 것이다. 금기시되는 점은 이러한 공허함을 명명할 수 없다는 것이다. 게다가 그 역할을 완벽하게 해낼 때는 더더욱 명명할 수 없다—뉴욕에서의 일과 셜리와의 결혼을 한번 더 말하겠다—. 그리고 그가 언젠가 그 역할을 내던지고 절망 속에서 끝날까봐 두렵다.

여름방학이 끝나 산티아고로 떠나기 하루 전날, 점심식사 후 우리 모두 갤러리에 누워 있었다. 꽃무늬 리넨 천을 뒤집어씌운 푹신하고 낡은 소파에 누워 있는데, 올리베리오가 나에게 체스 한 판 두자고 했다—그의 손에 담배가 들려 있던 기억이 난다—. 우리는 작은 테이블을 가운데 두고, 할아버지의 체스판을 가져와 서로 마주 보고 앉았다. 올리베리오가 상아로 만든 검정색과 하얀색 체스 말들을 배열하고 있는데 아다가 방으로 들어왔다. 그는 갑자기 동작을 멈추더니 고개를 돌려 그녀를 바라보았다. 우리도 그를 따라 했다. 그녀는 뼈 하나하나가 앙상하게 드러날 정도로 매우 말랐던 걸로 기억한다. 얼굴이 활짝 개었으며, 머리카락은 매우 짧았고 윤기가 흘렀다. 그녀는 평소와 다름없이 청바지와 검정색 남방을 입고 있었다. 꼭 남자 같다는 생각이 들었다.

"뭐 해?" 아다가 약간 졸린 듯한, 약간 붕 떠 있는 듯한 목소리로 물었다.

"너를 기다리고 있었어." 올리베리오가 매너 좋게 대답했다.

아다가 미소를 머금었고, 그녀 옆에서 니에베스와 롤라가 안도의 한숨을 내쉬었다.(그런 사소한 표정 하나로도 기분이 바뀔 정도였으니 분위기가 얼마나 팽팽했는지 알겠는가? 아다는 우리가 얼마나 긴장했는지 알기나 할까?) 그 즉시 공기가 바뀌었다. 약간 과장하자면 그 순간 파티 분위기였다고도 할 수 있다. 오늘 나는 그때 모두 거짓말을 하지는 않았는지 내 자신에게 물어본다. 그때 여자들이 모두 한꺼번에 말을 하기 시작했다. 아다는 롤라가 그리던 그림을 주목하고 이젤이 있는 곳으로 다가갔다. 니에베스는 롤라의 그림이 나날이 좋아지고 있다고 평했고, 라울은 그 결과물을 보여달라고 했다. 바로 그 순간, 나는 우리 오빠를 보았다. 그는 땅밑으로 꼭꼭 묻어놓은 듯했던 상릴하고노 애성 어린 시선을 띠고 만족스러운 표정을 짓고 있었다. 그 표정을 다시 볼 수 있을지 가끔 의심스럽다. 그때 내가 오빠에게 거의 속삭이듯 물었다. 그해 여름의 유일한 질문이었다.

"올리베리오, 왜 그래?"

그는 방심하고 있다가 나한테 들킨 것이었다. 오빠는 시간을 벌기 위해 얼굴을 잔뜩 찡그렸다. 그러더니 의자에서 일어나, 먼 옛날부터 갤러리 끝에 있던 할아버지의 책장으로 다가가 책 한 권을 골랐다. 다른 책들과 구별되어 거꾸로 꽂혀 있던 책이었다. 그는 몇 분 정도 책을 뒤적여 자기가 원하던 페이지를 찾은 후 내 옆으로 돌아와 책을 건네주었다.

"여기 답이 있어."

내가 책을 받아들고 첫 줄을 읽으려는데 아다의 목소리가 들려왔다.

"꼬마 루스가 뭘 읽고 있는 거야?"

"셰익스피어의 소네트." 올리베리오가 나를 대신해 서둘러 대답했다.

"루스, 크게 읽어봐. 우리 모두 들을 수 있게." 아다가 말했다.

나는 망설였다. 어떻게 해야 좋을지 확신이 서질 않았다. 시간을 좀 끌었던 게 분명했다. 내가 늘 수줍음을 타 그런 거라 짐작해 조급해진 아다가 내 손에서 책을 뺏어 자기가 읽겠다며 나섰다. 그녀가 목소리를 가다듬어 천천히, 또박또박 읽어내려갔다. 책을 읽을 줄 아는 사람답게 큰 소리로.

나는 우리 두 사람이 두 사람인 채 가야 한다고 솔직히 고백합니다.

우리의 보이지 않는 사랑이 하나일지라도.

나와 함께 남은 이 얼룩을 지고 가겠습니다.

당신의 도움 없이. 나 혼자 지고 가야 합니다.

이번에는 아다가 당황해했다. 어쩌면 나 혼자만이 그녀의 두 눈이 잠깐 흐려진 걸 눈치챘을 수도 있다. 아다는 곧 명랑한 척 서둘러 책을 덮었다.

"무지 기네. 점심식사 후에는 셰익스피어를 읽으면 안 돼. 너무 졸리거든……"

"하지만 아다," 롤라가 항의했다. "계속 읽어봐. 좋은데 뭘."

"36번 소네트야. 나중에 읽고 싶은 사람이 읽어."

반란을 일으킨 마사다의 자객들.

아다가 그 이야기를 읽고 나서 곧 우리에게 들려주었다.

"내 상상력의 고삐를 풀어주었어." 그녀가 관심을 가졌던 이유였다.

그러고는 아다가 우리에게 이야기를 들려주었다. 자객들은 반란을 일으킨 유대인 단체 소속이었다. 그들은 AD 70년 예루살렘의 멸망 이후 로마의 점령에 저항하기로 결의하고, 마사다 고원의 정상에 근거지를 마련했다. 사해 근처의 사막 한가운데 있는 곳으로, 헤롯 왕이 반란을 막기 위한 목적으로 만든 요새였다. 웬만해서는 쉽게 접근할 수 없는 곳으로, 성벽도 튼튼하고 거대했다. 전사와 여자, 아이들을 포함해 거의 천 명이 그곳에서 3년 동안 살면서 로마군을 물리칠 날만을 기다렸다. 일단 그 고원에 올라간 사람들은 다시는 밖으로 나오지 않았다. 그곳에서 나오는 게 물리적으로 어렵기도 했지만, 오랫동안 버틸 수 있는 생필품이 모두 그 안에 있었기 때문이다. 게다가 헤롯 왕은 요새가 포위될 경우를 대비해 바위 안에 일일이 손으로 동굴을 파도록 했고, 그 안에는 빗물을 받아 보관한 물 수백만 리터가 저장되어 있었다. 창고에는 곡물과 와인, 올리브유, 대추, 무화과와 다른 맛난 음식들이 저장되어 있었다. 그곳은 난공불락이라는 점뿐만 아니라 호화롭다는 점에서도 경이로운 요새였다. 바닥에는 모자이크가 깔려 있었고, 벽에는 그림이 그려져 있었고, 공간은 기가 막히게 배치되어 있었다.

"그곳은 방어용 요새로만 알려져왔어." 아다가 설명했다. "하지만 쾌락을 강조한 면이 더욱 두드러졌던 것 같아."

그러고는 덧붙였다.

"내가 흥미로워하는 것은 전쟁 이야기가 아니라 자급자족이 가능한 세계라는 점이야. 한 국가의 축소판이지. 외부의 것은 그 어느 것도 필요하지 않고, 원치도 않아. 세상과 격리되어 살 수 있도록 모든 게 다 있어. 그러니까 세상을 배제할 수 있다는 거지. 일상을 손으로 만들 수 있고. 자, 니에베스 언니, 바깥세상에 있는 것 중에서 뭘 요새로 가지고 갈 거야?"

"아무것도 없어." 니에베스가 대답했다. "뭐 하러 가져가? 그곳에 모두 있는데. 그리고 사람들이 나와 함께 있을 텐데……"

"바로 그거야!" 아다가 흥분해서 소리 질렀다. "우리가 푸에블로를 그 고원처럼 만들 수 있다고 상상해봐. 이타타 강을 사방으로 흐르게 하고, 여기에 우리만의 요새를 만드는 거지…… 세상은 존재하지 않을 거야. 우리한테는 세상이 필요 없을 테니. 우리가 행복해지기 위해 필요한 것은 모두 이 안에 있을 거야. 요새 안에 모든 소원이 보호를 받으며 들어 있을 거야."

"잠깐, 잠깐…… 반란자들이 어떤 기분일지 생각해봤어?" 롤라가 주의를 주려 했다.

"그들은 자신들이 하느님에게 선택받았다고, 진정한 유대인이라고 생각했어. 그들은 메시아의 강림을 기다렸지. 다시 말하자면 그들은 말세에 살고 있었어. 하지만 롤라, 이건 그들의 이야기가 아니라 우리 이야기야."

"좋아…… 하지만 계속 듣기 전에 적어도 그들이 어떻게 끝났는지는 알고 싶어. 그것만 말해줘."

"로마인들이 이겼어. 거대한 성은 불타버리고 모조리 파괴됐지."

"그럼 유대인들은?"

"자살했어."

"모두?"

"응, 모두. 집단자살이었지."

"그다지 건전한 이야기는 아닌걸!"

"바보. 중요한 건 그 이야기가 아니라 고원이야. 요새란 말이야. 경계를 말하는 거라고."

천사여, 그해 여름을 마지막으로 이야기할 수 있게 해주오. 내 기억은 내 마음대로 할 수 있는 권리가 있다고 하지 않았나?

푸에블로 주변을 흐르는 강에 뗏목이 하나 있었다. 두꺼운 나무 판자들을 묶어서 만든 조잡한 뗏목으로 줄에 매달아 레일처럼 움직이는 것이었다(레일이라는 말은 그냥 하는 말이다. 강 양쪽으로 내구성이 의심스러운 기둥에 줄을 묶어, 강 이쪽에서 저쪽 편으로 매달아 사용했다). 강을 건너 뗏목에서 내리면 반짝이는 빛처럼 작고 빨갛게 얼룩진 앵두나무들이 잔뜩 있었다. 착한 홍역에 걸린 크리스마스 나무로, 도냐 마누엘라의 농장에 있었다. 방학이 끝나갈 무렵이면 카실다 고모할머니는 산티아고에 있는 우리 부모님들에게 보낼 앵두 잼을 엄청나게 많이 만들었다. 푸에블로 집의 어두침침하고 큼직한 부엌에서 만든 잼은 정말 기가 막히게 맛있었다! 엄청난 열기와 장작, 수 킬로그램의 설탕이 필요했기 때문에 고모할머니는 앵두는 우리가 구해와야 한다는 조건을 달았다.

"아, 싫어! 그게 뭐야! 이제 우리는 그럴 나이가 아니잖아……" 고모할머니가 방을 나가자 롤라가 말했다.

"난 오늘 오후에 라울과 말 타고 나갈 생각인데." 니에베스가 양해를 구하며 말했다.

요약하자면, 앵두를 따러 간 사람은 나였다(엄마가 잼을 무척 좋아했다). 나는 큼지막한 바구니 두 개를 들고 출발했다. 딸기를 따러 갈 때 사용하는 바구니와 같은 것이었다. 나는 뗏목 위에 올라 이타타 강을 건너 도냐 마누엘라의 앵두를 구입했다. 집으로 돌아가려고 선창 역할을 하는 작고 허술한 기계 위에서 뗏목을 기다리다가 우연히 실비아와 마주쳤다. 그녀는 내가 오는 걸 보자 시선을 아래로 떨어뜨리고 몸을 숙여 신발 끈을 묶기 시작했다. 신발 끈은 이미 단단히 묶여 있었기 때문에 나를 모른 척하려는 게 분명했다. 나는 그 사건이 일어난 이후 실비아를 본 적이 없었다. 그 사건 이후 치료사의 집에 놀러간다는 말은 꺼내지도 못했다는 것은 굳이 말할 필요도 없을 것이다. 하지만 실비아는 자기 사촌의 미친 짓에 대해 아무 잘못이 없었다. 에우세비오가 한 짓을 왜 실비아한테 묻는단 말인가? 나는 평소 실비아를 대하듯 다정하게 다가갔다. 그 점이 푸에블로 사람들과 나의 다른 점이었다. 하지만 그녀는 신발에서 시선을 들지 않았다. 나는 그녀에게 말을 걸었다.

"어리석게 그러지 마, 루스 마르티네스. 어떻게 나한테 말을 걸 생각을 하는지 모르겠구나!"

"하지만 실비아……"

"나는 너랑 얘기하기도 싫고, 평생 너를 보고 싶지도 않아. 너와 네 빌어먹을 가족, 그 누구하고도."

"너무 과장하는 거 아니야? 언니하고 나는 그 일과는 아무 상관이 없잖아."

"뭐가 상관없다는 거야? 우리가 푸에블로를 떠나야 한다는 거 알아? 그 사실 알아? 말해봐!"

"몰랐어."

"자, 이제 알았지? 게다가 푸에블로 사람들은 아무도 우리에게 말을 걸지 않아. 너네 마음씨 좋은 고모할머니가 각별히 배려해서 우리 아빠 일자리도 뺏었고. 아빠가 해고됐단 말이야! 루스, 우리는 한 달 안에 떠나야 해."

그렇게 말하고는 실비아는 울음을 터뜨렸다. 나는 본능적으로 얼른 다가가 그녀를 보듬어주었다. 그녀가 한없이 나약하고 슬퍼 보였다.

"건드리지 마!"

그건 부탁이 아니라 울부짖음이었다. 물론 나는 깜짝 놀랐다. 실비아는 정신없이 뛰어갔다. 그녀는 뗏목도 잊어버리고, 강을 건너야 한다는 것도 잊어버렸다. 목장 쪽으로 사라질 때까지 그녀는 달리고 또 달렸다.

나는 앵두를 가지고 집으로 돌아왔고, 실비아를 만난 이야기는 아무한테도 하지 않았다. 그날 밤 나는 카실다 고모할머니와 이야기를 나눴다. 고모할머니가 진지한 대화를 좋아하지 않는다는 것은 다시 말할 필요도 없을 것이다. 그래서 나는 가능한 한 간단하게 말하려 했다.

"고모할머니, 치료사를 쫓아내지 마세요. 다시는 사촌을 초대하지 말라고 하세요. 그러면 되잖아요. 실비아는 이미 대학 공부를 시작했어요. 고모할머니는 친척이 미친 짓을 했다고 해서 그 때문에 젊은 여자의 학업까지 중단시킬 정도로 모진 분이세요? 고모할머니는 그런 죄책감을 짊어지고 살면서 편안히 주무실 수 있어요?"

"나는 그보다 더한 일들도 했다."

"고모할머니가 무슨 짓을 했는지는 저는 몰라요. 제가 참견할 일도 아니고요. 하지만 제 평생 고모할머니한테 부탁 한 번 드린 적 없어요. 잘 아시잖아요. 한 번도 하지 않았어요!"

"그건 맞는 말이다."

"지금 부탁드릴게요. 치료사가 일을 할 수 있도록 내버려두세요."

카실다 고모할머니는 약속을 지키는 여자였다. 떠나기 전, 나는 늙은 판차에게 실비아의 집으로 가서 내가 보냈다고 하면서 앵두잼을 한 병 갖다주라고 했다(늙은 판차의 딸인 크리스탈이 그 사실을 알고는 자기한테 잘해주는 롤라에게 달려갔고, 10분 후 롤라가 따지러 왔다. 왜 그랬니? 나는 대답했다. 그러고 싶으니까 그랬지. 그건 마음을 표하는 방법이야). 내가 정말로 확인하고 싶었던 것은 치료사가 여전히 푸에블로에 있느냐였다. 늙은 판차가 돌아와 내가 바라던 소식을 전해주었고, 나는 안심하고 떠났다.

안타깝게도 그 이야기는 거기서 끝나지 않았다.

군인들이 올리베리오를 체포하러 들이닥친 사건에 대해 푸에블로 집에서 들은 이야기와 올리베리오가 풀려나 자기 입으로 한 이야기를 수천 번 떠올려보았다. 그가 푸에블로에 도착했을 때, 치료사의 집에서 언뜻 실비아를 보았다. 그녀는 창가에 있다가 올리베리오가 오는 걸 보았다. 그후 그는 곧바로 체포되었다. 실비아가 입을 놀렸던 것이다. 실비아가 복수를 위해 에우세비오에게 연락을 했던 것이다. 내가 이런 생각을 수도 없이 했다는 것은 말할 필요도 없을 것이다. 그해 2월에 치료사와 그의 가족이 푸에블로를 떠났더라면 그때 일들이 그대로 일어났을까? 이제는 부질없다는 것을 안다. 죄책감 역시 부질없다는 것을. 하지만 그래도 나는 여전히 괴롭다. 내가 카실다 고모할머니한테 그런 부탁을 하지 않았더라면 어쩌면 집안이 망하는 것은 피할 수도 있었다. 그리고 고문(고문의 흔적이 평생 따라다닌다는 것을 우리는 잘 알고 있다. 그것은 끝없이 곪아터지는 상처와도 같다)과 올리베리오의 외국행, 아다의 망명, 우리 부족 모두의 종말은 피할 수도 있었다.

됐다. 이제 기억은 그다지 중요하지 않다.

연말쯤이면 나는 없을 것이다. 그래서 이상한 헛생각이 더욱 강렬하게 든다. 크리스마스. 신년. 끔찍한 날들이다. 이 땅의 가난한 사람들에게 그들이 얼마나 가난한지를 상기시켜주는 게 유일한 목적이다. 그리고 그 범주에 들지 않는다고 믿는 사람들에게 그 사실을 확인시켜주기 위한 날들이다. 방금 밀어닥친 가난을 모른 척한

단 말인가? 가난을 향해 치닫고 있다는 사실을 모른단 말인가? 이제 곧 연말이 오면 알게 될 것이다. 고아와 노인, 빈민, 병자, 이민자, 망명자들을 들춰내기 위해 만들어진 날들이다(그나마 망명이 견딜 만한 것은 집단적이기 때문이다. 많은 동포들이 현재 망명이라는 상황에 처해 있다. 모두 위협을 받고 있고, 모두 벌을 받고 있다). 고독을 강조하기 위해 만들어진 휴일이다. 우리 부모님은 우리가 크리스마스를 행복의 동의어로 느낄 수 있도록 노력했다. 남미에서는 크리스마스의 혼란에 끔찍한 더위까지 더해졌고, 나의 모든 기억은 고온에 시달렸다. 칠면조가 구워지는 오븐에서는 푹푹 찌는 열기가 올라왔고, 냄비에서는 물이 펄펄 끓었고, 얼굴에는 땀이 비 오듯 쏟아졌고, 머리카락은 모근부터 축축하게 젖어 있었다. 이 모든 게 그 유명한 크리스마스 만찬을 위해서였다. 사람들은 모두 더위와 바쁜 일정에 쫓겨 탈진한 상태로 만찬에 도착했다. 그들은 크리스마스트리 아래 선물을 갖다놓기 위해 미어터지는 가게에서 마지막 선물을 사야 했고, 가뜩이나 부족한 돈에서 많은 액수를 지출해야 했다. 결국에는 모든 게 혼란 그 자체라 사람들은 자기 선물도 제대로 알아보지 못하고, 고마워하지도 않았다. 우리도 30도가 넘는 무더위 속에서 헉헉거리는데, 두꺼운 옷을 껴입고 썰매까지 타고 온 신사에게 경의를 표한다는 것은 상상도 할 수 없는 일이었다.

내가 죽어가고 있는 동안 칠레 산티아고에서는 크리스마스 파티 준비가 한창일 것이다.

오늘 내 기력이 모두 쇠진했다. 그리고 나는 두려움에 질려 주시하고 있다. 내 삶은 꼬챙이처럼 메말랐다. 거기에는 의심의 여지가 없다. 바라는 것도 거의 없었고 노력도 충분하지 않았다. 떠나려고 보니 챙길 짐도 없었다. 최소한 사랑이라도 했더라면, 최소한 그거라도 했더라면. 죽음과 싸우다보니, 다른 사람들의 입을 빌려 말하는 게 훨씬 쉽다. 석녀. 나는 왜 이리 깡말랐을까?…… 뭐든지 하겠다…… 내 눈에서 가장 약한 곳을 바늘로라도 찌르겠다.

칠레 가수 비올레타 파라가 말했듯 육신이 죽으면 영혼도 굳어지는 법이다. 내 육신은 병들기 훨씬 오래전부터 죽어가기 시작했다. 나는 혼령, 까칠한 돌덩이, 여드름투성이가 되었다. 이런 육신은 아무도 좋아하지 않는다. 그리고 나는 이런 육신을 시장이나 로맨스를 사고 파는 곳에 내놓지 않았다. 나는 늘 속수무책인 수줍음에 휩싸여 아무런 노력도 기울이지 않았다. 아다라면 성욕보다 인간을 더 성적으로 만드는 것은 없다고 말했을 것이다. 그 방면에서 성공을 거둔 사람들은 소화불량에 걸린 것처럼 보였다. 하지만 그래도 그들은 여전히 껄떡거리며 다닌다. 그러나 인간이 성에 대한 굶주림을 드러낸다면, 욕망이 추구하는 것은 더 멀리 도망칠 것이다. 도덕적인 관념 때문에 그런 것은 아니다. 성욕이 추악해 보여서다. 그래서 나는 더욱 성욕을 감추며 안개 속으로 쫓아냈고, 그렇기에 내게 성욕은 더더욱 불필요했다. 내 육신을 나른하게 포기한 것은 순수한 포기였다.

언젠가 행복은 아주 희미한 흔적만을 남긴다는 글을 읽은 적이 있다. 장황하게 글로 옮겨 오랫동안 우리를 괴롭히는 것은 불행한 나날들이라고 했다. 나는 여기서 멈추고, 내가 지금 처한 이 순간을 미친 듯이 시시콜콜하게 적을 수도 있다. 텅 빈 벽에 기름때가 끼어 초록빛으로 번들거리는 이 방. 옆방에서 지저분하게 얼룩진 이불을 덮고 누워 흐느껴 우는 여자들—불행을 함께하는 나의 동반자들—의 한탄 소리. 숨 막혀 죽을 것 같은, 거의 존재하지도 않는 공기. 더러운 타구唾具. 신음 소리와 중얼거리는 소리의 공격. 나를 못생기고 성질 고약한 물고기로 만든, 살갗을 뒤덮은 비늘. 역겨운 입 냄새. 끔찍한 병에 시달리는 육신의 사지에서 묵직한 고통을 호소하는 뼈마디. 우리 중 그 누구에게도, 미리 앞당겨진 죽음을 맞고 있는 우리들 그 누구에게도 구원이란 없다. 구원은 불가능하다. 그 어느 것도 우리를 구원하지는 못할 것이다. 여기 이 땅에서는. 여기, 이 땅에서는.

맹추격해오는 새 한 마리가 내 뼈 위에 의기양양하게 앉아 있다. 반짝이는 깃털을 과시하며. 재난에 목말라하며. 나는 그 새를 흘낏 훔쳐본다. 혹시라도 움직일까봐 두려워하며. 그리고 나는 그 새에 연연하지 않기로 한다. 새가 들어가는지 나가는지 아예 무시하기로 한다.

그 누구보다 시커먼 피부를 가진 간호사가 들어왔다. 그녀가 들어옴으로써, 나의 유일한 동반자였던 두려움은 그 특권을 빼앗겼다. 나는 그녀의 말을 제대로 알아듣지 못했다. 내가 어디에 있는지 묻는 건가? 얼굴 위를 스치는 희미한 바람을 어루만지듯, 나는 푸에블로에 있다고 대답했다. 그 말을 내뱉는 순간, 모음만이 남고 자음은 사라져버렸다는 것을 깨달았다. 몇 시간째 소리를 내어 말하지 않았던 것이다. 간호사가 방을 나갔다. 왜 나갔는지는 잘 모르겠다.

그렇다. 나는 서류 밖에 존재하는, 이 세상에서 유일하게 손으로 만져지는 공간인 푸에블로에 있다.

나는 내 천사와 함께 삶에 마침표를 찍었다. 그리고 우리가 함께 떠나기 전에 나는 천사에게 대답해달라고 했다.

"질문이 뭔데?" 천사가 당연한 질문을 했다.

"착한 마음과 불행이 언제부터 동맹을 맺었지?"

4장

에이미

버릇없는 아이

1994년 9월, 카라카스

내가 원하는 식으로 그를 가질 수 없다면
가지고 싶지 않아.
—에이미(『작은아씨들』 26장)

　남자들은 영원한 철부지 같은 여자들을 좋아한다니까. 롤라가 샤
워 부스에서 나와 현재 묵고 있는 호화로운 오성 호텔의 대리석 바
닥에 발을 내딛으며 말했다. 롤라는 이런 호텔에 처음으로 묵게 되
었을 때 어리둥절했던 기분을 아련히 떠올리며 미소를 머금었다.
자신의 무의식이 어느 순간 자기를 찾아내 이렇게 말할 것 같았다.
어이, 여기서 뭐 해? 적어도 이런 곳에서는 거미를 찾느라 1센티미
터 간격으로 뒤지거나 침대 밑을 들춰볼 필요가 없다. 그게 그나마
안심이다. 가장 끔찍한 것이 숨어 있지나 않은지 여기저기 뒤지던
오랜 습관과도 이젠 안녕이다. 이제 거미가 아무 때나 불쑥 나타날
염려는 없다.

　롤라는 부드러운 흰색 타월을 감싸고 나와 조심스럽게 몸을 닦
은 다음, 옷장 문을 열었다. 모든 행동이 느긋했다. 롤라는 필요한

몸짓 하나하나를 느긋하게 시간을 갖고 하는 게 좋았다. 서두르느라 긴장하면 정신도 없고 힘도 빠졌다. 롤라는 일상의 모든 감정 중에서 조급함이 가장 싫었다. 그녀는 올리브색의 마麻 투피스 정장을 골라 침실로 가져왔다. 사이드 테이블 위에는 그녀가 여행 때마다 늘 가지고 다니는 작은 가죽 상자, 보석들의 집이 편히 휴식을 취하고 있었다. 롤라는 외출할 때마다 반드시 그 보석 액세서리를 달았다. 롤라는 보석을 고르고, 만지고, 자기 소유임을 확인하는 게 좋았다. 자신의 푸른 눈빛을 에메랄드의 초록빛이나 다이아몬드의 투명한 빛으로 휘감는 게 좋았다. 반지를 끼는 즉시, 다시 시작한다는 묵직한 느낌이 느껴졌다. 나는 오늘 멋지게 차려입어야 해. 그녀는 들릴락 말락 하는 텔레비전 소리를 들으면서 아주 예민하게 생각했다. 텔레비전에서는 스페인에서 어떤 망원경을 통해 은하수 한가운데 있는 블랙홀을 발견했다는 소식이 흘러나오고 있다. 잠시 후 그녀는 텔레비전 앞쪽으로 가서 잠시 멈춰 섰다. 비만에 대한 유엔의 설문조사 결과가 언급되면서 거리에 있는 사람들의 모습이 비춰졌다. 어느 거리나 가능하다. 마이애미나 멕시코 시티, 칠레 산티아고의 거리일 수도 있다. 다양한 인종과 피부색, 연령층, 각양각색의 모습을 지닌 여자들. 여자들만 나왔다. 그들에게 자석이라도 달린 듯 롤라는 그들을 뚫어져라 바라보았다. 롤라는 사람들의 외모를 분석할 때면 절로 흥이 났다. 롤라는 무심하지만 강렬한 시선으로 사람들을 바라보았다. 대중이든 소수든 상관없다. 그녀의 눈은 머리와 동시에 작동하면서 사람들을 구별했다. 그녀는 자기가 선입관을 가진 사람은 아니라고 생각한다. 그렇지만 냉정한 판단을 내리는 데 있어서는 상당히 재빨랐다. 싼 티 나기는. 어쩜 저렇게 촌스러울 수가. 정말 볼 게 없군. 어머, 뚱뚱한 것 좀 봐. 세상에, 맙소사. 저 흉측한 여자 좀 봐! 롤라는 아주 소소한 얘깃거리만 되어도 사람들의 못생긴 외모를 생각하며, 미의 부족이 인간을 결정짓는다고 놀라워하며 결론을 내렸다.

지루하고도 긴 미팅을 여러 번 거친 후 마침내 상대측과 합의에 이르렀다. 드디어 오늘 오전에 계약서에 서명을 하면 그녀가 동업자로 일하는 컨설팅 사무실에 어마어마한 이익이 돌아올 것이다. 지난밤에는 멋진 태국 음식점에서 베네수엘라 측 중요 협상자와 저녁식사를 했다. 롤라는 그 남자가 보인 프로답지 못한 행동을 떠올리며 경험이 많은 여자답게 여유로운 미소를 머금었다. 그 남자가 비록 하룻밤일지라도 자기를 정복하고 싶어하는 속내를 내비쳤던 것이다. 그 남자에게 있어 상대방은 늘 남자였기 때문에 상대측을 유혹하는 데 미숙했고, 그런 그에게는 도전이나 다름없었다. 정말 남자들은 우리 여자들이 영원히 철부지이길 바란다니까, 롤라는 또다시 말했다.

아침식사가 담긴 쟁반은 손길이 거의 닿지도 않은 채 침대 위에 놓여 있었다. 전에는 롤라의 아침이 쉽지만은 않았다. 그녀는 매일 아침 부어 터진 얼굴로 잠에서 깨어났고, 기분이 괜찮아질 때까지는 아무도 감히 말도 붙이지 못했다. 밤새 일한 고단함을 극복하는 게 너무 힘들었다. 롤라는 자기가 자기 자신의 주인임을 확인했으며, 갈수록 그 어려움을 잘 극복해내는 자신이 자랑스러웠다. 그녀에게 커피는 없어서는 안 되는 존재다. 하지만 몸매는 신경 써야 했다. 푹 퍼진 여자만큼 최악은 없다고 생각했다. 과거에 아름다웠다며 자신의 밑천이 영원할 거라 믿는 것만큼 최악은 없다고 생각했다. 상관없어—자신에게 당혹감을 안기는 모든 질문에 대한 롤라의 즉각적인 대답이었다—. 나이가 들면 들수록 나는 아름다움을 우아함으로 대신할 거야. 롤라는 옷을 입기 시작했다. 가벼운 마 재킷에 달린 단추 여섯 개를 하나하나 채우면서, 떠나기 전날 마트에 들렀을 때를 떠올렸다. 그녀는 정오에 사무실에서 나와—평소에는 절대 있을 수 없는 일이었다—알토 라스 콘데스 동네에 있는 대형 마트에 들어가다가 자기와 비슷한 연령에 비슷한 외모, 비슷한 자동차 상표, 비슷한 특징을 지닌 많은 여자들을 보았다. 하지만 롤라의 눈에 띈 한 가지 세부 사항이 그들과 자신을 근본적으로 구분지었다. 그 여자들은 청바지를 입고 있었다. 롤라는 가차없이, 숨기는 것 없이 그들을 바라보았다. 혐오감이 위를 타고 올라와 목구멍(롤라가 혐오하는 곳이다)에 자리를 잡았다. 이 여자들이 나처럼 오후 일곱시가 아니라 수요일 정오에 청바지를 입고 쇼핑 나올 시간이 있다는 것은 무슨 의미지?

롤라는 옷을 입은 후 시계를 쳐다보았다. 두 동업자와 로비에서 만나기로 한 시간까지는 아직 20분의 여유가 있다. 산티아고 집에 전화를 걸어 애들의 안부를 물어야 하지 않을까 하고 생각했다. 뭐하러?—혼잣말을 했다—크리스탈이 다 알아서 할 텐데. 아이들 목소리나 들을까? 롤라는 독백을 멈추고 전화기 쪽으로 걸어갔다. 호세 호아킨이 아직 학교에 가지 않았기를. 마리아 데 라 루스는 일주일 동안 아빠 집에서 지내기로 했기 때문에 그 아이한테는 전화하지 않는 게 나았다. 롤라는 건드리지도 않은 토스트 쟁반 옆에 놓인 조간신문을 들고, 칠레 산티아고의 전화번호를 누르면서 신문을 들춰보았다. 롤라는 사촌언니 아다와는 정반대로 한꺼번에 여러 가지 일을 할 수 있다. 롤라는 토스트 한 쪽을 먹기로 결심했다. 최후의 심판을 받을 때 주요 죄목들을 열거하라고 한다면 주저 없이 하나를 덧붙여야 할 것이다. 바로 식탐이다(니에베스 언니, 사형을 받는다면 마지막 식사로 뭘 달라고 할 거야? 제발, 나라면 그런 상황에서는 전혀 먹고 싶은 마음이 없을 것 같아! 없다고? 이상하네. 나라면 메뉴를 고르느라 마지막 날을 몽땅 날려버릴 텐데).

아쉽네. 호세 호아킨이 벌써 출발했구나…… 통화할 수 있을 거라고 생각했는데…… 응, 모두 잘 되고 있어. 오늘 계약서에 사인할 거야. 그래. 이미 말했듯이 내일 모레 도착이야. 마리아 데 라루스가 나보다 일찍 돌아와 있도록 신경 쓰고…… 지독히도 안 들리는군. 빌어먹을 전화…… 크리스탈, 거기 있어? 그래…… 전화 온 데 없고?…… 좋아, 좋은 소식이네…… 전화 온 거 모두 메모해놓는 거 잊지 말고…… 있잖아, 크리스탈, 나는 지금 내 방 창문을 내다보고 있어. 제일 높은 층에 묵고 있어서 옆 건물 지붕까지 모두 내다보여…… 지붕 위로 한 여자가 나타났다고 말한다면 믿겠어? 응. 끝 쪽으로 걸어가고 있어…… 꽤 이상하게 걷네…… 설마 뛰어내릴 생각은 아니겠지?…… 아, 크리스탈. 끝 쪽으로 점점 더 가까이 가고 있어…… 어떡하지? 안 돼. 창문을 열고 저 여자를 부를 수가 없어…… 열 수가 없는 거야. 통유리라…… 크리스탈. 전화 끊지 마. 세상에 맙소사. 너무 끔찍해!…… 여자가 아래쪽만 계속 바라보고 있어……

롤라는 수화기를 내려놓고 유리창을 두드리기 시작했다. 아무런 대답도 얻지 못했기 때문에 계속 필사적으로 두드렸다. 자기 소리를 듣는 사람이 아무도 없다는 건 알았다. 자기가 창문을 아무리 다급하게 두드려도 그 여자한테는 들리지 않는다는 것도, 그들 사이의 거리는 한 층 정도의 높이밖에 안 되지만 소리가 들리지 않는다는 것도 알았다. 녹음실에 있는 것처럼 그녀가 지르는 소리는 전혀 들리지 않았다. 주먹 쥔 손마디가 새하얘졌고, 머리는 바늘로 찌르는 듯했다. 끝이 뾰족한 바늘 수천 개가 동시에 찔러대며 딱딱한 헬멧처럼 머리를 빙 둘러싸 뒤덮은 기분이었다. 올리브색 마 정장은 망가졌고, 공포가 땀으로 뒤범벅되었다.

옆 건물의 여자가 낭떠러지와도 같은 건물 끝 쪽으로 왔다. 그녀가 갑자기 시선을 들어 호텔 꼭대기 층의 창문을 미친 듯이 두들겨대는 롤라의 모습을 발견했다. 그녀는 롤라를 응시했다. 그러고 나서 시선을 떨어뜨리고는 허공을 향해 뛰어내렸다.

니에베스 언니, 나한테 무슨 일이 생겼는지 알아? 나는 행복에 익숙해졌어. 어리석고도 고상한 행복에.

롤라는 2주 전, 그러니까 카라카스를 향해 떠나기 일주일 전에 그렇게 자신 있게 말했다. 그런데 지금 이 순간 그녀는 공포에 휩싸여 새 침대에 누워 있다 ─뒤쪽이 아니라 거리 쪽으로 창문이 난 방으로 바꿔달라고 요구했다─. 롤라는 한 점의 햇살도 스며들어오지 못하도록 넓은 스위트룸의 커튼을 모두 내렸다. 롤라는 고통의 문화와 친근하지 않았다. 기억력이 생긴 이후로 그 문화는 애써 피해왔다(푸에블로의 집에서 루스와 같이 자면서 한밤중에 나누던 대화는 절대 잊을 수 없다. 십자가에 매달린 예수처럼 싸움에져 노예가 된 남자의 리더십을 어떻게 믿을 수 있어? 싫어, 루스! 나는 그런 의심을 떨쳐버릴 수가 없어). 심한 충격을 이겨낼 힘은 행복이 얼마나 많이 축적되어 있느냐에 달려 있다는 것을 롤라는 경험상 잘 알고 있다. 오늘, 자신이 누린 행복한 순간들을 모두 꽉 움켜쥐고 싶었지만, 그 순간들이 요리조리 빠져나가고 흐릿하게 지워져 손으로 잡을 수가 없었다. 그녀는 아침에 호텔 창문 너머로 목격한 장면이 자신의 인생을 영영 망가뜨려놓았다고 굳게 믿었다. 새하얗게 질린 얼굴, 꼭 감은 두 눈, 얼어붙은 육신, 딱딱하게 경직된 근육, 시간도 죽음도 존재하지 않아, 그녀가 말했다. 그래, 시간이 뭔가를 꽉 움켜쥐고 있다면 존재할 수도 있어. 하지만 그렇지 않다면 존재하지 않아, 반복해서 말했다. 하지만 바로 그러한 확언조차도, 굳게 믿어왔던 그 확언조차도 오늘은 아무 느낌이 없었다.

나는 무엇 때문에 이 세상에 온 걸까? 나는 누구일까? 안 돼! 롤라, 안 돼! 그녀 혼자 서둘러 대답했다. 이런 질문은 살면서 딱 한 번만 하는 질문이야. 열여덟 살에. 그 이후로는 할 수도 없고, 해서도 안 되는 질문이야. 그런 질문을 할 거라면 차라리 강력한 진정제 한 알을 먹고 침대로 들어가. 롤라는 회의에 참석하지도 않았고, 그렇게 오랜 시간 공들였던 계약서에 사인하지도 않았다. 동료들은 그녀와 얘기조차 할 수 없었다. 그녀는 아무도 만나고 싶어하지 않았다. 호텔 지배인만 만났을 뿐이었다. 지배인은 롤라의 호출을 받고 올라와 그 여자가 누군지 설명해주었다. 이름은 이피헤니아 아우로라 메디나 바스케스. 마흔한 살, 결혼해서 자식이 둘 있는 가정주부. 그게 롤라가 들을 수 있었던 모든 정보였다. 나머지 그림은 그녀 혼자 상상하고 생각하고 추측하고 억지로 짜 맞춰야 했다. 노벨문학상 수상자인 여성 시인 가브리엘라 미스트랄의 시구처럼, '우리 여자들은 세상 전체의 여왕이 되고 싶어한다. 로살리아는 이피헤니아와 함께, 루실다는 솔레다드와 함께.'

그 여자의 모습 전체가 헝클어진 채 공허하면서도 어둡게 빛났다. 짙은 커피색의 헐렁한 재킷, 무릎 아래까지 내려오는 회색 치마, 비슷한 짙은 색상의 스타킹, 굽 낮은 신발, 짧은 머리. 그리고 두 눈…… 롤라는 그녀의 눈이 기억나지 않았다. 그녀의 머리카락처럼 커피색일 거라 추측했지만 거리가 멀어 제대로 구분이 되지 않았다. 이피헤니아 아우로라. 롤라는 그녀와 머리를 맞대고 쭈그리고 앉아 위로를 받고 싶었다. 흘려진 피는 나쁜 피야. 이피헤니아, 왜 그런 거야? 큰 목소리로 물었다. 오늘 아침에 식사는 차린 거야? 잠에서 깨어난 순간 마지막 아침이 될 거라는 걸 알고 있었어? 아이들과 헤어지면서 키스라도 해준 거야? 어젯밤 남편하고 같이 잤어? 잠자리에 들기 전에 저녁식사는 미리 해뒀어? 빨래는 했어? 산을 타는 사람처럼 집요하고도 끈질기게 일일이 일을 한 거야? 네 집안의 여자들처럼 어마어마한 인내심을 발휘해서? 롤라는 이런 절박한 순간에 자신의 감정 속에 꼭꼭 숨겨두었던 적대감이 밖으로 드러날까봐 두려웠고, 내부의 목소리를 어떻게 잠재워야 할지 몰랐다. 자기 마음속에서 오랜 세월 당당하게 자리를 지켜온 이성 대신 두려움과 의심이 자리를 잡아, 자기를 완전히 정복할까봐 두려웠다. 가끔은 인생이 지나치게 아름다워서 미美의 캐리커처처럼 보일 수도 있다는 사실을 잊으면 안 된다. 그녀에게는 자주 그렇게 보였지만 이피헤니아 아우로라 메디나 바스케스에게는 그렇지 않았다. 이피헤니아 아우로라는 계절의 변화만으로 세월의 흐름을 알았을 것이다. 왜 롤라는 그 여자의 인생이 무료함으로 낙인찍혔을 거라 상상했을까? 무료함이 아니라면 지나치게 힘든 현실일까? 어쩌면 어느 지점에선가 그 두 가지가 만났을 수도 있다.

자신이 잠겨 있는 어둠이 음침한 데다가 지나칠 정도로 견고해, 롤라는 자신이 살아온 모습과 색깔마저 잊어버렸다. 다시는 카라카스에 오지 않을 작정이다. 그곳이 그녀의 순수함을 앗아갔다. 히치콕이 새들의 순수함을 앗아간 것처럼. 혹은 사바토가 장님들의 순수함을 앗아간 것처럼.* 계약을 망치는 한이 있어도 절대 다시 오지 않을 작정이었다. 푸른 하늘 위로 밤색 얼룩이 졌다. 흉조를 알리는 새들이 카라카스의 하늘을 더럽혔다. 싫어, 다시는 돌아오지 않을 거야. 롤라는 자신의 영혼이, 그윽하고 현명하고 조심스러운 주의력이 분주히 움직이며 질문을 던지는 것을 느꼈다. 모든 질

---

* Ernesto Sabato(1911~). 아르헨티나 정치가이자 작가. 그의 소설은 주로 물질문명화 사회에서의 비인간화 과정을 그리고 있다. 그의 단편 「장님들에 대한 보고서 Informe sobre ciegos」는 그의 아들 마리오 사바토(Mario Sabato)에 의해 영화화되기도 하였다.

문을 했으면서도 계속 고집스럽게 질문을 던졌다. 그리고 그녀는 내리 잠만 자고 싶었다. 자신이 목격한 장면을 잊고 싶었고, 계속 살아갈 수 있도록 자신을 마비시키고 싶었다. 죽음은 차갑다. 죽음은 차갑다. 죽음은 차갑다.

　로스 카보스에 불어 닥친 허리케인. 공식적으로 발표될 당시 허리케인은 그곳, 멕시코 북쪽에 위치하고 있었다. 롤라가 아우로라 메디나를 만난 그날 아침에 느꼈던 이미지와 같다. 허리케인이 불어 닥칠 거라는 예고. 허리케인이 자신의 운명을 비켜나갈지, 아니면 작정하고 달려드는 미사일처럼 무섭게 달려들지 확실하게 알지 못했다. 그래서 기다렸다. 좀 기다렸다. 기상학에 정통한 사람들부터 모두 기다렸다. 햇빛이 점점 사라져갔다. 약간 어두워지면서 묘한 기분이 들었다. 약간만 그랬을 뿐이다. 아직 어두워지지는 않았다. 하늘이 조금씩 시커메졌다. 시간이 흐를수록 파도가 조금씩 높아졌다. 바다 먼 곳에서부터 파도가 점점 더 높아졌다. 모래를 때리는 파도가 물러가며 육지가 모습을 드러냈다. 바닷물로 뒤덮이기 전의 완벽하면서도 진정한 육지. 이 모습이 이미 근처 지역을 강타한 허리케인이 다가오고 있다는 징조인지, 아니면 묵시록적인 입성을 위해 마침내 허리케인이 몸소 자신의 길을 준비하고 있는 건지, 아무도 알지 못했기 때문에 두려움은 여전히 존재했다.

　롤라는 한계를 잘 몰랐다. 그녀에게 인생은 늘 무한대고, 바닥이 없는 우물과도 같았다. 죽음에 대해서는 놀랄 정도로 편하게 잊었고, 죽음의 출현은 절대 용납하지 않았다. 물론 죽음이 다가오고 있다는 것은 알았다. 어차피 피할 수 없는 거니까. 하지만 죽음이 언제 도착할지 정확히 모른다는 것만으로도 자유로웠으며, 그냥 달콤하게 잊어버렸다. 그녀의 머릿속에는 매듭이나 끝이라는 개념이 전혀 들어 있지 않았다. 롤라는 불멸의 존재였다. 불쌍한 롤라. 축복받은 롤라. 어떻게 안토니오 할아버지한테서 아무것도 배우지 못했을까? 삶의 허망함과 늘 가까이 도사리고 있는 죽음에 대한 할아버지의 장광설을 한 번도 들어보지 못했을까? 그의 경우처럼 죽음이 찾아오는 데 70년이 걸렸다 하더라도. 니에베스라면 이 말을 덧붙였을 것이다. 콜라, 정신 차려. 한세는 골목만 돌아가도 있고, 우리의 모든 행동은 일 분 일 초가 다 계산돼 있으니까. 어쩌면 이미 너한테 마지막으로 일어난 일이 있는데 네가 모를 수도 있어. 바다 위로 떠오르는 해를 몇 번이나 더 볼 수 있다고 생각해? 푸에블로에서 보냈던 마지막 여름을 몇 번이나 더 기억할 수 있을 것 같아? 네가 몇 명의 남자를 더 품에 안을 수 있을 것 같아?

애인이 그녀에게 '무지하게 운이 좋은 여자'라 말했던 날, 롤라는 사랑을 나눈 후의 은밀한 쾌락을 뿌리치며 묵고 있던 호텔 침대에서 일어나 샤워실로 향했다.

"무지하게 운이 좋다니! 지금 누리고 있는 이 삶을 위해 내가 마치 아무런 노력도 기울이지 않았다는 듯이 말이야. 내가 이 삶을 위해 일 분 일 초, 얼마나 고군분투했는데. 어떻게 감히 나한테 운이라고 말할 수 있는 거야?"

롤라는 미대를 포기하고 경제학과—훗날에는 커머셜 엔지니어

링이라 불렸다—에 등록한 날, 자기 삶에서 일어날 수 있는 좋은 일은 모두 자기 노력에 달려 있다는 것을 깨달았다. 운이나 우연과는 전혀 상관없이. 롤라는 학업을 중단해야 하는 게 가슴 아팠다. 연필과 붓은 이미 자신의 일부였다. 하지만 제재소의 파산으로 롤라는 자신의 인생과 일을 예술과 같은 허망한 뭔가에 쏟아 부어야 할지, 그 의미를 재보게 되었다. 많은 사람들에게는 같은 말처럼 들릴 수도 있지만, 그녀에게는 너무나도 상이한 두 개념이 그녀의 마음속을 비집고 나왔다. 일과 소명감. 일—직업—은 한계가 있지만, 예술—소명감—은 전부다. 일은 무에서부터 인정받을 수 있다. 재능을 모두 풀어헤칠 필요 없이 두어 가지만 인정받으면 된다. 하루 8시간 근무를 훌륭하게 잘해내면 된다. 건축가가 디자인해 외관과 면적을 결정하고 정확하게 선택한 훌륭한 건물처럼. 반면에 예술은 외관에서부터 삶과 하나가 되면서 모든 경계를 흐려놓는다. 요구하는 것도 엄청나게 많다. 전부를 주거나, 아예 아무것도 주지 말아야 한다. 롤라는 예술사에 관해 많이 읽어보았는데, 자신의 분야에서 그림자를 드리운 사람들은 모두 남자였다. 위대한 화가들은 모두 남자였다. 그래서 무한대로 그 일에만 전념할 수 있었다. 하지만 여자들은 늘 예외였다. 롤라는 가차 없이 자신을 분석한 후 말했다. 뭔가를 이루려면 엄청난 자질이 있어야 하는데, 나는 아니야.

한순간 그녀는 두 가지 상반된 개념을 저울 위에 올려놓아야 했다. 효율과 열정. 제재소의 파산으로 그녀는 그 개념들을 생각해봐야 했고, 첫번째 개념이 승리를 거머쥐었다. 하지만 롤라는 마음속

깊이 꼭꼭 숨겨둔 진실을 잘 알고 있었다. 진짜 이유는 가난에 대한 두려움이 아니라, 자신에게 충분한 자질이 없다는 두려움 때문이라는 것을. 그녀는 외형과 색상, 공간이 주는 무한한 쾌락을 계속해서 즐겼으며 그것으로 자신의 시선을 즐겁게 했다. 하지만 그 진수에는 절대 도달하지 못했다.

학창시절은 힘들었어. 아주 많이 힘들었지, 롤라는 힘주어 말했다. 나라는 역사를 통틀어 가장 어두운 독재에 처해 있었다. 사립학교로 전락한 대학교, 뿔뿔이 흩어진 가족들, 사라져버린 푸에블로의 집, 산티아고의 무더운 여름, 학교 수업 후 아르바이트를 하며 보내야 했던 겨울, 늦게까지 남아 공부하지 않아도 될 때면 지친 몸을 이끌고 집으로 돌아와 청소하고 음식을 준비해야 했던 밤. 롤라는 노는 걸 정말 좋아했지만 어쩔 수 없이 그건 뒤로 미뤄야 했다. 아무도 그녀를 그때로 되돌려줄 수 없다. 물론 그 시절에는 통금이 있어 밤늦게까지 파티에서 놀 수도 없었지만(칠레처럼 몇 년 동안 통행금지를 실시한 나라가 역사에서 또 있을까, 자신에게 물었다. 한번 알아봐야지. 그토록 오랜 세월 국민을 계속된 위기 상태로 몰아넣어 밤에 돌아다니지 못하도록 하고, 밖에서의 생활은 정상적인데 집에 몇 시까지 들어가야 한다는 스트레스에 시달리게 하는 정부는 또 없을 거라 확신했다). 가벼운 삶은 포기해야 했지. 롤라가 체념한 듯 말했다. 그러고 나서 그녀는 혼자 비밀스럽게 자신에게 물었다. 만일 제재소가 없어지지 않고 계속 있었더라면 지금의 나는 어떻게 되었을까? 그녀는 별다른 의욕 없이, 약간은 고통스럽게 대답했다. 성장하면서 상처 하나하나가 나한테 영향을 주었어. 그래도 그녀에게는 애인이 남아돌았다. 아주 어려서부터 그랬던 것처럼. 올리베리오는 그들을 '콘도르 떼'라 불렀다. 많은 제약이 있었지만 애인은 우글거렸다. 연애를 위한 빈 자리는 늘 있었다. 심지어 사랑에 빠지기도 했다.

그의 이름은 알폰소 몰리나였다. 그 역시 경제학도로, 대학 다닐 때 만났다. 그때 그는 국제통상 과목의 조교였다. 그리고 나중에는 같은 사무실에서 근무했다. 롤라가 인턴사원이었을 때 그는 이미 정식 직원으로 근무하고 있었다. 회사는 칠레 시장의 가능성을 타진하기 위해 새롭게 진출한 유럽 은행이었다. 롤라는 대학을 마치고 학위를 얻을 때까지는 결혼하지 않으려 했고, 당시 남자들은 여자들이 직업을 그다지 대수롭지 않게 여긴다고 생각했기 때문에 알폰소는 많이 놀라워했다. 결혼하기 위해 직업이 필요한 사람들은 남자들이었다. 알폰소는 계속해서 놀라워했다. 새 은행의 유럽인들이 롤라의 능력을 높이 사, 인턴 과정을 마친 그녀를 채용하려 했지만 그녀가 거절했던 것이다. 장차 남편이 될 사람과 절대 한 직장에서 근무하지 않겠다는 것이었다. 롤라는 그곳에서 배운 경험을 바탕으로 다른 은행에 채용되었고, 그렇게 화려한 경력이 시작되었다.

"그럼 롤라, 아기는 언제 가질 건데?"

"알폰소, 인내심을 가져. 나는 아이들을 깨끗하게 기르고 싶어. 지금 낳아서 기르면 내가 잃은 것을 아이들에게 요구하게 될 텐데, 그러고 싶지 않아."

(나는 니에베스 언니처럼 살고 싶지 않아. 아이들을 일찍 낳는

바람에 삶과 열정, 기회가 모두 달아나 언니의 진을 빼놓았어······ 아이들의 뺨에 순수하게 뽀뽀를 해줄 때 언니는 그런 생각을 할까?)

결혼 5년 만에 호세 호아킨이 태어났다. 롤라는 그녀보다 훨씬 오래전에 아이를 낳은 니에베스가 그 이름을 사용하지 않은 것이 만족스러웠다. 그녀는 일을 그만두었고, 바로 마리아 데 라 루스—가족들의 이름만을 붙였다—를 임신했다. 그러고 나서 3년이 지나 어느 정도 집안일을 했다는 생각이 들자 시장으로 돌아갔다. 롤라는 젊었으며 시장은 아무런 이의 없이 그녀에게 문을 활짝 열어주었다(롤라, 내 일을 그만두지 않아 나를 미워하는 거야? 응, 알폰소. 당신이 나에게 어떻게 보상해주는지 두고 보겠어).

롤라는 이 부분에 마침표를 찍어, 따로 떼어놓고 싶었다.

그녀는 다시 직장으로 돌아가 대출 파트에서 근무했다. 몇 달 지나지 않아 아주 재미있는 대출 건이 그녀에게 배당되었다. 동업자 몇 명이 수입 회사 창업 자금으로 대출을 신청한 건이었다. 롤라는 당연히 동업자와 연대보증인들의 개인 신상을 포함해 각 항목을 꼼꼼히 검토했다. 그러던 중 놀랍게도 절대 잊을 수 없는 이름 하나를 발견했다. 동업자 중 한 명의 이름이 바로 실비아 아스투디요였던 것이다. 그녀의 두번째 성은 소토였다. 롤라는 확실히 알아보기 위해 니에베스에게 전화를 걸었다. 어쩌면 니에베스가 실비아의 두번째 성을 기억하고 있을지도 몰랐다. 언니들은 늘 모든 것을 알고 있으니까. 그게 그녀의 바람이었다. 그리고 니에베스가 확실하게 확인해주었다. 응, 소토야. 롤라는 엄청나게 행복했다. 드디어 그녀가 내 수중으로 들어왔군.

실비아 아스투디요가 경영할 수입 회사의 미래는 복잡한 파일 서류에 담긴 채, 대출 파트의 책상 위에 올라와 특정 은행원, 즉 롤라가 매기는 점수에 달려 있었다. 올리베리오가 말한 것처럼 다른 사람도 아닌 바로 롤라였다. 롤라는 3일 동안 열심히 작업한 끝에 그 서류에 '대출 불가'라는 딱지를 붙일 수 있는 근거를 찾아냈다. 실비아와 그녀의 막강한 동업자들이 은행으로 달려와 대출 담당 직원이 착각한 거라며 담당 직원을 만나게 해달라고 청했다. 실비아는 담당 직원의 이름이 롤라라는 말을 듣자마자 거래 은행을 바꿔야 한다는 사실을 금세 깨달았다. 그래서 5분 전까지만 해도 급히 만나게 해달라고 매달리더니, 이제는 아예 말도 꺼내지 않았다. 롤라는 실비아가 그 다음으로 어느 은행에 대출 신청을 할지 잘 알았기 때문에 그 은행에서 그녀와 같은 업무를 담당하는 대학 동창에게 전화를 걸었다. 롤라가 말을 잘 둘러대는 바람에 그 담당 직원 역시 서둘러 대출을 거부했다. 그러고 나서 그 수입 회사에 대해 더는 아무 이야기도 듣지 못했다.

1년 후, 니에베스가 시내에 위치한 구청에서 줄을 서 있다가 실비아 아스투디요와 정면으로 맞닥뜨렸다. 그들은 서로 알아본 후 당혹스러워하며 아무 행동도 취하지 못한 채 잠시 물끄러미 바라만 보았다. 하지만 실비아가 훨씬 빨랐다. 그녀가 서 있던 줄을 떠나며 경멸 가득한 시선으로 니에베스를 쩨려본 후 단 한 문장을 내뱉었다. "너희는 빌어먹을 인간 패거리야."

몇 년이 흘러 직급이 점점 더 높이 올라가자 롤라는 회사를 그만두고 컨설턴트 회사를 차리기로 결심했다.

"내가 보기에는 위험해." 알폰소의 의견이었다. "당신이 칠레에서 그 항공사를 담당하기로 했잖아?"

"응. 하지만 그건 내 역량에 어울리지 않아…… 나는 더 많은 일을 할 수 있어. 그리고 위험에 관해서라면, 좋아. 위험이 없다면 어떤 일도 일어나지 않아…… 게다가 내가 좀 망한다 해도 당신 월급이 있잖아."

"내가 당신이라면 그런 건 그다지 기대하지 않을 거야."

롤라가 알폰소를 뚫어져라 바라보았다. 분노가 그녀의 눈을 스쳐 지나갔다. 푸른 눈, 엄하고 무자비한 눈이었다. 자제력을 잃으면 안 되었다. 그녀의 고함 소리가 폭풍을 알리는 서곡처럼, 처음 내리치는 번개처럼 효력을 발휘하던 때는 이미 지났다.

"그 말은 정확히 무슨 의미야?"

"정확히 말해 당신의 그 미친 짓 때문에 저축을 그만두고 싶지 않다는 이야기야. 당신은 돈 많은 여자야, 롤라. 당신이 모아놓은 돈을 쓰면 되잖아."

"돈이 많다는 건 상대적이야…… 내 월급은 많아. 하지만 그게 다야. 당신 월급보다 많다고 해서 내가 자동적으로 돈 많은 사람이 되는 건 아니야…… 하지만 어찌 됐든 생활비는 우리 둘이 같이 내잖아. 내가 잘못 안 거야?"

"수입에 따라……"

"그러면 당신이 내 이야기를 뒷받침해주네. 내가 독립하는 바람에 수입이 없어진다면 생활비는 당신이 내야지."

"그건 번 돈을 전부 모으지 못한 사람 이야기지. 자, 메릴린치 은행의 최근 거래 내역 좀 보여줘봐."

"사무실에 있어…… 문제는 그게 아니야, 알폰소. 내가 모아놓은 돈을 써도 상관없어. 문제는 수입이 줄어든다는 이유로 내 앞에 놓인 멋진 도전을 포기해야 하는 게 넌덜머리난다는 거야. 내 스스로 일할 수 있는 자유가 필요해. 뭐 하러 내 것도 아닌 직장에 내 능력을 갖다 바쳐야 하는데? 게다가 장기적으로 보면 돈도 많이 벌 수 있고……"

"그리고 세상 전체를 얕잡아 볼 수도 있고. 그렇지? 우선 나부터 말이야."

당시에는 별 의미를 부여하지 않고 그냥 지나쳤던, 차곡차곡 쌓여 있던 장면들이 갑자기 한순간에 떠올랐다. 남쪽 집 수리비는 당신이 내, 지금은 돈이 없어. 당신 월급이 올랐으니 브라질 여행 경비는 당신이 낼 거지? 아이들 등록금은 당신이 내는 게 낫겠어. 최소한의 명분이잖아. 집을 넓히고 싶으면 당신이 돈 내. 식당에 걸 벤마요르의 유화? 당신이 원하면 당신이 사. 알았어, 알폰소. 알았어. 내가 낼게. 내가 낼게. 내가 낼게. 왜 갈수록 점점 더 많은 비용을 그렇게 고분고분하게 냈을까? 그를 편하게 해주면서? 그 순간 롤라는 알폰소가 자신 때문에 10년 동안 불안 속에서 살았으며, 자신이 그런 그를 보호하고 있었다는 사실을 깨달았다. 돈은 그러한 불안감이 드러나는 통로에 불과했다.

물론 그가 결혼한 여자, 가난한 학생의 역할을 집어던지고 막 학위를 마친 젊은 커리어우먼은 성공한 경제전문가가 되었다. 그녀는 그들이 만난 작은 유럽 은행에 그를 남겨둔 채, 오래전에 그를 앞질러 이미 훌쩍 추월했다. 내 사랑, 자신이 잘나감으로써 남편의 직장 생활이 안겨주는 불안감을 줄일 수 있어 좋았다. 롤라가 가족들의 삶에 활력소를 안겨주었다. 자식들은 엄마를 더 좋아한다는 감정을 전혀 숨기지 않았다. 전화기가 울리면 늘 그녀에게 걸려오는 전화였다. 찾아오는 손님은 모두 그녀의 친구들이었다. 이제 그에게는 아무것도 남지 않았고, 천천히 아내에게 맞춰갔다. 그래야 애정을 유지하기 위한 노력을 덜 수 있었다. 사촌언니인 니에베스가 다른 사촌들보다 집안일을 잘했다. 집 인테리어와 구석구석까지 모두 그녀의 작품이었다. 집 바깥이나 안에서의 롤라의 지배력은 막강했다.

　(그냥 거저 얻어지는 건 아니야, 알폰소. 내가 화장하고 있을 때, 당신이 화장대 옆으로 와서 그날 아침에 내가 화장대에 붙여놓은 수많은 노란 종이들을 보고 놀란 적 있지?—왜 그렇게 놀라? 내가 매일 아침 그 종이들을 바꿔 붙이는 거 못 봤어? 그날그날 내가 처리해야 할 수천 가지 자질구레한 일들을 기억하려고 화장대에 그 종이들을 붙여놓는 거야. 내 일이나 근무 시간, 돈을 벌기 위한 노력과는 상관없는 일들을 위해서 말이야—'호세 호아킨에게 겉표지가 파란 플라스틱으로 된 공책을 사줄 것' '마리아 데 라 루스의 침대 이불 솜 넣어줄 것' '학교. 학부모회의 확인할 것'. 계속해볼까? '아다에게 답장할 것' '라켈에게 결혼 선물할 것' '도자기 자료 물어볼 것' '식당 전등 바꿀 것' '정원사에게 돈 줄 것' '테라스

의 쿠션 안감 댈 것'…… 당신은 그 노란 종이들을 일일이 읽어봤으면서도 아무 말도 하지 않았어. 하지만 당신은 대충 뭐 이렇게 생각했겠지. 당신 삶이 참 지겹겠구나, 라고 말야.)

"알폰소…… 전에는 당신도 내가 잘나가는 거 좋아했잖아. 내 능력을 과시하는 걸 좋아했잖아."

"이제는 아닌 것 같아…… 이제는 당신의 외모도 그다지 높이 사지 않아. 남자들이 당신을 쳐다보고 치근덕거리는 것도 지겨워. 롤라, 이제 와서 보니 당신은 내게 편한 여자가 아니야."

"양말이 쪼그라들었으면 바꾸면 되겠네." 이게 그녀의 대답이었다.

증오심은 이제 그녀의 목구멍까지 차 올라왔다.

그날 밤, 롤라가 단잠으로 빠져들려는데, 등 쪽으로 가까이 다가오는 알폰소의 손길이 느껴졌다. 롤라는 그 경로를 훤히 꿰뚫었다. 먼저 가슴을 만지고 다른 쪽 손을 사타구니 사이로 집어넣을 것이다. 늘 똑같았다. 그 순간, 사랑이 부적절하고 불편하다는 생각이 들었다. 유치한 시처럼 어울리지 않는 것 같았다. 결혼생활은 15년째로 접어들었고, 그녀의 바람은 자는 것뿐이었다. 이제 막 그녀를 찾아온 단잠 속으로 푹 빠져드는 것이었다. 방콕으로 놀러가는 꿈을 꾸고 싶었다. 촉촉한 실크를 휘감고, 길쭉하고 가벼운, 알록달록하고 우아한 배를 타고 은빛으로 빛나는 강 위를 거니는 꿈을 꾸고 싶었다. 섹스? 결혼 6년째로 접어들면서 섹스는 낡은 일상으로 변해버렸다.

그러고 나서 2주 후, 오스발도 골드버그를 만났다. 그녀가 담당하는 외국 항공사가 마련한 저녁식사 자리에서였다. 미리 예감이라도 한 듯 롤라는 정성껏 차려입었다. 내가 따라갈 거라고 기대하지 마. 알폰소가 이제는 아내에게 거침없이 거리감을 드러내며 말했다. 당신이 주인공인 식사 자리가 늘 지겨웠거든. 롤라는 그가 일반 상식과는 거리가 먼 멍청한 위인이라 생각하며 그를 바라보았다. 이제 그의 얼굴에는 두 가지 표정밖에 남지 않았으며, 자기 앞에 누가 있느냐에 따라 그 표정을 번갈아 짓는다고 생각했다. 그리고 그가 작아진 양말을 다시 신는다면 가만히 있지 않을 거라고 생각했다. 롤라는 남편이 자기를 따라오지 않겠다는 말에 큰 위안을 얻으며 이 모든 생각을 하고 있었다. 그녀 역시 남편이 생각하는 것 이상으로 지겨웠다. 아니면 권태가 서서히 자리를 잡은 걸까? 하루하루 시간이 흘러 몇 달이 지나고 몇 년이 지나면서? 그러다가 갑자기 모두 한꺼번에 머리 위로 쏟아져내려, 하룻밤 자고 나니 불현듯 지겹다는 생각이 든 것일까? 이제는 싸우거나 저항할 힘도 없이? 무기력해. 롤라는 혐오감이라는 깨끗하지 못한 그림자가 서서히 자신을 침범해오는 것을 느꼈다. 혐오감은 조용히 다가왔다. 하지만 그녀는 그 발자국 소리를 듣지 못했다. 듣지 못하는 것도 하나의 옵션이겠지, 그녀가 시니컬하게 말했다. 자신의 미모를 돋보이게 하는 데 전문가라 할 수 있는 롤라는 화장대 거울 앞에서 화장을 하면서 문득 이런 생각을 했다. 그 느낌 역시 예감과도 같았다. 쾌락 대 행복. 행복이 나를 거부한다면 무슨 수를 써서라도 인생에서 쾌락을 찾아낼 거야. 쾌락이 순간적이고 행복이 전략적이라도 말이야. 그녀는 거울을 바라보며 물끄러미 자신을 관찰했다. 검정 실크 드레스의 주름을 부드럽게 매만진 후 모성애 비슷한 감정에 휩싸여 미소를 머금었다. 상당히 원초적인 감정이었다. 그러고는 저녁식사를 하러 출발했다.

약속 장소인 우아한 레스토랑의 원탁에 여섯 사람이 앉아 그녀를 기다리고 있었다. 롤라의 시선은 그 중에서 유일하게 안면이 없는 한 남자에게 멈췄다. 잘생겼는걸, 믿을 수 없을 정도로 잘생겼어! 그녀는 곧 그가 항공사의 아르헨티나 담당자라는 것을 알게 되었다. 안데스 산맥 너머에서 그녀와 같은 업무를 맡고 있었다. 아르헨티나 남자? 그러니 멋있지…… 롤라는 부에노스아이레스에서 가장 번화한 거리인 플로리다 거리의 한 카페에 앉아 남자들을 구경한 적이 있었다. 모두 한결같이 잘생겼다. 칠레 남성 동포들과 비교하면 눈부시기까지 했다. 롤라는 놀랄 정도로 기분이 좋아져, 그에게서 눈길을 떼지 못했다. 그의 행동은 거침없고 자신감 넘치면서도 우아하기까지 했다. 눈이 꼭 아몬드 같았다. 부드러운 갈색 눈이 안개에 뒤덮여, 난공불락의 그림자를 드리우는 듯했다. 완벽하게 떨어지는 검은 정장의 라인은 두말할 것도 없었다. 막 애피타이저를 들고 있는데, 옆 자리 2인용 테이블에 혼자 앉아 있던 어떤 부인이 정신을 잃으면서 식탁 위로 고개를 떨어뜨렸다. 롤라가 얼른 일어나 그녀에게 다가갔고, 오스발도 골드버그도 그녀를 따라 일어섰다.

"심각한 건 아니에요. 좀 과하게 마신 것 같군요." 그가 말했다.

"하지만 누군가에게 데리러 오라고 연락해야 해요. 불쌍한 여자 같으니."

"누구한테 연락하죠?"

"전 남편이든지 뭐……"

"만일 전 남편이 없다면?"

"모두 어딘가에 전 남편이 한 명씩은 있어요……"

오스발도 골드버그가 기분 좋게 웃었고, 그의 웃음은 강렬한 아픔이 되어 롤라의 가슴속으로 파고들어왔다. 치아가 완벽했다. 지배인이 와서 옆 자리의 부인을 맡자, 그는 시간을 낭비하지 않았다.

"그럼 당신은? 남편 혹은 전 남편이 있나요?"

"남편이요." 그녀는 '안타깝게도'라는 말을 덧붙이지 않으려고 혀를 깨물어야 했다.

물론 그 역시 유부남이었다.

그리고 그들은 당연히 호텔 방에서 끝을 보았다. 마포초 강가에 있는 쉐라톤 호텔이었다. 그들은 밤을 보내고 밖으로 나왔다. 푸른 빛 수천 톤이 그들의 눈 위로 쏟아져내렸다. 실체가 없는 공기 중의 뭔가가 롤라를 뒤덮었다. 그 순간 이후에는 부딪혀 깨지는 소리만이 유일하게 들려왔다. 그녀의 몸에, 그녀의 모든 이성에 부딪혀 깨지는 소리였다.

오스발도와의 만남이 그녀의 일상을 전후좌우로 갈라놓기라도 한 듯 롤라는 과감하게 결정을 내렸다. 은행 지점장 자리를 포기하고, 그녀가 자본금의 51퍼센트를 출자해 자기보다 젊은 통상 전문가들과 함께 새로운 컨설턴트 회사를 차린 것이다. 그리고 남편과의 별거를 결심했다.

(올리베리오와의 통화 내용. 산티아고-뉴욕.

"오빠도 별거하려고? 근데 올리베리오, 우리한테 무슨 일이 생긴 거야?"

"일종의 주기 같은 거야, 롤라. 그걸 실패라고 생각하지는 말자. 네가 알폰소와 산 게 가치 있는 시간이었다는 사실은 절대 의심하지 마라. 셜리와 나도 마찬가지고."

"이러고 나면 삶이 무슨 의미지? 정말 모르겠어. 믿어줘."

"나도 모르겠어…… 하지만 이기고 지는 문제는 아닌 것 같아.)

별거 이후 오스발도와 그녀의 상황은 예전 같지 않았다. 그는 유부남이고 그녀는 자유였다. 그 상황이 지독하게 천박한 것인 양 롤라를 거세게 뒤흔들었다. 별거녀/유부남/숨어서 하는 로맨스/뻔한 이야기. 그녀의 머리 색깔까지도 통념을 뒷받침해주는 것 같았다. 대개 바람을 피우는 여자들은 금발이었다. 그리고 그녀처럼 몸매도 S라인이었다. 마흔에서 살짝 모자라는 나이가 확실하게 매듭을 지어주었다. 좋아, 롤라는 인상을 잔뜩 찡그린 채 위태로운 표정으로 거울을 바라보며 생각에 잠겼다. 이젠 내가 백합이 아니라는 사실을 인정해야지.

롤라는 점점 더 자주 부에노스아이레스로 여행했다. 일단 롤라가 그곳에 도착하면 그들은 호텔 방에서 나오지 않았다. 오스발도는 누군가가 자신들을 알아볼 수도 있다는 생각에 부들부들 떨었다. 그래서 롤라는 다른 여자처럼 행동하는 자신이 더욱 싫어졌다. 자기가 그런 역할을 하게 되리라고는 꿈에도 생각하지 못했고, 너무 힘들었다. 정말 많이 힘들었다. 그 생각만으로도 수치심이 들었다. 비밀리에 만나야 하는 게 기분도 나빴고 멋있게 보이지도 않았다. 어찌 됐든 사람들 앞에 내세우지도 못할 이야기에 무슨 가치를 부여한단 말인가? 롤라에게는 비밀이 거의 없었다. 일반적으로 그녀는 개방된 평범한 삶을 살았다. 털어놓지 않은 성공도 거의 없었다. 증인이 없으면 마치 그 일이 존재조차 하지 않는 것 같은 기분이었다. 남들에게 보여주지 못하면, 빛을 잃고 현실에서 자리 잡을 수 있는 무게감이 부족한 것 같았다. 물론 자신의 삶이니만큼, 운이 좋은 사람의 삶이니만큼 '목격하다'와 '자랑하다'라는 동사가 혼동되기 시작했다. 그 두 가지는 전혀 연관이 없는 단어로, 그녀의 무의식 속에서만 연결되었다. 성공을 확실하게 하기 위해(자랑하다) 사람들의 시선이 그들 위로 와서 머무는(목격하다) 과정이 필요했다.

니에베스가 보기에 그 부분은 롤라의 성격 중 감동적일 정도로 순수한 부분이었다.

니에베스는 한 달에 한 번 바르셀로나에 있는 아다에게 편지를 썼다.

그 멋진 아르헨티나 남자가 뭘 했는지 얘기해줄게. 그가 우리 롤라를 옛날의 롤라로, 젊었을 때의 롤라로 되돌려주었어. 그것만으로도 그가 우리에게 큰 은혜를 베풀어준 거지. 롤라는 애인의 역할을 끔찍이 싫어하지만 그래도 알폰소와 헤어진 건 잘한 거야. 미친 듯한 그 뜨거운 열정과 상관없이 나도 그렇게 할 수 있을지 내 스스로에게 물어본단다. 아다, 너도 잘 알잖니. 작은 동기라도 있으면 늘 도움이 된다는 것을…… 결혼생활 말년에 롤라와 알폰소는 아침식사와 저녁식사 때만 대화를 나눴어. 그것도 롤라가 일찍 들어와야 가능한 거였고.(둘 다 절대 집에서 점심을 먹지 않더라. 정말 부럽더군!) 음식을 씹으면서 목소리라도 듣기 위해 롤라는 차려진 음식이 괜찮은지 알폰소에게 물었대(물론 크리스탈이 요리한 음식이지). 지금 먹고 있잖아. 안 그래? 그게 전부였단다. 그러면 롤라는 목이 잠기면서 전 세상을 향해 약간의 증오를 느끼기 시작했지. 그녀는 천천히, 집요하게, 마음속으로 대화 상대자를 파괴하기 시작했어. 물론 그의 약점을 모두 이용하면서 말이야. 이런 말 없는 증오가 그녀의 눈길에서도 드러나기 시작했단다. 정말이야. 롤라에게서 삶의 경험이 부족한 늙은 여자의 눈길이 느껴졌어. 아무런 희망도 없는 단절된 눈빛 말이야. 애정은 그녀의 몸에서 아주 작은 공간만을 차지했어. 쇄골에서 턱까지만. 그러니까 딱 목 길이만큼이었던 거지. 적은 거지? 그렇지? 아다, 롤라가 몇몇 사람과 자기 자식, 부모, 사촌들한테는 애정을 가지고 있지만, 그 외에는 거의 아무한테도 애정이 없다는 거 잘 알지? 재미있는 것은 사랑하는 사람들이 몇 안 되기 때문에 그들은 진심으로 사랑한다는 거야. 확실하게 아낌없이 말이야. 나처럼은 아니야. 나는 모든 사람들을 다 사랑하지만 제대로 사랑하지 못하잖아. 그래, 중요한 것은 그런 나쁜 시기는 이제 지나갔고, 롤라의 눈빛이 깨끗해졌다는 거야. 이제는 예전의 롤라로 돌아왔으니까. 지금은 시니컬한 면을 감추지 않고 이렇게 말해. 여자의 정신 건강을 위해서는 살면서 한순간은 남편과 자식 두어 명은 있어야 한다고. 그러고 나야 훨훨 날 수 있다고.

추신. 아르헨티나 남자가 아내를 버릴 생각이 없대. 로망스도 얼마 가지 못할 것 같은 느낌이야.

니에베스의 오판이었다. 어쩌면 니에베스는 롤라가 이 세상에 도착해 두 눈을 뜬 순간부터 그녀를 지켜주며 그녀의 기도 하나하나를 일일이 들어준 그 별을 잊었을 수도 있다. 롤라의 주변을 계속해서 꾸준히 맴도는 행운의 바퀴는 절대 그녀를 버리지 않았고, 롤라도 그 사실을 알고 있었다.

롤라는 운동으로 스트레스를 풀고, 진정제가 필요하다고 생각하면 진정제를 먹으면서 조바심을 조절해 전형적인 불균형 상태를 극복했다. 나이 든 여자들은 사랑에 매달려 늘 약자처럼 굴지만, 롤라는 그러지 않았다. 그리고 자기 마음이 한 사람과의 관계에만 전적으로 매달릴 정도로 공허하지 않다는 사실도 만족스럽게 확인했다. 그러자 오스발도가 이혼하겠다고, 그녀와 결혼하겠다고 나섰다. 롤라를 돌보는 게 이 세상에서 유일한 그의 야심이라고 말했고, 롤라도 그 말을 믿었다. 그녀는 사람들이 자기를 돌봐주는 것을 당연하게 여겼다. 누가 그걸 거부하겠는가? 알폰소는 롤라가 다른 사람의 보살핌을 필요로 하지 않는다고 생각할 때까지 정성껏 그녀를 돌봤다. 심지어 아들 호세 호아킨까지도 그녀를 돌봤다. 그러니 마찬가지로 오스발도를 원하지 않을 이유가 없었다.

"카라카스에서 생각해볼게요. 그 며칠 동안 생각 좀 해보겠어요." 그게 그녀의 대답이었다.

80년대는 내 세상이었어. 내 야심을 뒷받침해주었지. 나의 엄청난 식욕이 진정되었거든. 오늘날에는 맹목적인 굶주림이라고 말할 수 있지. 90년대는 무엇이 두려울 정도로 엄청난 속도를 갖고 기다리고 있을지 내 자신에게 물어보았어. 얼마 전 롤라가 아다에게 쓴 편지 내용이었다. 어제까지, 이피헤니아 메디나를 만나기 전까지는 두 번 생각할 것도 없이 이렇게 대답했을 것이다. 순전히 좋은 일들만 있을 거야. 자기 이름이 일간지 타이틀에 실릴 거라 기대했던 젊었을 때의 꿈은 이제 꾸지 않았다. '갓난아기를 명백한 죽음에서 구해낸 롤라 마르티네스' 또는 '올해의 여성상은 경제전문가인 롤라 마르티네스가 수상했다'와 같은 꿈은 이제 꾸지 않았다. 제재소와 푸에블로의 집을 되찾을 거라는 환상도 갖지 않았다. 필요하다면 사촌들을 속여가면서까지 한때 자신이 사랑했던 모든 것의 주인이 되고자 했던 꿈도 꾸지 않았다. 어쩌면 내가 좀 진정됐는지도 몰라―롤라는 카라카스를 향해 날아가면서 생각했다―. 아마 이런 걸 보고 철든다고 하는 걸 거야. 그녀는 자기가 성장한 문화와 교육의 희생자로서 사춘기 때의 유일한 자살 동기는 처녀성을 잃거나 임신했을 때뿐이라 생각했다(아레키파의 수녀를 본받아야 해. 스스로에게 말했다. 자살 대신 대리모를 찾아야 해. 어쩌면 마음씨 착한 루스가 대리모를 하겠다고 나설지도 몰라). 카라카스 행 비행기에 올랐을 때 누군가 그녀에게 자살에 대해 물었다면 이렇게 되물었을 것이다. 그게 뭐예요? 그러고는 지금 이곳에서, 호텔에서 가장 멋진 스위트룸에서 짐을 싸고 있다. 이피헤니아 아우로라 메디나를 생각하면서, 그곳을 떠날 시간을 세면서. 오스발도 골드버그가 생각나지도 않았고, 그의 위로를 받으려고 전화를 걸지도 않았다는 게 의아했다. 그 순간 오스발도는 남아돌았다. 그녀가 사는 도시와 자식들, 집, 일도 거의 모두 남아돌았다. 간단히 말하면 그녀의 현실 자체가 남아돌았다.

롤라는 자신이 계속 살아가기 위해서는 일상적인 행동, 가정적인 행동이 필요하다는 생각을 많이 했다. 그런데 경험이 아닌 본능이 그녀에게 등을 돌렸다. 롤라는 산티아고의 집으로, 사무실로, 근무 시간까지 가세된 무미건조한 숫자들로, 자식들에게로, 세심하게 시중드는 크리스탈에게로 돌아갈 자신이 전혀 없었다. 롤라는 분석해보았다. 낮 시간에 집중적으로 상상만 하다보면—이피헤니아 아우로라 메디나는 누구였을까? 왜 죽었을까?—어쩔 수 없이 그 상상은 미리 정해진 순서에 따라, 하루의 정확한 일과에 따라 채워질 수밖에 없다. 기하학처럼. 성스러운 의식처럼. 매일 아침 일어나 밥을 먹고, 잠자리에 들고. 최대로 엄격하게 적용되는 일상이 펼쳐질 수밖에 없다. 그리고 며칠 만에 처음으로 아다가 생각나면서 작가들이 이렇겠구나 하는 생각이 들었다. 그것만이 거짓으로 이뤄진 세상에서, 상상으로 이뤄진 이상한 세상에서 작가

들을 지켜줄 것 같았다. 상상의 세계에서는 그 세상의 굴곡도 모르고, 어디로 끌려가는지도 전혀 알지 못했다. 자신을 끝장낼 수 있는 섬뜩한 바닥으로 데리고 갈 수도 있다. 롤라는 자신이 그런 일과와, 픽션과 비겼다는 새로운 느낌이 들어 놀라웠다. 하지만 구원받을 수 있는 일상의 뒤로 숨고 싶지는 않았다. 아니다, 칠레로는 돌아가지 않을 것이다. 이피헤니아 아우로라 메디나가 자기에게 명령을 내리는 것 같았다.

롤라, 뭘 원하는 거야? 어디로 가고 싶은데?

방금 목욕을 마친 빛나는 망아지에게로.

물론, 푸에블로로.

롤라는 너무나도 많은 것을 간절히 바랐다. 옥타비오 할아버지가 자기 목구멍을 검사해 전혀 쓸모가 없는 물약을 처방해주기를, 안토니오 할아버지가 이제 곧 죽을 테니 먹을 필요가 없다고 말해주기를, 펠리페 할아버지가 손에 유화 물감을 잔뜩 묻힌 채 나타나 두레로의 그림을 보여주기를, 카실다 고모할머니가 복도 끝에 있는 작업실에서 비밀 이야기를 털어놔주기를 바랐다. 그 유명한 편지들을 발견했을 때처럼. 그리고 아다와 올리베리오가 담배를 피우러 몰래 숨는 장소를 늙은 판차가 자기에게 살짝 일러주기를, 크리스탈이 꿀에 절여 튀긴 치즈를 침대로 갖다주기를, 기도문을 외우지도 않고 낮에 착하게 굴지 않았다고 밤에 루스가 부드럽게 야단쳐주기를, 니에베스가 자기를 꼭 껴안고 자기가 이 세상에서 가장 예쁜 아이라고, 자기 눈은 푸른빛이 아니라 엘리자베스 테일러처럼 보랏빛이라고 재차 확인시켜주기를 바랐다.

롤라는 인간이 과거를 극복했음을 보여주는 딱 하나의 징후를 생각해보았다. 과거가 아프지 않아야 했다. 그녀의 삶은 순탄했는데 왜 아직까지도 상처가 아픈 걸까? 어떡해야 상처가 아문단 말인가? 어떡해야? 무언가를 절박하게 움켜쥐어야 하는 건가?

나는 그곳에서부터 왔어—롤라가 자신에게 말했다—. 과거는 내가 유일하게 거쳐온 길이야. 그리고 내가 이 세상에 있다고 믿는 것은 허상에 불과해. 소유물을 만들어가는 거야. 마사다 고원. 자족할 수 있는 세상. 아다의 바람.

아다. 우리가 소설의 여주인공들이었다면—롤라가 생각했다—틀림없이 아다는 드라마틱한 인물을 맡았을 거야. 그래서 그녀가 식구들에게 더더욱 중요했던 거고. 롤라가 아다를 마지막으로 만난 건 마드리드에서였다. 롤라는 이틀 정도 세미나에 참석한 후 주말에 그곳에 남아 자기가 묵고 있는 리츠 호텔로 아다를 불렀다. 첫눈에 봐도 현대적이고 멋진 여자가 도착했다. 롤라의 차림새와는 전혀 다른 모습이었다. 아다는 꽤 야윈 편이었다. 어렸을 때 앙상했던 뼈마디가 나이 들면서 더욱 두드러져 보였다. 옷은 정말 심플했다. 바지와 스웨터, 모두 검정색으로 보석 하나 달지 않았고, 화장기 하나 없었고, 머리는 숏 커트였다. 하지만 옛날과는 달리 좋은 미장원에서 자른 듯한 머리였다. 롤라는 자기 옆에 루벤스의 여인이 있다는 느낌을 떨쳐버릴 수 없었다. 아다의 모습과 바르셀로나라는 도시의 삶, 출판사 일, 독신 생활, 완벽한 독립이 롤라에게는 모두 현대적인 여성의 모습으로 비쳐졌다. 낭만주의의 그림자 하나 없이. 그래서 롤라는 아다에게 이런 질문을 던지면서 아픈 곳을 더 아프게 후벼 팠다. 스스로는 여전히 19세기 여주인공이라 믿으면서 정확히 그 반대로 사는 건 대체 무슨 모순이냐고 물었던 것이다. 내가 푹 빠져 사는 멜로드라마 때문이겠지. 아다가 대답했다. 아다는 아이러니가 가득 담긴 미소를 머금었다. 그들은 레티로 공원을 거닐고 있었고, 막 오후가 시작된 때였다. 롤라는 그 대답에 만족하지 않고 더욱 아다를 자극했다. 하지만 롤라는 그녀의 대답을 듣고 더욱 서글퍼졌을 뿐이었다. 롤라, 내 지옥이 뭔지 알아? 마담 보바리 식으로 너무 19세기적이라는 거야. 꿈에서 그린 픽션들이 현실에서는 모두 거짓일 뿐인데, 늘 그 픽션들과 함께 살아야 한다는 거야. 거짓을 입증하지도 못한 채, 그 거짓을 절대 박살내지도 못한 채, 확실한 경계처럼 그 거짓을 모든 면에서 인정하면서 말이야.

그때 롤라는 아다와 함께 많은 이야기를 나눴다. 즐겁게 옛날이야기도 했고, 정치 분석과 인물 분석, 심리 분석 등 갖가지 종류의 분석을 하며 깔깔거리고 웃으며 얘기했다(울음보다 전염성이 강한 단 하나는 웃음이다. 남이 우는 모습을 보면 가끔은 야멸차게 굴수도 있다. 그 상황과 어울리지 않게. 하지만 웃음은…… 남의 웃음과 네 판단력 사이에 빈 공간이 있을 수 있을까? 롤라는 불가능하다고 믿었다). 리츠 호텔의 침대 매트리스 위에서 폴짝거리며 뛰기도 했다.(호텔에서 광고하는 것처럼 진짜 좋은지 한번 보자!) 헤로니모스 수도원의 까만 돌도 감상하고, 프라도 박물관에 들어가는 관광객들을 비웃기도 하고, 싸구려 바에서 걸쭉한 레드와인과 함께 초리소와 감자 토르티야도 먹었다. 그리고 함께 옛 추억들을 수없이 떠올리기도 했다. 그러고 나서 롤라는 한 가지 환상을 갖게 되었다. 아다를 좋아한다는 환상. 그녀가 사촌언니보다 훨씬 많이 행복했다. 그녀의 인생이 아다의 인생보다 훨씬 많은 성공을 이뤘고, 그것만으로도 아다를 용서하기에 충분했다. 어쩌면 아다는 자신의 운명에 굴복했을 뿐인지도 몰랐다. 롤라는 굴복을 증오했다. 그녀는 한숨을 내쉬었다. 종합적으로 생각해보려 하면서. 롤라는 집으로 돌아가기 위해 대서양을 건너는 비행기에 올라, 잠깐 졸다가 꿈에서 깨어났다. 늪을 건너다가 마침내 적을 숙이는 꿈이었다. 기억은 피곤했다. 기억의 본질은 움직이지 않는 것이라 뭐가 됐든지 늘 똑같았다. 방금 나타나 새롭게 변신한 색다른 이미지는 거의 드물었다. 롤라는 페이지를 넘겨야 했고, 그녀는 마드리드에서 그 뜻을 이뤘다고 믿었다. 어찌 됐든 고통은 말하지 않으면 가라앉는다고 믿었다. 고통을 느끼지 않으려면 과장할 필요도 없다…… 왜냐하면 말은 할수록 생생해지니까.

롤라의 고통은 상당 부분 사촌언니와 관련되어 얼룩져 있었다. 어렸을 때부터 아다가 집시 부락에서 돌아온 날까지 롤라는 아다에게 모욕당한 기분이었다. 케케묵은 증오심이 그녀의 커다란 비밀이었다. 무슨 죄라도 지은 듯 그 누구에게도 털어놓지 못한 증오심이었다. 그녀가 아다를 증오하는 것은 반칙이고, 잘못이고, 실수였다. 아다를 증오한다는 것은 증오의 대상보다는 자기 자신에게 반역을 꾀하는 것이었다. 아다를 증오한다는 것은 가문의 위대함이라는 계단을 거꾸로 내려가는 것이었다.

롤라가 공항으로 가는 택시를 타고 출발하려는데 아다가 마지막으로 물었다. 롤라, 지금은 누가 거미를 죽여주니? 롤라는 기분 좋게 미소를 머금었다. 아무도 없어. 언니가 칠레로 돌아와서 죽여줘. 두 사람은 웃었고 택시는 떠났다. 몇 년 동안, 매일 밤 아다는 자진해서 롤라보다 먼저 그녀의 방에 들어가 샅샅이 살펴보았다. 침대 밑도 살펴보고, 짙은 색 가느다란 커튼 끈까지 훑어내리며 눈에 띄는 대로 거미들을 잡아 죽였다. 거미가 크든 작든, 죄가 있건 없건 모두 죽이고 나면 나중에 롤라가 들어왔다. 딱 한 번 아다가 롤라를 배신했고, 롤라는 지금도 그때를 떠올리면 기분이 언짢다. 그때 딱 한 번의 배신보다 오랫동안 지켜준 것에 더 무게가 실려야 하지 않나? 그렇지만 롤라는 복수심이 많았다.

1월 15일이었다. 매년 여름, 집안 식구 모두에게 장난칠 수 있도록 그들끼리 정한 날이었다. 그 누구도 화를 내면 안 되었다. 마음 놓고 다른 사람을 괴롭힐 수 있는 유일한 날이었다. 예를 들어 카실다 고모할머니의 지팡이를 숨기고, 할아버지들이 아직 자고 있는데 방문을 활짝 열고는 방문이 닫히지 않도록 밖에 돌을 괴어놓았다. 늙은 판차의 허브를 훔쳐냈고, 개한테 니에베스의 핸드크림을 몽땅 발라주었다. 특히 아다의 독일 개한테 더 짓궂게 굴었고, 더 나아가 아다가 읽고 있던 책에서 한 장을 찢어내기도 했다.

1월 15일 그날, 그들은 복도에 있었고, 모두가 앉고 싶어 매일 싸우는 푹신한 소파 옆에 놓인 사이드 테이블의 촛대 옆에 아다가 성냥 상자 하나를 갖다놓았다. 그리고 그때 롤라가 그 소파에 누워 있었다. 10분 후, 아다가 아주 자연스럽게 롤라에게 초에 불을 붙이라고 했다. 왜? 롤라가 물었다. 아직 어둡지도 않은데. 루스한테 장난치려고 그래. 자, 얼른 초에 불이나 붙여. 롤라는 모든 사람들이 신념처럼 보호하는 루스를 살짝 골려준다는 생각에 신이 나서 아무렇지도 않게 성냥갑을 들었다. 그러고는 아무것도 모르는 채 성냥갑을 쳐다보지도 않고 열었다. 성냥을 꺼내려고 손을 집어넣은 순간, 손가락 사이로 뭔가 이상한 기운이 느껴졌다. 딱딱하면서도 흐물거리고, 털이 북실하면서도 끈끈한 느낌이 한꺼번에 몰려들었다. 그 순간 롤라는 성냥갑을 보았고, 그 안에서 굵직하면서도 길고 혐오스러운 다리를 허우적거리며 밖으로 기어나오려고 기를 쓰는 큼지막한 거미 한 마리를 보았다. 롤라의 비명 소리가 제재소까지 울려퍼졌다. 그녀는 성냥갑을 멀리 내동댕이친 후 복도 바깥으로 달려나갔다. 완전히 겁에 질린 채 비틀거리며 숲으로 갔고, 아무리 설득해도 절대 돌아오려 하지 않았다. 그해 여름 내내 롤라는 털이 북실한 거미가 나오는 꿈을 꾸었다. 거미는 그녀가 우주 전체에서 가장 두려워하는 존재였다.

롤라가 아홉 살 때, 뗏목을 타고 이타타 강을 건너면 있는 앵두나무 농장에서 새끼 고양이 두 마리를 발견했다. 털이 포근하고 따뜻한, 호랑이처럼 생긴 복실복실한 공 같았다. 롤라는 그 즉시 새끼 고양이들에게 반해, 오후 내내 새끼 고양이들을 잡으려고 따라다녔다. 들고양이라 조금만 가까이 가도 멀찌감치 도망쳤던 것이다. 롤라는 마침내 고양이들을 잡아 앵두 바구니에 담고 집으로 돌아와서 고양이를 기르게 해달라고 카실다 고모할머니를 졸랐다.

카실다 고모할머니는 들고양이를 어떻게 길들이는지 방법을 설명해준 후, 고양이가 '지역적'이라는 사실을 가르쳐주었다. 고양이에게는 사람이 중요하지 않단다—카실다 고모할머니가 롤라에게 말했다—. 장소만이 중요할 뿐이야. 그래서 고양이가 머물고 싶은 마음이 들도록 여기와 친해질 수 있게 해줘야 해. 롤라는 부엌 뒤쪽에 있는 여러 개의 창고 중 한 곳으로 고양이들을 데리고 갔다. 큼지막한 자루에 강낭콩과 렌즈콩, 밀가루를 담아 보관하는 곳이었다. 롤라는 그곳에 고양이들의 잠자리를 마련해주고, 볼일도 볼 수 있도록 모래 상자도 놔준 후 문을 잘 잠가두었다. 그러고는 하루에도 몇 번씩 그곳에 들어가 고양이들에게 우유를 먹이고 쓰다듬어주었으며, 고양이들을 품에 안고 하늘을 나는 듯한 기분을 느꼈다. 롤라는 점심식사 시간에 늙은 판차와 크리스탈을 포함한 모든 식구들에게 고양이 이야기를 하고, 고양이들이 도망칠 수도 있으니 그 창고에는 절대 들어가지 말라며 신신당부했다. 롤라는 그 고양이들을 애완동물로 키우기 위해 산티아고의 부모님을 설득할 말까지 미리 연습해두었다. 그러고는 아무도 문을 열지 못하도록 많은 시간 창고 문 앞에서 경비를 서기도 했다. 나흘째 되는 날, 롤라는 자기가 훌쩍 자라 마음속에 그런 애틋한 사랑을 품게 된 듯한 느낌이 들었다. 그런데 아침 일찍 손에 우유 냄비를 들고 창고로 갔다가 문이 열려 있는 것을 보고 깜짝 놀랐다. 롤라는 숨을 죽인 채 발뒤꿈치를 들고 창고 안으로 들어섰다. 고양이들은 어디에도 보이지 않았다. 롤라는 고양이들을 열심히 찾아다녔다. 제재소와 숲, 푸에블로 마을을 모두 뒤져보았지만 끝내 찾지 못했다. 롤라는 밤이 되면 고양이들이 돌아올 거라 생각했다. 고양이들이 자기네 영역을 인지하는 데 나흘이면 충분하다고 생각했던 것이다. 롤라는 담요를 뒤집어쓴 채 창고 문 앞을 지키며 고양이들을 기다리느라 사흘 내내 밤잠을 설쳤다. 고양이들은 끝내 돌아오지 않았다. 누가 문을 열어놓은 걸까? 물론 아다였다.

롤라는 실수였다는 사촌언니의 변명을 믿지 않았다. 아다가 일부러 그랬다는 생각을 아무도 롤라의 머릿속에서 지워주지 못했다. 그리고 아다도 롤라에게 잘못했다고 끝내 사과하지 않았다. 빌어먹을! 그 짐승들을 기다리면서 귀신처럼 돌아다니는 네 꼴이 얼마나 웃긴 줄 알아? 내 말 좀 들어. 네 고양이들을 돌보는 게 우리 가족의 유일한 걱정거리는 아니야. 롤라는 자기가 느끼는 어마어마한 분노가 고양이들을 잃어버려서인지, 아니면 아다가 사과를 하지 않아서인지 잘 몰랐다. 롤라는 상처를 입었고, 곧 다시 또 다른 상처를 입었다. 식구들이 그 일을 그다지 대수롭지 않게 여긴다는 사실에 더욱 화가 났던 것이다.

아다 역시 복도에서 롤라와 마주칠 때마다 그녀를 꼬집으며 이렇게 말하는 게 전혀 재밌지 않았다. 네 코는 절대 들창코가 아니야…… 잊어버려! 그러면 늘 풍선껌을 씹고 다니는 롤라는, 돈 텔로의 가게에서 파는 분홍색 커다란 풍선껌을 씹고 다니는 롤라는 껌을 있는 대로 크게 불어 최대한 아다의 얼굴 가까이에서 터뜨리며 복수했다. 더럽고 지저분해! 아다가 소리 지르며 롤라에게서 도망쳤다.

롤라가 열한 살이 되었을 때, 그녀의 엄마가 생일 선물로 파리에서 털코트를 가져왔다. 눈처럼 새하얗고, 고양이처럼 털이 부드럽고 복슬복슬했다. 롤라에게는 꿈만 같았다. 이렇게 완벽한 옷은 잡지책에서나 존재하지 현실에는 없는 것이라 생각했다. 롤라는 코트를 자기 방의 등 아래 걸어두고 매일 밤 바라보았다. 여름이 되자 그녀는 그 옷을 푸에블로로 가져가고 싶어했다. 엄마는 미쳤냐며 롤라를 야단쳤다. 그렇게 우아한 옷을 제재소에 가져가서 뭘 할 건데? 그것도 여름에? 보여주려고, 엄마. 가까이 두고 보고 싶어서 그래. 조심하겠다고 약속할게. 롤라는 끝내 털코트를 가져와서 첫날 밤 저녁식사 시간에 그 옷을 입고 나타났다. 아다만 제외하고는 모두 옷이 너무 잘 어울리며 예쁘다고 칭찬했다. 아다는 깔깔거리며 웃었다. 한여름에 털코트를 입고 뭐 하는 거야? 웃기는 짓 좀 하지 마! 약간 자존심이 상한 롤라는 옷을 벗어 자기 침실로 가져갔다. 루스와 한 방을 쓰는 롤라는 밤에 옷장에서 코트를 꺼내 침대 발치에 놔두었다. 그들은 서로 번갈아가며 책을 읽으면서 손으로는 털을 어루만졌다. 둘 다 부드러운 감촉에 황홀해했다. 하루는 아다가 와서 코트를 빌려달라고 했다.

"뭐 하려고?"

"오늘 밤 캠핑하는데…… 그게, 늘 추워서 말이야."

"싫어, 캠핑은 안 돼…… 여기, 집 안에서 입어보겠다면 빌려줄 수 있어."

"바보야, 그러면 코트가 아니지."

롤라는 끝까지 싫다고 거절했고 그 일은 잊어버렸다.

다음 날 아침, 루스가 손에 코트를 들고 슬픈 얼굴로 다가왔다.

롤라는 뭔가 안 좋은 일이 있음을 직감적으로 느꼈고, 느낌은 현실이 되었다. 그녀가 잠들자 아다가 몰래 방으로 들어와 옷장에서 코트를 꺼내, 매년 니에베스와 함께 가는 여름 캠프에 가져갔던 것이다. 그런데 밤에 아다의 개가, 무시무시한 셰퍼드가 코트를 먹어치우는 바람에 털코트는 누더기가 되었다. 롤라는 울고 또 울었다. 물론 이번에는 아다가 사과했다. 하지만 그 와중에도 롤라가 물질적인 것을 좋아한다며, 코트는 코트일 뿐이라고 그 기회를 빌려 설교하는 것을 잊지 않았다. 롤라는 아다의 사과가 형식적이며, 아다가 마음속으로는 자기 코트나 남의 물건을 눈곱만치도 대수롭지 않게 여긴다는 것을 알고 있었다. 롤라의 슬픔을 달래주기 위해 아다가 그날 연극 공연 시간에 롤라의 〈I'm sorry〉 노래를 듣자고 제안했다. 브렌다 리의 노래로, 어느 날 밤 롤라가 분홍색의 얇은 베이비 돌 룩을 입고 부른 노래였다. 그녀는 양손을 가슴에 얹고 브렌다 리의 앵앵거리는 어린애 같은 목소리를 흉내내며 신들린 듯한 표정으로 노래를 불렀다. 모두 그녀의 공연을 보며 웃었다. 롤라가 정말 코믹하게 보였기 때문에 모두 재미있어하며 기분 좋게 웃었다. 정말 끝내줘! 니에베스는 베이비 돌 룩의 롤라를 끌어안으며 연거푸 감탄했다. 그런데 아다는 웃음을 멈추지 못했다. 심지어다른 사람들이 모두 웃음을 멈춘 후에도 계속 웃었다. 롤라는 놀림을 받자 기분이 나빠져 다시는 그 공연을 하지 않겠다고 맹세했다. 그녀가 그 공연을 아무리 좋아하고, 또 성공을 거뒀다 하더라도.

"롤라, 기쁜 소식. 오늘 밤 〈I'm sorry〉를 불러줘. 놀리지 않겠다고 맹세할게."

"약속하는 거지?"

"약속할게."

"진짜지? 언니가 또 비웃으면 나는 죽어버릴거야."

"진짜야. 약속은 약속이야."

롤라는 공연을 다시 할 수 있다는 기대감에 들떠 털코트는 잠시 잊었다. 그녀는 베이비 돌 룩을 준비해 행복한 마음으로 공연에 임했다. 그녀의 차례는 니에베스가 오스카 와일드의 시 한 편을 낭송한 다음이었다. 이번에는 놀림을 당하지 않을 거라는 확신으로 영혼을 바쳐 공연에 임했고, 관중들은 침묵을 지켰다. 끝에서 두번째 소절에서 아다가 한 손을 입으로 가져가는 게 보였다. 웃음을 간신히 참고 있다는 제스처로밖에는 해석할 수 없었다. 마지막 소절을 거의 마쳤을 때 응접실에서 깔깔거리며 웃는 소리가 들려왔다. 그러고는 곧바로 아다가 벌떡 일어나 달려나갔다. 아다는 너무 웃어 눈물까지 흘리고 더듬거리며 말했다. 미안해, 미안. 도저히 참을 수가 없었어. 너무 어처구니없어서 말이야!

아다는 자기가 커다란 상처를 입힌 게 미안해서 이번에는 롤라에게 한 가지 제안을 했다. 그녀에게 모닥불 피우는 법을 가르쳐주겠다고 한 것이다. 롤라는 아주 어렸을 때부터 아다와 올리베리오가 능수능란하게 큼지막한 모닥불을 피우는 게 신기하기만 했다. 그들이 무無에서 모닥불을 발명한 것처럼 보였다. 하지만 배우고 싶어할 때마다 그녀는 거절당했다. 이건 과학이야. 너는 아직 배울 나이가 아니야. 세월이 흘러 롤라도 아다 못지않게 모닥불을 피우는 데는 전문가가 되었다. 하지만 그 과정이 너무 혹독하지 않았는지 자신에게 되물었다.

그들의 성장과 함께 상처가 되는 말들은 다른 방향으로 흘러갔다. 롤라는 문장들을, 더 많은 문장들을, 세월이 흐르면서 다시 그녀에게 되돌아온 말들을 차곡차곡 쌓아두었다. 너무 가혹해 당시로서는 기분이 좋지 않았지만, 지나치면서 생각 없이 튀어나온 말이라 악의가 담긴 건 아니었다.

"롤라, 너는 내적인 삶이 별로 없어. 커서 어떡할래? 그걸 감추기 위해 평생 사람들에게 둘러싸여 살 거니?"

"안 돼, 제발 그런 얘기는 올리베리오한테 하지 마. 아무 소용없으니까. 그는 너를 멍청하다고 생각하니까."

"그나마 네가 예쁜 걸 하느님께 감사드려…… 내 말 명심해. 그게 너의 주 무기가 될 테니."

(그러고 나서 아다는 자기 공책에 뭐라고 적었다. 물론 롤라는 그것을 읽어보았다. 롤라는 아무도 닮지 않았다. 자기만의 이미지를 끝까지 강조하려는 사람처럼. 그녀는 아름답다. 무지하게 아름답다. 날개가 달린 듯한 미모라 공기나 물이 될 수도 있을 것 같다. 눈은 보랏빛이 감도는 푸른색이며 피부도 곱다. 아름답고 달콤하지만 조바심이 많다. 조바심이 무지하게 많다. 그리고 그 조바심이 그녀의 모든 꿈을 망가뜨릴 것이다.)

"롤라, 알아? 어쩌면 너는 대학교에 못 들어갈지도 몰라. 입학할 수 있는 최소한의 점수를 못 받아서 말이야. 하지만 심각한 건 아니야…… 그림은 아무 학원에서나 배울 수 있으니까."

계속 열거할 필요가 있을까?—롤라는 피곤해져서 혼자 묻고 대답했다―예쁜 여자들이 멍청하다는 것은 어리석은 통념이야. 근거도 없고 경박한 이야기라니까. 나의 금발과 보랏빛 눈이 처음으로 모습을 드러낸 순간 사람들은 내가 멍청할 거라 단정짓지. 아다가 그 사실을 가장 강조했어. 자기의 못생긴 외모가 머리가 확실하게 좋은 것의 조짐이라도 되는 양 말이야. 식구들의 관점에서 보면 아름답고 매력적이고 사랑스러운 여자의 머리는 제대로 돌아가지 않아. 하지만 여기 내가 있잖아. 나는 웬만큼 똑똑하고 유명한 여자들보다 훨씬 현명하게 살았어. 물론 아다보다 훨씬 현명하게 살았지. 마음을 먹고 위험과 행복이라는 요소를 저울 위에 올려놓은 순간 아다는 망설였지.

롤라는 이 장을 자기 머릿속에서 마치기 전에, 자기가 한 복수에 대해 의무적으로 이야기를 해야 할 것 같았다. 부끄러운 일이기는 하지만 추억에 솔직하려면 생략할 수 없다. 그때 롤라는 열세 살, 아다는 열여섯 살이었다. 아다가 또 한 번 그녀를 함부로 대했다. 옆 농장에서 친한 이웃이 성대한 파티를 열었는데, 집안사람들 모두 롤라에게 가도 좋다고 했지만 아다가 반대를 해서 결국 못 간 것이다. 그날 오후 아다가 올리베리오의 팔짱을 끼고, 예쁘게 차려입은 니에베스와 나란히 푸에블로를 떠난 후, 롤라는 눈물바다를 만들었다. 그녀는 이제 복수의 시간이 다가왔다고 확신했다.

"롤라, 우리 놀자. 니에베스 언니가 궤짝을 열어서 옷이랑 인형들을 꺼내도 좋다고 했어."

"루스 언니, 언니는 열네 살이야. 인형놀이 하기에는 좀 나이가 들지 않았어?"

"나는 니에베스 언니의 궤짝을 여는 게 정말 좋아. 자, 다른 것들도 찾아내서 변장할 수 있잖아."

"언니나 가서 놀아. 나는 생각할 게 있어."

"뭔데?"

"나중에 얘기해줄게. 지금은 나 혼자 내버려둬."

롤라는 정원 입구의 포플러나무 아래에 자리를 잡고 앉았다. 그녀가 생각하고 싶을 때면 자주 찾아오는 곳이었다. 롤라는 곰곰이 생각한 끝에 해답을 찾아냈다. 『작은 아씨들』이었다. 거기에 답이 있었다! 그들은 2년 전 여름, 『작은 아씨들』을 공연하면서 줄거리와 인물들을 확실하게 소화했다. 롤라는 조가 아닌 에이미가 로리와 결혼한 결말이 너무 좋았다. 롤라가 에이미였고, 올리베리오가 로리였고, 물론, 아다가 조였다. 그해 여름은 완벽한 여름이었다. 각자 자기가 맡은 역할에 만족해, 여느 때처럼 싸우지도 않았다. 올리베리오가 롤라를 번쩍 들어 목마를 태우고 집 안 전체를 돌아다니다가, 조가 있는 곳으로 와서 드라마틱하게 그들의 결혼 사실을 알렸다. 책 속의 진짜 조는 이 결혼 앞에서 아무렇지도 않은 듯 굴려고 애썼지만 조-아다는 울고 또 울었다. 물론, 사촌들 중 그 누구도 진짜 조의 마음이 그렇다고 믿지는 않았다. 롤라는 아다의 원고를 염두에 두었다. 혹시 소설에서 에이미가 언니인 조의 원고를 태우지 않았나? 그녀는 사촌언니의 방으로 날아가 원고가 담긴 궤짝을 열었다. 생각을 실천으로 옮기고, 불꽃이 종이를 집어삼키며 타오를 때까지는 채 5분도 걸리지 않았다.

나중에 롤라는 자기 행동을 진심으로 뉘우쳤다. 그래서 아다에게 수천 번도 더 넘게 미안한 마음을 표현했다. 하지만 그 마음이 진심이었다 하더라도, 불길에 휩싸인 원고를 보면서 느꼈던 끝없는 환희는 절대 잊을 수 없을 것 같았다. 그리고 자기 눈에 비치는 주홍 불꽃을 느끼며, 이것이야말로 멍청한 아이가 똑똑한 아이한테 할 수 있는 가장 완벽한 범죄라고 생각했다.

그러고 나서 롤라는 부쩍 자랐다. 하루아침에 아름다운 여인이 되어, 예전에 부족했던 여성미와 분위기까지 풍기며 푸에블로에 도착했다. 니에베스가 말했듯, 롤라는 벽에게까지 애교를 떨었다. 다혈질에 예뻤으며, 늘 상대방을 어떻게 다뤄야 할지 알고 있었다. 하지만 아다는 예외였다. 그녀는 절대 롤라의 영향력 안으로 들어오지 않았다. 그해, 사춘기 첫 여름, 롤라는 사랑에 빠졌다.

롤라는 푸에블로 집에 도착해 루스와 함께 쓰는 방에 짐을 푼 다음, 올리베리오에게 자기가 왔다는 사실을 알리려고 옆방으로 달려가서 노크도 하지 않고 불쑥 방 안으로 들어갔다. 벌거벗은 사촌 오빠의 모습을 발견한 그녀의 놀라움은 말로 다 할 수 없었다. 올리베리오는 옷을 찾아 방을 돌아다니고 있었다. 그는 막 샤워를 마친 참이었고, 타월은 침대 위로 던져져 있었다. 그는 롤라보다 여섯 살이나 많았고, 이미 멋진 몸매와 근육을 가지고 있었다.

"아, 미안……" 롤라가 당혹스러워하며 말했다. 하지만 얼른 나가지는 않았다.

"빌어먹을, 노크할 줄도 몰라?" 올리베리오도 아다와 같은 행동과 언어를 구사했다. 그 역시 아다와 마찬가지로, 공주님인 그녀를 함부로 대했다.

"미안해." 다시 말하고 난 후에도 여전히 꼼짝도 하지 않았다.

"뭐야? 남자가 벌거벗은 거 처음 봤어?"

"응, 처음이야."

"그래서 거기 계속 서 있을 거야?"

"오빠가 너무 아름다워." 그녀가 한숨을 내쉬었다.

올리베리오는 너털웃음을 지으며 그녀의 코앞에서 쾅 하고 문을 닫았다.

틀림없이, 그건 사랑임이 분명했다. 물론, 사타구니 사이의 그 근육 때문일 거라, 무릎 위부터 서혜부까지 튀어나온 그 근육 때문일 거라 자신을 설득해보기도 했다. 하지만 아니었다. 사랑이었다. 그녀에게는 그 장면이 너무나도 아름다워서 귀한 물건처럼 고이 간직하고 싶었다. 마치 대리석 조각 같았다(이제 그녀도 머릿속으로 그 모습을 상상하며 그리기 시작했다. 게다가 그녀는 그리스와 로마의 조각들을 높이 샀다). 롤라는 자신의 추억이 더럽혀지지 않도록 그 일은 아무도 몰랐으면 하고 바랐다. 그녀의 깨끗한 눈이 기쁨의 중요한 부분이었다. 하지만 그날 오후 아다가 그녀 옆을 지나가면서 놀리기 시작했다.

"그래, 벌거벗은 남자를 그렇게 쳐다보다니, 아주 잘하시는구먼……"

"아이, 일부러 그런 건 아니었어. 내가 노크를 해야 했다는 거 잘 알아……"

"그래서 실수로 그렇게 한참 동안 쳐다보고 있었니? 그러기에는 네가 좀 어리지 않니?"

롤라는 올리베리오가 아다에게 그 이야기를 했다는 게 화가 났다. 자존심이 상했고, 게다가 그에게도 기분 좋은 일이라 그 역시 침묵을 지킬 거라 믿었던 것이다.

그때부터 그녀의 꿈은 올리베리오의 벌거벗은 몸으로 흘러넘쳤다. 욕망의 의미를 깨닫기에는 너무 어리고 경험도 없었다. 욕망을 그렇게 해석할 수 없었다. 그냥 자기가 사촌오빠를 사랑한다고만 믿었다. 그래서 그때 이후로 매년 여름 늘 같은 감정을 느끼리라는 걸 깨달았다. 하지만 매년 수치심의 연속이었다. 롤라는 의지가 강했고, 살면서 자기 뜻대로 되지 않는 게 있다는 사실을 받아들이기가 힘들었다. 그녀의 실패에는 분명히 이름이 있었다. 아다였다. 성장과 더불어 완벽한 분열 속에서 사는 데 익숙해졌다. 겨울에는 자유롭게 아무 걱정 없이 히히덕거리며 산티아고의 남자아이들과 어울려 다녔다. 그리고 여름에는 사촌오빠에 대한 사랑 때문에 자신의 영혼을 악마에게 넘겨줘야 했다. 마치 1년 내내 그 사랑이 유일한 고민거리라도 되는 것처럼. 푸에블로에 오면 유치한 비교를 하지 않을 수 없었다. 내가 아다보다 훨씬 예뻐. 내가 훨씬 매력 있어. 내가 훨씬 여성스럽고 세련됐어. 내가 훨씬 사교적이고 제격이야. 내 가슴은 이렇게 아름다운데 아다는 가슴도 거의 없어. 내 눈은 엘리자베스 테일러의 눈인데, 그녀의 눈은 평범하고 흔한 눈이야. 내가 아다보다 훨씬 섹시해. 내가 훨씬 매력적이야. 그런데 멍청한 올리베리오한테는 그게 안 보이나? 아다는 자기가 나보다 훨씬 똑똑하다고 믿고 나를 얕잡아 봐. 하지만 내가 그녀가 생각하듯 그렇게 멍청한지 어디 두고 보자고.

올리베리오가 함부로 대할수록 롤라는 그를 더욱 사랑했다. 욕망은 불가능해 보였고, 그것은 버릇없이 자란 예쁜 여자들이 가는 길이었다. 그녀가 확실하게 아다를 능가하는 게 있다면 그것은 모른 척 시치미를 떼는 것이었다. 그녀는 어떻게 게임을 해야 할지 잘 알았고, 그래서 아무 말 없이 했다(훨씬 훗날 롤라는 자기가 시치미 떼는 걸 완벽하게 터득해, 거의 예술의 경지에 이르렀다고 생각했다. 롤라는 완벽하게 시치미를 떼, 아무도 눈치채지 못하게 했다). 가끔 자그마한 사치는 허락했다. 예를 들어 강에서 헤엄칠 때 올리베리오가 가까이 있으면 수영복 끈을 어깨 밑으로 살짝 내렸다. 아니면 잠옷 셔츠만 살짝 걸친 채 자기 방문 앞에서 선탠을 하기도 했다―브렌다 리를 흉내낸 그 유명한 베이비 돌 룩을 입고서. 그 옷은 지금도 그녀의 옷장에 보관되어 있다―. 롤라는 올리베리오가 자기 방을 나서면 반드시 그곳을 지나가야 한다는 것을 알고 있었다. 롤라는 절대 바보가 아니었다. 그가 자기를 어떻게 쳐다보는지 확실하게 알고 있었다. 어찌 됐든 올리베리오 역시 남자였다. 몸이 느끼는 쾌락을 무작정 억누를 수는 없었다(내가 읽고 있는 책 제목이 뭔지 알아? 『롤리타』야. 이름보다도 네가 하는 짓이 그 주인공이랑 더 많이 비슷해. 어느 날 아다가 아이러니 가득한 말투로 그녀에게 말했다). 아다는 작은 사치들―롤라는 사치라는 이름을 붙였다―의 결과를 모르는 게 분명했다. 사촌언니는 ―롤라는 그렇게 확신했다―그것을 감지할 정도로 눈치도 없었고 애교도 없었다. 그래서 롤라는 마음 놓고 계속할 수 있었다. 그리고 올리베리오가 낮에 자기에게 함부로 대해도 대수롭지 않게 생각했다. 밤에 그녀가 몸만 살짝 가리는 옷을 입고 복도 소파에 누워 있으면—여름이니만큼 완벽하게 선탠이 되어 있었다—그 역시 지나가면서 한 번쯤은 슬쩍 그녀를 훔쳐보았다. 그리고 얼마 지나지 않아 그의 눈에 욕망이 담겨 있었다. 그것이 올리베리오에게 미치는 롤라의 위력이었다. 전술적이면서도 은밀하게 감춰진 위력이었다. 롤라는 욕망을 알아보았지만 아다는 그렇지 못했다. 롤라는 적어도 그렇다고 믿었다. 이제는 그런 욕망을 불러일으키는 게 너무나도 중요해 정체성의 문제까지 되었다. 그렇지만 아다에게는 그렇지 않았다.

롤라가 유일하게 자신이 금발인 게 자랑스럽지 않았을 때는 올리베리오가 좋아하는 영화인 〈조니 기타〉의 여주인공이자 주인공의 연인인 비엔나를 간절하게 닮고 싶었을 때였다. 그녀는 조안 크래포드처럼 머리를 새까맣게 염색하고 허리에 권총 두 자루를 차고 싶었다. 그러면 올리베리오가 자기를 존중해줄 것 같았다. 그러면 그에게 땅과 재산에 대해 말할 수 있을 것 같았다. 롤라가 제재소의 주인인 것과 같이 살롱의 주인인 비엔나처럼. 그를 위해 목숨을 걸고 싸울 수 있을 것 같았다. 그리고 마지막 결투에서, 두 여자의 기억에 남을 그 결투에서 그녀의 권총이 아다의 권총보다 훨씬 빠를 것 같았다.

올리베리오. 당신의 축복받은 사랑을 위해.

끝에서 두번째 여름, 롤라는 죽은 자연을 그리겠다며 집착했다. 카실다 고모할머니에게 선물하기 위해 고전작가들이 그린 정물화를 그리겠다는 것이었다(식당에 걸어둘 장소도 이미 확보해두었다). 그래서 준비 작업으로 스케치를 여러 장 해야 했다. 롤라는 자기애가 강해 완벽한 결과를 얻으려고 노력했다. 몇 번이나 스케치를 하다가 마침내 종이가 다 떨어졌다. 스케치용 특수 종이였다. 다급해진 롤라는 펠리페 할아버지한테 달려가 종이 몇 장만 빌려달라고 했다. 애야, 내 것도 다 떨어졌단다. 하지만 카실다가 나를 위해 늘 미리 구입해 자기 작업실에다가 보관해둔단다. 하지만 고모할머니는 지금 제재소에 계시잖아요. 설마 그런 단순한 일로 내가 침대에서 일어나기를 바라는 건 아니겠지, 애야? 네가 작업실로 가봐라. 책상처럼 사용하는 테이블 뒤쪽에 닫혀 있는 파란 서류함이 있을 게다. 그걸 열어 두어 장 꺼내가거라.

아이들은 허락 없이는 절대 카실다 고모할머니의 작업실에 들어가지 못했다. 고모할머니에게 사생활은 신성불가침이었다. 하지만 그 시간에 고모할머니는 일하고 있었고, 롤라가 들어가도 알 리가 없었다. 롤라는 종이가 필요했고, 그것도 세상이 끝날 듯 절박하게 필요했기 때문에 무슨 수를 써서라도 자기 욕구를 만족시켜야 했다. 롤라는 작업실에 들어가 펠리페 할아버지가 말한 서류함을 찾아냈다. 그런데 한쪽 모퉁이 바닥에, 조그마한 대나무 가구 아래로 닫혀 있는 나무 상자 하나가 눈에 띄었다. 작은 궤짝 종류였는데 롤라는 한 번도 본 적이 없었다. 갑자기 엄청난 호기심이 들었다.

뭐가 들어 있을까? 상자를 뒤덮은 먼지를 보아하니 오랫동안 열지 않은 것 같았다. 롤라는 상자를 만져보고, 상자를 쉽게 열 수 있다는 걸 알았다. 카실다 고모할머니의 시간표는 완벽하게 공표되어 누구든지 알고 있었다. 고모할머니는 아침 8시에 제재소로 나갔다가 정오 때까지는 집에 돌아오지 않았다.

다음 날, 롤라는 평소보다 일찍 일어나 조용히 작업실로 향했다. 짐작한 대로였다. 편지들이었다. 누렇게 바랜 봉투들 위로 세월이 묻어 있었고, 봉투에 적힌 글씨체는 제대로 글을 배우지 못한 사람의 글씨처럼 엉성하고 조잡했다. 롤라는 카실다 고모할머니의 책상 앞에 편하게 자리 잡고 앉아 편지들을 읽기 시작했다. 몇 분 후 롤라는 얼굴이 화끈 달아올라 양손으로 얼굴을 어루만졌다. 그녀가 아무리 상상의 나래를 펼친다 해도 그렇게 에로틱한 언어는 감히 상상도 할 수 없을 정도였다. 거의 음란하기까지 했다. 롤라는 죄책감에 시달렸다. 그것은 읽어서는 안 되는 것이었다. 그녀의 비위에 맞지 않을 뿐만 아니라 읽어서도 안 되는 것이었다. 롤라는 고모할머니에 대한 예의로—그리고 보호차원에서?—편지들을 다시 제자리에 돌려놓고 자기가 읽은 내용은 절대 발설하지 않기로 결심했다. 하지만 너무 늦고 말았다. 그 순간 카실다 고모할머니가 작업실로 들어선 것이다. 고모할머니는 그 장면을 보고 돌처럼 굳어져 한 마디도 하지 못했다. 롤라는 입을 열어야 할 사람이 자기라는 것을 깨닫고 진심으로 사과했다. 한참 후, 고모할머니의 화가 기적적으로 누그러졌다. 어쩌면 고모할머니도 마침내 누군가에게 털어놓을 수 있다는 사실에 위안을 받았는지도 모른다. 그리고 3대에 걸쳐 그녀 이외에 유일한 여자인 조카손녀들 중 한 명이 뒤늦은 증인이 되었다는 게 위안이 되었을 수도 있다.

카실다 고모할머니가 열일곱 살 때였다. 롤라의 증조부이자 고모할머니의 아버지는 그 일대에서 바람둥이로 유명했다. 그래서 그의 아내의 표현에 따르면, 무책임한 행동의 결과는 절대 모르게 해달라는 조건으로 그를 용서했다고 한다. 들판이나 옆 도시에 뿌린 씨앗이 찾아와 자식이라고 하지 않게 해달라는 것이었다. 그러던 어느 날, 잘생긴 청년 한 명이 찾아와 문을 두드렸다. 해와 달을 합쳐놓은 듯 잘생긴 청년이 찾아와, 돈 호세 호아킨과 이야기를 하고 싶다고 했다. 카실다는 그를 한 번도 본 적이 없었다. 그녀는 아버지의 서재로 그를 데려가면서 그 순간 자신이 사랑에 빠졌다는 걸 깨달았다. 크고 새까만 눈과 건장한 체구를 지닌 튼튼하고 늠름한 청년이었다. 그녀는 문 뒤에서 기다렸다. 자기 마음을 단숨에 앗아간 그 남자의 정체가 궁금했던 것이다. 그는 아버지가 낳은 사생아로, 근처 도시에서 왔으며 제재소에서 일하기 위해 푸에블로에 정착하고 싶어했다. 호세 호아킨이 그에게 돈을 주려 했지만 그는 점잖게 뿌리쳤다. 그는 미래에 자기 제재소를 차릴 수 있도록 제재소 일을 배우고 싶을 뿐, 그 이상은 아무것도 원하지 않았다. 호세 호아킨은 출신을 절대 비밀로 하고 저택과 자신의 가족을 멀리하겠다는 조건하에 청년을 받아들였다. 특히 아내에게는 절대 비밀로 한다는 조건을 강조했다. 젊은이는 그 조건을 받아들였고, 그날 아침 바로 채용되었다. 그 순간 이후 모든 이성과 의지, 총기를 잃어버린 카실다만이 그의 정체를 아는 유일한 사람이었다. 그

래서 그녀는 아무것도 듣지 않은 것처럼 행동하기로 결심했다. 그
녀는 그 청년이 푸에블로에서 누구의 집에서 묵는지 알아보았다.
그러고는 다음 날, 일이 끝날 시간을 계산해 찾아갔다. 그가 병든
동물을 돌볼 줄 안다는 이야기를 듣고, 그녀가 끔찍이 사랑하는 개
가 아파서 찾아왔다는 핑계를 댔다(사실, 동물을 돌볼 줄 안다는
이야기는 그 전날 그가 아버지에게 말한 경력 중에 들어 있던 내용
이었다). 후안이라는 이름—물론 성은 마르티네스가 아니었다—
의 그 청년은 그날 오후 개를 돌봐주었다. 그는 호세 호아킨 몰래
다음 날에도, 그리고 그 다음 날에도 그가 묵고 있는 푸에블로의
작은 집에서 계속 개를 돌봐주었다. 후안은 카실다가 자기 신분을
알고 있다는 걸 몰랐다. 그 청년이 마음속으로 무슨 생각을 하고
있는지 알기란 어렵지 않았다. 카실다는 주인의 딸로, 푸에블로에
서 유일하게 좋은 집안의 처녀였다. 매력 있고, 과감하고, 용감했
으며 자기 자신에 대한 확신이 있었다. 그래서 그녀의 마음이 어떻
다는 걸 알자 그 역시 곧 반응을 보였다. 하지만 그렇다고 골치 아
픈 일에 휘말릴 마음이 있는 건 아니었다. 그는 카실다가 그렇게
겁이 없을 줄은 몰랐다. 카실다는 온몸이 감전이라도 된 듯 어떻게
라도 풀지 않으면 미칠 것만 같았다. 그래서 자신의 열정을 있는
그대로 받아들이기로 했다. 그냥 그 감정에만 충실하기로 하고—
카실다는 바보가 아니기 때문에 그가 남편이 될 수 있으리라고는
생각하지 않았다—모든 계획을 세웠다. 푸에블로에는 사람들이
북적거렸기 때문에 사람들의 눈에 띄지 않고 만난다는 게 불가능
했다. 그래서 어느 날 오후, 카실다는 시치미를 뚝 떼고 후안에게

강가의 버려진 오두막집에서 만나자고 했다. 그곳은 겨울에 그 지역에 잠깐씩 일하러 오는 일꾼들만이 묵는 곳으로, 그녀의 집에서 10킬로미터 떨어져 있었다. 후안은 어느 모로 보나 절대 손에 넣을 수 없는 그 여자를 가질 수 있으리라고는 감히 꿈도 꾸지 못한 채 충실하게 약속 장소에 왔다. 그리고 그들 사이에서 그 누구도 감히 상상할 수도 없는 가장 열렬한 로맨스가 시작되었다.

"그가 이복 오빠라는 사실에도 물러서지 않았나요?"

"나는 매일 밤 죄책감에 시달렸다. 하지만 날이 밝으면 다시 열정이 승리를 거뒀지. 근친상간? 상관없었어. 우리에게 딱 하나 중요한 것은 서로 사랑한다는 사실이었다."

"고모할머니가 알고 있다는 것을 그도 알았나요?"

"우리가 처음 오두막집에 갔을 때 솔직하게 털어놓았다. 그렇게 우리는 동등한 조건에서 시작했다."

"고모할머니, 그랬다가 임신이라도 되면 어떡하려고 그러셨어요?"

"그건 닥치면 생각하기로 했다. 하지만 그 시절 그것에 대한 처방책이 없었다고 생각하지는 말거라."

그 이야기는 불행으로 끝날 수밖에 없었다. 해피엔드로 끝나기가 너무 힘들었다. 어느 날 그들은 오두막집에 누워 있었다. 이젠 그 오두막집이 자신들의 집처럼 여겨졌다. 그런데 그때 누군가 나무에 묶인 그들의 말을 알아보았다. 카실다의 말은 푸에블로에서 유명했고, 호세 호아킨이 빌려준 후안의 말은 저택에서 일하는 사람만이 알아볼 수 있었는데, 목격자는 바로 그런 사람이었던 것이다. 그들을 발견한 사람은 연인들과 맞서는 대신, 당연히 주인에게 달려갔다. 진실이 알려지기까지는 그리 오랜 시간이 걸리지 않았다. 다음 날 돈 호세 호아킨은 손에 채찍을 들고 와, 겁에 질린 제재소 일꾼들이 지켜보는 가운데 후안을 때리기 시작했다. 호세 호아킨은 후안에게 채찍을 휘둘러대며 푸에블로에서 가장 큰 거리까지 끌고 나가, 그가 마을 출구에서 피를 흘리며 쓰러질 때까지 매를 멈추지 않았다. 그날 밤, 카실다의 아버지가 고용한 일꾼 두어 명이 그를 따라가 나무에 묶은 후 거세하였다. 그리고 후안은 그 나무에 목을 매달았다.

어머니는 절대적인 침묵을 지키며 그 일을 모른 척했고, 호세 호아킨이 딸의 운명을 결정했다. 딸은 작은아버지가 있는 산티아고로 보내져 아버지가 돌아가실 때까지 푸에블로로 돌아오지 못했다. 카실다의 오빠가 제재소를 물려받은 후 여동생을 불러들였고, 양팔 벌려 반겨주었다.

"하지만 고모할머니, 할머니는 무사하실 수 있었잖아요. 그가 누군지 절대 몰랐다고 하면 됐잖아요. 어찌 됐든 후안은 아무 말도 하지 않았을 거 아니에요?"

"롤라, 그럼 명예는? 나는 항상 내가 하는 일을 의식했다. 그래서 그렇게 선택했던 거야. 진실만이 내 사랑의 명예를 지켜줄 수 있었거든."

롤라는 자기가 약간 치졸하고 작다고 느끼며 카실다 고모할머니를 바라보았다. 그러고는 그녀가 듣고 싶지 않은 말을 확실하게 듣게 되었다.

"그래서 나는 죽을 때까지 아다를 지켜줄 것이다." 늙은 고모할머니가 드라마틱한 자신의 이야기를 마쳤다. 그 순간 롤라는 카실다 고모할머니가 찬란하고 용감하면서도 새롭게 보였다. 그녀는 자기가 카실다 고모할머니의 후계자가 되기를 간절히 바라며, 온몸이 후끈 달아올랐다.

필연적으로, 롤라는 마지막 여름으로 돌아왔다.

그해 12월 무렵, 롤라는 잘난 척이 아니라 진짜 자기가 활짝 피었다는 사실을 인정하지 않을 수 없었다. 자기도 모르는 사이에 쉽사리 뿌리칠 수 없는 매혹적인 여자로 변해 있었다. 그녀 주변의 남자들이 거의 끊임없이 확인시켜주었다. 어쩌면 지금이 그 순간이야. 롤라는 푸에블로 집으로 가기 위해 짐을 싸면서 생각했다. 아다가 먼 옛날부터 올리베리오를 점령했다는 사실이 그를 더욱 매력적으로 보이게 했다. '근친상간'이라는 말이 삶을 드라마틱하게 보는 아다에게는 영향을 미칠 수도 있겠지만, 롤라에게는 상관없었다. 그가 사촌오빠건 아니건 상관없었다. 그는 그녀가 원하는 남자였고, 그게 전부였다.

롤라는 저택에서 10킬로미터 떨어진 곳에 위치한, 이타타 강가의 버려진 오두막집에 집착했다. 카실다 고모할머니가 그 이야기를 들려준 게 지난해 여름, 산티아고로 돌아가기 며칠 전이었기 때문에, 그녀를 그토록 흥분시켰던 그 금지된 장소를 찾지 못했다. 이제는 그것이 그녀의 피할 수 없는 과제가 되어버렸다. 올리베리오를 어떻게 그곳까지 데려갈 수 있을까? 아다가 아니라 정말 내가 고모할머니의 후계자가 될 수 있을까? 올리베리오가 거부하지 않을까? 욕구를 뿌리칠 용기가 있을까?

카실다 고모할머니는 보름에 한 번 볼일을 보러 큰 도시로 나갔다. 그리고 그때마다 조카손녀 중 한 명을 늘 데리고 갔다. 가끔은 두 명을 데리고 갈 때도 있었다. 고모할머니가 니에베스와 아다에게 함께 가자고 했다. 그 두 사람은 도시에 나가는 걸 좋아했다─고모할머니가 은행과 사무실에서 볼일을 보는 동안 그들은 광장에서 회전 영화를 보았다─. 그리고 라울도 그들과 함께 가겠다며 따라나섰다. 롤라는 이 기회를 놓칠 수 없었다. 모두 떠난 후 롤라는 올리베리오를 찾아갔다. 롤라는 자신의 작전 앞에서 약간 망설였다. 카실다 고모할머니가 들려준 이야기는 엄청난 비밀이었고, 침묵을 지키겠다고 맹세까지 했다. 하지만 그 이야기를 하지 않고서 어떻게 목적을 이룰 수 있단 말인가?

"멋진 올리베리오 오빠, 오빠랑 같이 산책하고 싶은데."

"웬 산책?" 올리베리오가 몰두해서 읽던 책에서 눈길도 떼지 않은 채 물었다.

"우리 가족의 비밀 이야기와 관련된 유일한 장소를 오빠한테 보여주고 싶어. 나 이외에는 아무도 모르는 장소야."

올리베리오가 의심스럽다는 듯 그녀를 바라보았다.

"참나! 모험 정신을 좀 가져봐! 오빠한테 선물로 들려줄게. 그렇게 의심스러운 눈길로 바라보지 말고 나한테 고마워하기나 해."

그들은 말에 올랐다. 롤라는 강가를 따라가다보면 그 오두막집이 나올 거라 생각했고, 실제로 그랬다. 10킬로미터는 짧은 거리가 아니었지만 그들은 훨씬 더 먼 거리의 산책에도 익숙했다. 말을 타고 가면서 올리베리오가 두어 번 그 '비밀 이야기'를 들려달라며 성화했다.

"진정해. 일단 그곳에 도착하면 이야기해줄 테니."

작은 오두막집을 발견할 때까지는 두 시간이 조금 안 걸렸다. 카실다 고모할머니가 얘기한 대로 강가에 있었다. 세월이 흘러 목재가 시커메졌다—옛날에는 꽤 좋은 목재였겠는데. 올리베리오가 손으로 나무를 훑어내리며 말했다—. 오두막집은 중세를 연상시키는 모습이었다. 게다가 세실 B. 드밀의 영화의 한 장면처럼 염소 떼들이 근처에서 풀을 뜯고 있었다. 올리베리오가 그곳을 둘러보았다.

"롤라, 여기 봐. 수돗물이 나와! 그리고 테이블 다리도 네 개 그대로 있어. 오랜 세월 몇 명이나 이곳을 거쳐갔을까?"

"내가 알기로는 지금도 겨울에 일꾼들이 사용해."

"그래. 난로의 재를 보니 그런 것 같네. 저 침대 봐. 쇠 장식을 봐봐. 백 년은 더 된 것 같아!"

올리베리오는 마침내 자신의 보물섬을 발견한 어린아이 같았다. 신이 나 있었다. 그는 그곳을 꼼꼼히 둘러본 후 바깥으로 나왔다. 염소 떼가 가까이 있는, 짙은 향을 풍기는 신선한 풀밭 위에 드러누웠다. 해를 찾아보았지만 해는 이미 힘을 잃고 비실거렸다. 구름은 보랏빛으로, 강은 초콜릿 빛으로 물들었다.

"자, 이제 나는 들을 준비가 됐어. 네 이야기를 시작해봐."

그렇게 이야기가 시작되었다. 롤라의 이야기가 진행됨에 따라 올리베리오는 풀밭에서 점점 몸을 일으켰다. 그의 몸은 롤라가 연구하는 대리석 조각처럼 일 분 일 초 점점 경직되었다. 마치 몸이 마비된 것 같았다. 두 눈이 점점 어두워져, 심지어 밤이 그 눈을 훔쳐간 것 같았다. 롤라는 올리베리오가 자기 이야기를 들으면서 정확히 무슨 생각을 하는지 알 수 없었다. 하지만 그의 당혹스러움은 한눈에 봐도 확실히 알 수 있었다. 롤라가 이야기를 마치자 올리베리오는 상처를 입은 듯 그녀를 바라보았다. 롤라는 마음속으로 이제 어떻게 해야 할지 계획하며 침묵을 지켰다. 하지만 올리베리오가 아무 말도 하지 않자 조금씩 불안해지기 시작했다.

　"내 식으로 이야기할 수밖에 없었어." 롤라가 장차 무슨 일이 일어날지 짐작이라도 한 듯 사과하는 투로 말했다.

　"그 이야기는 절대 하지 말았어야 했어."

　"오빠한테도?"

　"나한테조차도. 그것은 '너의' 이야기가 아니야, 롤라. 상당히 충격적인 이야기야…… 카실다 고모할머니한테 직접 들어야만 견딜 수 있는 이야기야."

　올리베리오가 몸을 일으켜 양다리를 쭉 편 후 말 쪽으로 걸어갔다.

　"가자, 우리는 이곳에 있으면 안 돼."

　"하지만 오빠, 우리가 카실다 고모할머니와 우리 가족 모두를 생각하기에는 여기가 제일 좋은 장소가 아니야?"

　"나는 아무것도 생각하고 싶지 않아. 롤라, 가자. 얼른."

올리베리오는 손을 뻗어 롤라를 땅바닥에서 일으켜주지 않았다. 그녀를 쳐다보지도 않았다.

"대체 무슨 일이야? 나한테 화가 난 것 같아."

"아니, 화가 난 건 아니야. 그리고 너하고는 아무 상관없어."

올리베리오가 이미 말 위에 올라 약간 체념한 듯 애매한 미소를 머금었다.

"우리가 이미 알고 있는 말들을 찾고 싶어서 그래." 올리베리오가 말했다.

올리베리오가 무슨 말을 하는지 이해하지 못한 롤라는 샐쭉해져 아무 말 하지 않기로 했다. 롤라는 자기가 뭘 잘못했는지, 자신의 작전이 어쩌다가 이렇게 된 건지, 이해할 수 없었다. 마음속으로, 언젠가 들은 적 있는 말이 옳다는 생각이 들었다. 인간의 성격은 흰색과 검정색이 아니라, 검정색과 회색이라는 말이었다.

아직 숨기려고 애쓰면 그 사랑은 최절정에 이른 게 아니다.

그러고는 강간 사건이 있었다.

롤라는 그게 어떤 의미인지 한참 생각해보았다. 온몸에 소름이 돋기는 하지만 이렇게 정의를 내릴 수밖에 없었다. 여자의 의지와 육체를 잔혹하게 박살내면서 남자의 성기가 억지로 밀고 들어오는 것. 못생기고 큼지막한 남자 성기가 섬세한 주름 안으로 잔인하게 비집고 들어오는 것.

에우세비오 아스투디요는 빌어먹을 개자식이야, 모두 명심해야 해, 롤라가 말했다. 20세기 초만 해도 고환을 잘라버렸을 거야. 지금은 어떡하지? 어떤 벌을 내릴 수 있을까? 어떤 복수를 할 수 있을까?

롤라는 무기력과 고통으로 미칠 것만 같았다. 아다가 한 짓도 까마득하게 잊어버렸다. 나의 불쌍한 아다. 나의 불쌍한 아다.

그날 오후 롤라는 숲으로 향했다. 평소와 다름없이 그날도 뭔가 이상한 일이 벌어질 것 같은 예감이 들어서였다. 아다를 견제하려는 게 그녀의 의도였다. 롤라는 아다가 올리베리오와 함께 있는 줄 알았고, 그냥 그렇게 내버려두고 싶지 않았다(그들이 어렸을 때 할아버지는 숲으로 산책 나가는 걸 금했다. 숲이 너무나도 넓고 한적해서 그곳에 뭐가 있을지 모르는 일이었다). 그러다가 그들을 보게 되었다. 오늘날 롤라가 기억하고 있는 이미지는 희미하다. 몸 하나가 바닥에 누워 있고, 그 위로 남자 몸이 있었다. 남자 몸은 바지를 내리고 있었다—물론 완전히 벗은 건 아니었다. 숲의 어두운 색과 대비된 허연 엉덩이가 기억난다—. 그리고 그 남자 몸이 마치 죽이려는 듯 다른 몸을 짓누르고 있었다. 그리고 소리가 들려왔다…… 짐승만이 그런 음탕한 소리를 낼 수 있었다…… 롤라는 처녀였고, 성관계에 대해서는 많이 알지 못했다. 어떻게 성관계가 이뤄지는지 정확하게 몰랐고, 그 장면이 역겹기만 했다. 그래서 비명을 질렀다. 올리베리오가 아다 위에 올라타고 있다고 생각했기 때문에 비명을 질렀다. 그러고는 혼란에 휩싸인 채 기다렸다. 자신의 비명으로 그들이 파멸로 내몰릴 거라는 게 어렴풋이 느껴졌다.

아다가 도망치고 올리베리오가 아다를 찾으러 나간 후 몇 시간이 흘렀고, 며칠이 흘렀다. 그런데 그때, 이미 앞에서 언급한 본능이, 사건의 경위를 짐작하게 하는 본능이 아다가 진 게 아니라는 걸 그녀에게 알려주었다.

사흘째 되는 날 아주 이른 새벽, 롤라는 말에 올랐다. 불안감에 휩싸인 집안 분위기 때문에 오랜 시간 집을 비울 수는 없었다. 그래서 지난 며칠간의 사건들을 견디기 위해 혼자 있고 싶다며 카실다 고모할머니에게 강가를 거닐다 오겠다고 둘러댔다. 그러고는 이타타 강을 따라 출발했다. 오두막집에 도착하기 1킬로미터 전에 롤라는 말을 나무에 묶어두고 걸어갔다. 그곳에서 뭔가를 발견할 것 같은 확실한 예감이 들었던 것이다. 조금 걷다보니 멀리서 올리베리오의 말이 눈에 띄었다. 수십 년 전 마르티네스 가문의 다른 남자가 그랬던 것처럼 오두막집 옆에 있는 나무에 그의 말이 묶여 있었다. 그리고 마르티네스 가문의 다른 남자처럼 그 역시 발각되었다. 롤라는 계속 걸어갔다. 이제 그녀의 예감은 확신으로 바뀌었다. 내 역할은 뭐지? 그것이 그녀의 생각이었다. 자신이 아니었다면 사촌들은 지금 그 오두막집에 있을 수 없었다. 어떻게 삶이 나한테 이런 장난을 칠 수 있을까? 빗물에 씻긴 초록빛 초목 위를 내딛는 발걸음이 그녀의 청춘을 통틀어 가장 중요한 발걸음이었다. 롤라는 그 발걸음에 비극이 일어날 수도, 아닐 수도 있다고 생각했다. 롤라는 자기가 결정을 내려야 한다는 게 괴로웠다. 그렇게 그녀는 까치발로 오두막집에 도착해 굳게 닫힌 문에 귀를 갖다 댔다. 롤라는 질투와 고통으로 괴로워하며 다시 그 소리를, 사흘 전 숲에서 처음으로 들었던 그 소리를 다시 듣게 되었다. 폐에 숨이 차 헉헉거리는 소리 같기도 했고, 위로를 찾으려는 소리 같기도 했고, 폭발할 듯 짜릿한 소름 같기도 했고, 들짐승이 울부짖는 소리 같기도 했다. 롤라는 하늘이 무너져내려 그 자리에서 무기력하게 쓰러질 것만 같았다. 풀 한 포기 한 포기가 무덤 같았고, 언젠가 자기 것이 될 땅 헥타르 하나하나가 쓸모없는 황무지 같았다. 롤라는 시커먼 나무 문에서 떨어져 최대한 천천히 걸어서 돌아갔다. 항상 물을 곁에 두고 걸었다. 강물 또한 그녀의 몸처럼 사시나무 떨 듯 출렁거리며 떨었다. 그녀는 양손을 두 눈 위에 얹고 눈을 감았다. 아다를 박살낸 비명 소리보다 더 끔찍한 사실을 아다가 알지 못하도록.

그날 밤 저녁식사 때, 올리베리오가 아다를 업고 식당 문을 발로 걷어차며 들어왔을 때 롤라의 시선은 아다를 향해 있었다. 그녀는 아다가 은 광산 같다는 생각이 들었다. 그녀는 아다를 생각했다. 아다는 이미 자기의 모든 것을 내준 은 광산처럼 지치고 힘들어 보였다.

롤라는 이피헤니아 메디나의 혼령을 곁에 둔 채 카라카스 호텔 방에서 얼마나 오랫동안 누워 있었는지 생각하지 않았다. 격렬한 움직임 뒤에는 정적만이 의미가 있었다. 그래서 롤라는 어두운 영원과도 같은 안정을 취한 후, 손톱 밑까지 파고드는 시커먼 안정을 취한 후, 자신이 뭔지도 모르는 뭔가를 생각하고 있다는 걸 알았다. 나중에야 롤라는 그게 뭔지 깨닫고 리셉션에 전화를 걸었다. 출장 온 임원급 여자가 몇 시간 만에 처음으로 취한 행동이었다.

그녀는 비행기 표를 바꿔달라고 했다. 이제는 칠레 산티아고로 가지 않을 생각이었다. 그녀는 다음 날 아침에 출발하는 비행기를 새롭게 예약했다.

뉴욕.

빽빽하게 자란 풀. 물기가 감도는 부드러우면서 짙은 색 풀.

뉴욕.

5장

조
머나먼 내 땅

2001년 9월, 뤼베롱

하느님이 너무 멀리 계셔서 찾을 수 없어.
—조(『작은 아씨들』 18장)

　음식이 비처럼 쏟아지네. 아프가니스탄 소년과 그 친구들이 국제적인 도움을 받던 날, 아프가니스탄 소년이 한 말이다. 소년은 이가 한 개밖에 없고, 크고 새까만 눈은 공허해 보였다. 내전 후 루스가 식량을 갖고 나타났을 때, 우간다의 수혜자들이 그런 말을 했을 거라는 사실을 아다는 의심하지 않는다. 요즘에는 그다지 독창적인 행동은 아니다. 아다는 밤낮으로 CNN 앞에 있다. 부적절하게 들리는 단어들이 가끔 지겨워지면—예를 들어 'evil' 의 사용이—유럽 텔레비전 채널로 건너뛰었다. 뉴욕의 쌍둥이 빌딩이 날아갔다. 셀린이 말하던 수직으로 뻗은 도시가, 발로 걸어 돌아다니는 도시가 무너져내렸다. 그러고 나서 세상은 간단하게 변했다. 아다는 오늘날 모든 균형이 두려울 정도로 불안해, 화면에서는 당나귀와 사막, 담요와 같은 가라앉은 이미지들만 보여주는 거라고 생각한다. 어느 날 아침, 아프가니스탄에서 뭔가가 일어날 거라는 경고가 있었다. 서구의 이미지와는 지나칠 정도로 어울리지 않는 과거의 미학인 그곳, 거의 성스럽기까지 한 그곳이 무의식 중에 각계각층을 움직이기 시작했다. 그녀는 내면의 이런 모든 현상을 '무리'라는 단 한 가지로 요약했다. 염소나 양, 뭐가 됐든지 늘 무리를 지어다녔다. 그녀의 논리도 이제 연륜이 생겨 상당히 노련해졌지만 요즘 흘러넘치는 중세 미학과, 태아의 자세를 취하고 태반으로, 미지근한 양수로 돌아가야 하는지에 대해서는 의문을 표하지 않을 수 없다. 전쟁이다. 하지만 다른 곳이 아닌 그곳의 전쟁이다. 그녀에게 영향을 미치는 것은 전쟁이 아니라 그곳이다.

성스럽고 지겨운 평화가 마침내 결말에 이르렀다.

그녀는 자기가 보고 듣는 것에 대해서는 많이 말하지 않는다. 집 앞에 있는 카페에 들러 조세핀과 그때 그곳에 있는 손님들과 얘기를 해보면 모두 무슬림과 양키 이야기뿐이다. 빈 라덴이 죽었느니 살았느니, 양키들이 전쟁에 목말랐느니, 모두 그런 이야기뿐이다. 밤이 되면 아다는 노트북을 켜고, 자기도 글로벌 세상의 일부임을 느끼기 위해 이메일을 보낸다. 니에베스가 드디어 네티즌의 세계에 입성한 게 흐뭇해 오늘은 사촌언니에게 이메일을 보낸다.

제국주의의 위력이야. 지난 50년 동안, 생각할 줄 아는 모든 사람들에게 공통적인 순간은 딱 두 번밖에 없었어. 그리고 그건 미국의 역사, 그 나라에서 일어난 사건들과 관련되어 있지. 케네디 암살 사건과 쌍둥이 빌딩이 무너진 것. 그 소식을 들으면 모두 자기가 어디에 있었는지, 뭘 하고 있었는지부터 묻게 되지. 나는 소설의 인물이 9월 11일에 어디에 있었는지 물으면서 시작하고 싶어. 몇 년 전 읽었던, 그렇게 시작하는 소설처럼 말이야. 존 케네디가 암살당했을 때 당신은 어디에 있었는가? 미국에서 일어난 두 순간이 모든 것을 결정짓지.

(우리 칠레 사람들이 그들, 미국 사람들과 공유하는 게 있다면—아다는 생각했다—9월 11일, 어느 화요일에 깨어나 우리 역사가 영원히 바뀌었음을 깨달았다는 것이다. 9월 11일은 28년 동안 칠레의 기념일이었다. 그런데 그들이 그 기념일을 피노체트에게서, 나에게서 앗아갔다. 그 치명적인 날이 두 번 죽은 내 삶의 전환점이었다.)

그녀가 창문을 내다본다. 밖에 보이는 풍경 하나하나를 사랑하지만 문득 이런 생각이 든다. 왜 내 마을이 아니라 이 마을일까? 부정확한 고독과 영원히 싸워야 한다는 것을 안다. 섹스에 관해서라면 아다는 막을 내렸다. 이제는 호르몬이 거의 작동하지 않는다는 게 위안처럼 느껴진다. 하지만 크나큰 갈증이 느껴지면서 당혹스럽고, 피부 위로 비늘이 돋았다. 언젠가는 아침에 비늘로 뒤덮인 파충류가 되어 깨어날 거라는 확신이 든다. 풍뎅이는 아니다. 그건 아니다. 메마른 파충류다. 메마른, 메마른 파충류. 백과사전에서 그 비슷한 동물을 찾아봐야지. 붉은 마을에서의 그녀의 삶은 하이메 때문에 가능했다. 그래서 그가 떠난 지금, 마을은 텅 비었다. 그가 떠난 지 1년 후, 같은 날짜에, 정확히 같은 날짜에 쌍둥이 빌딩이 공격을 받았다. 그 입김이 갈수록 점점 더 거세져 서글퍼질 것 같은 생각이 든다. 그리고 세상이 오랫동안 예전과 같지 않을 것 같은 생각이 든다. 아다는 외국인이라는 자신의 신분이 불편하다. 그래서 세상 끝에 있는 자신의 나라가 지구에서 가장 안전한 곳이라 느낀다. 왜 내 마을이 아닌 이 마을일까?

아다는 주변 전체가 점토 구릉과도 같은 붉은 마을에서 산다. 심장처럼 붉고, 피처럼 붉고, 수박 속살처럼 붉고, 무희들의 매니큐어 색깔처럼 붉고, 살구 주스처럼 붉다. 붉다. 급경사진 돌 위에 놓인 주춧돌처럼 지중해 평지를 좁다랗게 끌어안은 마을. 마을은 정상에 다다를 때까지 한 계단 한 계단을 딛고 위로, 위로 올라간다. 정상의 모습은 장엄하며 고풍스러운 이미지를 풍긴다. 아다가 살고 있는, 비좁고 낡지만 새로 보수된 건물의 3층 창문에서 라벤다 들판이 보인다. 라일락, 자줏빛, 하늘색, 맑은 푸른색. 들판을 바라보며 향내를 맡는 게 그녀의 행복이다(나는 프랑스 남부와 사랑에 푹 빠졌어, 아다가 솔직히 털어놓았다. 지중해와 전형적인 것, 그리고 다른 모든 것까지 전부 사랑해. 내가 전형적인 것을 사랑하지 못할 정도로 그렇게 독특한가? 부엌에서는 올리브유 냄새가 풍기고, 당연히 가장 가까운 포도농장에서 구입한 와인을 마셔). 아다는 자기가 이 세상 어디에서 생을 마감할지 잘 모른다. 하지만 자기가 어디 있든지 라벤다 들판이 편안한 느낌으로, 감미로운 사치로 다가올 거라는 확신은 있다. 그런데도 그녀는 왜 이 마을인지, 자신에게 묻는다.

테러 발생 열흘 후 아다가 마음을 먹고 전화기를 들었다.

"올리베리오, 제재소가 달려 있든지 없든지, 하여간 푸에블로의 집과 정원을 사고 싶어."

"아다, 그건 매물로 나오지 않았어."

"상관없어. 주인한테 잘 이야기해봐. 사업은 그렇게 하는 거 아니야?"

"할 수야 있지. 하지만……"

"돈을 더 준다고 해봐. 내 명의로 좋은 제안을 해봐."

"두고 보자."

"〈대부〉를 떠올려봐. 거절할 수 없는 제안을 하란 말이야."

올리베리아가 지구 반대편에서 웃었다.

"말의 머리까지 벨 각오가 되어 있는 거야?"

"뭐든지 할 각오가 되어 있어."

나흘 후 아다는 부엌 벽에 걸린 수박 그림을 멍하니 바라보다가, 대체 무슨 변덕으로 어느 조각에서는 검은 씨가 나오고, 어느 조각에서는 하얀 씨가 나오는지 묻고 있었다. 그런데 그때 전화벨이 울렸다. 가슴이 철렁하고 내려앉았다. 어쩌면 올리베리오가 이미 답을 가지고 있는지도 몰랐다.

"불가능해. 팔려고 하지 않아."

"지금 주인이 누군데?"

"아마 넌 모르는 사람일걸. 곤살레스라는 사람이야."

"그를 설득할 방법이 없을까?"

"아다, 네 사촌오빠를 좀더 믿어봐. 나는 매일 이런 일을 하고 있어. 언제가 가능하고, 언제가 불가능한지 잘 알아. 알겠어? 나는

네가 부자라는 사실이 아직 실감이 안 나…… 너하고 어울리지
않아."

"나도 실감이 나지 않아…… 내가 푸에블로의 집을 살 수 없다
면 내 돈은 아무런 가치가 없어."

"아다, 푸에블로는 아무 곳도 아니야."

"하지만 내 거야."

그들은 잠시 침묵을 지켰다.

"아다, 거기 있어?"

"응. 듣고 있어……"

"*Come back.*"

통화가 끝난 다음에도 아다의 한 손에는 여전히 수화기가 들려
있었다. 마치 전화기에서 무슨 자력이라도 나오는 것처럼. 놀랍게
도, 금세라도 울음이 터질 것만 같았다. 아니야, 나는 울지 않을 거
야. 화를 내며 담배에 불을 붙였다. 니에베스더러는 감정적이라고
싫어하면서 자기 자신한테는 그걸 허용한다고? 안 돼. 아다가 단
호하게 대답했다. 그녀는 부엌 메모지 위에 있는 연필을 들어 재빠
르게 한 문장을 적었다. 책에서 읽은 문장인데, 잊어버리고 싶지 않
았던 것이다. '과거는 더이상 아프게 하지 않을 경우에만 과거다.'

푸에블로가 아직도 그녀를 아프게 한다면, 그 안에 얼마나 많은
과거가 들어 있길래 그런지 자신에게 물었다.

아다 마르티네스, 당신은 뻔뻔한 여자요. 푸에블로를 떠난 이후

마치 당신에게 현재는 아무 의미도 없는 듯 말하죠. 하이메가 한번은 그렇게 말한 적이 있다. 그의 목소리에는 짜증이 묻어 있었다.

요즈음 분위기가 점점 불안하고 변덕스러워질수록 아다는 자기 발밑의 집이 흔들린다는 느낌을 더 자주 받았다. 그럴수록 평범한 일상 속으로 더 자주 숨게 되었다. 그 일상이 아무리 사소한 집안 일이라 할지라도, 그 일로 아다는 평안을 되찾았다. 이러한 사소함 덕분에 그녀는 당면한 일상과 문학이라는 거대한 세계, 그리고 문학이 그녀를 이끈 곳의 극한 대조를 잘 견뎌냈다. 아다는 1년을 완전히 그런 생활에 젖어 살았다. 아주 오래전, 아다는 그 사실을 깨달았다. 하루하루, 자신의 일상에 이런 내용들이 담긴다면 문학의 기쁨을 누릴 수 있으리라는 것을. 하지만 오늘은 그걸로 충분하지 않았다. 오늘의 적은 달랐다. 오늘의 적은 그녀가 극복해야 하는 불안감과 초조하고 끔찍한 느낌, 소유하고 싶은 절박함이다. 그녀가 은퇴해 살 수 있는 작고 안전한 장소를 소유하고 싶은 절박감. 그곳은 낙원이고, 안정을 이룬 곳이고, 분별력이라는 작은 약속이 있는 곳이었다.

육체노동이 그녀에게 존엄성을 찾아주었다. 아다는 푸에블로 집의 하인들을 떠올렸다. 그리고 늘 가사노동의 피해자이면서도 가해자인 산티아고의 니에베스와 롤라를 떠올렸다. 참 봉건적인 구조야! 제3세계의 구조지! 아다가 매일 아침 하는 일은 별로 없다. 하지만 성심성의껏 일했다. 침대를 정리하고 옷을 분리했다. 세탁기로 들어갈 옷과 세탁소로 보낼 옷, 옷장 안에 보관할 옷을 따로 분리했다. 그러고 나서 그녀는 부엌으로 내려가 비알레티 포트에 커피를 내렸다(향을 음미하는 일은 절대로 그만두지 않았다. 사흘에 한 번씩 유리병 안에 커피를 갈아넣었다. 그 향이 위안을 주었다. 모든 슬픔에서 그녀를 위로해주었다). 커피포트가 제 일을 하는 동안 그녀는 오렌지 껍질을 벗기고 바게트 빵 한 조각을 구웠다. 그러고 나서 그 위에 치즈 한 조각을 얹었다. 집이 깨끗하게 정리되어 있지 않으면 작업하는 책상에 절대 앉지 않았다. 겨울에는 벽난로의 불을 피우는 게 힘들었다. 제대로 마르지 않은 장작, 불씨가 제대로 붙지 않는 불꽃과 힘겨루기를 했다. 그러다가 가끔은 성질이 나서 거리로 뛰쳐나와 장 뤼크에게 도움을 청하고 싶은 마음이 간절했다. 장 뤼크는 바 주인으로, 그녀를 도와주곤 했다. 하지만 그녀는 끝까지 버텼다. 불쌍한 불에게 지고 싶지는 않았다. 일주일에 한 번 나네트가 왔다. 덩치가 크고 뚱뚱하고 쾌활했으며, 자기 일에 프로다운 자부심을 느끼는 여자였다. 그녀는 깨끗하게 청소하고 빨래하기 위해 바닥과 카펫, 커튼 등을 모두 뒤집어놓았다. 세 시간 만에 그녀는 꽤 많은 프랑을 호주머니에 챙겨 돌아갔으며, 그들은 서로 열 마디 이상 주고받지 않았다.

삶은 갈수록 점점 더 미니멀리즘화되어갔다. 삶의 모습뿐 아니라 그 삶을 에워싼 것까지 모두 그렇게 되었다. 아다는 옷이 거의 없다. 있는 옷도 모두 간편하고 단순한 것으로 거의 다 검정색이다. 외부 활동은 거의 하지 않았고, 억지로 해야 하는 활동도 하지 않았다. 그래서 옷이 그렇게 많이 필요하지도 않았다. 바지와 헐렁한 스웨터, 멋진 가죽 재킷이나 벨벳 재킷 두어 벌, 코트 한 벌이면 충분했다. 바닥까지 내려오는 검정 캐시미어 롱코트 한 벌이면 충분했다. 정말 요긴하게 잘 입고 다녔다.

　가구 역시 같은 특색을 지녔다. 가구라고 해봤자 별로 없었고, 라인이 단순하고 기본적으로 필요한 것들로, 공간을 절대 차지하지 않는 것뿐이었다. 공간이 아름다우면 그냥 비워놓고 보는 걸로 충분했다. 그렇지만 예쁜 카펫과 벽난로 앞의 푹신한 소파, 튤립 모양의 귀여운 유리 갓이 달린 앤틱 전등 아래 책을 볼 때 앉는 쥐색 벨벳 소파 등도 있었다. 서재가 유일하게 풍요롭고 사치스러운 느낌이 드는 곳이었다. 사방에 책들이 빽빽하게 들어차 있으며, 늘 책장에 공간이 부족해 테이블과 카펫 위로도 책이 쌓여 있다. 옛날 신문과 요즘 신문들. 스크랩해놓은 것들. 파일에 담아 정리해놓은 것들. 이제는 바르셀로나에서 쓰던 사과 박스는 사용하지 않았다. 사과 박스는 견고한 소나무 책장으로 대체되었다. 재떨이도 사방에 널려 있다. 상당히 많은 재떨이가 무질서하게 널려 있지만 아다는 완벽하다고 생각했다. 그녀의 냉장고 역시 옷이나 가구들과 비슷하다. 무지방 우유, 후레시 치즈—다른 치즈들은 찬장에 보관했다. 절대 차갑게 두지 않았다—, 생선 간을 으깬 통조림 두어 개, 토마토와 상추, 꽃상추, 알이 굵어 달고 향이 짙은 노란 포도가 항상 들어 있다. 프로방스에서 초가을에 많이 나는 포도다. 그리고 백포도주와 적포도주가 찬장에 들어 있고, 생크림도 있다(파스타용이다. 올리브유나 약간의 크림과 잘게 다진 호두를 넣어 갓 요리한 파스타 한 접시만큼 그녀를 행복하게 해주는 건 없다). 방마다 지탄*이 한 갑씩 아무렇게나 던져져 있다(어찌 됐든 유럽은 유럽이다. 신세계 사람들에게는 요구할 수 없는 인류의 현명한 행동을 구세계 사람들은 간직하고 있다. 유럽에서는 사람들이 담배를 피운다). 그녀의 주변에 있는 것들은 모두 개인적이고, 가장 기본적인 것들이다. 거창하거나 요란한 것은 하나도 없다. 그녀의 주변에는 약간의 정의가 깃들어 있다.

그러다보니 아다는 사촌들이 집안일을 핑계로 식구들 이외 다른 사람을 집 안에 두고 참고 산다는 것을 이해할 수 없다. 그녀에게는 비인간적인 행동으로 보였다. 그 집안 사람이나, 일하러 온 사람 모두에게. 그녀는 이 거부감 역시 자신의 리스트 안에 포함시켜야 한다고 생각했다. 그 리스트도 시기에 따라 바뀌었지만, 관광 가이드에 대한 증오심(나한테 그렇게 설명했단 봐라!)처럼 절대 변하지 않는 것도 몇 가지 있다. 개념 미술, 특히 설치 미술(갈수록 그림이 얼마나 좋아지는데! 캔버스에 그린 그림이랑 전부!), 하이힐(나는 발을 망가뜨리는 대가로 3센티미터 더 크고 싶지는 않아!), 껌 씹는 사람들(얼굴을 그렇게 경박스럽게 움직이면 얼굴이 얼마나 망가지는데!), 팝콘을 파는 극장들(내가 백만장자가 된다면 나 혼자만을 위한 영화관을 지을 거야. 영화에서 가장 중요한 침묵이 흐를 때 팝콘 씹는 소리를 더이상 듣지 않아도 될 테니까), 그리고 섹스에 대해 정확하게 말하는 사람들도 그 리스트에 포함되어 있다(행동해! 그리고 입 다물어! 프랑스 영화의 거장이자 성적인 것을 가장 많이 추구한 루이 말 감독은 프렌치 키스를 화면에서 보여주는 게 음란하다고 믿었다. 아다는 그에게 박수를 보낸다).

---

* 프랑스의 대중적인 담배 브랜드.

아다는 거의 사교 생활을 하지 않았다. 마을에는 친구가 네 명 이상 되지 않았다. 자기 개하고만 섹스를 한다고 자랑하는 영국 심리학자 도운과 그림을 그리는 프랑스 부부, 스페인어가 통하는 멕시코 기자 헤수스밖에 없다. 스페인어로 말한다는 게 그녀에게는 크나큰 만족을 안겨주었다(아다는 그가 말하는 게 아주 예쁘다고 생각했다. 그는 칠레 사람들처럼 음절을 집어삼키지도 않고, 에스를 발음하는 데 게으르지도 않고, 문법과는 상관없이 아무 때나 관사를 붙이지도 않았다). 나머지 사람들은 그냥 길을 가다가 마주치면 인사하는 정도다. 세월이 흘러 사람들을 지켜보면서 아다는 카실다 고모할머니의 유전자가 자기에게 악영향을 미쳤다는 사실을 확인했다. 아다는 칠레에 갈 때마다 사촌들의 사교력에 놀라움을 금치 못했다. 그들은 파티와 만찬, 결혼식에 참석했다(마치 아다의 주변에는 결혼하는 사람이 없는 듯 아무런 행사도 없었다). 아다가 함께 있고 싶은 마음이 들려면 상당히 흥미로운 사람이어야 했다. 그녀가 읽는 책이나, 신문에 표시해놓고 보는 텔레비전 프로가 훨씬 나았다. 그녀는 일 때문에 1년에 두 번 정도 바르셀로나에 가서 출판사 직원들과 함께 식사하고, 한평생 친하게 지낸 친구들을 만나고, 서점에서 새로 나온 책들을 구매했다. 그리고 런던에서 살 때처럼 영화와 연극에 푹 빠져 지냈다.(알란 베이츠가 나오는 연극을 보기 위해 마지막 5파운드까지 몽땅 써버리는 바람에 일주일 내내 1센트도 없이 살았다. 5파운드! 요즘은 연극이 얼마나 할까?) 파리에도 꽤 자주 가는 편이다. 파리는 아름다운 것 이외에는 그다지 끌리는 편이 아니다. 마을에 없는 물건이 필요할 때면 엑상프로방스나 마르세이유까지 운전해서 갔다.

내 땅으로 돌아가는 것. 내가 돈을 지불하는 것. 아다는 혼자 말했다.

여행을 너무나도 좋아하는 그녀가, 꽤 일찍 닻을 들어올린 그녀가, 얼마나 깊이 뿌리를 내려야 할까?

"사물을 명명하고 싶은데. 모두, 일일이. 이름을 붙인다는 게……"

"당신은 그렇게 미스터리를, 공허함을 없애버릴 거야. 아무 예감도 남지 않게 될걸. 아무것도. 아다, 그 어느 것에도 이름을 붙이지 말아요."

그것이 예술 애호가인 하이메와 글에 대해 나눈 첫 논쟁이었다. 그는 모든 것을, 특히 음악을 잘 알았다. 하지만 어느 것도 깊이 있게 알지는 못했다. 그가 아니라 아다가 문학적 불안감을 느끼고 있다는 사실을 그에게 상기시키란 꽤 어려운 일이었다. 그림이 자기 전문 분야가 아니라는 사실을 잊을 때까지, 그는 그림에 대해 몇 시간씩 논의를 펼칠 수 있었다. 나는 열일곱 살에 루브르 박물관에 가봤어. 마지막 방에 들어갔을 때 나 자신에 대해 훨씬 나은 의견을 갖게 되었지. 그는 자신을 비웃고 싶을 때면 이야기하는 걸 좋아했다. 하지만 유일하게 그가 제대로 심취한 것이 음악이라는 것은 분명했다. 멕시코 친구 헤수스와 마지막으로 저녁식사를 했을 때, 그는 자기가 모아놓은 훌륭한 민속음악 컬렉션을 자랑했다. 마리아치들이 트럼펫으로 〈잃어버린 아이〉를 연주할 때, 하이메가 헤수스와 얘기하고 있던 아다에게 조용히 하라며 속삭였다. 모차르트야! 이게 바로 모차르트야!

올리베리오의 부탁으로 탕헤르에서 아다를 구원한 하이메가 그녀에게 미래에 대해 결단을 내리라고 했을 때, 그는 그녀가 갈 데도 없고, 그녀의 나라가 그녀를 부르지도 않는다는 사실을 깨달았다.

"내가 당신에게 매력적인 제안을 하나 할까 하는데." 그가 아다에게 말했다. "프랑스."

"왜 프랑스예요?" 아다가 물었다.

"그 나라에서는 매일 아침 빵을 사는 게 문명의 행위이기 때문이지요. 팔 아래 바게트를 끼고 다니는 게 멋지거든요. 그것은 세금을 내고, 일용할 양식을 구하고, 선거를 하는 것과 같은 행위입니다. 프랑스에서 빵을 산다는 것은 그런 의미입니다."

"그래서 제안이 뭔데요?"

"나와 함께 프랑스 남부 뤼베롱에 있는 우리 마을로 가요. 그곳에 방 네 칸짜리 집이 있어요. 당신도 상상하듯 나는 방 한 칸만을 사용하지요. 우린 그 집에서 함께 살 수 있어요. 그곳 역시 다른 곳과 마찬가지입니다. 하지만 내가 있으니까 우리는 함께 살면서도 동시에 독립적인 생활을 할 수 있을 겁니다. 내 생각에 당신은 혼자 세상을 떠돌아다니기에는 좀 약해 보이는군요. 그러니까 내 말은 더이상 떠돌아다니지 말라는 거예요. 이번엔 당신이 무사했지만 다음에는 죽을 수도 있어요. 알아요? 그리고 나는 가만히 있지를 못하는 사람이라 많이 옮겨 다녀요. 당신은 거의 백 퍼센트 그집의 주인처럼 살 수 있을 겁니다. 그리고 내가 알기로 당신 일은 어디서고 할 수 있는 것 같은데, 안 그래요?"

"내가 누군지도 제대로 모르면서 왜 이렇게 나한테 관대하신 거예요?"

"올리베리오가 당신이 좋은 여자라고 했습니다. 나는 당신한테 은혜를 베푸는 게 아니에요. 큰 집에서 살다가 나왔기 때문에 혼자 있고 싶지 않아서 그래요."

아다가 그 제안을 받아들였을 때―너무나도 혼란스러웠기 때문에 그가 오지에서 살자고 했어도 좋다고 했을 것이다―, 그는 구체적으로 짚고 넘어가야겠다고 생각했다.

"칠레 여자들이 어떤지 대충 기억이 납니다. 그래서 당신에게 한 가지는 분명히 해둬야 할 것 같습니다. 나는 당신에게 섹스나 감정적인 관계를 원하는 게 아닙니다. 나는 얼마 전에 이혼했습니다. 그리고 아직 그 빌어먹을 여자를 사랑합니다. 나는 사랑을 하고 싶지도 않고, 앞으로도 사랑할 것 같지는 않습니다."

"고맙네요." 아다의 대답이었다.

그렇게 해서 아다는 5년 전 프랑스 남부에, 하이메가 아름답다는 이유로 선택한 붉은 마을에 오게 되었다. 결과적으로 그는 훌륭한 동거인이었다. 그는 정말 여행을 많이 다녔고, 아다는 집에서 작업하면서 거의 혼자 지냈다. 그리고 함께 지낼 때면 확실한 규칙이 있었기 때문에 사이좋게 지냈다. 하이메는 혼자 있을 줄 아는 남자였다. 아다에게는 그 점이 무엇보다 가장 소중하고 고마웠다. 푸에블로의 집에서는 성스러운 권리가 존재했다. 침묵의 순간과 고독의 순간이었다. 집안 식구들 중 누군가 혼자 있고 싶다고 해도 결코 그 누구도 불평하지 않았다. 그래서 아다는 그 점을 인간의 기본 권리처럼 생각하게 되었다. 다른 사람에게는 그게 불필요할 수도 있다는 생각은 하지 못했다. 브뤼셀에 있던 그녀의 집으로 칠레 사람들이 두어 번 찾아왔을 때가 떠올랐다. 그때 그녀는 손님들이 자기를 혼자 내버려두지 않아 절망적이었고, 머릿속에서는 윙윙거리는 소리가 들리는 것 같았다. 그리고 그 소리를 계속 들으면 미쳐버릴 것 같아 두려웠다.

하이메와 그녀는 조금씩 친구가 되어갔다. 그녀는 가끔 아무 말 없이 혼자 마음을 닫고 지낼 때가 많았다. 그런데 사람한테 잘해주는 그의 성격 덕분에 그녀 역시 말문을 열었고 마음도 열었다. 그의 전 부인은 아주 유명한 스페인 배우였다. 그래서 가끔 텔레비전에 그녀의 영화가 나올 때면 하이메는 아다를 불러 자기 방에서 함께 보자고 했다. 그는 그녀가 벌거벗고 나오는 걸 참을 수 없다며—그녀는 종종 꽤 편하게 벌거벗은 채 주인공으로 나왔다—여배우가 옷을 벗을 때마다 자기 눈을 가려달라고 부탁했다. 그들 사이에 자식은 없었다. 모성애가 소유욕을 성스럽게 한다는 말이 있다. 그래서…… 그는 절대로 그 모성애를 아무 여자에게도 선물하지 않았다! 그는 당뇨병을 앓았는데, 그가 들이켜는 위스키의 양은 절대 도움이 될 만한 양이 아니었다.

"알코올이 몸 안에서 당분으로 변하는 거 알아요?" 아다가 물었다.

"제발, 제발…… 내 유모 노릇 하라고 당신을 프랑스 남부로 데려온 건 아니에요."

아다는 곧 금지된 영역이 있다는 걸 알았다. 그래서 가급적 참견하지 않으려고 노력했다.

그는 격언을 상당히 많이 사용하는 남자였다─당신이 무슨 책을 읽고 있는지 말해봐요. 그러면 당신이 누군지 말해줄 테니. 그가 잘 사용하는 격언 중 하나였다─. 아다는 그가 격언을 재미있어한다는 걸 인정했다. 어느 날 그들은 작은 레스토랑에서 저녁식사를 기다리고 있었다. 그때 옆 좌석의 남자가 식사와 함께 우유를 주문하는 걸 보고, 하이메는 그 즉시 자리를 바꿔달라고 요구했다. 그는 아이들을 싫어했고, 아이들과 접촉하는 게 정치적으로 옳다고 느껴야 하는 모든 걸 싫어했다. 그는 칠레에서 사춘기 아이들이 우글거리는 바닷가 누이네 집에서 지냈던 이야기를 해주었다. 아다, 당신이 조카들을 모르는 게 다행이에요. 정말 끔찍한 악몽이거든요. 얼마나 시끄러운 소음을 만들어내는지 알아요? 그 아이들이 낼 수 있는 데시벨이 어느 정도인지 알아요? 어른들의 지친 귀는 전혀 신경도 쓰지 않는다니까. 불필요하게 소리 지르고, 물건들을 때려 부수고, 손과 발로 끔찍한 장단을 맞춘다니까요. 무슨 타악기라도 되는 것처럼 말이에요. 아이들이 지나가면 테이블과 바닥이 뒤흔들려요. 게다가 오리 떼처럼 떼를 지어서 몰려다니지요─미운 오리 새끼들 나이예요. 그리고 밖으로 내보내면 불안해서 죽는다니까요─. 그리고 그것도 모자라는지 언어도 절대적으로 부족합니다. 이 땅에서 가장 흥미가 떨어지는 인간들이지요. 물론, 나는 절대 아버지가 되지 않겠다고 맹세했습니다. 아다, 하느님에 대한 두려움 때문이지요. 우리 세대는 하느님에 대한 두려움 없이 자식을 기르는 오류에 빠져 있습니다. 확실하게 자제력을 길러주지 않아 아이들이 제 부모에게 무턱대고 덤벼들지요. 두려움이 없기 때문에 인간적인 면을 박살내며, 인간적인 면에서 위안을 얻지 못합니다. 운이 나빠 자식이 생긴다면 가장 순수한 신조에 따라 기를 겁니다. 그렇게 나는 자유롭게 남아 있을 겁니다.

아다는 듣고만 있었다. 물론 자신이 의견을 내놓지 못하는 테마는 하나도 없었지만. 어느 날 밤, 저녁식사를 마친 후 하이메가 그녀를 물끄러미 바라보았다.

"아다, 성적으로 뭐가 편한지 분석해봅시다. 나는 성적인 문제를 행동 속에서의 '균형'의 문제로 봅니다. 섹스가 부족한 사람들은 사물을 판단하는 능력이 떨어지지요. 사물을 아예 확대하거나 축소해서 보게 되지요. 당신이 성적으로 안정되었다면 사물의 크기는 원래 자기 크기를 그대로 유지합니다. 섹스가 없으면 그것 역시 뒤틀어지지요. 빅토리아 시대의 여자들이 왜 툭하면 기절하고 눈물을 찔끔찔끔 짜고 어두운 방에 처박혀 지냈는지 알아요? 정조만을 지나치게 강요하는 바람에 삶의 균형감이 부족해서 그런 것입니다."

"나도 동의해요." 아다도 수긍했다. 그녀는 머릿속으로 그 말에 들어맞는 빅토리아 시대의 인물을 찾아보았다. 그런데 그때 그들이 아닌 롤라가 떠올랐다. 사촌동생과 그녀가 어렸을 때 했던 이상한 돌출 행동을 떠올리려는데, 하이메가 아다의 생각을 방해했다.

"당신이 여기 마을에만 처박혀 지내는 걸 보니, 당신이 그런 균형감을 잃지 않도록 당신에게 함께 밤을 보내자고 권하려고 합니다."

아다는 웃을 수밖에 없었다. 아다는 하이메가 언제 진담을 하고 언제 농담을 하는지 제대로 분간하기가 힘들었다. 그렇지만 좋은 아이디어라는 생각은 들었다. 그래서 그날 밤, 아다는 하이메의 침대를 뒤덮은 커다란 거위털 이불 아래 숨어 그의 말을 들었다.

"아다, 내 비극이 뭔지 알아요? 한 번도 제대로 사랑을 해보지 못했다는 겁니다. 욕구나 동료애, 정신적인 교감. 나는 늘 이 세 가지 감정 중 하나만을 경험했습니다. 나머지 두 개는 없어요. 몬세한테는 순전히 욕구만을 느꼈습니다. 절대적이고 집요한 욕구였지요. 비극이 따로 없었습니다! 젊었을 때의 내 사랑은 정신과 가치의 교감만이 있었지요. 우리는 같은 것을 믿고 같은 생활방식을 믿으며 잘 지냈습니다. 하지만 우리는 친구가 아니었습니다. 우리는 서로 대화를 나누지도 못하고 즐기지도 못했습니다. 그래서 우리는 절대 친구가 될 수 없었지요. 그렇게 계속 이어졌고요."

"나와는 동료애를 느끼겠군요."

"물론, 그래서 우리가 지금 이 침대에 있는 겁니다. 하지만 삶이 왜 이렇게 빌어먹었는지, 왜 나에게 조각난 인생을 살게 하는지, 내 자신에게 묻고 있습니다."

("그 남자랑 사는 거야?"

"응. 같은 집에서 살아."

"그럼 그 남자랑 자기도 해?"

"가끔."

"침대에서 잘해?"

"훌륭해."

"그런데 사귀는 건 아니다 이거지?"

"아니야, 롤라. 우리는 사귀는 사이는 아니야."

"이해할 수 없어! 나는 도무지 이해할 수가 없어!)

밤에 옆방에서 자고 나면, 그때는 스페인 여배우와 화면에 나온 그녀의 벌거벗은 몸을 생각하게 된다는 말을 롤라에게는 솔직하게 털어놓지 않았다 — 왜 내가 그 몸을 알아야 하고, 그 몸을 봐야 하는데? 공인은 무시할 수 없기 때문에 절대 공인을 라이벌로 삼아서는 안 되겠어 —. 그러면서 질투심이 내장 깊은 곳에서부터 스멀스멀 올라와 가슴을 지나 뇌까지 전해지면서 이마가 지끈거렸고, 결국 침대에서 나와 집 안 전체를 쿵쿵거리며 돌아다녀야 했다. 믿을 수 없이 찜찜한 가짜 평화를 얻을 때까지 집 안을 돌아다녔다. 그러고 나서 한참 후 아다는 자신을 비웃었다.

하이메는 광산업에 종사하는 상당히 부유한 칠레 집안의 자손이었다. 지나칠 정도로 전통을 중시하는 형들은 아버지와 함께 일하며 집안의 재산을 불려나갔다. 재산은 각자가 일해서 벌어들인 것을 제외하고는 각 형제에게 똑같이 분배되었다. 하이메는 일찌감치 형들과 자신의 나라에서 멀어지기로 결심했다. 그러고는 좋아한다는 이유 하나만으로 파리에서 철학을 공부했다. 그의 삶은 아름다움을 찾아 정처 없이 헤매며 돌아다니는 것 이외에는 아무것도 없었다. 이미 돌아가신 아버지가 그에게 투자해보라고, 그가 가진 돈으로 뭔가 유용한 것을 해보라고 가끔 권하기도 했지만, 그는 끝까지 거부했다. 그러다가 올리베리오가 무대에 출현했고, 탕아蕩兒는 그에게 재산을 맡겨 자신의 이름으로 굵직한 투자를 하면서 금고를 더욱 불려나갔다. 올리베리오는 어느 도시가 됐든지 적어도 그곳에 집 한 채는 구입하라고 권했다. 그때 그는 싫다고 했다. 건축물 같은 경박한 것에 발목을 잡혀 한곳에 묶여 살고 싶지는 않았던 것이다. 그러던 어느 날, 그는 자기가 자질구레하게 일해봐야 아무 소용도 없다는 것을 깨닫고 다시는 일을 하지 않겠다고 결심했다. 그는 먹고사는 데에만 돈을 지불했고, 큰 사치도 하지 않았고, 할 필요도 없었다. 그는 자기 삶 자체가 덧없고 일시적이고 불필요하며, 자신에게는 야심도, 적어도 세상에 알려진 그런 야심도 없다고 생각했다. 아다는 하이메가 말을 하지 않아도 그가 자신을 잃어버린 공간, 남이 정해놓은 공간으로 느낄 것 같다는 생각이 들었다. 가슴이 찢겨나간 채 자기 자신은 절대 멈추지도 못하고 끊임없이 계속되는 운명의 미끄럼틀에 오르는 느낌일 것 같았다. 물에 빠졌는데도 구원의 널빤지에 손이 닿지 않고, 도와달라고 소리 지르지만 목소리가 나오지 않는 그런 느낌일 것 같았다. 같이 살던 초창기의 어느 날, 아다가 연필과 종이를 가져왔다. 생활비 이야기를 하기 위해서였다. 그때 하이메는 제발 그러지 말라고 당부했다.

"나는 평생 여자들을 먹여 살리는 것 이외에는 아무것도 하지 않았어요…… 내가 능력이 되는데 당신은 뭐가 그렇게 걱정이에요?"

"당신한테 얹혀살다보면 내 자유가 모두 없어져요. 우리 여자들은 자유를 '사야' 해요. 아직도 그걸 모르겠어요? 이 집 생활비 전체의 절반은 내가 내겠어요."

아다의 의지는 확고했고, 그 때문에 하이메는 그녀의 의견을 존중해주었다. 그렇게 그들은 돈 문제를 더이상 거론하지 않았다. 어느덧 성공적인 동거도 4년이 지나고, 어느 날 하이메가 서류를 몇 장 들고 아다의 책상으로 찾아왔다.

"나의 수호천사, 당신이 필요해요. 이 시커먼 종이에 당신의 성스러운 사인을 좀 해줄 수 있나요?

"뭔데요?"

"내 저축이 들어 있는 이 은행 계좌를 당신과 공동 명의로 할까 해서요."

"매달 당신한테 오는 그 커다란 봉투들이요?"

"바로 그거예요. 그게 유일하게 합법적인 내 돈이지요. 그러니까 가족한테 물려받은 게 아니라 내가 번 돈입니다. 그래서 계좌를 분리해 따로 보관하고 있습니다."

"그러니까 깨끗한 돈이라는 얘기네요."

아다가 비꼬며 그의 말을 끊었다.

"예술품을 사고 팔던 시절이 있었습니다…… 뉴욕에 살고 있었을 때 올리베리오가 많이 불려주었지요. 당신한테 왜 이런 설명을 하는지 모르겠군요…… 당신이 너무 깐깐하게 굴어서 그런가?"

"부자인 게 죄책감이 드는 거군요. 그렇죠?"

"좋아요. 하지만 다시 본론으로 돌아갑시다. 아다, 당신이 이 계좌에 서명해주었으면 해요. 만약 내일 당장 내가 당뇨병 때문에 코마 상태가 되거나, 도로에서 음주운전으로 사고라도 난다면 누가 병원비를 댈 수 있겠어요? 당신이 내 돈을 사용할 수 있어야 해요."

"하이메, 내가 그 돈을 사용할 수는 있어요. 하지만 이 서류들은 내가 당신과 재산을 공유한다는 의미예요. 알아요? 사인을 하면

나도 그 돈의 주인이 되는 거예요. 당신처럼 나도."

"잘됐네요. 나한테는 상속자가 없으니…… 형들은 돈에 치여 살고, 조카들은 지긋지긋한 코흘리개에 불과해요…… 당신도 그 스페인 마녀가 내 재산을 자기 애인들과 함께 흥청망청 쓰길 바라는 건 아니겠지요?"

아다는 또다시 하이메의 말이 진담인지 농담인지 분간이 되지 않았다. 그가 하도 권하는 바람에 아다는 할 수 없이 서류의 모든 자료에 기입하고 사인을 한 후 잊어버렸다.

당뇨병 때문에 코마 상태가 된다든지 길에서 교통사고가 난다는 등의 얘기는 정말 걱정이 되었다. 아다는 올리베리오에게 편지를 썼다.

내 경험으로 미뤄볼 때, 알코올 중독자들은 대책 없이 사랑을 받는 것 같아. 다른 사람은 쉽게 용서하지 못하는데, 그들은 쉽게 용서할 수 있어 그런 것 같아. 그들은 항상 실패를 곁에 두고 살아. 경쟁 상대도 되지 않고. 그들의 눈에는 패배자의 초라한 빛이 서려 있어. 그 모든 것 때문에 동정심이 생겨서 그들에게는 양팔을 활짝 벌리게 되는 것 같아. 알코올 중독자에게는 여자들이 끌릴 만한 뭔가가 있어. 그들을 지켜주고 싶고 좋아하게 하는 패배감 비슷한 게 있거든.

그녀는 하이메를 지켜주었고, 좋아했다. 하지만 절대 사랑하지는 않았다.

브뤼셀의 외교관인 후안 카를로스도 사랑하지 않았다. 그리고 그와는 결코 결혼을 하지 않았다(그건 내가 지어낸 말이었어. '내 남편' 이야기를 하면서 내 자신을 비웃을 뿐이야). 불쌍한 후안 카를로스. 아다는 약간 후회가 되기도 했다. 그들은 파리에서 만나 함께 저녁식사를 하고 화해를 했다. 그 역시 죄책감이 없지는 않았다. 결국 따지고 보면 두 사람 모두 서로를 이용한 것이었고, 대화로 모든 적대감을 풀었다.

아다는 순진하게 외교관을 자유의 상징으로 생각했다. 아다는 그 어느 것보다 자유의 횃불을 찾아다녔다. 여러 나라에서 살고, 그 어느 것에도 얽매이지 않고, 다른 문화를 들이마셔 흠뻑 심취하는 게 사람 사는 것 같았다. 여행을 다니며 그렇게 살다보면 보는 것도 많을 것 같았다. 여러 모습들이 겹쳐 뒤섞이고 심지어 혼란스러울 수도 있겠지만, 그래도 일시적인 것의 진짜 아름다움을 한순간 포착할 수 있을 정도로 보는 눈도 높아질 거라 생각했다. 하지만 그것은 완전히 그녀의 착각이었다. 후안 카를로스보다 더 형식을 따지는 사람도 없었고, 이 세상의 인습과 직업상의 서열에 그보다 더 집착하는 사람도 없었다(외교관 역시 군인들과 같아—아다는 생각했다—. 명령을 내리는 서열이 모든 것을 결정짓지). 브뤼셀에 가려는 게 그녀의 의도는 아니었다. 하지만 바르셀로나에서의 후안 카를로스의 부임 기간이 끝나가고 있었고, 마지막 순간까지 다음 부임지를 알지 못했다. 그리고 그때는 이미 함께 떠나기로 약속한 후였다.

아다, 행동 조심해. 당신이 입을 열 때면 나를 대신해서 말한다
는 점을 명심해. 제발 치마 좀 입어. 이런 경우에 바지는 어울리지
않아. 대사 부인한테 상냥하게 굴어. 대사와 친해지려면 그녀가 열
쇠니까. 그녀가 멍청한 게 무슨 상관이야? 그렇게 빨리 먹지 마.
제일 빨리 먹는 건 보기 안 좋아. 가짜라도 좋으니까 보석 없어?
어떻게 그렇게 아무것도 걸치지 않고 나갈 수 있어? 마조르카 같
은 인조 진주라도 사. 진짜인 것처럼 해. 당신은 그렇게 낮은 굽을
신어도 괜찮을 정도로 키가 크지 않아. 내가 굽 높은 구두를 사줄
게. 더이상 작아 보이지는 않을 거야. 그렇게 자주 내 사무실로 찾
아오지 마. 보기 안 좋으니까. 당신은 외교관 부인들과 공통 화제
를 찾아야 해. 그들이 옷 얘기를 하면 당신도 같이 해. 그들이 자선
활동에 대해 말하면 당신도 같이 해. 제발 무슨 일이 있어도 사람
들 시선 좀 끌지 마. 제발 식사 후에 담배 좀 피우지 마. 이제는 담
배 피우는 사람이 아무도 없다는 거 안 보여? 그래, 사람들이 당신
한테 말해주는 음식 레시피를 메모해. 그리고 그들한테 그런 종류
의 식탁보를 사겠다고 말해. 그리고 새 커튼도 이미 주문해놓았다
고 말하고. 당신이 아무것도 없는 맨 창문을 좋아한다는 것을 그들
한테 인식시켜줄 필요는 없어. 제발 부탁이야. 제발 내 망신 좀 시
키지 마, 아다. 결국 따지고 보면 사람들은 당신을 통해 나를 판단
하니까.

아다는 늘 섹스를 좋아했다. 섹스가 건강한 충동처럼 느껴졌다.
그리고 가끔은 다급한 충동처럼 느껴지기도 했다. 아다는 강렬하

면서도 느긋했고, 섹스가 끝난 후에도 집착하지 않았다(언니는 그 점까지도 남자 같아! 롤라가 말했다). 아무래도 런던에서 청춘을 보낸 게 지워지지 않는 흔적을 남긴 것 같다. 섹스는 학사급이고, 에로티시즘은 석사급, 사랑은 박사급이야, 하이메가 말했다. 안타깝게도 후안 카를로스는 학사까지만 이수했다. 처음에는 그가 많이 노력했다. 아다는 그 덕분에 적어도 그 점에서는 서로 비겼다고 확신했다. 그런데 브뤼셀에 가서는 새로운 나라, 새로운 조직에서 일하는 게 힘들다는 핑계를 대기 시작했다. 적응해야 한다느니, 언어가 문제라느니, 새로 부임한 대사가 어떻다느니 하며, 함께 있지 않으려고 별의별 핑계를 다 대기 시작했다. 그러면서 그와 함께 숨어 있던 면들이 표면 위로 올라오기 시작했다(옛날부터 쭉 거기에 숨어 있었어, 아다가 자신에게 말했다. 별안간 하루아침에 모습을 드러낸 게 아니야). 말할 때의 특정한 말투, 행동할 때의 특정한 모습, 특정한 친구들, 특정한 시선. 어느 날 밤, 칵테일 바에서 그가 브라질 사업 담당자에게 드러내놓고 추파를 던지자 아다가 화를 내며 그에게 대들었다. 그래, 나는 허수아비야. 내가 당신한테 뭔지 말해줘. 후안 카를로스는 그 사실을 단호하게 부인했다. 그녀의 상상일 뿐이라고 했다. 그 일이 있은 후, 그가 침대에서 제대로 행동하여 당분간은 아다를 안심시켰다. 그러던 어느 날, 생각했던 것과는 정반대로 이번에는 그가 그녀에게 따져 물었다. 왜 자기 옆에 있냐고. 진실을 얘기해달라고, 그녀가 그를 사랑하지 않는 건 확실하다고 했다. 아다는 침묵을 지켰다. 그러고는 한 달 후 탕헤르로 떠나버렸다. 함께 보낸 기간은 1년 반 정도 되었다. 아다가 외교관

생활을 혐오하게 된 것 이외에 그들 관계에는 아무런 흔적도 남지 않았다.

아다는 훨씬 훗날 이렇게 말했을 것이다. 그녀가 좀더 솔직하고, 결단력이 있었다면 후안 카를로스에게 이렇게 대답했을 것이다. 올리베리오가 결혼했기 때문에, 재혼했기 때문에 견디지 못해서였다고.

1994년 말, 아다가 바르셀로나에 자리를 잡았을 때 이런 전화를 받았다.

"소식 전해주려고 전화한 거야."

"또 아빠가 되었어?"

"셜리와 내가 헤어졌다는 거 너도 잘 알잖아."

"오빠가 지겨워한다는 걸 나한테 애매하게 흘렸지. 그렇다고 아빠가 못 될 거는 없잖아."

"아다, 나 결혼할 거야."

"믿을 수 없어……"

수천 년 묵은 피곤함이 아다의 양 어깨를 짓눌러내렸다.

"누구랑 결혼하는지 안 물어볼 거야?"

"여자 없이는 단 하루도 살 수 없어? 그 양키 여자랑 헤어진 지 얼마나 됐다고……"

"아다, 제발 좀 너그러워져라."

"올리베리오, 누구랑 결혼하든지 상관없어…… 나한테 허락을 받으려는 건 아니잖아. 그러니 자, 얼른 결혼해. 그리고 나한테는 더 말하지 마. 알았어?"

"롤라랑 결혼할 거야."

그게 끝이었다.

아다는 몇 시간이 지나서야 간신히 생각을 정리할 수 있었고, 자기 자신에게 이렇게 말했다. 롤라가 또다시 내 원고를 태운 거야. 왜 나를 경기 나게 하는 거지?

올리베리오가 처음 결혼했을 때, 그녀는 런던에서 그 소식을 들었다. 그 당시에 전화는 특별한 것이었고, 편지가 일반적이었다. 그렇게 그녀는 그 소식을 편지로 알게 되었다.

어느 목요일이었다. 제대로 지워지지 않을, 좋지도 나쁘지도 않은 목요일이었다. 아다의 하루는 정신없이 바빴고, 그녀는 지하철 입구에서 햄스테드 구역에 있는 집까지 걸어갔다. 루스 엄마의 친구인 칠레 음악가가 사는 집에 방을 하나 빌려 살고 있었다. 아다는 그곳을 지날 때마다 자기가 그곳에 살게 된 게 정말 황당하다는 생각이 들었다. 그리고 자기가 의지할 곳이 별로 없다는 생각도 들었다. 부자 동네였다(지금도 그대로일까? 아다는 생각했다). 집들은 그림엽서에서처럼 단정했다. 예쁘고 깨끗하게 페인트칠되어 있었으며 포근해 보였다. 정원은 잘 가꿔졌고, 광장은 깨끗해서 놀다 가고 싶은 마음이 들게 했다. 아다는 자기가 사는 거리와 그 주변을 모두 좋아했다. 70년대였고, 모두 그 사실을 인식하고 있는 것 같았다. 사람들은 여전히 메리 퀸트*의 옷을 샀고—아다는 몸에 굴곡이 없어 특히 잘 어울리는 것 같았다—, 비틀즈와 롤링스톤즈의 노래가 각 라디오 방송과 발성 영화, 파티에서 들려왔고, 영국인들이 세계 음악의 주인이었다. 환각제인 LSD와 대마초는 여전히 일용하는 양식이었다. 아다가 친구들과 어울릴 때마다 대마초를 받거나 거부할 기회는 항상 있었다.(그때의 파티란! 사람들은 천장까지 날아올랐으며, 파티 끝에는 모두 한 침대 위로 드러누웠지요—나중에 하이메에게 말해주었다—. 내가 좀 뒤늦게 '스윙잉 런던'에 도착했지만 말이에요. 내 성격 형성에 결정적인 시기였어요. 칠레에서 바짝 졸아 살다가 자유의 땅과 접하게 되었다는 게 나한테 무슨 의미인지 상상할 수 있겠어요?) 그 목요일 날, 아다는 집을 향해 걸어가면서 나지막한 목소리로 〈리처드 3세〉의 구절을 낭송했다. 그녀는 지난 몇 시간 동안 연극 공연장에서 맛본 기쁨을 세상 전체와 함께 공유하고 싶은 마음이었다. 아다는 연극을 좋아했다. 그리고 그 몇 년 동안 학생 할인 입장권이 큰 즐거움을 안겨주었다(물론 그녀가 늘 좋아한 장르는 소설이었다. 아다는 소설을 훨씬 순수한 연극이라 보았다. 제작 문제나, 극중 인물을 위험하게 할 배우 문제가 없는). 한 번도 주인공을 맡지 못했지만 최고의 '햄릿'을 연기한 로렌스 올리비에도, 존 길거드도, 피터 오툴(아다는 〈아라비아의 로렌스〉 이후 그가 좋아졌다)도 놓치지 않았다. 식사와 연극 중 하나를 선택할 때면 아다는 늘 후자를 선택했다. 그녀는 연극이 자신의 진짜 양식이라 믿었다(내가 얼마나 비쩍 말랐

---

* 1960년대 모드룩을 창시한 여성 디자이너로, 무릎 위로 올라간 미니스커트를 디자인한 것으로 유명하다.

는데. 마지막으로 공연장을 밟아본 게 언제더라?—아다는 오늘날 자신에게 물었다—그래, 나는 런던에 살지 않아. 그때는 또 다른 시절이었지. 이 나이에는 자극 없는 도시가 좋아).

니에베스가 그녀와 함께 있었더라면 야단을 쳤을 것이다. 자, 아다, 괜히 다른 이야기 하지 마. 그 목요일 날, 〈리처드 3세〉를 보고 난 다음 집으로 돌아오고 있었어. 그래서? 미안. 나는 런던 생각을 할 때마다 자꾸 딴 생각을 하게 돼. 그날 아침, 수업을 마치고 나오면서 화장품 가게에 들렀어. '비바'라는 브랜드 기억나? 병이 밤처럼 어두운 화장품이었지, 내가 그 입술 색깔을 무지하게 좋아했는데. 나는 그 가게로 들어가 눈 딱 감고 달라고 했어. 퍼플. 입술을 보라색으로 칠하고 돌아다니는 게 얼마나 신나는데. 그날처럼 입술도 경박한 보라색이었지. 그러고 나서 나는 집에 도착해서 여느 오후와 다름없이 편지가 놓인 쟁반을 살펴보았지. 올리베리오의 글씨체—비슷한 글씨체 수천 개가 있어도 단번에 알아볼 수 있는 글씨체야—로 하늘색 봉투에 적힌 내 이름이 보였어. 나는 잠자리에 들 때까지 열어보지 않았어. 평화롭게 읽기 위해서.

그녀와 결혼할 거야. 셜리가 어떤 여자고, 어떻게 만났고, 누구인지 자세히 이야기한 후에 그렇게 말을 맺었다. 너도 분명히 그녀를 좋아하게 될 거야. 그렇겠지. 바람둥이. 그 여자를 좋아하라고 아예 강요하는군. 아다는 편지를 잘게(산산조각? 갈기갈기?) 찢은 후, 침대에서 일어나 옷을 갈아입고 전화를 두어 통 건 다음 길거리로 나갔다. 이제는 그 거리가 예쁘지도, 아늑하지도, 우아해 보이지도 않았다. 그러고 나서 다시 지하철을 탔다. 그녀는 소호의

한 바에서 친구들을 만나 새로 산 립스틱 비바가 어떤지 한 사람 한 사람에게 일일이 물어본 후, 제인 오스틴의 조국을 위해 건배를 하며 위스키 한 잔을 단번에 털어넣었다. 그러고는 얼마 되지 않는 관중 한 사람 한 사람에게 자기가 제일 좋아하는 작가들의 소설을 대보라며 강요했다. 그녀는 시간을 낭비하지 않고 곧 잔을 채워 다시 위스키 잔을 높이 치켜들고, 로버트 루이스 스티븐슨의 조국을 위해 건배를 했다. 그때 누군가 반대했다. 그는 스코틀랜드 출신 아니야? 친구 한 명이 『보물섬』인지 『지킬 박사와 하이드』인지를 놓고 옆 사람과 말씨름을 벌이는 동안, 아다는 그가 마시고 있던 진을 빼앗고는 자리에서 일어나 잔을 허공에 들며 디킨스를 위해 건배를 했다. 그녀는 조지 엘리엇과 그가 사랑한 브론테를 위해서도 건배를 하고 싶었지만 돈이 떨어져 맥주값 정도밖에는 남지 않았다. 그래서 맥주를 시켜 열정적으로 건배를 들었다. 자기 침대까지 어떻게 왔는지 제대로 기억나지 않았다. 친구 중 누군가가 데려다줬을 것이다. 그날 밤 얼마나 많이 토했는지, 그리고 그 다음 날 숙취 때문에 얼마나 고생했는지 그것만 기억났다. 그것이 대답이었다. 그녀는 사흘 동안 자기 방에 틀어박혀 문을 꽉 잠근 채 울고, 또 울고, 울기만 했다.

2주 후 아다는 루스의 편지를 받았다. 미쳐도 단단히 미쳤다. 사촌언니를 위로해준답시고, 그들의 유명한 조상이자 죄 많은 수녀인 마리아 트리니다드의 목소리를 빌려 편지를 쓰고 그녀의 이름으로 서명까지 하다니. 그 편지를 읽고 나서 아다가 유일하게 할 수 있었던 말은, 아니야, 루스, 이미 너무 늦었어, 였다.

사랑하는 아다,

내 말 잘 들거라. 모든 여자들의 삶에서는 포기해야 할 것들이 있단다. 그게 매혹적인 것이든 당혹스러운 것이든 말이다. 하지만 어떤 것들은 각별히 구분해야 한다.

나는 리마의 아름다운 대저택에서 태어났다. 금 요람이 아니었다면 적어도 은 요람은 되었을 것이다. 우리가 살던 저택은 거대하고 웅장했다. 비밀스러운 안뜰과 은밀한 방들이 많아, 나는 그 구석에 숨어 삶의 작은 변덕들을 터득해나갔다. 그 집의 주인이자 어른은 나의 할아버지와 그 형제들이었다. 그래서 나는 사촌들과 함께 한 형제처럼 자랐다. 찬란한 미래가 기다리고 있었고—사실, 내가 여자로 태어났기 때문에 찬란하다는 거다—, 이미 여덟아홉 살 때 혼처가 정해져 있었다. 집안 재산과 나의 미모가 어우러진 성사였다. 내 미래의 주인들이 뭘 더 바랄 수 있었겠니? 열한 살이 되었을 때는 일요일 산책이나 성당에서, 멀찌감치 떨어져 장차 내 남편이 될 남자를 바라보았다. 나는 생각 속에서라도 그 사람을 갖고 장난치거나 깊이 고민하지 않았다. 내 상상 속에서는 아무것도 피어나지 않았다. 그 사람 옆에서의 내 운명은 이미 정해져 있었고, 내가 할 수 있는 것은 완벽하게 아무것도 없었다. 그리고 그걸로 충분했다.

그때 우리 여자들에게는 일상을 마음대로 할 수 있는 방법이 별로 없었다. 기껏해야 우리가 잘할 수 있는 재주 한 가지밖에 없었다. 바로 시치미를 떼는 것이었지. 내 경우에는 사활이 걸린 문제이기도 했다. 너도 잘 알듯 그 일이 있었으니까. 나는 일찍이 사촌오빠를 사랑하게 되었다(네 오빠다. 훨씬 나중에 아버지는 우리가 함께 자랐다는 걸 언급하며 그렇게 말씀하셨지). 나는 잘 알고 있었다. 그래, 알고 있었다. 다시는 반복할 수 없는 그 열정이, 그 달콤한 광기가 아무 열매를 맺지 못한다 하더라도 나를 늘 따라다녔다. 그래서 나는 당연히 집안이 정해준 결혼을 순순히 맞이하려 했다.

미래의 남편을 사랑한다? 헛된 희망이었지. 그게 문제가 아니었다. 나는 노력조차 하지 않았어. 금지된 사랑은 젖혀두고라도 사촌오빠가 과거에도, 미래도 나의 영원한 기쁨이었으니까.

어쩌면 나는 내 주변의 여자들보다 약간 운이 좋았는지도 모른다. 나한테 묻지 않았는데도 나는 가끔 말도 하고 의견도 냈다. 나는 아버지에게 글을 읽고 쓰는 법을 가르쳐달라고 했다. 나는 기도 시간에 한참 동안 머리를 새하얗게 비워두었다. 그리고 나를 감시하는 사람 몰래 건네진 자수는 뜨거운 연애편지가 되었다. 물론, 사촌오빠를 위한 거였지. 내가 왜 그렇게 일찍 그의 품에 안겼는지, 그 헛소리에 왜 그렇게 완벽하게 충만했는지 네가 이해할 수 있도록 설명하려는 거다.

결혼 날짜를 잡으려 할 때 내 임신 사실이 발각되었다. 그리고 그 나머지는 너도 잘 아는 내용이다. 아레키파의 수녀원, 나는 몰락한 사촌을 이용했다. 9월 한창 때 태어난 사내아이. 나는 그 아기를 곁에서 키우며, 산타 카탈리나의 아름다운 방에서 그 아기를 지켜주었다.

아다, 근친상간은 비싼 대가를 치러야 한단다. 나와 같은 핏줄에게만 피가 뜨거워지는 건 내 잘못이 아니었다. 하지만 내 사랑은 진짜 근친상간이었다. 그 사실을 잊지 말거라. 이것은 진짜 있었던 일이다. 꾸며낸 이야기도, 드라마도 아니란다.

네가 내 말을 잘 들었다면, 어쩌면 너에게는 아직 시간이 있다.

너에게 사랑을 보낸다. 남의 일 같지가 않구나.

마리아 트리니다드 수녀.

추신. 사촌오빠와 내가 아레키파 도시에서, 수녀원 담벼락 안에서 얼마나 자주 음탕한 만남을 가졌는지는 네 상상에 맡기겠다.

그런데 몇 년 후 같은 소식을 바르셀로나에서 또 듣게 되었다. 70년대의 런던을 즐기던 명랑한 여학생은 이제 어쩔 수 없이 먼 옛날의 이야기가 되었다. 이제는 자기 자신에게 속지 않았다. 아무리 술에 취한다 해도 그 충격에서 벗어날 수 없을 것 같았다. 하지만 자기도 곧 결혼한다고 느닷없이 발표하면 위로가 될 수도 있을 것 같았다. 아다는 독신 생활에 대해 몇 시간 동안 곰곰이 생각해보았다. 독신 생활을 끝낼 때가 되지 않았나?—물론 좀 늦긴 했지만 그게 무슨 상관이란 말인가?—안타깝게도, 살다보니 독신녀가 사회적으로 존중받는 게 얼마나 힘든지를 알게 되었다. 여성에 대한 존중의 많은 부분은 어떤 남편을 얻느냐 혹은 그 남편에게 달려 있었다. 그녀 혼자 살게 되면 특정한 명예는 절대 주어지지 않는다는 것은 분명했다. 사람들의 시선이 그녀 자신의 힘에 달려 있어야지, 그녀를 뒷받침해주는 남편의 힘에 달려 있어서는 안 되는데.

아다는 칠레 영사관 파티에서 혼자 그런 생각을 하고 있다가 후안 카를로스를 만나게 되었다—독재는 이미 막을 내렸고, 아다는 이제 향수鄕愁가 느껴질 때마다 그런 행사에 참석했다—. 외교관은 준수한 외모의 40대였다. 그에게서 풍기는 향과 맵시 나는 정장이 다른 목소리, 다른 분위기를 연상시켰다. 잘 웃는 모습과 문학에 대한 관심, 완벽한 영어와 불어 구사 능력, 라파엘 이전 시대의 그림에 대한 애정이 아다를 정복했다. 그는 전에는 아다를 잘 몰랐기 때문에 그녀의 눈이 요즘 들어 쇠처럼 딱딱하게 굳어졌다는 사실을 알아채지 못했다. 그래서 그는 아다를 괴짜라 불렀고, 그 다음은 쉬웠다.

카실다 고모할머니는 늘 자연과 접하며 살았기 때문에 조카손녀들을 나무에 비유했다. 루스는 든든한 포플러나무, 니에베스는 견고한 낙엽송, 아다는 튼튼한 떡갈나무, 롤라는 징징 짜는 수양버들이라고 했다. 수양버들은 휘어지고, 떡갈나무는 버텨내지. 롤라, 뭐가 먼저 쓰러질까? 그 언짢은 전화통화 이후 그녀의 집착은 롤라가 되었고, 이제는 그녀와 말도 하고 싶지 않았다. 아다의 상상력은 한 번, 두 번, 여러 번 아레키파의 뻔뻔한 수녀에게로 날아갔고, 아다는 권력을 누리는 모든 여자들—롤라도 힘이 있었다—에게는 몰락한 사촌이 있어, 인생을 살아가면서 그 사촌에게 의지한다는 결론을 내렸다. 몰락한 사촌에게 도움의 손길을 주고, 그 대신 그녀에게 자기 슬픔을 모두 덜어내거나 자기가 한 나쁜 행동을 책임지게 했다. 분홍 껌이 한가득 들어 있는 입으로 키스하는 장면들이 한밤중에 들이닥쳤고, 엄청난 피로감에 당혹스러워했다. 평소 아다는 자기와 비슷한 처지의 사람들에게 느끼는 동정심의 정도에 따라 피곤의 정도를 가늠했다. 세상이 그녀에게 얼마나 많은 동정심을 불러일으키느냐에 따라 그녀가 얼마나 지쳐 있는지 가늠되었다. 마치 피곤이 층층이 몇 겹으로 된 구속력을 발휘해 그녀를 질질 끌고 가다가 내동댕이치면, 그녀 주변에서 일어난 모든 안타까운 일들이 그녀 속으로 파고들어오는 것처럼(안토니오 할아버지의 시선과 많이 다르지는 않았다. 조금 전 피할 수 없는 어둠을 향해 스쳐 지나간, 자기와 비슷한 처지의 사람들에게 무한한 동정심을 느끼는 시선이었다). 아다는 매일 마주치는 모든 사람들에게 깊은 동정을 느꼈다. 빵집 아저씨부터 출판사 사장까지 모두. 아다는 롤라를 동정할 수 있는 갖가지 상황을 상상해보려고 애썼지만, 뜻대로 되지 않았다. 과거를, 제재소를, 푸에블로를, 초원에 새롭게 난 풀잎을, 어린 호세 호아킨과 마리아 데 라 루스를 떠올려보았다—귀여운 아이들이었다. 니에베스의 아이들보다 훨씬 귀여웠다—. 아다는 마침내 자기 자신을 떠올렸다. 유년시절과 사춘기 때의 그녀를. 모두 부질없는 짓이었다.

새끼 고양이들이 도망쳤을 때 고통이 가득했던 롤라의 눈을 떠올려보았다.

〈I'm sorry〉를 부른 후 놀림을 받으면서 당혹스러워하던 순진한 롤라의 눈을 떠올려보았다.

망가진 흰색 코트를 바라보던 롤라의 슬픔 가득한 눈을 떠올려보았다.

멍청한 금발이라 놀렸을 때 자신을 이해해주기 바라는 그녀의 눈을 떠올려보았다.

올리베리오와 놀 때, 자기를 왕따시킬 때면 지어 보이던 롤라의 무기력한 눈을 떠올려보았다. 올리베리오와 놀 때!

그 어떤 눈도 아다의 마음을 움직이지는 못했다.

롤라가 꾸며낸 여성성이 롤라를 승자로 만든 걸까?

아다는 아직도 괴로움이 꿈틀거리는지 자신에게 물었다. 저기, 여자들의 세상에서도.

여자가 된다는 게 무슨 의미지? 그런 질문을 하기에는 이미 늦었다는 생각이 들었다. 무모하고 한물간 질문이라는 생각이 들어 뿌리쳤다. 그런 질문을 할 나이는 이미 지난 것 같다. 최소한 나는 내가 사랑한 것에 대해서는 자유로웠어, 그녀는 생각했다. 자유가 존재한다면 말이다(역사에는 여자들을 통제하기 위한 수많은 전략들이 존재했었는데, 도전적인 여자는 어떻게 그것들을 용케 빠져나갔지? 하이메가 나중에 그런 질문을 했다). 나는 여성적인 덕목에 굴복하고 싶지 않아, 아다가 무뚝뚝하게 말했다. 달력을 살펴보았다. 두려울 정도로 빠른 속도로 새 천년이 다가오고 있었다. 그녀는 인간의 미래에 대해 별다른 환상이 없었다. 어리석은 낙관주의를 조심해! 가끔 스스로에게 묻곤 했다. 결국 따지고 보면, 미쳐버린다는 건 우리가 견뎌낼 수 없는 것에서 도망치기 위해 숨는 안식처 같은 게 아닌지. 다락방의 미친 여자. 여자들은 실제로 존재하는 법률들을 남자들이 세웠다는 걸 마음속으로 인식하면서 더 많은 현실감을 잃게 된다. 법은 지금이라도 세우라지. 그러고는 자기가 새로운 정체성을 얻었다는 확신도 없이, 종속 관계를 포기했다는 걸 깨달았다. 아다는 문학이 자신의 한계를 극복할 수 있도록 도와준다는 것을 알고 있었다. 그리고 그 한계는 그녀의 삶 자체가 되어버렸다. 어쩌면 그래서 여자들이 오늘날 존재하는 수많은 책 읽어주는 여자가 되었는지도 모르겠다.

아다는 며칠 동안 포크너의 『야생 종려나무』를 읽어내려갔다. 그녀는 소설 주인공들과 함께 무한의 공간을 바라보았다. 한 손에는 정숙함을, 다른 손에는 형벌을 든 채.

"왜 투창은 모두 롤라한테만 던지고, 올리베리오한테는 잘못을 전혀 묻지 않는 겁니까?" 몇 년 후 하이메가 물었다.

"선택의 여지가 없어요. 올리베리오를 나무라게 되면 내가 완전히 텅 비어버려요."

"그러면 어떻게 해결했습니까?"

"후안 카를로스와 함께하면서 내 행동과 롤라를 향한 나의 노여움이 얼마나 모순적인가 깨달았어요. 그래서 그녀에게 편지를 썼어요―그런 식으로 그녀의 목소리를 듣는 걸 피했지요―. 롤라에게 나도 결혼할 거라고 말하고, 그녀와 나 자신에게 행복을 빈다는 말로 끝을 맺었어요."

"당신 말을 믿는 사람이 있던가요?"

"네, 모두 믿었어요. 절박하게 믿어야 했죠."

"그래서 당신이 탕헤르로 갔을 때 올리베리오가 그렇게 안절부절못했던 것이군요."

"지금도 내가 위험에 처하면 똑같이 그럴 거예요. 참 이상해요. 우리 집안 사람들 모두 각기 다른 나라에 흩어져 살면서도, 어디에 있든지 텅 빈 푸에블로의 집을 마음에 품고 올리베리오를 찾아가요. 우리 모두 집을 갖고 있잖아요. 그렇죠? 집이 없다면 억지로라도 만들어내잖아요. 올리베리오가 그런 곳이에요."

"지금도 롤라의 침실에서 거미를 찾을 수 있겠어요?"

"네, 거미를 잡아 죽일 거예요. 정말이에요."

아다는 붉은 마을에서, 사춘기 시절에 앨범에 사진을 정리하던 롤라를 떠올렸다. 롤라는 자신이 분석당한다는 것도, 관찰당한다는 것도 몰랐고, 그것은 그녀의 심리상태를 벌거벗겨놓는 것이나 다름없었다. 한 페이지도 우연한 것은 없었다. 사진의 색깔과 사진의 느낌(필름의 질이나 현상 상태에 따라 필름마다 누런색이나 분홍색, 흙색과 같은 자기만의 색깔과 음영이 있다. 하지만 서른다섯 장은 늘 같은 톤이었다. 물론 그 필름만의 특정한 색깔이 있었지만), 시간과 공간, 모든 것이 계산되어 있었고, 각 페이지가 주제나 의미에 따라 완벽하게 배치되었다. 그 앨범에서는 아무것도 우연한 것이 없었다. 아무것도. 롤라는 앨범을 사지 않았다. 그녀는 가게에서 파는 앨범을 좋아하지 않았기 때문에 자기 손으로 직접 만들었다. 색종이를 구해 자른 다음 이어 붙였다. 처음에는 단순히 실로 이어 붙이다가 나중에는 홈과 홈을 접합했다. 아다는 집안 식구들의 앨범과 같은 하찮고 일상적인 물건이 그렇게 완벽할 수 있다는 게 놀라웠다.

가슴 아프지만, 아다는 가끔 올리베리오가 왜 롤라를 사랑하게 되었는지 의심스럽다. 나중에 올리베리오가 들려준 버전은 달랐지만 개의치 않았다. 아다는 전반적인 것을 믿었다.

그들은 파크 애비뉴를 거닐다가 우아한 모피 가게로 들어섰다. 롤라는 뿌리칠 수 없을 정도로 아름다운 밍크코트를 입고, 가게 종업원들의 부러운 눈길을 한 몸에 받으며 가게 안을 돌아다니다가 올리베리오에게 다가와 말했다. 밍크코트를 어루만지며, 그 열기와 촉감을 드러내놓고 즐기며 말했다. 하늘과 무척 가까이 있는 느낌이야. 올리베리오가 롤라의 뺨을 살짝 어루만졌고, 그녀는 이 말을 덧붙여야 할 것 같았다. 내가 하는 말이 아니야. 엘리자베스 테일러의 영화에서 어떤 여자가 밍크코트를 입어보고 한 말이야.

올리베리오는 브로드웨이에서 〈캣츠〉의 티켓을 구하기 위해 뇌물까지 먹이는 등 온갖 방법을 총동원해 롤라를 초대하는 데 성공했다. 휴식 시간에 그녀가 상당히 진지한 얼굴로 아무런 죄책감도 없이 솔직하게 그를 바라보며 말했다. 이제 고양이들은 그만 보자. 갈까?

롤라는 에코그라피를 절대 이해하지 못했고, 다른 사람들이 그것에서 보는 것도 보지 못했다. 그녀는 고양이의 모습을 절대 구별하지 못했다. 다양하게 배합된 검정색과 회색, 흰색의 얼룩만 보았을 뿐이며, 끔찍할 정도로 혼란스럽기만 했다. 그 이상은 아니었다. 롤라는 이상한 기계처럼 생긴 화면의 고양이들이 자식들이라는 건 알았다. 하지만 그들을 '보지는' 못했다. 롤라는 에티켓 상,

예의상, 아니면 체면상 의사를 포함한 다른 사람들의 흥분에 동조했다. 비록 자신은 이해하지 못했지만 모든 사람들이 받은 감동을 방해하고 싶지는 않았다.

롤라는 파티를 즐기고 있는 아들에게 전화를 걸어, DVD를 어떻게 작동시키는지 모르겠다며 짜증을 냈다. 그녀는 밤을 즐기기 위해 영화와 와인 잔, 치즈를 갖다놓고, 베개를 잔뜩 쌓아놓은 후 침대 위에 자리를 잡고 앉아, 아다가 보내준 〈센스 앤 센서빌리티〉를 보려던 차였다. 시끄러운 음악 한복판에 있던 호세 호아킨은 함께 춤추던 여자를 젖혀놓고 인내심을 발휘해, 엄마가 영화를 볼 수 있을 때까지 사용법을 일일이 차분하게 설명해주었다. 그러는 동안 친구들은 옆에서 그를 비웃었다.

"그녀 주변에 있는 남자들은 그녀를 돌보고 어리광을 받아주고 보호해줘요. 그녀는 자기가 항상 그들을 필요로 한다는 느낌을 갖게 해요. 그런데 그건 거짓이에요. 롤라는 남자들이 필요 없어요. 그들에게 그런 느낌을 심어주는 거죠. 그건 아주 많이 달라요." 아다가 말했다.

"여자들은 자신들이 아는 그런 이유 때문에 우리 남자들이 여자를 사랑하는 게 아니라는 걸 알아야 합니다." 하이메가 그렇게 말한 후 악의 없이 덧붙였다. "아다, 정말이에요. 당신보다는 롤라를 사랑하는 게 훨씬 쉬워요."

"루스, 어디에 있든지, 네가 늘 그랬던 것처럼 무슨 빛이라도 보내줘. 왜 내가 아니라 롤라인 거야?"

"정확히 뭘 알고 싶은 거야? 왜 올리베리오가 언니랑 결혼하지 않았느냐고? 아다 언니, 어렸을 때 가장 친했던 친구와 결혼하는 사람은 아무도 없어. 올리베리오에게 언니는 욕구의 대상이 아니라 정신적인 지주야. 언니가 오빠의 입장을 좀더 이해해줘야 할 것 같아. 롤라가 카라카스에서 비행기를 타고 갔을 때 오빠의 기분이 어땠을지를 말이야."

"그는 셜리와의 결혼을 지루해했어……"

"그것보다 더 결정적인 게 있어. 그 결혼은 이미 끝난 상태였어. 오빠는 엄청난 중압감에 시달리고 있었어. 자기가 월 스트리트의 사기꾼이라는 중압감에 시달렸지. 어느 날 오빠는 온몸이 남쪽으로 쏠리는 기분을 느끼며 깨어나 자기 자신에게 말했어. 나는 상처 입은 라틴계지 정통 미국인은 아니야. 양손과 가슴이 상처투성이인 외지 사람이지. 그리고 이곳은 내 땅이 아니고."

"내가 지금 느끼는 기분도 그래……"

"언니는 쌍둥이 빌딩이 날아간 이후 세상이 뒤숭숭해졌기 때문에 그렇게 느끼는 거야. 그런데 오빠는 영역이 넓어질수록, 국경이 흐려질수록 종족이라는 마법을 어루만지고 싶은 욕구를 더 강하게 느꼈던 거야. 낙원으로 돌아가고 싶은 욕구. 아다 언니, 물론 우리는 오빠가 길을 잃었다는 걸 알아."

"하지만 루스, 그건 나와 함께 할 수도 있었어……"

"언니는 그곳에 없었어. 언니는 오빠를 두고 싸우겠다는 각오로 비행기를 탄 적이 한 번도 없었어. 미국과 그에게 접근하는 여자에게서 그를 뺏어오겠다고 말이야. 그런데 롤라는 그렇게 했어. 오빠는 아주 젊었을 때부터 롤라를 원했어. 변덕스러운 롤라는 허리 양쪽에 권총을 차고 그를 위해 결투를 벌였어. 굴복시키는 힘으로, 공허한 영웅이라는 그의 문제를 해결해준 것도 바로 롤라였어. 롤라는 그를 안아 따뜻하게 감싸주었어. 그러면서 동시에 아주 솔직하게 자신을 드러냈어. 나 여기 있어. 벌거벗은 채로. 소매 아래에 아무 패도 숨겨두지 않았어, 라고 말이야."

"아무것도 숨기지 않았어?"

"아무것도. 내 생각에는 그래서 올리베리오의 마음을 샀던 것 같아."

"그러면 너는 롤라가 어떻게 올리베리오를 칠레로 돌아가게 설득했다고 생각하니?"

"민주주의. 아다 언니…… 칠레 사람치고 독재가 끝났을 때 돌아가고 싶어하지 않은 사람들이 얼마나 됐겠어?"

"그가 항상 그녀를 원했다고 했니? 나는 금시초문인데……"

"응, 항상 원했어. 언니와는 다른 방식으로. 언니는 오빠의 반쪽이었어. 오빠는 자기한테 하듯 언니를 대했어. 내가 보기에는 언니와 오빠 사이의 경계가 애매해…… 언니와 오빠는 이상한 경우야…… 그 유명했던 날 밤, 치료사의 집에서 에우세비오를 때려 보여주었던 남성다움은 섹스로만 풀 수 있는 아드레날린을 분비했어. 하지만 이건 지적으로 말한 거고…… 좀더 짧게 말하자면 언니는 오빠에게 있어 젊은 시절의 위대한 사랑이었어. 그러다가 성숙해지면서 정으로 바뀐 거고. 지금 오빠가 언니한테 느끼는 깊은

정 말이야. 하지만 롤라에 대한 감정은 아무 생각도 없는 순전한 욕망이었어."

"그러니까 롤라의 영원한 교태가 괜한 것은 아니었다는 거네?"

"그건 아니야. 올리베리오에게 그 느낌은 절대 실천으로 옮기고 싶지 않은, 꼭꼭 숨겨두고 싶은 나쁜 감정이었을 거야. 그들이 뉴욕에서 만날 때까지는."

"루스, 그것만으로는 충분하지 않아…… 멋진 여자들이 얼마나 많은데. 롤라가 가장 아름답고, 가장 섹시하고, 가장 매력적인 여자는 아니야……"

"같은 코드와 같은 뿌리, 노래하는 듯한 부드러운 말투, 어쩔 수 없는 섬사람의 시선, 칠레 특유의 묘한 슬픔은? 아다 언니, 같은 종족의 여자는 글로벌화된 세계를 살아가는 사람들에게 갈수록 더 많이 밀어닥치는 묘한 기분을 소리 높여 외치는 여자야. 고향으로 돌아가고 싶지만 돌아가지 못하는 그 마음을 말이야. 마지막으로 말할게. 올리베리오는 롤라에게서 이 세상의 딱 한 곳을 찾았어. 그곳에 있는 것만으로도 자신의 존재감이 느껴질 수 있는 그런 곳을 말이야."

쌍둥이 빌딩이 무너져내렸다. 2001년 9월, 아다는 지난 열두 달 동안 매달렸던 작업을 다시 시작하기가 힘들었다. 뉴욕이 여러 혼란스러운 이미지들을 가지고 그녀에게 다가왔다. 비행기를 함께 조종한 무슬림과 롤라. 올리베리오가 사는 뉴욕에서 자신에게 테러를 가하는 롤라. 쌍둥이 빌딩에서 자기 사촌을 밀어내는 롤라. 죽어가는 아다.

아다는 CNN 화면에서 종교적인 색채를 띤 여자들을 주시했다. 그녀는 옛날로 돌아가고 싶었다. 자기 손으로 다른 해의 9월 11일을 움켜쥐고 싶었다. 현재의 9월 11일도 아니고, 1973년 칠레의 9월 11일도 아니고, 1994년 롤라와 올리베리오의 9월 11일도 아니고, 정확히 1년 전인 2000년의 9월 11일이었다. 오늘, 그 9월 11일이 필요하다.

되감기.

아다와 하이메는 활기에 찬 낙관적인 마음으로 9개월 전 20세기가 떠나는 모습을 지켜보았다. 문제가 많았던, 격렬하고도 싸구려 같은 20세기였다. 그리고 새 천년을 맞이해 새롭게 단장한 프랑스 남부는 모든 것을 치유해줄 것 같았다. 아니, 하이메는 어린아이처럼 좋아라 하며 그렇게 믿었다.

그는 요즘 아다에게서 가장 걱정스러운 점을 물고 늘어졌다.

"왜 당신은 문학에서도 가장 허접스러운 일에 만족하는 겁니까?"

"하이메, 또 시작하지 말아요…… 젊었을 때의 올리베리오와 똑같아요."

"이젠 그만 해요. 소설을 쓸 때도 되지 않았습니까? 책 읽고 요약하고 수필 쓰는 것은 그만 하고."

아다의 책상 위에 루이자 메이 올컷의 소설 『작은 아씨들』이 있었다 ─ 하이메가 애피타이저를 갖다주며 그녀의 일에 훼방을 놓았다. 그는 집에 오면서 푸아그라와 귀한 레드와인 한 병을 가져왔다—. 하이메가 그 책을 집어들었다.

"남자들은 그 소설을 절대 읽지 않아요." 아다가 서둘러 설명했다. "그래서 2등급 취급을 받지요."

"나는 이 소설을 읽었습니다. 시몬 드 보부아르가 자서전에 이 소설을 인용했지요. 자기 미래에 대한 첫 가능성을 제시한 책이라고 했지요…… 게다가 자기와 동일시하는 조를 모방하여 두세 편의 단편도 썼다고 밝혔어요."

하이메가 책장을 넘기며 푸치니의 아리아를 나지막하게 불렀다. "내가 소설 쓴다는 얘기를 들은 적이 있나요? 디스켓이 있어요. 이제는 원고를 태울 수 없어……

"나는 완전히 차단되었어요." 아다가 갑자기 심각한 표정을 지으며 말했다. 그녀도 자기 입에서 그런 말이 나왔다는 게 새삼 놀라웠다.

"차단? 무슨 차단?" 하이메도 약간 놀란 듯했다.

"도덕적인 차단."

하이메가 심문하듯 그녀를 바라보았다.

"내가 알아야 하는데 모르는 게 있나요?"

"나중에 말해줄게요. 하지만 그 전에 칠레에 가서 내 사촌들과 이야기해야 해요."

마치 자기 자신에 대한 중압감이 두렵기라도 한 듯 얼굴 표정까지 바뀌면서 목소리 톤이 흔들렸다.

"게다가 내가 픽션을 두려워한다는 거 당신도 잘 알잖아요…… 내가 결심한다고 해도 뭘 쓸 수 있겠어요? 나한테는 아무 주제도 없는데."

"왜 주제가 없어요? 당신이 알고 있는 것들을 쓰세요. 당신한테
『보물섬』을 리메이크하라고 하는 사람은 아무도 없어요."

"내가 뭘 쓰고 싶어하는지 알아요? 잃어버린 시골 생활에 대해
서예요. 칠레에서 시골이 어떻게 바뀌었는지 알아요?"

"하느님 맙소사! 너무 지겨워!"

"나는 영국 사람들을 생각했어요. E.M. 포스터와 톨킨을 생각했
어요. 그들에게 들판의 파괴가 얼마나 크나큰 공포를 자아내는
지……『하워드 가의 종말』을 모델로 해서……"

하이메의 웃음소리가 그녀의 말을 끊었다.

"아다, 아다! 별 희한한 생각을 다 하는군요. 지금은 21세기입니
다. 대체 무슨 말을 하는 겁니까? 에이즈가 발병하고 베를린 장벽
이 무너진 거 알아요?"

아다는 하이메의 말을 듣지 않았다. 그녀는 컴퓨터를 끄고 낡은
건물의 3층 발코니로 나가 정오의 햇살을 만끽하며 푸아그라를 먹
었다. 아다는 하이메가 생각에 잠겨 있다는 걸 알았다. 레드와인을
한 모금 마시더니 그제야 정신을 차린 것 같았다. 그가 꿍꿍이 가
득한 눈으로 그녀를 유심히 바라보았다.

"당신과 당신의 미래 소설에 대한 아이디어가 있는데. 물론 나
한테 바치는 헌사가 있어야 할 테고.『작은 아씨들』을 리메이크해
봐요."

"『작은 아씨들』을 리메이크하라고요?" 아다가 믿을 수 없다는
듯 물었다.

"바로 그거예요. 당신들 네 사촌자매를 바탕으로 해서요. 자유로운 버전으로. 친자매가 아닌 게 무슨 상관이에요? 아다, 어찌 됐든 1950, 60년대 칠레 산티아고에서 태어난 당신들 각자의 운명과 19세기 중반 콩코드 시에서 태어난 마치 가문 자매들의 운명이 그렇게 많이 다르지는 않잖아요. 중요한 것은 그들은 운명을 있는 그대로 받아들였고, 당신들은, 당신들은 그 운명을 어떻게 했나요?"

아다는 그의 입에서 나오는 말 한 마디 한 마디를 들으며 멍하니 바라보았다. 그는 자기 아이디어에 신이 나 계속 말했다.

"드디어 뼈와 살을 가진 당신이 19세기 여주인공이 되는 겁니다! 엄청난 기회예요. 올리베리오가 로리가 되는 겁니다. 평생 옆집에 산 남자와 사촌오빠는 마찬가지예요. 하지만 제발 부탁이니, 나한테 미스터 바에르의 역할을 줄 생각은 절대 말아요! 조의 남편, 기억납니까? 그가 조에게 어떤 소설을 써야 할지 가르쳐준 장본인이 아닙니까?"

아다는 한 마디도 하지 않고 계속 듣기만 했다.

"아무 대답도 하지 말아요. 일주일 후에 당신의 의견을 물을 테니까."

하이메는 아다의 침묵이 만족스러웠다. 즉각 싫다며 펄쩍 뛰지 않은 것만으로도 긍정적이라 생각하고 다른 이야기로 넘어갔다.

하지만 그 다음 주, 하이메는 약속한 질문을 하지 못했다.

금요일 아침, 하이메가 그녀가 작업하고 있는 책상 옆을 지나갔다.

"내가 카시스에서 주말을 보내겠다고 한 거 기억나요? 잊어버렸나?"

"잊고 있었어요."

"정말 같이 안 갈래요?"

"싫어요, 하이메. 잘 알잖아요. 나는 항해하는 거 싫어해요. 언제
돌아올 거예요? 기다리고 있을게요."

"월요일 오전에. 그러면 좋은 위스키 한 병 준비해놓고 기다려
요. 우리 얘기해야 하니까…… 잘 알다시피…… 『작은 아씨들』."

아다가 활짝 웃으며 그에게 얼른 뽀뽀해주고, 바다에서 잘 지내
다 오라고 했다. 아다는 그 주말에 정말 많은 일을 했다. 리뷰 두어
개가 늦어졌기 때문에 월요일 이른 시간에 보낼 수 있도록 그 일에
만 매달렸다. 토요일에는 친구 헤수스의 집에서 저녁식사를 했고,
일요일에는 하이메가 없는 틈을 타서 침대에서 신문을 읽었다. 그
가 늘 먼저 신문을 집어왔었다. 오후 여섯시에 작업을 마친 후, 〈테
오레마〉를 DVD로 보기 위해 하이메의 침실에 들어갔다. 그의 텔
레비전이 아다의 것보다 훨씬 좋았다. 파솔리니의 영화는 올리베
리오가 보내준 것이었다. 그녀는 나쁜 천사의 역할을 자기 사촌오
빠한테 주는 게 부당하다고 생각했다. 집안 식구들을 모두 유혹해
한 명 한 명 파괴하는 나쁜 천사. 아다는 그날의 마지막 담배에 불
을 붙인 후 어찌 됐든 자기도 카시스에 가는 게 나을 뻔했다는 생
각을 했다. 가서 맑은 공기도 쐬고 바닷바람도 맞으면 기분이 나아
질 것 같았다. 집이 평소보다 더 휑하게 느껴졌다. 그리고 파솔리
니의 영화도 마음이 불편했다. 하이메는 그녀의 근심을 단번에 낚
아채 휴지통에 내다버리는 데는 전문가였다. 그 다음 날 그녀는 아

침 햇살을 받으며 눈을 뜨면서 말했다. 오늘은 월요일이야―그러고는 심각하게 덧붙였다―. 오늘은 9월 11일이야. 새 천년의 첫 9월 11일이라고 각주까지 붙일 필요는 없었다. 또 다른 9월 11일뿐이었다. 27번째. 또 다른 기념일일 뿐이었다. 자기를 잊지 말아달라고 애원하는. 아다는 작업해놓은 것을 다시 손 봐 바르셀로나로 보내고 메일에 답장한 후, 하이메가 돌아와 먹을 수 있도록 뭔가 맛있는 음식을 준비하기로 마음먹었다. 그녀는 부엌으로 가 뭘 해야 할지 망설이며 요리책을 뒤적거리다 모두 복잡하다며 불평했다. 밤 잼을 넣은 크레프만이라도 준비할까? 좀 간단하지만 하이메가 꽤 좋아하니까…… 계란을 휘젓고 있는데 문을 두드리는 소리가 들렸다. 이상하다는 생각이 들었다. 하이메는 열쇠를 가지고 다녔고, 열쇠를 놓고 나가 그녀를 귀찮게 한 적은 단 한 번도 없었다. 아다는 앞치마를 입은 채 문을 열어주러 나갔다. 레몬색 빛에 눈이 부셔, 순간 아찔한 기분이 들었다. 키가 작고 밤색 머리에 파란 옷을 입은 경찰이 그녀 앞에 서 있었다. 아다는 본능적으로 흠칫 놀랐다. 경찰 앞에서는 늘 그랬다.

"이곳에 무슈 하이메 오르투사르가 사십니까?"

"네, 여기가 그의 집입니다. 무슨 일이지요?"

"그분의 아내 되십니까?"

"아니요. 저는…… 친구예요."

"국도에서 교통사고를 당하셨습니다. 함께 가주셔야겠……"

"잠시만요! 그에게 무슨 일이 생겼어요?"

"함께 가시면……"

"병원에 있어요?…… 아니, 많이 다친 건 아니지요?"

"아주 많이 다쳤습니다. 그를 병원으로 옮길 수조차 없었습니다."

2000년 9월 11일 월요일이었다.

영혼의 친구여, 친구여.

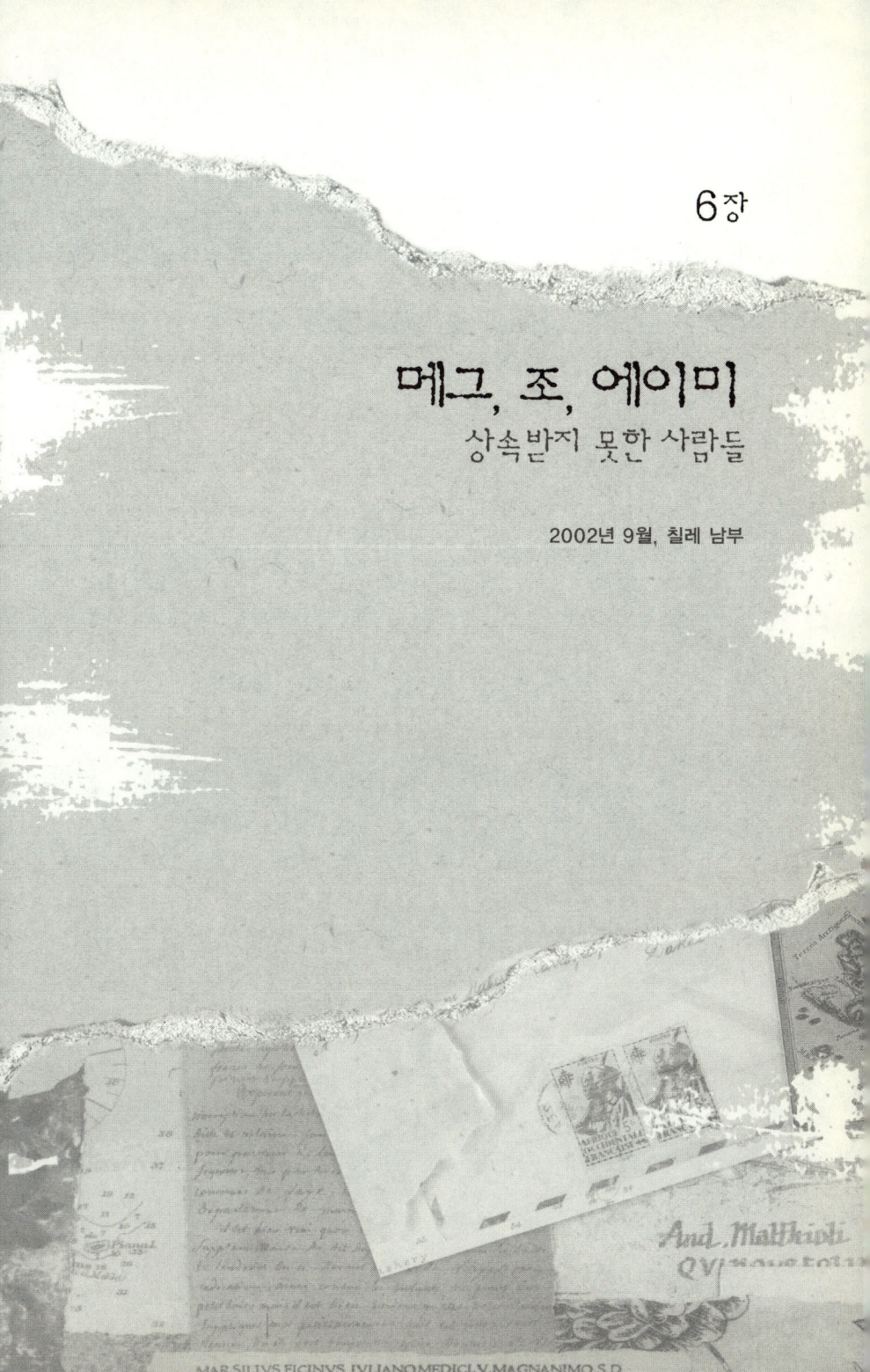

6^장

메그, 조, 에이미
상속받지 못한 사람들

2002년 9월, 칠레 남부

하지만 삶은 네가 그렸던 것과는 아주 많이 다르지?
허공에 지었던 우리 성 기억나?
—에이미(『작은 아씨들』 마지막 장)

　나 역시 상속받지 못한 사람이다. 그리고 어디에선가, 머나먼 곳에서 나의 세 사촌자매를 지켜보고 있다. 푸에블로 사람들이 이 여행에 대해 뭔가 생각하는 게 있다면, 늙은 판차의 장례식은 자그마한 죽음들을 모아놓은 것밖에는 되지 않을 거라 말할 것이다. 벌레 먹은 그녀의 뼈 위로 흙을 덮는 것이 마치 그들의 상처 위로 흙을 덮는 것처럼. 그리고 푸에블로에서는 마르티네스 가문의 사촌자매들의 잘못은 늙은 판차의 상喪을 오랜 세월 묻어둔 자신들의 상喪과 혼동한 데 있었다 할 것이다.

　처음에는 단순한 환상 정도로 여겼을 뿐이었다. 그런데 그 환상이 의지와 비슷해지더니 조금씩 조금씩, 급기야는 절박해졌다. 그래서 그녀는 칠레로 날아왔다. 아주 간단했다. 그 멀리서, 주민이 천 명 정도 되는 붉은 마을에 숨어 살다가. 무수히 많은 삼나무와 무수히 많은 라벤다 사이에서, 반짝이는 포도밭 사이에서, 숲의 그늘 옆에서 숨어 살다가. 아다, 나의 사랑하는 아다, 내가 좋아하는 아다. 어느 날 아침, 아다는 새로운 기념일을 준비하며, 평소와 다름없이 작업을 시작하기 전에 이메일을 열어보았다. 니에베스와 롤라의 메일이 와 있었다. 크리스탈이 그러는데, 늙은 판차의 임종이 임박해 푸에블로를 떠나 병원으로 옮겼대. 아다는 포플러나무 이파리의 신선한 내음을 깊이 들이마시듯 심호흡을 한 후 칠레를 떠올렸다. 그녀는 책상을 바라보다가 문득 그리움을 느꼈다. 우리가 잘 아는 그리움이었다. 분명하지만 이상한 형태로 그녀와 아침 태양 사이에 끼어 있었다. 하이메의 말이 떠올랐다. 칠레?―하이메가 말했다―복도 같아! 비좁은 복도! 어찌나 비좁은지, 칠레 사람들은 동포에게 자리를 내주기 위해 달려가다보면 물이 집어삼키거나 산이 빨아들일지도 모른다는 두려움을 안고 살아가지요. 칠레는 협소함의 문제입니다.

그렇지만 가끔 그의 말은 망명의 공허함으로 아다의 귓가를 물들였다.

둘째 사촌언니는 9월 11일 전에 마침표를 찍겠다고 약속했다. 평소의 강한 의지를 보면 지금쯤 그 목표를 이뤘을 가능성이 높다. 아다의 생각은 다시 칠레로, 푸에블로로 돌아갔다. 그녀는 1년 전부터 그 생각을 해왔다. 쌍둥이 빌딩이 무너졌을 때부터 거의 늘 그 생각만 해왔다. 마치 그 존재가 철창을 넘기라도 한 듯. 그녀와

일 사이에, 그녀와 일상 사이에 남쪽이 있었다. 또한 저 멀리 캄팔라에서의 내 일상에도 있었다. 그 남쪽이 절박한 얼굴로, 표정을 일그러뜨리며 그녀를 주시했다. 그녀를 물어뜯으면서. 그녀의 피를 빨아먹으면서. 하지만 그녀의 일은 그것이 아니었다. 눈을 남쪽으로 돌리는 것이 아니었다. 가슴 뛰는 부름에 응하는 것이 아니었다. 오늘날 그녀의 일은 다른 것이다. 내가 늘 그녀에게 기대했던 것이다. 마침내, 아다. 이제 글쓰기는 더이상 미룰 수 없는 것이 되었다. 2년 전부터 그녀는 과감하고 미친 듯이, 격렬하게, 흥분의 도가니 속에서 강렬한 집착을 갖고 글을 써왔다. 그 원고는 죽은 친구를 기리기 위해 시작했다. 존경의 표시였다. 새 천년 첫 9월의 어느 날 아침, 술에 취해 지중해의 카시스 국도를 마구 달리다가 어쩔 수 없이 심연 속으로 떨어진 남자를 위한 침묵의 약속이었다.

다음 날 아다는 롤라에게서 또 메일을 받았다. 늙은 판차가 병원에서 사경을 헤매고 있어. 죽음이 임박한 것 같아. 크리스탈이 남쪽으로 떠났어. 아다는 그 즉시 칠레 산티아고 행 비행기 표를 예약했다. 날이 저물기 시작했는데, 그날 밤은 자지 않겠다고 마음먹었다. 날씨가 쌀쌀할 때 하이메가 사용하던 스코틀랜드 숄을 다리에 덮고 밤새도록 일했다. 그날 밤은 정말 열심히 일했다. 커피도 수없이 마셨고, 담배도 알고 싶지 않을 정도로 무지하게 피워댔다. 그러고는 그 다음 날 아침 일을 마쳤다. 이제는 단어 하나도 더는 고치고 싶지 않았다. 오랜 출판사 경험에 비추어, 영원히 교정만 볼 위험이 있다는 것을 알아챘다. 내가 보기에는—나는 그녀 옆에 있었다—그녀는 일이 끝난 후 공허함과 맞닥뜨릴지도 모른다는 두려움에 끊임없이 원고를 고쳐왔다. 아다는 '늙은 판차가 죽었다' 라는 결정적인 소식을 들은 후 모든 준비를 마쳤다. 마치 그 노파가 마지막 도움의 손길을 뻗어 그녀의 손을 잡고 그녀가 계속 피해오던 마침표를 찍어주기라도 한 것처럼. 아다는 사촌자매에게 이메일이 아닌 전화로 장례식에 함께 가자고 제안했다.

"좀 미친 짓인 것 같아. 잘 생각해보면 정말 미친 짓이야, 아다! 많은 일을 취소해야 하는데······"

"롤라, 애 좀 써봐····· 그럴 만한 가치가 있잖아······"

"좋아, 가자····· 우리 셋이 가자. 그런데 언니는 도착할 수 있겠어?" 롤라가 아다에게 물었다.

"오늘 오후에 비행기 타. 새벽에 공항에서 기다려줘. 그리고 거기서 곧바로 남쪽으로 가자."

그러고 나서 아다는 원고를 바르셀로나로 보내고, 최소한의 짐을 싸 문단속을 하고는 친구들에게 집을 부탁한 후 파리로 떠났다. 제대로 사용하기만 한다면 하루 24시간이 이렇게 멋질 수도 있다니!

푸에블로에서 죽는다는 것은 어떤 기분일까?—착륙하기 전 아다는 늙은 판차를 생각하며 자신에게 물었다—푸에블로에서 제대로 죽는다는 건 어떤 기분일까? 아다는 자신의 미래의 모습 중, 키크고 앙상하며 등이 약간 굽은 여자의 모습이 가장 좋았다. 그리고 그녀가 가장 있고 싶어하는 곳 역시 그곳이었다. 희끗희끗한 짧은 머리에 검은 옷을 입은 여자가 많은 개들을 거닐고 포플러나무가 담처럼 둘러쳐진 흙길을 걷고 있다. 몇 마리는 큰 놈이고, 두어 마리는 작은 놈이다. 오른쪽에는 그녀의 독일 셰퍼드가 무질서한 무리를 이끌며 가고 있다. 한 손에 든 딱딱한 나무 지팡이는 어쩌면 먼지 사이로 그림을 그리며 포플러나무 사이로, 해질녘 들판의 열에 들뜬 색깔 사이로 걸을 때만 쓰일 수도 있다. 선물 꾸러미와 같은 보랏빛 망토를 휘감은 채 분홍색과 주황색에 휩싸여 자기를 기다리고 있을 오후를 향해, 육신이 단순한 그림자에 불과할 때까지 오후를 향해 계속 걸을 것이다. 아다에게는 금지된 것을 늙은 판차는 이루었다. 바로 푸에블로에서 죽는 것이다. 아다와 나는 늙은 판차의 모습을 상상해보았다. 자글자글한 주름과 이제는 보이지도 않는 눈을 흰 천으로 덮은 채 병원 침대에 누워 있다. 나는 눈이 멀어가고 있단다, 늙은 판차가 크리스탈에게 말했다. 그녀는 이미 오래전부터 아무것도 볼 수 없었다. 우리는 부엌에서 사용하는 흰색 행주를 든 그녀의 모습을 떠올렸다. 그녀는 늘 손에 행주를 들고 다니다가 닦기도 하고, 구운 밀을 빻는 제분기 위로 올라간 닭들과, 감히 우리 밖으로 나오려 하는 돼지들을 쫓아내기도 했다. 그리고 물에 젖은 오리들이 몰려와 뒤뚱거리며 먹이를 찾을 때면 그 행주는 바구니로 변했고, 그 안에서 오리에게 줄 옥수수가 나왔다.

늙은 판차의 손에 들려 있던 행주가 느닷없이 우상偶像으로, 잃어버린 모든 것에 대한 상징으로 변했다. 올리베리오처럼, 나처럼, 아다는 종족의 순수함과 아름다움을 되찾을 수 없다는 걸 안다. 아다는 그 점을 확실하게 안다. 세상은 더이상 출입 금지 구역이 아니다. 늙은 판차가 죽음과 함께 그곳에 마지막까지 남아 있던 것을 가지고 떠나갔다.

"자, 니에베스 언니, 피크닉 바구니 좀 열어봐. 배고파 죽겠어."
롤라가 핸들을 잡은 채 말했다. 남쪽으로 향하는 5번 국도를 타고,
계속 남쪽을 향해 가고 있다. 마치 북쪽이 낯선 나라라 이상하기라
도 한 것처럼.

"벌써? 그러면 나중에는 어떡하려고?" 니에베스가 물었다.

"규칙적인 시간표는 잊어버려. 우리가 몇 시에 일어났는지 생각
해봐!"

(이른 새벽이었지만 롤라는 잠에서 깨자마자 남편한테 몸을 바
짝 붙였다. 정말 같이 가지 않을래? 싫어. 미친 짓이야. 이건 너희
셋이나 할 수 있는 일이야. 아다를 보려니 긴장돼? 바보처럼 굴지
마, 롤라. 자, 얼른 키스나 해줘.)

"삶은 계란을 먹고 난 다음 내가 중대 발표를 할게." 아다가 말
했다.

니에베스와 롤라가 각기 제자리에서 팔짝 뛰었다.

"뭔데?" 둘이 거의 동시에 물었다.

"깜짝 소식."

"결혼하는구나!" 신이 난 니에베스가 소리 질렀다.

아다가 깔깔거리고 웃으며 니에베스가 바구니에서 꺼내준 계란
껍질을 까기 시작했다. 누구 소금 있어? 뒷좌석에 혼자 앉아 있던
니에베스는 문득 이런 생각이 들었다. 아다가 자신의 결핍을 멋지
게 포장한다는 생각. 언젠가 이런 말을 들은 적이 있다. 남편과 자

식이 없는 것은 선택이 아니라 이것, 결핍밖에는 되지 않는다고. 롤라와 자기가 결혼한 여자의 위치에서 그녀를 분석하고 뭘 해야 하느니, 하지 말아야 하느니 말하는 게 아다 입장에서는 기분 나쁠 수도 있다. 결혼한 여자들은 늘 자신들이 모든 것을 알고 있다고 믿는다…… 이제는 위도 편해졌고, 산티아고도 멀리 뒤로했고, 범죄 사건을 스크랩한 파일들도 잘 보관해두었다. 오늘 밤 혼자 있게 되면 아내를 죽인 라파 누이의 범행 동기 중 가장 그럴듯한 것을 생각해봐야겠다. 세 사촌자매가 한자리에 모였고, 옛날처럼 푸에블로를 향해 가고 있으니, 그 어느 것도 잘못될 수는 없다. 우리는 네 명이다. 사촌자매도 넷이고, 공범자도 넷이고, 상상력도 넷이다. 그런데 그들 셋은 나 없이 가고 있다.

그들은 칠레에서 가장 비옥한 지역을 지나가고 있다. 그때 아다가 들판의 아름다움과 새로 놓인 국도들을 보며 놀라워했다.

"다른 나라야. 완전히 다른 나라야." 아다가 중얼거렸다.

"루스가 오늘날 이 모습을 본다면 어떤 생각을 할까? 저 들판을 본다면 말이야."

"루스가 들판을 보고 있다고 상상해봐. 여기 자동차에 앉아서." 아다가 대답했다.

"너는 루스가 살아 있다는 생각이 드니?" 니에베스가 물었다.

"응. 많은 위안이 돼. 나한테는 어떤 도덕적인 권위 같아……"

"도덕적인 권위?" 롤라가 길에 버려진 시커먼 개의 시체를 피하며 물었다.

"따지고 보면 결국 루스가 우리 중에서 유일하게 뭔가를 끝까지

해낸 사람이야. 그래서 루스한테 의지하게 돼."

"롤라와 나는 늘 루스를 기억해."

"나는 함께 기억할 사람이 없어……"

이제 피크닉 바구니를 닫았다. 롤라는 삶은 계란 두 개와 샌드위치 한 쪽을 먹은 다음 ─나 다이어트 중인데. 내가 쉬지 않고 물 마시는 거 못 봤어?─아다에게 새로운 소식을 말해보라고 했다.

"소설을 썼어."

"소설? 이렇게 오랜 세월이 지난 지금에? 믿을 수 없어!" 롤라가 탄성을 내뱉었다.

"조심해, 롤라, 너무 흥분하지 마. 운전중이잖아."

"제발, 계속 얘기해봐. 자세히 얘기해줘."

"이미 출판사에 넘겼어. 벌써 오래전부터 기다리고 있었거든. 연말쯤 출간될 거야."

"좋은 출판사랑 했어?"

"응, 가장 좋은 출판사들 중 한 곳이야."

"어떻게 결정했어? 픽션에 대한 두려움이 영원할 줄 알았는데."

"사실 하이메의 영향이었어. 아니, 그의 죽음 때문이지. 그는 내가 소설을 써야 한다고 굳게 믿었거든."

나도 그랬다. 나도 항상 그렇게 믿었다. 나는 아주 일찍이 언니의 재능에 내기를 걸었다. 롤라가 내 말을 가로챘다.

"올리베리오도 그랬어."

"이상해……─아다가 그 말을 듣지 못한 듯 계속 말을 이었다─내가 결정을 내리기로 한 날, 그가 죽었어. 밤 잼 크레프를 해놓고 그를 기다리려고 했어. 둘이서 그 사안에 대해 말하기로 했었거든."

"그가 죽었으니 너는 그게 그의 유지 遺志나 뭐 그 비슷한 거라 생각한 거구나……"

"응, 그 비슷하게 생각했어."

"어쩌면 그가 없어 허전했기 때문에 그 허전함을 메울 수 있는 뭔가 결정적인 것을 찾았던 것인지도 몰라."

"그럴 수도 있어. 그가 죽은 지 일주일 후에 시작했어. 그게 고인의 명복을 비는 나의 유일한 방법이었지, 나는 꼼짝도 하지 않고 그가 언질을 준 소설을 쓰기 시작했어. 2년 동안 붉은 마을에서 꼼짝도 하지 않았어. 신들린 사람처럼 밤낮으로 글만 쓰면서. 거의 죽을 뻔했어."

"그 몇 년 동안 쌓인 두려움은 어떻게 했어?"

"차단했어."

"그냥 그렇게? 왜?"

아다, 자, 롤라와 니에베스가 언니에게 준 기회를 이용해. 두 사람을 봐. 그들이 얼마나 애정과 관심을 갖고 언니의 얘기를 듣고 있는지 보란 말이야. 지금이 적당한 순간이 아닐까? 한 마디만 해. 언니가 드디어 죄책감과 맞섰다고 말해. 그래서 밀린 계산을 청산하고 싶었다고, 가능한 한 모두 갚고 싶었다고 말해.

"갑자기 글이 그곳에 있었어. 내 손이 닿을 수 있는 곳에. 두려움이 사라지고 나는 글을 썼어. 미친 듯이 글을 썼어." 우리 사촌들은 긴장이 사라진 아다의 표정을 눈치채지 못했다.

"얼마나 오랫동안 쓴 거야?"

"사실, 그가 죽은 지 2주년 되는 날 아침에 원고를 끝내고 일어나고 싶었어—9월 11일이야—. 1주년 되던 해에 쌍둥이 빌딩이 무너졌지. 그래서 다른 데 정신을 많이 팔았어. 다시 집중하느라 애를 먹었지. 텔레비전만 보고 싶었거든. 하지만 나중에는 계속 글을 썼어. 나도 모르는 사이에 9월이 되었지. 겨우 3일 전에 결말을 맺었어."

"어쩌면 늙은 판차가 너를 위해 마침표를 찍어준 것일 수도 있겠네." 니에베스가 말했다.

"틀림없이 루스도 같은 말을 했을 거야. 좋아, 이제 원고는 바르셀로나로 보냈어. 나는 소설에서 세상 밖으로 나왔어. 죽음에서 깨어났어. 그랬더니 다른 세상이네. 이 세상이야. 바로 여기."

"2년 동안 소설을 쓰고 있었으면서 어떻게 우리한테는 한 마디도 하지 않았어?" 롤라가 놀라움을 숨기지 않았다.

"지금 얘기하고 싶었어. 그러니까 직접 얼굴을 보고……"

"비밀을 엄청나게 잘 지키는군!" 니에베스가 약간 언짢아했다.

"분명히 카실다 고모할머니한테 배운 걸 거야." 롤라가 쾌활하게 말했다.

롤라는 운전석에서 도로만을 바라보며, 아다 앞에서는 기분 나쁜 내색을 하지 않겠다고 결심했다. 그녀가 오빠와 결혼한 이후 두 사람의 관계가 회복되기란 쉽지 않았다. 그녀는 아다한테 아무 감정이 없다. 자기가 이겼는데 어떻게 감정을 가질 수 있겠는가!

"그러면 글을 쓰려고 늘 하던 출판사 일은 그만뒀어?" 니에베스가 물었다.

"응…… 잘 알잖아. 이제는 경제적으로 그럴 수 있다는 거."

"정말 믿을 수 없어!" 롤라가 소리 질렀다. "언니가 유산 상속을 받다니!"

"맞아, 믿을 수 없는 일이야. 언젠가 나한테 돈이 생기리라고는 우리 누구도 생각하지 못했잖아. 부자는 롤라가 되면 됐지 나는 아니었지."

"다른 점이 있다면 나는 유산을 물려받지 않았다는 거야." 조심해, 롤라. 괜한 말실수하지 말고.

"그래. 내 돈은 내가 일해서 번 돈이 아니야. 선물과도 같아. 진짜 엄청난 선물이지. 올리베리오가 얘기 안 했어?"

"올리베리오는 자기 일에 대해서는 거의 아무 말도 하지 않아. 어떻게 된 거야?"

"하이메의 가족이 우리가 공동 소유한 계좌에 대해 올리베리오와 상의했어. 올리베리오가 하이메의 재산은 가족에게 돌아간다고 설명했어. 확실하게 재산이라 할 수 있는 것, 그러니까 부동산과 회사 주식 등 말이야. 하지만 하이메가 저축한 돈, 그가 재주껏 알아서 번 돈은 내 소유고, 고인의 뜻을 거역할 방법은 없다고 설명했지. 사실 그들은 돈이 너무 많아 그렇게 신경 쓰지도 않았어."

"아다, 그래서 그 엄청난 돈의 주인이 되었을 때 어떤 기분이었어?"

"니에베스 언니, 그가 죽은 후 나한테 온 통장을 보는데, 동그라미가 너무 많아서 어지러웠어. 그렇게 많은 액수는 평생 본 적이 없었으니까. 나는 올리베리오에게 전화를 걸어 어떻게 해야 할지 물었어. 그가 확실하게 강조하더군. 하이메가 그 일에 대해 자기와 많은 얘기를 나누었다고. 그 돈은 네 거야. 그가 말했어. 그게 하이메의 뜻이래."

"너한테 얼마나 남겨주었는데?"

"니에베스 언니, 그런 질문은 하는 게 아니야. 언니가 나한테 물어본다면 나는 절대 대답하지 않을 거야." 롤라가 여행을 떠난 여자의 표정에서 책상 뒤에 앉은 진지한 커리어우먼의 표정으로 돌변하면서 말했다.

"그래, 내 평생 돈이란 없었어…… 그리고 아다도 늘 나와 비슷했으니까……" 롤라를 제외한 우리 모두의 마음속에 들어 있던 가난한 사촌 콤플렉스가 니에베스에게서 나타났다. 베로니카 데 라스 메르세데스의 증상이다. 돈 많고 아름다운 사촌자매의 죄를 덮기 위해 그녀와 함께 아레키파의 산타 카탈리나 수녀원에 들어간 세속 수녀의 증상이다.

롤라가 니에베스의 말을 끊었다.

"아다 언니, 브라보. 돈이야말로 섹시하지. 하지만 다시 소설 얘기로 돌아가자. 그러니까 그걸로 언니가 유명해질 수도 있는 거야?"

"그렇게 쉽지는 않을 거야……"

"언니가 잘된다고 상상해보자……"

"그러니까, 스페인에서 출간될 거야. 누군가 내 소설을 읽는다면 대서양 건너 라틴아메리카에서도 출간될 수 있겠지."

"아, 작가 사촌을 뒀다니, 정말 감격스러운걸!" 니에베스가 탄성을 질렀다.

"그런데 어떤 내용이야?" 롤라가 물었다.

"우리 이야기."

"뭐라고?" 롤라의 고함 소리가 자동차 벽에 맞고 튕겨나왔다.

"우리 이야기야." 아다가 겉으로는 침착하게 다시 말했다. 내가 '겉으로'라고 한 것은 그녀의 마음은 침착하지 못했기 때문이다.

자, 아다 언니—내가 귓속말로 속삭였다—, 이 기회를 놓치지 마. 과거에 대해, 푸에블로에 대해 글을 쓴다는 게 아기 낳는 것 못지않게 힘들었다고 얘기해. 언니가 맞서야 했던 것들을 모두 얘기해. 구원받고 싶은 언니의 마음을 얘기해. 이 공간이 편치 않다고, 차를 타고 가면서 얘기하고 싶지 않다고 말해.

"롤라, 브레이크 밟지 마. 너무 오버하지 마." 평소와 다름없이 니에베스가 동생을 진정시키려 했다. "자, 보자, 그러니까 아다, '우리 이야기'라는 말이 무슨 의미니?"

"차를 세울게." 롤라가 말했다.

"롤라, 다시 한번 더 말하는데 너무 오버하지 마." 니에베스의 어조가 확고했다.

"아다 언니, 대체 무슨 짓을 한 거야?" 롤라가 갓길에 지프차를 세우며 물었다.

"사실, 주인공은 푸에블로야." 아다가 설명했다. "우리는 조연이고."

"하지만 언니한테는 우리 집안의 사생활을 불고 다닐 권리가 없어."

"나는 나 자신의 이야기를 한 거야. 정말이야. 결코 쉽지는 않았어."

"하지만…… 언니가 무슨 짓을 한 건지 알아?"

"응…… 롤라, 너희가 아닌 나 자신을 향해 투창을 던졌어."

"복수지? 그렇지?" 롤라의 두 눈이 분노로 이글거렸다.

"자, 자, 그러지 마. 제발 부탁이야! 소설에 등장하는 게 나한테는 영광인데……"

"니에베스 언니, 언니는 아무도 모르잖아. 하지만 나는…… 외국에서 오래 살다보니 뻔뻔해진 거야? 그래?"

"아니, 그 반대야…… 깨끗해졌어."

"올리베리오도 알아?"

"아니. 이번에는 올리베리오도 아무것도 몰라. 네가 직접 얘기해도 돼."

니에베스는 롤라에게 시동을 걸라고 했고, 지프차 안에는 침묵이 비석처럼 자리 잡았다. 아다는 롤라를 납득시키기 위해 노력했지만, 충분한 설명은 하지 못했다. 사랑하는 나의 니에베스. 그녀에게는 그다지 문제가 되지 않는 것 같다. 그녀는 평생 두 사촌자매의 싸움을 지켜보며 살았고, 그들이 곧 화해할 거라 믿었다. 이 두 사람이 서로 죽이는 날, 그 사건은 내가 맡겠다고 해야지―니에베스는 재미있어했다―. 저애들을 시작으로 슈퍼 형사의 길을 걸어야지. 나한테는 큰언니의 생각이 들렸고, 그래서 나 역시 재미

있었다. 그 순간 어느 누가 그런 얘기를 할 수 있단 말인가! 아름답고 가정적인 니에베스가 그런 누아르 풍 암흑세계의 이야기를 즐긴다니. 적어도 독특했다. 그녀는 평범한 주제, 그러니까 사랑에 자신의 상상력을 쏟아붓지 않았다. 그렇지만 그것을 그렇게 값진 비밀처럼 유지하기 위해, 무엇에 또는 누구에게 정직하지 못하다고 느꼈는지 물어봐야겠다.

그들은 풍요로운 농경지를 뒤로했다. 들판이 나올수록 점점 황량해졌다. 그렇게 그들은 이제 잃을 것도 없이, 오직 푸에블로를 향해 분명하고도 확고하게 길을 떠났다. 돌멩이에서부터 나무 그늘까지 그들에게는 모두 익숙했다.

축복받은 땅.

지금 달리는 파나메리카 도로는 환상이야, 라고 그들은 생각한다. 전에는 차 한 대밖에 다닐 수 없는 아스팔트 길이었다. 그렇지만 아스팔트 길을 몇 미터 지나자 모습을 드러낸 수양버들도 예전 그대로고, 황량한 경치도 그대로고, 목초지를 누렇게 들뜨게 한 더위도 그대로다. 그 일대를 지나는 모든 차에 연료를 제공하던 소박한 옛날 주유소는 '셀프서비스' 기능을 갖춘 YPF* 주유소로 변해 있었다. 하지만 철로와 전에 커피를 팔던 움막집은 그대로다.

그들은 이타타 강의 첫번째 다리를 건넜다. 강물이 보이자 그들은 이제 집에 돌아왔음을 알았다. 우리는 집에 돌아왔어. 그들은 산 쪽을 바라본 후 흙길 아래쪽 작은 나무다리를 알아보았다. 다리

---

* 스페인 에너지 회사의 이름.

를 건널 때 들리는 묵직한 소리만으로 다리가 있음을 알 수 있었다. 아래로 꺼져내리는 묵직하고도 공허한 소리만으로.

"마치 모더니즘과 자유 시장 경제, 새 천년, 그리고 지난 20년간 우리를 에워싸고 있던 모든 것들이 존재하지 않는 것 같아." 롤라가 말했다.

하지만 그 말을 곧 집어삼켜야 했다. 그 모습은 그 길이 끝날 때까지만이었다. 도로 너머 울타리가 보였다. 소나무들. 수천 그루의 어린 소나무들이 있었다. 우리가 어릴 때 뛰어놀던 산등성이에는 빈 공간이 한 군데도 없었다.

"우리가 놀던 구석구석까지 전부 나무를 심었네." 아다가 슬픔에 젖어 말했다.

"이게 진보야, 언니." 롤라가 대답했다.

"그렇다면 나는 진보를 증오해."

"이제 제재소는 없어졌다는 사실을 명심해. 지금은 현대적인 목재 회사가 됐어."

"모두 민주주의 덕분에?" 아다가 물었다.

"제발 정치 얘기는 그만 하자!" 니에베스가 지겹다는 듯 말했다.

"정치는 좀 혼란스럽지……" 롤라의 의견이었다.

"그래, 상당히 혼란스럽지." 아다 역시 동의했다. "전에는 확실한 노선을 걷기 위해 피델의 의견을 존중했지. 그런데 지금은 U2의 보컬 보노를 지지해."

"변화의 훌륭한 상징이군!"

아다의 시선이 칠레 홍작에게로 가서 멈췄다. 낡은 전신주 사이에 앉아 있는 홍작의 붉은 가슴이 언뜻 보였다. 아다는 전선을 바라보았다. 모든 우체국에 도착하는 전보를 모스 부호로 바꿔 메시지를 전달하는 선이었다. 그 선은 끔찍할 정도로 중요했다. 모든 굵직굵직한 사건들이 그 선을 통해 누런 싸구려 종이에 옮겨 적힌 후 빨간색 도장까지 찍혀 전달되기 때문에 우리 눈에는 상당히 멋스럽게 보이기까지 했다. 가끔은 우체국장이 파란색 빅 볼펜으로 둥그런, 상당히 둥그런 글씨체로 손수 적기도 했는데, 우리에게는 그저 신기하기만 했다. 한번은 올리베리오가 산티아고에서 아다에게 영어로 전보를 보낸 적이 있었는데, 그때 아다는 우체국 창구에 앉은 뚱뚱한 여자가 자기에게는 낯선 언어인데도 창구 뒤의 조그만 기계에서 띄엄띄엄 나오는 말을 통역해주는 게 기적처럼 보였다. 전보의 소리는 어느 정도 국제화되어 있었다. 그건 아다도 몰랐고, 나도 몰랐다. 우리가 마지막으로 그 소리를 들은 게 벌써 몇 년 전이지?

"저기 봐. 저기 마이텐 나무가 있어! 그 마이텐 나무야!" 니에베스는 자신들이 수없이 뛰어놀던 장면을 묵묵히 지켜보았던 고목을 가리키며 감격에 겨워 소리 질렀다.

그들은 한평생 지나다녔던 길을 따라 푸에블로로 들어섰다.

"돈 텔로의 잡화상이야! 하느님 맙소사! 지금은 '미니 마켓'이 됐어!"

"티차의 집은 예전 그대로네. 다행이다."

"아직도 강가로 이어지는 길이 있어!"

"저 공장, 저기, 왼쪽에 있는 거…… 저 공장은 없었는데……"

"굴뚝에서 나는 연기가 끔찍하구나!"

"저 공장이 푸에블로 사람들한테 일자리를 주고 있어. 다시 말하지만 그게 진보야."

늙은 판차의 큰딸인 라우렌티나의 집이 제일 큰 거리에 위치하고 있었다. 그들은 자동차를 몰아 그 집 쪽으로 향했다. 주차할 곳을 찾는 동안, 모두의 가슴이 쿵쾅거리며 마구 뛰었다. 문 앞에는 많은 사람들이 있었고, 주차된 차들 사이로 낯익은 얼굴들이 보였다.

"푸에블로에는 자동차가 전혀 없었는데!"

"조용히 해. 그후로 한 세기가 흘러갔잖아⋯⋯"

"정확히 말하자면 29년이야."

롤라가 비싼 구두를 신은 발을 땅 위로, 푸에블로의 땅 위로 내딛었다. 거칠고, 거세고, 황량한 땅 위로. 모두 그녀를 돌아보았다. 롤라는 아직도 사람들이 자기를 권위적으로 본다고 생각하며 진지한 얼굴로 걸었다. 그녀가 앞을 향해 걷는 동안, 그 집을 에워싸고 있던 아이들과 젊은 사람들이 발걸음을 멈춰 섰다. 마치 그녀를 만지고 싶어하듯. 롤라의 모습이 크나큰 반향을 불러일으켰다. 그녀에게는 나머지 두 사촌자매를 놀라게 하는 뭔가가 있다. 니에베스와 아다는 지프차 안에서 롤라를 바라보았다. 마치 늙은 카실다가 그 아름답고 거만한 여자로 거듭 태어난 것 같았다. 그리고 그 순간만큼은 그녀가 제재소와 마을 땅의 확실한 주인 같았다. 아다와 니에베스는 납득하기 어려운 이유로 자동차에 남았다. 몇몇 아이들이 집 안으로 뛰어들어갔고, 그 즉시 라우렌티나가 그녀를 맞이하러 달려나왔다. 예전과 다름없이 땅딸했고, 더 늙지도 않았다.

온통 검정색으로 옷을 제법 잘 차려입었다. 눈동자가 동그랗게 원을 그리며 매우 반짝거렸다. 라우렌티나가 양팔을 활짝 벌렸고, 그녀보다 머리 두 개는 더 큰 롤라가 그 품에 안겼다.

"마치 롤라가 상을 당한 것 같아." 아다가 차 안에서 말했다.

라우렌티나가 롤라를 껴안고 엉엉 울음을 터뜨렸다. 롤라도 함께 울었다. 어쩌면 여러 가지 다른 이유로 울었는지도 모른다. 그리고 그때 크리스탈이 다른 자매들과 함께 나왔다. 모두 제대로 된 상복을 차려입었다.

"아가씨들이 올 거라고는 생각도 못 했어요." 라우렌티나가 탄성을 질렀다. "크리스탈이 얘기는 했지만 그 말을 믿지 못했어요. 이게 꿈이에요, 생시예요? 우리 엄마가 얼마나 좋아하실까!"

그녀의 목소리에 심오한 기쁨이 배어 있다. 그녀가 롤라의 팔짱을 꼈다. 마치 그녀가 혼자 오지 않았다는 사실을 까마득하게 잊은 것 같다. 롤라 한 명으로 충분한 것 같다. 그렇게 라우렌티나는 롤라를 데리고 집 안으로 들어섰다. 롤라는 그녀와 함께 나무 바닥이 깔린 큰 응접실로 들어가, 촛불과 화환에 둘러싸인 관을 보았다. 롤라가 들어가자 그 순간 벽 쪽에 있던 많은 의자들이 텅 비었다. 나는 고통에 찌든 그들의 눈이 롤라의 얼굴을 어떻게 바라보는지 살펴보았다. 그들의 눈에서 감격과 약간의 고통이 느껴졌다. 나는 그들이 롤라에게 가까이 다가서고 싶어하지만 감히 그러지 못한다는 걸 안다.

"내 빨간 스웨터가 좀 그렇지 않니?" 니에베스가 차 안에서 물었다. 마치 그 사실을 이제 막 깨닫기라도 한 듯.

금발의 여자들에게는 빨간색이 잘 어울려, 사랑하는 언니. 그렇지만 장례식에 왔다는 거 잊었어?

"당연히 그렇지. 바꿔 입을 옷 없어?"

니에베스가 지프차 뒤칸에 있는 가방을 꺼내려고 몸을 뻗었다.

"여기서는 옷을 갈아입을 수가 없어. 모두 우리를 보고 있어서……"

"그러면 안에 들어가서 갈아입어. 자, 얼른 내리자. 롤라를 혼자 내버려두지 말자고. 물론 그들에게는 롤라만으로도 충분한 것 같지만. 안 그래?"

바로 그 순간, 주름이 자글자글하고 이가 몇 개 빠진, 얼굴이 새하얀 한 여자가 그들을 찾아 지프차로 다가오고 있었다.

"봐, 니에베스, 크리스탈의 동생이야. 기억나? 체차…… 마지막으로 봤을 때는 젊었는데. 거의 어린애였는데."

"체차? 허리에 하늘색 리본을 두르고 늘 하얀 옷만 입었는데. 파티마 성모상한테 기도하곤 했잖아."

"내가 알기로는 루르드 성모상 같은데……"

"절대 입을 열지 않았지. 거의 벙어리나 다름없었는데……"

"하지만 어쩌다 저렇게 늙어버렸을까? 나보다 훨씬 젊은데."

"뭘 바라는 거야? 저 여자가 얼마나 힘든 삶을 살았을지 상상해봐……"

그들이 차에서 내렸고, 체차가 그들에게 다가왔다. 자신의 완벽함을 자부하는 태양이 그녀를 내리비추었다. 상복을 제대로 차려입어 꽤 근사해 보였다. 아다와 니에베스가 그녀에게 다정하게 인사를 건넸다. 그녀 역시 되돌릴 수 없는 시절의, 우리 모두 고맙게 생각하고 있는 그 시절의 증인이다. 그녀 옆으로 옷을 제대로 차려 입지 못한 넉살 좋은 여자들이 앉아 있었다. 체차는 땅딸하고 덩치가 있고 약간 뚱뚱하지만 귀여운 편이다. 아다가 열려 있던 블라우스 단추 두 개를 서둘러 잠갔다. 체차의 블라우스를 채운 브로치가 마치 도시 여자와 시골 여자의 메울 수 없는 골을 깊이 존중해야 한다는 것을 상기시키는 것 같았다. 그녀의 몸은 은밀한 보물이다. 체차가 양쪽으로 니에베스와 아다의 팔짱을 끼고 집 안으로 들어섰다. 그녀들을 둘러싼 사람들의 시선에 크나큰 조바심이 배어 있다. 마치 자매의 감정 표현에 놀란 것 같았다. 그들은 사람들 모두를 알아보며 입을 맞추고 포옹했다.

롤라는 관 옆에서 혼자 편안하게 관 안을 들여다보고 있다. 창문은 열려 있었지만 아직도 짙은 향이 진동했다. 니에베스와 아다가 사람들에게 이끌려 늙은 판차에게 인사를 건네러 다가왔다.

"어머니와 잠깐 계세요." 라우렌티나가 말했다. "그새 우리는 이미 지겨워졌을 테니까."

우리 사촌자매 셋만이 그 방에 남았다.

그들은 가까이 다가가, 소나무 관에 안치된 늙은 판차의 시신을 바라보았다. 그 관이 그녀의 요람이자 집이자 마지막 방이었다. 약간 반짝이며 반들거리는 흰색 블라우스를 입고, 목에는 분홍색 꽃무늬가 찍힌 검정색 스카프를 둘렀다.

"관 속에 누워 있으니 진짜 멋있는걸! 예전의 주름살도 없고……" 니에베스가 말했다.

"너무 우아해. 이런 모습은 한 번도 본 적이 없어." 아다가 나지막하게 속삭였다.

"카실다 고모할머니가 제재소 일꾼들을 위해 꼬챙이에 고기를 꿰어 굽던 축제 때에만 이렇게 차려입었지."

"곱게 차려입고 왔는데 우리가 몰라봤잖아. 그때 노래 불렀는데. 기억나? 거의 아무 멜로디도 없이 흥얼거렸잖아."

검정색 재킷의 옷깃 덕분에 번들거리는 블라우스가 더욱 돋보였다. 늙은 판차의 얼굴이 워낙 주름투성이라, 지금 꼭 감고 있는 작은 눈 주변으로 깊이 파인 고랑까지 셀 수 있을 정도다. 입가의 주름 역시 마찬가지다. 주름 하나하나가 그 길고도 긴 삶의 슬픔과 기쁨을 그들에게 들려주는 것 같았다.

"똑같아." 니에베스가 말했다. "정말 똑같아. 그때 마지막 여름에 봤을 때뿐만 아니라, 우리가 태어났을 때랑 똑같아……"

"화가 났어." 롤라가 관 건너편에서 말했다.

"맞아." 아다가 대답했다. "권위적이고 심각한 표정이 똑같아. 늙은 판차가 미소 짓는 건 한 번도 본 적이 없어."

"한 번 봤는데 이가 하나도 없더라고." 니에베스가 말했다. "그래서 미소를 짓지 않는 거야. 그녀가 식사할 때 보니까 큼지막한 어금니만 외로이 있는 것 같았어. 그래서 웃을 때 가끔은 입을 가려. 하지만 미소는 절대 짓지 않았어."

"그게 우리한테 화난 거야. 우리는 우리 주변만을 기쁘게 해줄 줄 알았으니까." 롤라가 말했다.

"우리에게는 주변을 즐겁게 해줄 이유들이 많았지. 그런데 늙은 판차는 아니야. 그녀는 평생 그랬던 것처럼 귀찮아했고 심각했어."
아다가 잘라 말했다.

"관 속에 누워서도 여전히 그래." 롤라가 거듭 말했다.

"그래." 아다가 다시 대답했다. "한 번도 행복할 수가 없었으니
까……"

"그녀가 농장이랑 집안일, 동물들까지 모두 돌봐야 했는데, 어떻
게 그럴 수 있었겠어?" 니에베스가 이해한다는 듯 말했다.

"게다가 그 어중이떠중이 자식들 때문에…… 이 일대에서 그녀
의 딸들한테 치근덕거리지 않은 남자들이 없었으니."

"늙은 판차가 아이들, 파리, 느려터진 크리스탈을 야단치던 거
기억나? 심지어 우리한테도 지저분하다고 막 뭐라고 했었잖아. 모
두한테 그랬지."

"일을 무지하게 많이 했지…… 카실다 고모할머니는 늙은 판차
없이는 단 한 발자국도 내딛지 못했을 거야. 그리고 그녀의 남편도
그녀에게 요구하는 게 엄청 많았잖아. 눈곱만 한 월급 받고 그 많
은 일을 했으니…… 이 들판에서 일하는 모든 사람들처럼. 그나마
땅이 그들에게 먹을 것을 주기 때문에 살아가는 거지."

"남편이 언제 죽었더라?"

"노르베르토는 카실다 고모할머니가 돌아가시고 2년 후에 죽었
어." 롤라가 알려주었다. 크리스탈이 그녀의 집에서 일하다보니,
항상 롤라가 푸에블로와 마을 사람들에 대해 가장 많은 정보를 가
졌다.

"늙은 판차는 자기 죽음을 미리 예견했대. 그때 그녀가 손자들을

자기 방으로 불러 모으더니 침대 아래서 신발 상자를 꺼내 열고는
그 안에서 평생 모아두었던 돌돌 말린 지폐 뭉치들을 꺼냈대. 그러
고는 그 돈을 나눠주었대. 애들 말로는 꽤 많은 돈이었대. 그리고
자기 발로 공동묘지까지 걸어가 노르베르토의 무덤 위에 앉아, 푸
에블로 사람들 모두 들을 정도로 크게 소리 지르기 시작했대. 노르
베르토, 노르베르토, 더는 못 하겠어. 당신이 나 좀 데려가줘. 식구
들은 그녀가 그러는 걸 한 번도 본 적이 없었대. 식구들은 공동묘
지로 그녀를 찾으러 가서, 남편의 무덤에서 간신히 떼어내 집으로
데려왔대. 그렇게 그녀는 자리에 누워 시내 병원으로 옮겨질 때까
지 한 마디도 더 하지 않았대."

"그래." 니에베스가 말했다. "그녀는 화났어. 하지만 만족스러워
보여. 이제는 노르베르토가 그녀를 맞이하겠지. 그들이 어딘가에
함께 있을 거라 생각하니 기분이 좋아."

아다와 롤라가 못 미더운 듯 그녀를 바라보았다.

"편해 보여. 그건 확실해." 롤라가 말했다. "늙은 판차는 편히 쉬
고 있어."

라우렌티나가 응접실로 돌아왔고, 그녀와 함께 다른 친척들과
문상객들도 돌아왔다. 이제 충분히 시신을 지켰다고 완곡하게 알
려주는 제스처였다. 금세 그곳은 사람들로 가득 찼고, 의자도 빈
자리가 없었다. 밖에, 안뜰에, 흙바닥 위에, 비닐 식탁보를 씌운 식
탁이 있었다. 그곳에 먹을 것과 마실 것이 준비되어 있었다. 그들
이 사촌자매들에게 뭐라도 좀 들라고 권했다. 아니에요, 걱정 마세
요, 롤라가 대답했다. 차 안에 마실 물이 있어요. 나는 롤라의 대답

이 놀라웠다. 다이어트를 하는 것과, 모든 여자들이 생수병을 들고 다니는 뉴욕에 있다고 믿는 것은 별개의 문제였다. 니에베스도 그렇게 생각했는지 나무라는 듯한 눈으로 롤라를 바라보았다.

"물 한 잔 드세요." 체차가 다시 권했다.

푸에블로에서는 그 말이 음료수 한 잔이나 설탕물, 색깔 있는 음료를 들라는 의미였다. 롤라는 분홍 액체가 담긴 플라스틱 잔을 받고는 건드리지도 않았다. 하지만 다른 사촌자매들은 그 음료를 마셨다. 그러고 나서 그들은 밖으로 나가 걷기로 했다.

"금방 돌아올게요." 롤라가 말했다.

"정원에 가는 거예요?" 라우렌티나가 걱정스러운 듯 물었다.

"한번 둘러보려고요."

"이제는 다른 분도 알아요?" 라우렌티나가 롤라만을 향해 목소리를 낮췄다.

롤라가 알아들을 수 없는 말로 대답한 후 두 사촌자매를 데리고 밖으로 나갔다.

"우리가 뭘 아냐는 거야?" 자기들끼리만 있게 되자 아다가 물었다.

"아무것도 아니야."

"롤라, 괜한 짓 하지 마. 대답해봐."

"제재소의 새 주인 얘기야."

"누가 제재소를 샀는데?"

"에우세비오 아스투디요."

"아니야, 아니야, 롤라. 사실이 아니라고 말해줘. 제발, 어서!"

아다가 오솔길 한가운데서 멈춰 섰다. 몸이 말을 안 듣는 듯 걷는 동작이 마비된 것 같았다.

"사실이야."

의심의 여지가 없었다. 아다는 그 소식을 치명적인 충격으로 받아들였다. 발밑의 땅이 꺼져내려, 끝도 없는 심연 속으로 추락하는 기분이었다. 아다는 절대적인 침묵을 지켰고, 니에베스와 롤라는 그 침묵을 깨지 않고 그냥 걷기만 했다. 계속 걷기만 했다. 따가운 햇살만이 그들과 동행했다. 꽤 한참 만에 아다가 가녀린 목소리로 물었다.

"알고 있었어?"

"응. 우리는 알고 있었어." 롤라가 대답했다.

"그런데 왜 나한테는 얘기하지 않은 거야?"

"기분 나빠할까봐." 니에베스가 대답했다.

"1년 전, 내가 제재소를 사고 싶어했을 때 올리베리오는 알고 있었나?"

"응. 언니보다 먼저 내가 그곳을 사려고 했어. 그래서 그때 알았지. 그 빌어먹을 인간이 푸에블로에 정착했을 때 크리스탈이 나한테 얘기해줬어."

아다가 먼저 롤라를 바라보고 나서, 니에베스를 바라보았다.

"그들이 이긴 거네. 그렇지?"

"응." 두 사람이 거의 동시에 대답했다. 그러고 나서 롤라가 덧붙였다. "그들이 이겼어."

니에베스가 양팔을 뻗어 아다의 어깨를 잡으려 했지만 아다가 그 손길을 뿌리치고 앞서 걸었다.

"언니는 가만히 있어. 혼자 해결해야 해." 롤라가 충고했다.

그들은 라우렌티나의 집 골목에서부터 계속 이어진, 땅바닥에 새겨진 발자국들을 따라 걸었다.

"물병 있어?" 니에베스가 롤라에게 물었다.

"아니, 차 안에 두고 왔어. 물은 뭐 하려고?"

"해가 지잖아……"

"그런데?……"

"너도 알다시피, 내가 해지는 걸 못 참잖아……"

"그래서 뭐?"

"매일 이 시간에 진정제를 먹어. 나를 그렇게 보지 마. 정말이야…… 낮은 정말 환상적이야. 밤도 그렇고. 그런데 낮에서 밤으로 넘어가는 시간은 견딜 수 없어. 나는 완전히 허물어져버려…… 여름에는 그 시간이 겨울보다 훨씬 길어. 그래서 너무 고통스러워…… 진정제가 없으면 자살할 것 같아."

"니에베스, 유난스럽기는!"

"그래. 하지만 나는 지극히 정상이야…… 그리고 내 생각에는 우리 모두 아주 정상이야. 이제 그 유명한 마흔 문턱을 넘었는데도 할아버지들처럼 몸져누운 사람은 아무도 없잖아. 안 그래?"

"유전자가 우리를 배신할까봐 두려워?"

"당연히 두렵지. 특히 아다가 너무 멀리 살아 더 걱정이었어. 그녀가 영원히 잠들었는데도 우리가 아무도 모른다고 생각해봐."

공기가 아주 많이 맑았고, 구름이 서서히 이동하며 공기를 시원하게 식혀주는 것 같았다. 그때 처음으로 향이 올라왔다. 그리고 소리도. 이 감촉, 니에베스가 말했다. 어렸을 때처럼 수양버들 껍데기를 만지며 말했다.

"롤라, 이리 와서 냄새 맡아봐. 나무 냄새 맡아봐."

왼쪽에 야생 목초지 한가운데로 헨루다 한 송이가 보였다. 그곳의 풍경은 예전 그대로인 것 같았다. 마치 우리가 어렸을 때 이후 아무도 그곳을 밟지 않은 것 같았다.

"그 시절을 베껴놓은 것 같아." 롤라가 말했다.

아다가 사촌들이 있는 곳으로 돌아왔다. 아주 천천히 걸어왔다. 아주 빽빽한 들판에 들어서기라도 한 것처럼.

"들어봐." 아다가 그들에게 말했다.

"아무것도 안 들리는데."

"이 침묵을 들어봐…… 이런 침묵은 다시는 들어볼 수 없어…… 세상 어디에서고."

"그래, 이런 어마어마한 침묵은 영원히 딱 하나밖에 없어. 우리 어린 시절의 침묵이야."

"유일하게 그 침묵을 깨는 소리는 기차가 지나가는 소리뿐이었어."

"그리고 새 한 마리가 지저귀거나, 아니면 곤충 한 마리가 퍼덕거릴 때……"

"기차 기적 소리는 뭔가를 약속하는 듯한 신비로운 소리였지. 루스가 그 소리를 많이 좋아했는데."

"반면에 롤라는 기차가 탈선해 집을 덮칠까봐 무서워했어. 밤

기차 기적 소리가 들릴 때마다 롤라가 놀라면 루스가 롤라의 손을 꼭 잡아줬던 게 기억나."

"이제 그 침묵은 더이상 들리지 않아……"

그들은 관목 한 그루를 바라보았다. 부드러운 관목으로, 거기서 라일락 색깔의 꽃줄기가 뻗어나왔고, 푸에블로에서는 그 꽃을 '헨루다'라 불렀다. 우리는 그 이름을 어디서도 들어보지 못했다. 우리가 지어낸 이름이었나? 그 꽃은 습한 곳에서 자랐다. 주로 늪지대에서 남미산 갈대와 귀뚜라미, 잠자리 사이에서 자랐다. 어느 날 우리는 헨루다를 꽉 누르면 모양이 만들어진다는 걸 알아냈다. 그래서 헨루다를 꺾지 않은 채 그걸 가지고 큰 공간을 만들었다. 그렇게 우리가 좋아하는 놀이가 탄생하였다. 우리는 그 놀이를 건축가 놀이라 불렀다. 우리는 갈대로 헨루다를 잔뜩 묶어, 시원하고 푸르른 그곳에 동굴 문을 만들었다. 그리고 동굴 하나마다 임시로 자기 집을 지어, 서로 차를 마시러 오라며 초대하기도 했다. 항상 니에베스의 집이 제일 좋았다. 테라스와 아이들 방, 넓은 거실까지 갖춘 제일 멋있는 집이었다. 아다는 헨루다를 미끄럼틀처럼 탈 수도 있다는 걸 알아냈다. 아다는 말을 타고 달려오다가, 번개처럼 빠른 속도로 그 위를 덮쳤다. 그러면 충격이 완충되면서 부드럽게 넘어졌다. 그리고 몸은 관목 사이로 아주 재미있는 모양을 만들어가며 사라졌다. 하지만 그렇게 하면 우리가 많은 정성을 들여 만든 집들이 망가졌다. 아다는 제재소 일꾼들이 기수 없이 혼자 달리는 말을 보고 당혹스러워하는 것을 재미있어했다. 사실 그녀가 그 말을 타고 있었는데. 우리는 해질녘을 거닐었다. 그곳에서는 더위가 물러나고 있었다. 우리 손으로 직접 만든 초록색 그물 침대 위에 누우면 금세 시원해졌다. 아다는 그곳에 사는 곤충들을 몇 시간이고 주의 깊게 바라보다가 잡아서 한참 관찰한 후 죽였다. 그녀는 곤충들의 사형집행인이었지만 곤충들을 친구라 불렀다. 헨루다 잎사귀가 몸에 닿으면 나쁜 냄새가 났다. 그렇지만 라일락 색깔의 꽃이 너무 시원하고 눈길을 끌어 만지지 않을 수 없었다. 그러면 옷에 묻은 얼룩이 여름 내내 가시지 않았다. 저택으로 돌아오는 길에 우리는 박하 덤불을 발견하기도 했다. 잠시 멈춰 박하 향을 맡으며, 풍요롭고도 멋진 박하를 마음껏 즐겼다. 오후가 살아 있는 생물체에 대한 믿음과 함께 차분히 가라앉았다.

"하이메는 내가 푸에블로를 지나치게 미화시킨다고 했어."

"그래도 라울은 푸에블로에 와봤는데……"

"그리움은 과거의 의식이다. 하지만 시적인 힘으로 승화된다."

"누가 한 말이야?"

"멕시코 건축가."

세 사촌자매는 커브길 근처까지 다가갔다. 그 길을 지나면 정원의 철창이 보였다. 벌써 소나무 향이 났다. 옛날부터 우리 마음의 안뜰에 함께 자리 잡았던 향이었다. 느닷없이 아다가 비명을 질렀고, 그녀와 몇 발자국 떨어져 오던 니에베스와 롤라가 얼른 달려와 아다가 본 장면을 보았다.

"포플러나무들을 베어냈어!" 비명을 지른 후 아다의 목소리는 제대로 나오지도 않았다.

"하느님 맙소사……" 니에베스가 그 모습을 보고 서글퍼하며 신음을 토해냈다.

"하지만, 어떻게! 어떻게 이런 일이 있을 수 있어?" 롤라가 양손으로 입을 막았다.

보초병들이 모두 살해되었다.

니에베스와 아다, 롤라는 아주 딱딱한 점토로 빚은 세 개의 동상처럼 그 자리에서 굳어져 끔찍해하며 그곳 풍경을 바라보았다. 그곳의 모습에 말문이 막혀버린 것 같았다. 마치 뭔가가 그들을 바짝 조여왔고, 그들 몸의 일부분이 아프게 떨어져나간 것 같았다. 어쩌면 고통스럽게 칼에 찔린 기분일 수도 있다. 현실 그 자체에서 쫓겨났다는 두려움일 수도 있다. 니에베스가 울음을 터뜨렸다.

"그 나무들이 나보다 나를 더 많이 알고 있는데." 아다가 한참 후 중얼거렸다.

"집이 어떻게 되었을지는 상상하고 싶지도 않아."

"가자." 롤라가 말했다. "이건 참을 수 없어. 더는 아무것도 보고 싶지 않아."

"그래, 네 말이 옳아. 가자." 니에베스가 눈물범벅이 된 채 동의했다.

"싫어. 나는 정원을 보고 싶어. 철창 있는 데로 가볼 거야."

"뭐 하러?" 롤라가 슬픔 가득한 표정으로 물었다.

"확인만이라도 해보려고."

아다가 옛날 대문이 있는 쪽으로 걸어갔다. 그곳은 그대로였다. 우리 가족들에게 환영인사를 건네려고 수백만 번 열렸던 문이었다. 아다는 초록색 철창 사이로 머리를 집어넣고 주의 깊게 보았다. 다른 사촌들은 더이상 다가서지 않고 멀리서 그녀를 바라보았다. 한참 후 아다가 그들에게 소리 질렀다.

"오지 마. 가까이 오지 마. 와봤자 볼 거 없어."

"뭐가 있는데?"

아다가 창백한 얼굴로 그들에게 다가왔다.

"아카시아 나무들은 없고 목재 건축물들만 있어……"

"건축물?"

"응. 현대적이고 경박한 건물들이야. 버섯 재배지 같아. 나무는 거의 모두 베어냈어." 아다의 목소리가 흥분했다.

그들은 서로를 바라보았다. 자신들이 단념으로 가득 차 있는지, 절망으로 가득 차 있는지 구분이 되지 않았다.

"경박한 것보다 더 나쁜 건 없어." 아다가 화를 내며 말했다. "정말 없어."

"경박한 건 아무도 좋아하지 않아." 니에베스가 아다를 위로하려고 대답했다. "하지만 그것보다 더 나쁜 것도 있어."

"뭐?"

"예를 들면 악 같은 것."

"다 마찬가지야."

아다가 재킷 주머니에서 담배 한 갑과 라이터를 꺼냈다. 부들부들 떨리는 양손으로 불을 붙이려 했다. 롤라가 유심히 그녀를 바라보았다. 내가 잘 아는 표정이다. 머릿속으로 뭔가 곰곰이 생각할 때 짓는 표정이다. 아다가 첫 모금을 뱉어내 그 연기가 공기 중으로 흩어지는 순간, 롤라가 그녀의 손에서 라이터를 뺏어들었다.

"좋은 생각이 있어." 롤라가 말했다.

"뭔데?"

"불을 지르는 거야."

아다와 니에베스가 믿을 수 없다는 듯 그녀를 바라보았다.

"너 미쳤어?" 니에베스가 롤라에게 물었다.

"아니, 미치지 않았어. 어쨌든 우리는 한 번도 제대로 복수해본 적이 없어. 그 순간이 온 거 아니야?"

"그건 범죄 행위야." 니에베스가 힘없이 말했다.

"범죄 행위? 그럼 강간은? 불법으로 체포해서 고문하는 건?" 롤라가 화를 내며 대답했다.

"방화는 브론테 자매나 대프니 뒤 모리에*나 하는 거야. 아주 문학적이지……" 아다가 말했다.

"그럼 문학을 하지 뭐. 이거야말로 완전히 깨끗한 결말이네." 롤라가 단정 지으며 말했다.

우리 사촌자매들은 니에베스의 눈에 무언가 이상한 기운이 스쳐 지나가는 걸 보지 못했다. 그 무언가가 그녀를 생각에 잠기게 했고, 그들이 나눈 마지막 대화가 안겨준 놀라움과 가벼운 충격을 덜어주었다. 내가 하려는 건 범죄를 밝히는 거지, 범죄를 저지르는 게 아니야—니에베스가 혼잣말하는 게 들렸다—. 그렇기 때문에 나는 피해자도 가해자도 되어서는 안 돼. 그러고 나서 그녀는 '범행 장소'에 와 있는 형사를 상상하며 피식 웃었다. 범행 장

---

* Daphne du Maurier(1907~1989). 영국의 소설가이자 극작가.

소가 바로 다름 아닌 푸에블로의 집이라니. 나도 웃음이 나왔다. 이런 행위는 내 파일의 어느 파트로 분류해 넣을 수 있을까? 니에베스가 비밀스럽게 자신에게 물었다. 마치 내가 그 말을 못 듣기라도 하듯.

밖의 누군가가 주의 깊게 살펴본다면, 그 장면을 보고 미쳤다고 정의 내릴 수도 있다. 나도 그들을 모른다면 내 눈앞에서 말도 안 되는 일이 벌어지고 있다고 했을 것이다. 한눈에 봐도 부유한 중년 여자 세 명이, 옷도 잘 차려입고, 곱게 늙고, 머리도 잘 매만졌고, 힘든 밭일이라고는 전혀 모르는 피부를 지닌 중년 여자 세 명이, 한눈에 봐도 외지 사람인 게 분명한 중년 여자 세 명이 길 끝에 멈춰 서서 굳게 닫힌 거대한 철문을 앞에 두고 범죄 행위의 가능성을 놓고 열띤 논의를 벌이고 있다니.

"방화는 내일 생각해보자." 아다가 제안했다. "우리는 지금 많이 지쳤어. 어서 가서 쉬자. 장례식도 치러야 하잖아."

롤라가 할 수 없이 허락했다.

"그래. 언니 말이 옳아. 게다가 나도 하루 종일 운전했더니……"

"나는 오랜 시간 비행기를 타고 왔고……"

니에베스는 아무것도 덧붙일 게 없었다. 그들은 나란히 푸에블로로 돌아가 지프차에 올랐다. 롤라가 그곳에서 15킬로미터 떨어진 곳에 있는 호텔을 예약해두었다. 푸에블로에서 가장 가까운 호텔이었다.

"롤라, 침대 세 개짜리 방을 어떻게 구했어? 우와, 정말 끝내주는걸!" 아다는 꼭 어린아이 같았다. 마드리드의 리츠 호텔에서 롤라와 그랬던 것처럼, 매트리스가 좋은지 알아보기 위해 침대마다 앉아보았다.

"물어봤지. 이 방이 딱 하나 있었어…… 유년 시절을 기릴 수 있는 아름다운 방법일 것 같아서." 롤라가 가는 곳마다 늘 들고 다니는 화장품과 보석 가방을 풀었다.

모두 지쳐서 침대 위에 드러누웠다. 롤라와 니에베스는 가운데 침대를 사용하는 외국인을 지켜주려는 듯 양쪽 끝 침대를 사용했다.

"룸서비스가 있겠지?" 롤라가 물었다. "배고파 죽겠어."

"글쎄, 이 동네가 그렇게 현대화된 것 같지는 않은데……"

"피크닉 싸온 게 아직 남았어. 아다가 좋아하는 닭고기 샌드위치가 있어." 니에베스가 말했다.

"훌륭해. 이제 와인만 있으면 준비는 다 된 건데."

"내가 내려가서 구해볼게." 롤라가 말했다.

니에베스가 바구니를 열어 남은 샌드위치를 냅킨 위에 펼치고는 한 개를 손에 들고 살펴보았다.

"나는 단 한 번도, 결코, 다른 사람의 입맛을 생각하지 않고서는 음식을 만들어본 적이 없어."

"니에베스, 언니는 멋진 바캉스를 떠나도 괜찮아. 얼마 동안 프랑스 남부에서 나랑 같이 지내지 않을래? 정말이야. 언니가 먹고 싶은 것 다 먹을 수 있어…… 라울이나 아이들, 그 누구 생각도 하지 않고."

"무슨 핑계를 대고 식구를 내팽개쳐두니?"

"언니는 핑계 댈 필요가 없어. 내가 언니를 초대하면 그만이야."

니에베스는 아다의 말을 재보기 시작했다. 하지만 아다가 니에베스의 생각에 훼방을 놓았다.

"말해봐. 올리베리오가 롤라를 진심으로 사랑하는 거야?"

"응, 진심이야. 아다, 괜히 끼어들 생각은 말아라. 그들은 행복해. 정말이야."

"처음부터 알아가는 것보다 '인정하는' 게 훨씬 쉬워. 그렇지?…… 롤라는 왜 집을 불태우고 싶었을까?"

"에우세비오 아스투디요를 증오하기 때문이지. 그 이상은 말할 것도 없어."

"아니야. 언니, 이건 아주 분명해. 과거를 지우고 싶기 때문이야. 내게서 올리베리오를 깨끗하게 정화하고 싶기 때문이야."

"그 경우라면 방화범은 네가 돼야지."

아다가 니에베스를 다시 뚫어져라 바라보며 그녀의 얼굴을 주의 깊게 바라보았다.

"아다, 농담은 그만두자. 이기적으로 굴지 마." 니에베스가 말을 이었다. "우리 중에서 과거가 가장 필요 없는 사람은 롤라야. 롤라가 제일 타락하지 않았으니까."

"그렇게 봐?"

"응. 올리베리오의 손에 난 상처를 매일 보듬으며 자는 사람이 롤라라는 사실을 잊지 마."

"알았어, 언니. 하지만 그런 생각으로는 화해하기 힘들겠는걸……

우리가 평화를 생각하려면 이 나라의 고문당한 사람들 수천 명은 죽어야겠다."

"모두 죽을 때까지 평화는 정치적인 거야. 감정적인 게 아니라."

롤라가 한 손에 와인 두 병을 들고, 다른 손에는 잔 세 개를 들고 위풍당당하게 들어왔다. 잔들이 떨어지기 일보 직전이었다.

"썩 좋은 건 아니야. 하지만 와인은 와인이야."

"취할 수 있겠구나…… 큰 위안이 되는군." 니에베스가 얼른 대답했다. 롤라 없는 데서 그녀 말을 한 게 그녀를 좀 배신하는 느낌이었다. 그녀가 가방에서 털실뭉치가 든 비닐봉투를 꺼냈다. 노란 털실이 대바늘과 함께 들어 있었다.

"뜨개질할 거야?" 아다가 믿을 수 없다는 듯 물었다.

"응, 생각할 게 좀 있어서. 오늘은 참 이상한 날이었어. 그래서 머릿속이 꽉 찼어."

"그게 뜨개질하고 무슨 상관이야?"

"내가 지은 죄가 워낙 커서 집안일을 내팽개쳐두고는 생각에 전념할 수가 없어…… 그러다가 뜨개질 바늘을 보고 방법을 찾아냈지…… 바빠 보이잖아. 또 사실이고. 내가 뭔가를 하고 있는 거잖아. 안 그래? 나는 뜨개질을 하고 있고, 한가하게 놀고 있는 게 아니야…… 이게 내 정화방법이야."

롤라가 와인을 따르는 동안 노란 발레리나들이 춤추듯 니에베스의 손이 바쁘게 움직였다. 뭘 뜨는 걸까? 아직 형태는 드러나지 않았다. 어릴 때 내 목을 따뜻하게 감싸줬던 첫 목도리는 파란색과 하얀색이 마름모꼴을 이루는 것이었다. 니에베스 언니가 나를 위해 떠준 것이었다.

"남자들끼리 얘기하는 거 신경 써서 들어봤어?" 롤라가 와인 잔과 털실을 번갈아가며 보다가 약간 딴 생각하듯 말했다. "지겨운 얘기들뿐이야. 에피소드만 줄줄이 늘어놓지. 늘 에피소드만. 그렇게 해서 괜히 얽히는 걸 막는 거지."

"맞아. 뚝 떨어져 서로 닿지 않는 조각들처럼……"

"저번에는 내가 회의를 하고 있었는데……"

롤라의 목소리가 배경음악처럼 들려왔다. 니에베스는 그 소리를 듣지 않았다. 그녀의 머릿속에서 뜨개질 한 땀 한 땀 사이로 집착 하나가 길게 눌어붙어 있다.

"뇌수종에 걸린 어린 사내아이를 한 명 알고 있는데, 그 아이는 뇌가 없어서 아프지 않아. 모든 질병은 머리에서 생기는 거야. 그거 알아?"

롤라와 아다가 약간 이상하다는 듯 니에베스를 바라보았다.

"그리고 알츠하이머 환자들은 감정이 없기 때문에 일찍 죽지 않아. 감정이 없다보니 아프지도 않고."

"그래서?"

"그 자체로 고통스러운 질병인데도 고통을 받지 않는다는 게 이상해. 이거 알아? 우리 중 누군가가 베로니카 데 라스 메르세데스의 역할을 확실하게 해야 해." 니에베스가 아주 심각하게 말했다. "이제 거기에는 전혀 의심의 여지가 없어. 내가 그 역할을 할 거야."

롤라와 아다가 하던 일을 멈추고 그녀를 바라보았다. 니에베스의 목소리에서 뭔가가 그들을 걱정스럽게 했던 것이다. 마치 자기 생각을 들키기라도 한 듯, 아다가 분위기를 띄워보려 했다.

"우리는 두 역할을 다 할 수 있어. 매 순간에 달린 거지. 어떨 때는 마리아 트리니다드 수녀의 역할을 하기 위해 온순해지고, 또 어떨 때는 베로니카 데 라스 메르세데스 역할을 하고…… 그래서 우리 사촌자매들이 있는 거잖아."

"그런데 나는 항상 베로니카 데 라스 메르세데스만 한 것 같은 기분이야…… 자, 너희가 말해봐. 마지막으로 내 역할이 마리아 트리니다드였을 때가 언제였니?"

롤라와 아다는 확실한 정답을 찾기 위해 서로 바라보았다. 하지만 찾지 못했다.

"나를 그렇게 바라보지 마. 우리 현실적이 되자. 내가 제일 나이가 많고, 나는 너희가 가진 것을 하나도 갖지 못했어."

"언니는 사랑을 가졌잖아." 롤라가 얼른 대답했다. "몇 명이나 그런 말을 할 수 있겠어?"

니에베스가 뜨개질 바늘을 내려놓고, 앉아 있던 침대에서 일어나 와인 병을 들어 잔을 채웠다. 각 잔에 천천히 와인을 따르는데, 포도보다는 살구가 떠올랐다.

"롤라, 사실대로 얘기해줘." 니에베스가 전율이 느껴질 정도로 솔직하게 그녀를 바라보았다. "사랑으로 충분하니?"

롤라의 두 눈에서 거짓말을 하고 싶어하는 유혹이 전해졌다. 그렇지만 그녀는 거짓말할 자신이 없었다. 그래서 진실을 쫓는, 자기가 진실이라 믿는 것을 쫓는 쓸데없는 위안을 포기하기로 했다.

"아니, 니에베스 언니, 충분하지 않아."

침묵. 아다가 그 침묵을 깰 때까지.

"일도 마찬가지야."

니에베스가 사촌동생들을 한 명 한 명 바라보았다. 그녀는 길을
잃은 사람처럼 방 안을 돌아다녔다. 화장대의 거울을 바라보며 앞
머리를 매만지고 다시 침대로 돌아왔다. 눕지는 않고 앉기만 했다.
그녀의 얼굴에, 그녀는 아니라고 부정하지만 여전히 아름다운 그
녀의 얼굴에 새로운 표정이 어렸다. 절대 꺾을 수 없는 단호한 표
정이다. 지금까지 한 번도 보여주지 않은 표정이다.

"오늘 나는 아주 끔찍한 사실 하나를 깨달았어. 우리가 얘기를
하면서 올 때 그런 생각이 들기 시작했어. 그러고 나서 늙은 판차
의 관 앞에서도 그 생각이 들었어. 그러다가 정원의 닫힌 문 앞에
서 아다가 담배를 피우기 시작했을 때 확실하게 들었어……"

"뭘 깨달았다는 거야?" 롤라는 그녀를, 언니를, 우리 큰 사촌언
니를, 항상 버팀목처럼 행동해준 언니를 확실하게 지지해주려고
노력했다.

"내 평생 아무 일도 없었다는 거."

또다시 침묵.

"그런데 이제는 늦었어."

"그런 말 하지 마." 아다가 발끈하며 끼어들었다. "절대 뒤늦은
건 없어. 내 말 들려? 절대 없다고! 나를 봐. 이제 막 내 첫 소설을
출판하려고 해. 롤라를 봐. 천생연분을 언제 찾아냈어? 정작 가장
중요한 것은 지금 막 일어나고 있단 말이야!"

"너희한테 일어난 일은 그동안 차곡차곡 쌓인 덕분이야. 살다가

어느 순간에 이르면, 이제는 운도 더이상 큰 역할을 하지 않는다는 거 너희도 잘 알잖아."

"그러면 니에베스 언니, 언니도 이제 차곡차곡 쌓아가."

롤라와 아다는 이야기를 계속해야 하는지 눈으로 서로에게 물었다. 그들은 니에베스가 한 말이 그녀가 평생 한 말 중에서 가장 심각한 말이라는 걸 알았다. 그래서 불안하고 마음이 아팠다.

"니에베스 언니, 언니가 저택 문 앞에서 그런 생각을 할 때 나는 다른 생각을 하고 있었어. 하지만 상당히 불경스럽고 정신병자 같은 생각이야." 아다가 이야기의 방향을 바꾸기로 마음먹고 솔직하게 털어놓았다. "내 자신에게 확실하게 말했어. 나는 우리 엄마의 딸이 아니야. 카실다 고모할머니의 딸이야. 불쌍한 우리 엄마, 엄마의 유전자는 어떻게 된 것일까?"

"설마 언니가 내 꿈을 꾼 건 아니겠지?" 롤라가 아다에게 물었다. 그녀는 한쪽 침대의 하늘색 시트 위에 누워, 양팔을 머리 뒤로 받친 채 생글생글 웃었다. 아다가 되돌려주는 질투 어린 시선을 보며 롤라가 서둘러 덧붙였다.

"이렇든 저렇든, 우리 모두 카실다 고모할머니의 딸들이야. 하느님 덕분에!"

그녀의 목소리에 담긴 유머가 아다에게 말하고 있다. 그들 사이의 위기는 이제 지나갔다고. 하지만 그걸로는 충분하지 않았다. 이곳에는 우리가 있다. 그들 세 명과 내가. 그리고 니에베스가 자기 자신과 벌이고 있는 싸움이 심연 끝으로 떨어질 수도 있는 처절한 몸싸움이라는 것을 아무도 잊지 않았다.

롤라는 잠을 자기로 결심하고 가방에서 군청색의 아름다운 실크 파자마를 꺼냈다. 롤라가 아무렇지도 않은 듯 옷을 벗었고, 아다는 그녀를 자세히 바라보았다.

"롤라, 너무 아름다워. 영원히 그렇게 아름다울 거야?" 아다가 롤라에게 말했다.

"일시적인 거라고 생각하지 마. 이렇게 되기 위해 내가 얼마나 노력하는데."

나는 롤라의 몸을 훑는 아다의 시선을 따라갔다. 가슴이 아팠다. 아다가 올리베리오의 눈과 올리베리오의 손, 올리베리오의 성기를 생각하고 있다는 것을 안다. 나한테는 힘든 일이다. 어찌 됐든 나한테는 오빠니까. 하지만 그녀의 질문까지 모른 척할 수는 없었다. 그 눈과 손, 성기가 그 몸을 얼마나 탐닉했을까? 얼마나 만족했을까? 아다 역시 그 생각이 너무 강렬해 당혹스러워하는 것 같았다. 그녀는 스스로에게 이렇게 말한다. 더이상 생각하면 안 돼. 안 돼.

"신한테 감사드려야 해." 니에베스가 롤라보다 훨씬 작고 통통한 자기 몸을 바라보며 말했다. 그러고는 검정색 작은 가방에서 크림 병을 꺼냈다.

"손을 크림으로 범벅할 거 아니지?" 아다가 소리 질렀다. "전부 어제 일 같아."

니에베스의 손. 사실 우리 사촌자매 셋이 그 방에서, 그 비좁은 침대에 누워 있는 모습을 보니 변한 건 아무것도 없는 것 같았다. 우리의 전형적인 모습이다. 일상적인 이야기에서 심각한 이야기로 넘어갔다가, 또 아무렇지도 않게 다시 돌아오는 것. 우리는 중요한 이야기를 할 때 경박함과 무의미함을 함께 넘나들었고, 그다지 꽤 넘치 않았다. 예를 들어 이미 말한 건 다시 말할 필요가 없다. 그래서 롤라가 아무리 화가 나도 아다의 소설에 등장하는 주인공 이야기는 다시 하지 않는 것이다. 지금 니에베스는 조금 전 자기가 엄청난 얘기를 하지 않은 듯 아무렇지도 않게 손에 크림을 바르고 있다. 우리는 늘 그렇게 서로를 대했다. 나는 나머지 다른 여자들은 어떻게 행동하는지, 자기들끼리 어떻게 반응하는지 궁금하다.

"돈 텔로의 잡화상에서 팔던 파란색 슬리퍼를 미니 마켓에서 팔까?" 아다가 물었다. "기억나? 무지하게 긴 끈으로 묶는 거 말이야……"

"이상할 것도 없지…… 주인이 돈 텔로의 아들이니까." 롤라가 대답했다.

"한 켤레 사서 프랑스에 가져가야겠어. 그 슬리퍼는 이 세상에서 딱 한 군데밖에 없어."

"내일 장례식 끝나고 가서 물어보자. 거기서 팔지 않으면 다른 어딘가에 있을 거야." 니에베스가 말했다.

"가려면 언니들끼리 가. 나는 거기에 안 들어갈 거야." 롤라가 확고한 목소리로 말했다.

"왜?" 니에베스와 아다가 동시에 물었다.

"30년 전에 그곳에 다시는 가지 않겠다고 약속했어. 내 약속을 지킬 거야."

"잡화상에서 무슨 일 있었어? 늘 다녔잖아."

"로시타 생각나?"

"당연하지. 돈 텔로의 시집 못 간 딸이잖아."

"정말 못생겼지! 아래턱이 툭 튀어나와서…… 말도 정말 이상하게 했는데! 아다, 기억나? 우리가 로시타 흉내 내던 거?"

"하루는 로시타가 잡화상 뒤뜰로 오라고 그러더라고. 아무나 못 들어가는 계산대를 통과해서 말이야. 로시타가 미친 사람처럼 눈을 이상하게 뜨고 기둥에 묶인 양 한 마리를 보여주었어. 그때 도적떼처럼 생긴 남자들이 그 양을 죽이고 있었어. 양의 목덜미를 크고 길게 칼로 찢었어. 그 아래로 항아리들이 몇 개 있었지. 핏방울이 그 항아리로 떨어졌고, 그 남자들의 손과 배뿐 아니라 뒤뜰이 온통 피투성이였어. 온통 피밖에는 없는 것 같았어. 양은 꽥꽥 소리 질렀어. 연거푸 소리 질러댔지. 흰 털이 복슬복슬한, 내가 사랑하는 양을 칼로 찔러 피를 뺀 다음 목을 벤다는 게 도무지 믿어지지 않았어. 그런데 거기서는 그렇게 죽어가고 있었어. 그 고통을 상상이나 할 수 있겠어? 나는 공포에 질렸고, 그 작자들은 로시타에게 나를 그곳에서 데리고 나가라며 소리 질러댔어. 하지만 로시타는 기분 좋은 듯 잔인하게 보고만 있었어. 그러다가 혼날까봐 걱정이 됐는지 내 팔을 꼬집은 후 나를 내보냈어. 하지만 내가 충분히 봤다고 확신한 다음에서야 내보낸 거야. 나는 양의 비명 소리를 절대 잊지 못할 거야. 그때 나는 진짜 일어나는 일들을 숨기기 위한 뒤뜰이 늘 숨어 있다는 사실을 깨달았어. 가게로 돌아오자 로시타가 못마땅해 죽겠다는 말투로 나한테 말하더군. 그 양은 네 고모할머니가 주문한 거야. 내일 점심 너네 식탁에 오를 거야. 로시타는 괴물이었어. 그리고 그후로 다시는 잡화상에 가지 않았지."

"가엾은 롤라. 하필 네가 걸렸구나. 그래서 그렇게 무서움을 탔구나……"

"나는 물질적인 것만 무서워해." 롤라가 빗질을 마치며 구체적으로 말했다.

이미 모두 침대 안으로 들어갔고, 아다가 마지막 남은 와인을 각자의 잔에 가득 따랐다. 피크닉으로 준비해온 음식은 완전히 끝났고, 배고픔은 어느 정도 충족된 것 같았다. 니에베스가 마흔 살 생일 때 사촌자매들이 선물해준 줄무늬 플란넬 파자마를 가방에서 꺼냈다. 나는 그때 이미 그들 곁에 있지 않았다. 하지만 나 역시 그 엉뚱한 선물을 좋아하며 재미있어했을 것이다. 니에베스가 그 파자마를 입고 패션쇼를 하며 방 안을 돌아다니자 아다와 롤라가 웃음을 참지 못하고 깔깔거리는 소리가 들렸다.

"침대에서 와인을 마신다…… 뭐 기억나는 거 없어?" 니에베스가 시트 밑으로 들어가 사촌자매들을 바라보며 물었다.

"작은할아버지들!" 롤라가 웃으며 탄성을 내뱉었다. "이 기회에 작은할아버지들을 위해 건배하자!"

"당신들 내키는 대로 할 수 있었던 그 능력을 위하여! 무지 뻔뻔했던 우리 작은할아버지들을 위하여!" 아다가 잔을 높이 들며 덧붙였다.

우리 사촌자매들은 와인을 마셨다. 잔에서 입술을 떼는 순간, 그들은 그곳의 공기를 가득 메운 보이지 않은 뭔가를 느꼈다. 즙이 뚝뚝 떨어지는 과일처럼 달콤하고도 초라한 서글픔이 조금씩 조금씩 모습을 드러냈다.

"우리는 다시는 이곳에서처럼 보호받지 못할 거야. 결코, 다시는." 아다가 조용히 말했다.

"절대 못 받지." 니에베스가 천천히 말했다.

"어쩌면 푸에블로로 돌아오자는 생각은 좋은 생각이 아니었는지도 몰라." 롤라가 말했다. "우리 모두 어쩔 수 없이 향수에 젖잖아."

"미래의 시간은 더 안 좋을 거야."

셋 중 누가 이 말을 했더라? 그들의 의지와 달리, 갑자기 다시 심각해지는 바람에 나는 걱정이 되어 제대로 보지 못했다. 나는 마음속으로 그들 한 명 한 명의 기분을 느꼈다. 그렇지만 누가 그 말을 했는지는 모르겠다. 그리고 알고 싶지 않은 내 기분도 이해가 된다. 몇 마디 되지 않는 짧은 말이, 음절 하나하나에 상처와 아픔이 농축되어 있는 그 말이 우리 세 사촌자매를 확실한 침묵 속에 잠기게 했다. 한참 있다가 니에베스가 아다에게 물었다.

"무슨 생각을 하고 있어?"

"땀. 시큼하고, 쇠 냄새가 나…… 녹슨 쇠 냄새."

니에베스가 침대에서 일어나 앉았다.

"누구 땀?" 아다가 헛소리하는 것 같아 걱정하며 니에베스가 물었다.

"에우세비오 아스투디요의 땀. 나는 그의 냄새를 잊지 않았어."

"그때의 강간 사건에 대해 우리에게 한 번도 얘기하지 않았어. 지금 얘기하고 싶니?" 우리 가엾은 니에베스가 조심스럽게 물었다.

"강간이 아니었어."

"뭐?" 롤라가 당혹스러워하며 자기 침대에서 벌떡 일어나 앉았다. 벽 옆으로 붙은 제일 안쪽 침대였다. "내가 잘못 들은 것 같은데."

"잘못 들은 거 아니야. 강간이 아니었어. 벌써 2년째 어떻게 얘기를 꺼내야 할지 생각하고 있었어."

"하느님 맙소사, 아다, 무슨 말이야?"

"무고한 사람한테 죄를 뒤집어씌웠다는 얘기지."

니에베스와 롤라의 눈에는 어쩔 수 없이 원망이 묻어 있지만, 나는 마침내 안도의 한숨을 내쉬었다. 이제, 아다가 말을 꺼냈다. 마침내. 무슨 일이 있어도, 그 말이 어떤 결과를 낳는다 해도, 아다는 자기 비밀을 털어놓을 수 있었다. 마음속으로 혼자만 삭혀야 했던 비밀을 터놓고 얘기할 수 있었다.

"내가 설명할게. 그 사건을 만든 건 바로 나야. 그래. 하지만 나는 경험이 없어서 블라우스를 열면 섹스까지 이어질 거라고는 전혀 생각도 못 했어. 별다른 일 없이 그냥 유혹만 할 수 있을 거라 생각했어. 중간 과정 없이, 사랑이나 대화 없이 키스에서 섹스까지 이어질 거라고는 전혀 생각하지 못했어. 그가 내 처녀성 앞에서 거칠게 군 게 어떻게 보면 강간이라 할 수 있지."

"그건 설명이라고 할 수 없어." 롤라의 목소리가 흥분을 자제하지 못했다.

"오늘은 내가 무슨 말을 하든, 그동안 내가 겪었던 마음고생을 정당화하지는 못할 거야."

"그런데 이제 네가 희생자가 되었으니……"

"아니. 언니와 롤라한테 용서를 받고 싶을 뿐이야."

"우리더러 언니를 용서하라고…… 그럼 우리가 다시 그 이야기를 쓸까?"

롤라가 가차 없이 째려보며 목소리 톤을 높여 무섭게 공격하자, 나는 아다가 순간적으로 자제력을 잃었다는 걸 알았다.

"롤라, 네 비명 때문이었어. 비극이 시작된 건 네가 미친 듯이 내지른 그 유명한 비명 때문이었다고."

롤라가 침대에서 일어나 아다가 누워 있는 침대로 걸어왔다.

"무슨 말이야, 아다 언니? 무슨 말이야?"

"네가 처녀라 그랬던 거야. 네가 섹스에 대해 알았더라면 성관계와 강간은 구별할 수 있었을 거야."

롤라의 표정이 완전히 일그러졌다. 마치 피가 얼어붙어 동시에 응고라도 된 것 같았다.

"그럼 왜 그때 강간이 아니라고 분명하게 말하지 않았어?"

"내 잘못은 아무 말도 하지 않았다는 거야. 나는 아무 말도, 아무 말도 하지 않았어. 그냥 도망쳤어. 기억나니? 그러고 나서 나중에 올리베리오가 치료사의 집으로 가서 에우세비오를 때렸고, 그게 그가 믿고 있는 버전이라는 걸 알았어. 그때부터 나는 감히 아무 말도 할 수가 없었어. 두려웠어."

"누가?"

"모두."

"올리베리오겠지. 그를 잃을까봐 두려웠겠지. 아니야?"

"내 잘못이야. 하지만 나한테도 방어할 권리는 있어."

니에베스는 침묵을 지켰다. 그녀는 두려움에 가득 질려, 내가 방금 퇴장한 무대를 바라보았다. 나는 최선을 다해 아다를 숨겨주었다. 이제는 그녀를 자유롭게 풀어줘야 한다. 아다는 침대 위에 앉아 있다. 몸이 딱딱하게 경직되어, 머리와 등을 베개에 기댄 채 담배를 피우고 있다. 롤라가 그녀 앞에 서 있다. 따지듯 양손을 허리에 대고 있다.

그들은 서로를 바라보며 재보고 있다.

"언니는 카실다 고모할머니의 뒤를 이을 자격이 없어." 마침내 롤라가 말했다.

"그래, 나는 아니야."

"언니가 어떤 사람인지 말해줄까? 언니는 아주 못된 년이야."

에필로그

옛날 제재소가 있던 곳 옆으로 공동묘지가 있다. 지금은 제재소 자리에 가녀린 어린 소나무들이 심어져 있다. 돈 호세 호아킨이 이 장소를 푸에블로에 양도했어요, 이곳은 그의 땅 일부예요, 라우렌티나가 그들에게 이야기해주었다. 그래서 예배당에 그의 이름이 새겨져 있지요. 그들은 가까이 다가가, 금색 나무 벽 위로 새겨진, 반짝반짝 광택이 나는 청동판을 바라보았다. 롤라가 그 동판을 애무하듯 손으로 더듬어 만져보았다.

바람이 휘파람을 불었다.

세 사촌자매는 아침에 라우렌티나의 집에 들렀다. 장례식이 끝나면 곧바로 산티아고로 떠날 생각이라 모든 채비를 갖춰놓았다.

가방은 이미 차 안에 있었다. 진짜 작별인사는 이미 뒤뜰에서 마쳤다. 늙은 판차의 시신을 앞에 두고 그들 모두 화덕 주변에 모여 있었다. '아가씨들'이 산티아고로 가져갈 수 있게 화덕에 구운 토르티야를 준비해놓았어요. 빌어먹을, '아줌마들'이겠지. 롤라가 고쳐 말했다. 화덕 위에는 파란색 쇠 주전자가 놓여 있다. 옛날에 시골에서 사용하던 법랑 냄비나 주전자와 같은 파란색이다. 지금은 말린 허브나 야채를 담아 복도 어딘가에 걸어놓는다. 이따금 크리스탈이 물이 펄펄 끓는 주전자를 들어 마테 잎이 담긴 찻잔마다 따라주었다. 늙은 판차는 마테와 마테용 빨대를 늘 달고 다녔다. 그들이 마테와 홍차를 마시는 동안 체차는 잿더미에서 토르티야를 꺼내 재를 털어내어 깨끗하게 담았다. 다른 여자들이 모습을 드러냈다. 나는 도냐 마누엘라의 딸이에요. 저기 앵두 농장 집이요. 나는 카라멜라의 딸이에요. 아가씨들 상처를 치료해주던 여자요. 시신을 지키는 사람들은 모두 여자였다. 남자들은 여자들을 기다리며 공동묘지에서 묘구를 파고 있다. 그들은 와인을 천으로 감싸 발치에 갖다놓고, 삽과 곡괭이를 내리칠 때마다 홀짝거리며 들이켰다.

　그러던 중에 체차가 니에베스에게 다가와 루스 아가씨를 위해 돼지비계를 넣은 특별한 토르티야를 구웠다고 말했다. 제발 부탁이니 가져가세요. 니에메스는 말문이 막혔다. 잠시 후 니에베스가 그녀에게 말했다. 알았어요. 당신이 줬다고 하면서 갖다줄게요. 차에 오르면 따뜻한 토르티야가 있을 거예요. 흰색 행주로 싸서 차안에 갖다놓을게요. 그래요, 체차. 내가 꼭 갖다줄게요. 루스가 너무 좋아할 거예요.

라우렌티나는 시간이 되었다고 생각했다. 모두 일어나 미지근한 불기가 남아 있는 화덕을 떠났다. 그들은 테이블의 비닐 식탁보 위에 찻잔과 마테 용기를 내려놓았다. 그러고는 남자들이 관을 꺼낼 때까지 아무 말 없이 기다렸다. 그들은 관 뒤를 따라 침묵을 지키며 줄지어 공동묘지로 향했다. 손에는 길 가다가 꺾은 들꽃이 들려 있었다. 신부가 묘구 옆에서 기다리고 있었다.

첫 기도문이 시작되었다.

"니에베스 언니, 샌들이 있는지 잡화상에 뛰어갔다올게. 금방 올게." 아다가 속삭였다.

"장례식이 끝날 때까지 기다리면 안 돼?"

"일 분이면 돼. 장례식 끝나면 시간이 없을 것 같아……"

일 분은 무슨 일 분. 하여간 제정신이 아니야. 니에베스는 생각했다. 아다는 아무도 모르게 빠져나가려 애쓰며 사람들을 피해 살짝 뒷걸음질로 걸어나갔다. 니에베스가 눈을 들어 롤라를 찾아보았지만 그녀는 보이지 않았다. 라우렌티나의 집에서 잠깐 화장실에 다녀온다고 했는데 장례 행렬과 함께 나오지 않은 게 생각났다. 왜 이렇게 오래 걸리는 거야? 배가 아픈가? 니에베스는 푸에블로 주민들에게 에워싸여 혼자 있다. 롤라는 오는 길이겠지. 니에베스는 생각했다. 그러고는 아무 걱정 하지 않고 계속 기도에 열중했다. 명복 기도가 무지하게 기네. 도시 장례식보다 훨씬 길어. 니에베스는 생각했다. 참회의 시간을 빌려 생각하고 싶은 게, 정말 제대로 생각해야 할 게 너무 많았다. 그때 존 던의 「그림자에 대한 강의」가 왜 생각났는지 이해가 되지 않았다. 그래서 기도할 때처럼

빌었다. '이제 우리는 우리의 그림자를 밟습니다. 그리고 만물은 대담한 빛으로 가득합니다.'

니에베스가 양손으로 얼굴을 가린 채 계속 기도했다. 어쩔 수 없이 잃어버린 순수함을 위한 기도였다.

장례식이 끝나고, 이제 늙은 판차는 땅 밑에서 편히 쉬고 있다. 니에베스는 라우렌티나에게 다가가다가 아다와 롤라가 이미 자기 곁에 와 있는 걸 보았다. 세 여자는 돈 호세 호아킨 마르티네스를 기리는 동판을 바라보며 공동묘지 예배당 담벼락 앞에 서 있다. 망자들이 편히 쉴 수 있도록 돈 호세 호아킨 마르티네스가 그곳 땅을 기부한 것이다. 롤라가 손가락으로 동판을 애무하듯 어루만졌다. 바람이 휘파람을 불었다.

그 순간 비명 소리가 들려왔다. 남자의 목소리였다. 마치 미친 여자가 비명을 지르는 것 같았다.

"불이야! 불! 저쪽 땅이 불타고 있어!"

푸에블로 주민들의 눈이 일제히 오른쪽으로, 그곳에서 조금 멀리 떨어진 곳으로 향했다. 예전에 제재소가 있던 자리였다.

푸에블로의 모든 주민들은 흰 연기를 내뿜으며 주황색과 노란색 혀를 날름거리며 피어오르는 불길을 보았다.

완전히 혼란스러워졌다.

"자, 얼른 가자! 차로 뛰어가!" 혼란 가운데서 롤라가 외쳤다.

세 여자는 간신히 사람들 사이를 비집고 앞으로 나갔다. 모두 뛰어다니며 소리 지르고 난리였다.

롤라는 지프차에 오르자마자 얼른 시동을 걸었다. 니에베스도 서둘러 뒷좌석에 간신히 뛰어올랐다. 타이어가 끽 소리와 먼지를 내며 전속력으로 달려, 니에베스는 왼쪽으로 쓰러졌다. 그때 갈비뼈 쪽에서 뭔가 뜨끈한 게 느껴졌다. 흰 물건이었다. 체차가 루스를 위해 준비한 화덕에 구운 토르티야. 늙은 판차가 허리춤에 매고 다니던 것 같은 면 행주에 싸여 있었다. 니에베스는 양손으로 토르티야를 들어 가슴에 꼭 끌어안았다. 그녀는 앞쪽을 바라보았다. 두 사촌자매를, 두 등을, 두 머리를 바라보았다. 니에베스는 약간 의아해하며 그들이 얼마나 불안해하는지, 그들이 푸에블로에서 가장 큰 거리를 빠져나가려고 얼마나 애쓰는지 바라보았다. 마치 두 사람이 함께 핸들을 잡고 있기라도 한 것처럼 서로 허둥대며 상반된 명령을 내렸다. 둘 중 누구일까? ─ 니에베스는 자신에게 물었다 ─ 아니면 마침내 둘이 동맹을 맺은 걸까? 니에베스는 서쪽을 바라보았다. 점점 더 가까이, 더 높이 타오르는 제재소의 불길을 다시 바라보았다. 바람이 불어 닥치는데, 어쩌지? 불길이 덮쳐와 우리까지 위험해지면 어떡하지? 하느님 맙소사, 우리를 가엾이 여기소서. 자, 얼른 가자, 아다, 자, 얼른 가자, 롤라, 니에베스가 말했다. 그녀는 미지근한 토르티야를 꼭 끌어안으며 두 눈을 감았다.

잃어버린 기억의 파편들을 찾아서

이사벨 아옌데와 더불어 칠레 여성 작가를 대표하는 마르셀라 세라노(1951~)는 1991년 마흔의 나이로 뒤늦게 문단에 등단한 이래 현재까지 왕성한 필력을 과시하며 칠레 문학계를 주도하고 있다. 마르셀라 세라노는 현역 작가로 열정적으로 활동하며 도시 문명과 산업화 사회의 발달에 따른 칠레 사회의 명암에 주목하며 이를 소설에 꾸준히 반영하고 형상해왔다. 그녀의 소설에서 전쟁과 이데올로기, 도시 문명과 산업화 사회에 대한 지속적인 비판은 사회 전반의 가치를 전환시키고 사회구성원들로 하여금 보다 깊이 있고 질적으로 풍요로우며 소외되지 않는 삶을 회복할 수 있게 하는 가치전환 운동의 일환이다. 그리고 그것은 우리 모두가 익숙해 있는 산업화 및 문명 발달의 아이러니에서 벗어나 인간적인 삶을 되찾는 작업과 연장선상에 있어왔다.

마르셀라 세라노의 최신작 『작은 아씨들이여, 영원히 안녕 Hasta siempre, mujercitas』(2004)은 작가가 직접 언급했듯 19세기 미국 여성 작가인 루이자 메이 올컷(Louisa May Alcott)의 『작은 아씨들 Little Women』을 리메이크한 작품이지만, 단순히 『작은 아씨들』을 리메이크했다기보다는 21세기 글쓰기 방법에 따라 『작은 아씨들』의 페미니즘 정신과 등장인물들을 새롭게 전개한, 전혀 다른 독창적인 작품이라 할 수 있다. 카를로스 푸엔테스가 셰에라자드의 뒤를 잇는 이야기꾼이라 극찬하고, 아르투로 페레스 레베르테가 "마르셀라 세라노의 작품을 읽으면 세상 모든 여자들의 눈을 들여다보는 것 같다"고 평한 마르셀라 세라노는 고전 작품에 등장하는 메그와 조, 베스, 에이미, 네 자매를 니에베스와 아다, 루스, 롤라, 네 사촌자매들에 반영하는 상호텍스트성을 통해 전통적인 사실주의가 지닌 문학적 한계를 탈피해 과거 극복의 문제를 이야기하고 있다.

그 외 마르셀라 세라노는 칠레 망명 작가로서 과거 군부 정권에 의해 자행된 정치 폭력과 이에 따른 사회 갈등 및 불신을 폭로하며, 칠레 국민 모두의 기억에 깊이 각인된 아픈 상처를 이야기하고 있다. 『작은 아씨들이여, 영원히 안녕』은 작가 특유의 섬세하고 날카로운 감각과 포스트페미니즘적인 관점을 살려 19세기 성장 문학을 대표하는 『작은 아씨들』과 칠레 군부 쿠데타라는 집단 기억의 상처를 새롭게 보듬으며 치유로서의 글쓰기를 이야기하고 있다. 1973년 피노체트의 군부 쿠데타 이후, 칠레 문학에서는 과거 청산과 칠레 민주화를 소재로 많은 소설 작품들이 출간되었다. 그러나 많은 경우 과거 청산 및 진상 규명과 칠레 민주화의 전망을 제시하는 데 제한되었다.

그러나 마르셀라 세라노는 기존 증언문학의 리얼리즘을 벗어나 작가 자신의 체험과 기억의 자전적 요소들을 재구성하고 반복적으로 형상화하여 작품 곳곳에 작가의 분신과 삶의 일부를 투영시키고, 19세기의 『작은 아씨들』을 등장시켜 상호텍스트성을 통한 변화된 여성관을 언급하며 독특한 작품 세계를 이루었다. 그녀에게 글쓰기는 작가 개인이 경험한 상처와 상처의 원인이 된 억압적인 현실에 대한 치유를 가능케 하는 것이다. 이러한 글쓰기는 치열한 자기 모색을 거친 서사전략이며 이 시대의 질곡과 상처에 대한 증언으로, 작가 특유의 비판의식을 반영한 양식이다. 20세기 후반, 칠레 사회의 명암을 작가적 연륜 속에 용해시켜 칠레 민주화란 격동기를 관통해오며 작가가 보고 느끼고 겪은 각 시대의 부침(浮沈)을 고스란히 담아낸 마르셀라 세라노의 작품 세계는 고통에 찬 현대 칠레 사회의 당대 현실에 대한 성찰이며, 우리 시대의 부조리와 모순에 대한 비판이기도 하다.

『작은 아씨들이여, 영원히 안녕』에는 칠레 현대사에 한 획을 그은 피노체트 군부 쿠데타가 일어난 1973년 9월 11일이 깊이 각인되어 있으며, 작품 전체가 이 9월을 중심으로 전개된다. 작품은 모두 일곱 개의 장과 에필로그로 구성되어 있다. 프롤로그 격인 0장을 제외하고 1장부터 4장까지 앞의 네 장은 니에베스, 아다, 루스, 롤라가 각기 주인공이 되어 각기 다른 도시에서 펼쳐지지만 모두 9월과 연관되어 있다. 1장은 2002년 9월의 산티아고로, 니에베스가 집안의 하녀였던 늙은 판차의 장례식에 참석하기 위해 푸에블로로 떠나기 직전 아다와 롤라를 기다리면서 시작한다. 그녀는 사촌자매들을 기다리면서 자신의 무료한 결혼생활과 어린 시절의 추억을 떠올린다. 마르티네스 집안이 어떻게 칠레에 정착했는지부터 현재의 상황까지 대강의 스케치처럼 굵직하게 그려진다. 2장은 1996년 9월로 거슬러 올라가 모로코의 항구 도시 탕헤르에서 펼쳐진다. 아다가 외교관인 후안 카를로스와 벨기에 브뤼셀에서의 동거 생활을 청산하고 탕헤르로 떠나 사고를 당한 후 병상에 누워 자신의 어린 시절을 회상한다. 3장은 1982년 9월로 더욱 거슬러 올라가 우간다에서 봉사활동을 펼치던 루스가 병들어 힘들어하는 모습이 그려진다. 그리고 4장은 1994년 9월, 베네수엘라 카라카스에서 롤라가 한 여자의 자살을 목격한 후 자신의 어린 시절을 되돌아보는 장면이 그려진다. 대학 졸업 후 결혼과 취업 등을 거치며 승승장구하여 많은 부와 명예를 거머쥔 롤라는 최고급 오성 호텔의 스위트룸에서 자신감에 가득 차 창밖을 바라보다가, 한 여자가 옆 건물 옥상에서 뛰어내려 자살하는 장면을 목격하면서 자신이 살아온 과거를 되돌아본다. 그녀는 여태껏 살면서 한계를 모르며 살아온 강한 여자였지만 그런 자신의 모습에 회의를 느끼며, 잃어버린 유년 시절의 상징과도 같은 사촌오빠 올리베리오를 가운데 놓고 아다와 경쟁하던 어린 시절을 떠올린다.

5장은 2001년 9월의 프랑스 남부를 배경으로 전개된다. 아다는 미국의 9.11테러를 언급하면서 세계화와 쌍둥이 빌딩의 붕괴 이후 사람들이 겪은 트라우마를 이야기하며 탕헤르 이후의 삶과 사촌오빠 올리베리오의 지인인 하이메와의 동거를 이야기한다. 하이메는 아다에게 소설을 써보라고 적극 권하고, 사촌자매들을 주인공으로 『작은 아씨들』을 리메이크하라는 주제까지 주고 여행을 떠나지만, 그는 그 여행에서 돌아오지 못하고 교통사고로 죽는다. 아다는 고인이 된 하이메를 기리기 위해 2년간 프랑스의 작은 마을에서 작품에만 전념하며, 마침내 작품을 마치고 칠레로 여행을 떠난다. 6장은 푸에블로에서 판차의 장례식에 참석하기 위해 니에베스와 롤라, 아다가 함께 여행을 떠나는 1장의 시점인 2002년 9월로 다시 돌아와 계속 연결되며, 죽어서 영혼이 된 루스가 화자로 등장하여 그들과 함께한다. 그들은 1973년 이후 돌아가지 못했던 푸에블로의 집을 되찾고 싶어하지만, 그 집은 어린 시절 아다를 강간하려 했던 에우세비오가 선수를 쳐 차지해버렸다. 문명화와 개발의 미명 아래 포플러나무들이 울창했던 숲은 모두 베어져 황량하고 초라한 곳으로 변해버렸고, 롤라는 그러한 황폐하고 타락한 잃어버린 낙원을 방화하자고 제의한다. 아다와 니에베스는 방화가 범죄라며 절대 반대하지만, 늙은 판차의 장례식이 끝난 후 떠나려 할 때 숲에서 화재가 발생하고, 방화범이 누구인지 밝혀지지 않은 채 세 사촌자매가 도로까지 번진 불길을 뚫으며 산티아고로 향하는 장면으로 작품은 막을 내린다.

『작은 아씨들이여, 영원히 안녕』은 9월이라는 시간적 공간을 통해 긴밀하게 연결되면서 칠레의 뼈아픈 과거인 1973년 9월 11일과 미국의 집단 상처가 된 2001년 9월 11일을 이어주며, 현재의 아픔을 치유하기 위한 과거 극복이라는 문제를 이야기한다. 처음에는 네 사촌자매가 각자의 시각에서 굵은 터치처럼 동일 사건과 자신이 살아온 삶을 간략하게 언급하며 약간 느슨하게 시작하지만, 시간이 흐르면서 퍼즐조각이 짜 맞춰지듯 이야기의 아귀가 점점 맞아들어가며 흥미가 더해진다. 1973년 9월 11일 칠레의 현대사를 뒤흔들어놓았던 피노체트 군부의 등장과 함께 네 사촌자매들의 삶은 1973년 이전과 이후로 나뉘면서 운명에 굴복하는 여자와 운명을 거슬러 반항하는 강한 여자들의 모습이 그려진다. 그리고 2001년 9.11 테러를 통해 세계화의 폭력 속에서 신음하는 현대 지구인의 모습도 애잔하면서도 아프게 그려진다.

『작은 아씨들』을 리메이크한 『작은 아씨들이여, 영원히 안녕』은 유년 시절의 잃어버린 낙원과도 같은 칠레 남쪽의 푸에블로를 배경으로 1960년대에서 2002년도까지 네 사촌자매들의 욕망과 운명, 행복, 비밀을 이야기한다. 마르셀라 세라노의 소설은 우리 삶을 둘러싼 세계의 실상과 배후에 대한 증언이며, 이 세계의 부조리한 모순을 만들어낸 것이 우리 자신이고, 때문에 우리가 공범자이자 피해자라는 사실을 끊임없이 환기시킨다. 우리 시대의 삶의 현장을 지켜오면서 미처 인식하지 못하고 방기해왔던 제반 문제들을 깊이 천착해 들어간 마르셀라 세라노의 소설은 이러한 맥락에서 다시금 그 가치를 발한다.

권미선

옮긴이 **권미선**

고려대학교 서어서문학과를 졸업했으며, 스페인 마드리드 국립대학교에서 문학 석·박사 학위를 취득했고, 현재 경희대학교 유럽어학부 스페인어과 교수로 재직중이다. 주요 논문으로는 『황금세기 피카레스크 소설 장르에 관한 연구』, 『'돈키호테'에 나타난 소설의 개념과 소설론』 등이 있으며, 역서로는 『영혼의 집』 『외면』 『달콤쌉싸름한 초콜릿』 『운명의 딸』 등 다수의 작품이 있다.

문학동네 세계문학
작은 아씨들이여, 영원히 안녕

초판인쇄 2008년 8월 14일 | 초판발행 2008년 8월 20일

지은이 마르셀라 세라노 | 옮긴이 권미선 | 펴낸이 강병선

책임편집 이은현 조현나 | 디자인 엄혜리 이원경
마케팅 장으뜸 방미연 정민호 신정민 | 제작 안정숙 차동현 김정후

펴낸곳 (주)문학동네 | 출판등록 1993년 10월 22일 제406-2003-000045호
주소 413-756 경기도 파주시 교하읍 문발리 파주출판도시 513-8
전자우편 editor@munhak.com | 전화번호 031) 955-8888 | 팩스 031) 955-8855

ISBN 978-89-546-0646-2 03870

www.munhak.com